CW01162784

Oscar Wilde

Das Bildnis des Dorian Gray

LIWI
LITERATUR- UND WISSENSCHAFTSVERLAG

Bibliografische Information der Deutschen Nationalbibliothek
Die Deutsche Nationalbibliothek verzeichnet diese Publikation in der Deutschen Nationalbibliografie;
detaillierte bibliografische Daten sind im Internet über http://dnb.dnb.de abrufbar.

Oscar Wilde
Das Bildnis des Dorian Gray
Übersetzt von W. Fred.
W. Fred ist das Pseudonym des Schriftstellers und Übersetzters Alfred Wechsler (1879 bis 1922).
Erstdruck des englischsprachigen Originals:
The Picture of Dorian Gray, Lippincott's Monthly Magazine, Philadelphia 1890.
Erstdruck der erweiterten Buchfassung: Ward, Lock and Co., London 1891.
Erstdruck der hier vorliegenden Übersetzung: Das Bildnis des Dorian Gray, übers. von W. Fred. Band 3
von Oscar Wildes Sämtliche Werke in deutscher Sprache. Wiener Verlag, Wien / Leipzig 1906.
Durchgesehener Neusatz, der Text dieser Ausgabe folgt:
Band 4 von Oscar Wildes Werke in fünf Bänden. Deutsche Bibliothek, Berlin ca. 1922.
Vollständige Neuausgabe, Göttingen 2024.
Umschlaggestaltung und Buchsatz: LIWI Verlag
LIWI Literatur- und Wissenschaftsverlag
Thomas Löding, Bergenstr. 3, 37075 Göttingen
Internet: liwi-verlag.de | Instagram: instagram.com/liwiverlag | Facebook: facebook.com/liwiverlag
Druck: Libri Plureos GmbH, Friedensallee 273, 22763 Hamburg
ISBN Taschenbuch: 978-3-96542-880-5
ISBN Gebundene Ausgabe: 978-3-96542-881-2

Vorrede

Der Künstler ist der Schöpfer schöner Dinge.

Kunst offenbaren, den Künstler verbergen, ist das Ziel der Kunst.

Der wahre Kritiker vermag seinen Eindruck von schönen Dingen in einer anderen Form oder in einem anderen Stoff auszudrücken.

Die höchste wie die niederste Form der Kritik ist eine Art Selbstbekenntnis.

Wer in schönen Dingen einen häßlichen Sinn entdeckt, ist verderbt, aber doch nicht liebenswürdig, was ein Fehler ist.

Wer in schönen Dingen einen schönen Sinn entdeckt, hat Kultur. Aus ihm kann noch etwas werden.

Das sind die Auserwählten, denen schöne Dinge einfach Schönheit bedeuten.

Es gibt weder moralische noch unmoralische Bücher. Bücher sind gut oder schlecht geschrieben. Sonst nichts.

Die Abneigung des 19. Jahrhunderts gegen den Realismus ist die Wut Calibans, der seine eigene Fratze im Spiegel sieht.

Die Abneigung des 19. Jahrhunderts gegen die Romantik ist die Wut Calibans, der das Gesicht eines anderen im Spiegel sieht.

Das sittliche Dasein des Menschen gibt dem Künstler einen Stoff neben vielen anderen; die Sittlichkeit in der Kunst besieht jedoch im vollendeten Gebrauch unvollkommener Mittel.

Der Künstler hat niemals das Bedürfnis, etwas zu beweisen. Selbst das Wahre kann bewiesen werden.

Der Künstler hat keinerlei ethische Neigungen. Ethische Neigungen beim Künstler sind unverzeihliche Manieriertheiten.

Es gibt nichts Krankhaftes in der Kunst. Der Künstler vermag alles auszudrücken.

Gedanken und Sprache sind für den Künstler Werkzeuge.

Laster und Tugend sind für den Künstler Stoffe.

Was die Form betrifft, ist die Musik die höchste aller Künste. Was das Gefühl betrifft, ist die Kunst des Schauspielers die höchste.

Alle Kunst ist zugleich Oberfläche und Symbol.

Wer unter die Oberfläche gräbt, tut es auf eigene Gefahr.

Wer das Symbol herausliest, tut es auf eigene Gefahr.

In Wahrheit ist der Betrachter, nicht aber das Leben ein Spiegel.

Gegensätze in den Urteilen über ein Kunstwerk beweisen seine Neuheit, Vielfältigkeit und Lebenskraft.

Wenn die Kritiker untereinander uneinig sind, bedeutet das nur, daß der Künstler mit sich einig gewesen ist.

Man kann einem Menschen verzeihen, daß er etwas Nützliches schafft, solang er seine Arbeit nicht bewundert. Die einzige Entschuldigung für den, der etwas Unnützes tut, liegt darin, daß man seine Schöpfung inbrünstig bewundert.

Alle Kunst ist ganz unnütz.

Oscar Wilde.

Erstes Kapitel

Das Atelier war erfüllt von starkem Rosenduft, und wenn der leichte Sommerwind die Bäume im Garten draußen bewegte, drang durch die offene Tür der schwere Geruch des Flieders oder der zartere Duft der Blüten des Rotdorns.

Lord Henry Wotton lag auf einem Diwan mit persischen Satteltaschen und rauchte wie gewöhnlich unzählige Zigaretten. Von seiner Ecke konnte er gerade noch den Schimmer der honigsüßen und honigfarbenen Goldregenblüten sehen, deren zitternde Zweige nur mühselig die Last ihrer flammenden Schönheit zu tragen schienen; dann und wann grüßten auch durch die langen Seidenvorhänge, die vor das große Fenster gezogen waren, phantastische Schatten vorbeifliegender Vögel. Das gab einen Augenblick eine japanische Stimmung und ließ den Liegenden an jene bleichen, bernsteingelben Maler der Stadt Tokio denken, die mit den Mitteln einer Kunst, die nur unbeweglich sein kann, die Empfindung der Schnelligkeit und Bewegung hervorzubringen suchen. Das dumpfe Summen der Bienen, die ihren Weg durch das hohe, ungemähte Gras suchten oder mit zäher Beharrlichkeit um die bestaubten goldenen Trichter des wuchernden Geißblatts kreisten, ließ die Stille noch drückender erscheinen. Das dumpfe Brausen Londons wirkte wie die Baßtöne einer fernen Orgel.

In der Mitte des Raumes lehnte auf einer aufrechten Staffelei das lebensgroße Bild eines ganz außerordentlich schönen Jünglings, und vor der Staffelei saß, ein paar Schritte weit entfernt, der Maler Basil Hallward, dessen plötzliches Verschwinden vor einigen Jahren so viel Aufsehen gemacht und zu so vielen merkwürdigen Vermutungen Anlaß gegeben hat.

Während der Maler die graziöse und anmutige Gestalt ansah, die seine Kunst so kunstvoll gespiegelt hatte, schien ein heiteres Lächeln über sein Gesicht zu gehen und dort zu verweilen. Plötzlich aber fuhr er auf, schloß die Augen und preßte die Finger auf die Lider, als fürchte er, aus einem seltsamen Traume zu erwachen, und suche ihn im Gehirn festzuhalten.

»Es ist Ihr bestes Werk, Basil, das beste, was Sie je gemacht haben«, sagte Lord Henry in schlaffem Tone. »Sie müssen es nächstes Jahr unbedingt in die Grosvenor-Galerie schicken. Die Academy ist zu groß und zu gewöhnlich. Jedesmal, wenn ich hinging, waren entweder so viel Leute da, daß ich die Bilder nicht sehen konnte, was schlimm, oder so viel Bilder, daß ich die Leute nicht sehen konnte, was noch schlimmer war. Die Grosvenor-Galerie ist der einzig richtige Platz.«

»Ich glaube überhaupt nicht, daß ich es ausstellen werde«, antwortete der Maler und warf den Kopf in jener merkwürdigen Weise zurück, über die schon seine Freunde in Oxford gelacht hatten. »Nein. Ich will es nicht ausstellen.«

Lord Henry zog die Augenbrauen hoch und sah den anderen durch die dünnen blauen Rauchwolken, die in phantastischen Wirbeln von der starken opiumhaltigen Zigarette aufstiegen, erstaunt an. »Überhaupt nicht ausstellen? Ja warum, mein Lieber? Haben Sie irgendeinen Grund dafür? Was für Käuze ihr Maler seid! Ihr tut alles Erdenkliche, um euch einen Namen zu machen. Habt ihr ihn endlich, so scheint ihr nur das eine Bedürfnis zu haben, ihn wieder los zu werden. Das ist sehr dumm von Ihnen, denn es gibt nur eine Sache auf der Welt, die peinlicher ist als in aller Mund zu sein, und das ist: in niemandes Mund zu sein. Ein Bild wie das da gäbe Ihnen eine Stellung weit über allen jungen Leuten in England und würde die Alten rasend machen, soweit alte Leute überhaupt noch einer Empfindung fähig sind.«

»Ich weiß, Sie werden lachen, aber ich kann es nicht ausstellen. Wirklich nicht. Es ist zu viel von mir selbst drin.«

Lord Henry streckte sich auf dem Diwan aus und lachte.

»Ja, ich habe gewußt, daß Sie lachen würden; es bleibt aber doch wahr.«

»Zuviel von Ihnen selbst? Ich gebe Ihnen mein Wort, Basil, ich hätte nie geahnt, daß Sie so eitel sind. Und ich kann wirklich keine Ähnlichkeit entdecken zwischen Ihnen mit Ihrem rauhen, strengen Gesicht und dem kohlschwarzen Haar und diesem jungen Adonis, der aussieht, als wäre er aus Elfenbein und Rosenblättern erschaffen. Mein lieber Basil, es ist Narziß, und Sie – natürlich haben Sie ein geistvolles Gesicht und so weiter. Aber die Schönheit, die wirkliche Schönheit hört da auf, wo der geistvolle Ausdruck anfängt. Geist ist an sich eine Art Übermaß und zerstört die Harmonie jedes Gesichts. Im Moment, wo man sich hinsetzt, um zu denken, wird man nur Nase oder nur Stirn oder sonst etwas Greuliches. Sehen Sie sich doch einmal alle die Leute an, die in gelehrten Berufen etwas geleistet haben. Sie sind alle ausgesprochen häßlich. Natürlich mit Ausnahme der Geistlichen. Aber die Geistlichen denken eben nicht. Ein Bischof sagt mit achtzig Jahren noch dasselbe, was er als achtzehnjähriger Bursch gesagt hat, und infolgedessen sieht er entzückend aus. Ihr geheimnisvoller junger Freund, dessen Namen Sie mir nie verraten haben, dessen Bild mich aber bezaubert, denkt niemals. Davon bin ich ganz überzeugt. Es ist irgendein hirnloses schönes Geschöpf, das wir im Winter immer bei uns haben sollten, wenn keine Blumen zum

Ansehen da sind, und im Sommer, wenn wir etwas brauchen, unseren Geist abzukühlen. Geben Sie sich keinen Illusionen hin, Basil: Sie sehen ihm ganz und gar nicht ähnlich.«

»Sie haben mich nicht verstanden, Henry«, antwortete der Künstler. »Natürlich sehe ich ihm nicht ähnlich. Das weiß ich selbst. In Wirklichkeit wäre es mir gar nicht recht, wenn ich ihm ähnlich sähe. Sie brauchen die Achseln nicht zu zucken. Es gibt eine besondere Tragik der physischen und geistigen Vornehmheit, so etwas, wie das Schicksal der Könige, deren Irrwegen in der Weltgeschichte man immer wieder nachspürt. Es ist besser, so zu sein wie die Nebenmenschen. Die Häßlichen und die Dummen haben das beste Leben. Sie können ruhig dasitzen und das Spiel begaffen. Sie wissen nichts von Siegen, aber Niederlagen bleiben ihnen auch erspart. Sie leben dahin, wie wir alle sollten: ungestört, gleichgültig und ohne Mißbehagen. Sie bringen anderen kein Unheil, empfangen kein Unheil von fremder Hand. Wir anderen müssen alle bezahlen: Sie für Ihren Stand und Reichtum, ich für meinen Geist, so viel ich davon habe, für meine Kunst, so viel sie wert ist, Dorian Gray für seine schönen Glieder – wir müssen alle für die Geschenke der Götter leiden, furchtbar leiden ...«

»Dorian Gray? Heißt er so?« fragte Lord Henry, durch das Atelier auf Basil Hallward zugehend.

»Ja, so heißt er. Ich hatte nicht die Absicht, Ihnen den Namen zu sagen.«

»Aber warum nicht?«

»Oh, ich kann es nicht genau erklären. Wenn ich einen Menschen sehr, sehr lieb habe, verrate ich seinen Namen keiner Seele. Das käme mir so vor, als lieferte ich einen Teil von ihm aus. In mir hat sich allmählich eine leidenschaftliche Liebe zu Geheimnissen herangebildet. Das scheint noch die einzige Art zu sein, wie man unser modernes Leben geheimnisvoll und wunderbar gestalten kann. Die gewöhnlichste Begebenheit ist entzückend, wenn man sie nur verbirgt. Ich sage auch nie, wohin ich reise, wenn ich einmal wegfahre. Wenn ich's täte, wäre mein ganzes Vergnügen hin. Das mag eine alberne Gewohnheit sein, aber sie bringt ein wenig Romantik ins Leben. Sie halten mich wohl für sehr töricht?«

»Nicht im geringsten,« antwortete Lord Henry, »nicht im mindesten, mein lieber Basil. Sie scheinen zu vergessen, daß ich verheiratet bin, und daß der Hauptreiz der Ehe darin liegt, daß beide Teile gezwungen sind, ein Leben der Täuschung und Verstellung zu führen. Ich weiß nie, wo meine Frau ist; meine Frau weiß nie, was ich mache. Wenn wir uns treffen – und wir treffen uns gelegentlich, wenn wir zugleich zu einem Diner eingeladen sind oder zum Herzog aufs Land fahren –, erzählen wir uns die albernsten Geschichten mit dem ernsthaftesten Gesicht. Meine Frau kann das glänzend, ohne Frage weit besser als ich. Sie verwickelt sich nie in Widersprüche, was die Tatsachen anbelangt, und bei mir kommt derlei beständig vor. Wenn sie mich aber ertappt, macht sie nie eine Szene. Ich wünsche manchmal, sie täte es. Aber sie lacht mich nur aus.«

»Ich hasse die Art, wie Sie über Ihre Ehe sprechen, Henry«, sagte Basil und ging auf die Tür zu, die in den Garten führte. »Ich glaube, Sie sind in Wirklichkeit ein sehr guter Ehemann und schämen sich bloß, daß Sie es sind. Sie sind überhaupt ein sonderlicher Mensch: Sie sagen nie etwas Moralisches und tun nie etwas Schlechtes. Ihr Zynismus ist nichts als Pose.«

»Natürlichkeit ist nichts als Pose. Und zwar die ärgerlichste, die ich kenne«, rief Lord Henry lachend aus.

Die beiden jungen Männer gingen nun zusammen in den Garten hinaus und ließen sich auf einer langen Bambusbank nieder, die im Schatten eines hohen Lorbeerbusches stand. Die Sonnenlichter tanzten über die glatten Blätter. Im Grase zitterten weiße Gänseblümchen.

Nach einer Weile nahm Lord Henry die Uhr heraus und sagte leise: »Ich muß leider fort, Basil. Aber bevor ich gehe, müssen Sie mir noch die Frage beantworten, die ich vorhin an Sie gerichtet habe.«

»Was war das?« sagte der Maler, die Augen fest zur Erde gerichtet.

»Sie wissen es sehr gut.«

»Ich weiß es nicht, Henry.«

»Gut, ich will also nochmals fragen: erklären Sie mir, warum Sie Dorian Grays Bild nicht ausstellen wollen. Ich will den wirklichen Grund wissen.«

»Ich habe Ihnen den wirklichen Grund gesagt.«

»Nein, das haben Sie nicht getan – Sie haben gesagt: weil zu viel von Ihnen selbst darin ist. Das ist kindisch.«

»Henry,« sagte Basil Hallward und sah Lord Henry gerade in die Augen, »jedes Porträt, das mit Gefühl gemalt ist, ist ein Bildnis des Künstlers, nicht der Person, die es darstellt. Diese ist nur der Anlaß, die Gelegenheit. Nicht sie wird vom Maler enthüllt. Der Maler offenbart auf der farbigen Leinwand sich selbst. Ich will also dies Bild nicht ausstellen, weil ich fürchte, ich habe darin das Geheimnis meiner eigenen Seele gezeigt.«

Lord Henry lachte. »Und was ist das?« fragte er.

»Ich will es Ihnen sagen«, antwortete Hallward; in sein Gesicht aber trat ein Ausdruck peinlicher Verlegenheit.

»Ich bin gespannt, Basil«, fuhr sein Begleiter fort und sah ihn dabei an.

»Es ist nicht viel, Henry, und Sie verstehen es wohl kaum. Vielleicht glauben Sie mir nicht einmal.«

Lord Henry lächelte und betrachtete ein Gänseblümchen mit rosa angehauchten Blättern, das er, sich zum Grase bückend, gepflückt hatte. »Ich werde Sie gewiß verstehen«, erwiderte er, die Blicke aufmerksam auf den kleinen, goldenen, weißgefiederten Samenboden gerichtet. »Und glauben? – Ich kann alles glauben, vorausgesetzt, daß es ganz unwahrscheinlich ist.«

Der Wind schüttelte ein paar Blüten von den Bäumen, und die schweren, vielgesternten Trauben der Fliederbüsche bewegten sich hin und her in der schwülen Luft. Eine Grille begann an der Gartenmauer zu zirpen, und wie ein blauer Faden huschte eine lange, dünne Wasserjungfer auf ihren braunen Schleierflügeln vorbei. Lord Henry glaubte Basil Hallwards Herz pochen zu hören und war neugierig, was wohl kommen mochte.

»Die Geschichte ist einfach die«, sagte der Maler nach einer Weile. »Vor zwei Monaten ging ich zu einer der großen Gesellschaften bei Lady Brandon. Sie wissen, wir armen Künstler müssen uns von Zeit zu Zeit in der Gesellschaft zeigen, um das Publikum daran zu erinnern, daß wir keine Wilden sind. Sie haben einmal zu mir gesagt: im schwarzen Frack und mit einer weißen Krawatte kann selbst ein Börsenmensch zivilisiert aussehen. Nun denn, ich war etwa zehn Minuten da und redete mit pompösen, aufgeputzten Witwen und langweiligen Mitgliedern der Academy, da merkte ich plötzlich, daß mich jemand anblickte. Ich wendete mich halb um und sah Dorian Gray zum ersten Male. Ich spürte, wie ich blaß wurde, als sich unsere Blicke begegneten. Ein merkwürdiges Angstgefühl kam über mich. Ich wußte, ich stand einem Menschen Aug' in Auge gegenüber, dessen Persönlichkeit so stark auf mich wirkte, daß sie, wenn ich sie gewähren ließe, mich ganz in Besitz nehmen würde – mich, meine ganze Natur, meine Seele, ja selbst meine Kunst. Ich hatte keinerlei Bedürfnis nach äußeren Einflüssen auf mein Leben. Sie wissen ja selbst, Henry, wie unabhängig ich von Haus aus bin. Ich bin immer mein eigener Herr gewesen; war es wenigstens, bis ich Dorian Gray traf. Dann – aber ich weiß nicht, wie ich Ihnen das begreiflich machen soll. Irgend etwas schien mir zu sagen, daß ich an einem schrecklichen Wendepunkte in meinem Leben stand. Ich hatte das sonderbare Empfinden, daß mir das Schicksal die ausgesuchtesten Freuden und die ausgesuchtesten Schmerzen vorbereite. Mich schauderte, und ich wollte hinausgehen. Nicht das Gewissen hat mich dazu getrieben: es war eine Art Feigheit. Ich bilde mir nichts darauf ein, diese Flucht versucht zu haben.«

»In Wirklichkeit sind Gewissen und Feigheit dieselbe Sache. Gewissen ist der Name, unter dem die Firma eingetragen ist. Sonst gar nichts.«

»Ich glaube das nicht, Henry, und Sie glauben es auch nicht. Einerlei nun, aus welchem Grund es geschah – es mag auch Stolz gewesen sein, denn ich war früher sehr stolz – ich eilte der Türe zu. Natürlich stolperte ich dabei gegen Lady Brandon. ›Sie wollen doch noch nicht gehen, Mr. Hallward?‹ kreischte sie auf. Sie erinnern sich ihrer schrillen Stimme.«

»Ja, sie ist ein Pfau in allem, bis auf die Schönheit, sagte Lord Henry, das Gänseblümchen mit seinen langen nervösen Fingern zerpflückend.

»Ich konnte sie nicht loswerden. Sie nahm mich zu den königlichen Hoheiten hin, zu Leuten, mit den höchsten Orden und zu ältlichen Damen mit gigantischen Diademen und Papageiennasen. Sie nannte mich ihren teuersten Freund. Ich hatte sie nur ein einziges Mal vorher gesehen, aber sie setzte es sich in den Kopf, aus mir den Löwen des Salons zu machen. Ich glaube, damals hatte gerade ein Bild von mir Erfolg gehabt; wenigstens hatten die Zeitungen allerhand Geschwätz darüber gebracht, und das ist ja im neunzehnten Jahrhundert das Eichmaß der Unsterblichkeit. Plötzlich stand ich dem jungen Manne gegenüber, dessen Äußeres mich so sonderbar aufgeregt hatte. Wir waren ganz nahe beieinander, berührten uns förmlich. Unsere Blicke trafen sich wiederum. Es war leichtsinnig von mir, aber ich bat Lady Brandon, mich ihm vorzustellen. Vielleicht war es doch nicht so leichtsinnig. Es ließ sich einfach nicht umgehen. Wir hatten auch, ohne uns zu kennen, miteinander gesprochen. Gewiß. Dorian sagte es mir nachher. Auch er fühlte, daß unsere Bekanntschaft Schicksalsbestimmung war.«

»Und wie hat Lady Brandon den wunderbaren Jüngling beschrieben?« fragte der Freund. »Ich weiß, es ist ihre Eigenart, von jedem ihrer Gäste eine kleine Charakteristik zu geben. Ich erinnere mich, wie sie mich einmal zu einem wildaussehenden alten Herrn mit ganz rotem Gesicht brachte, dessen Brust mit Orden und Bändern behängt war, und mir in einem tragischen Flüsterton, der für alle Anwesenden hörbar war, die erstaunlichsten Einzelheiten über ihn ins Ohr zischelte. Ich lief einfach davon. Ich entdecke meine Leute gerne selbst. Aber Lady Brandon behandelt ihre Gäste genau so wie ein Auktionator seine Waren. Sie erklärt sie einem so lange, bis nichts mehr von ihnen übrig ist, oder sie sagt alles – bis auf das, was man wissen will.«

»Die arme Lady Brandon! Sie sind schlecht auf sie zu sprechen, Henry«, sagte Hallward zerstreut.

»Mein lieber Freund, sie wollte einen Salon gründen und hat es nur zu einem Restaurant gebracht. Wie könnte ich sie da bewundern? Aber sagen Sie endlich, was sie über Dorian Gray erzählt hat.«

»Oh, so irgendwas wie ›Entzückender Junge – seine arme Mutter und ich waren unzertrennlich – kann mich absolut nicht erinnern, was er treibt – fürchte fast – gar nichts – – o ja, spielt Klavier – oder ist es Violine, lieber Mr. Gray?‹ Wir mußten beide lachen und wurden sogleich Freunde.«

»Lachen ist kein schlechter Anfang für eine Freundschaft, und es ist gewiß ihr schönstes Ende«, sagte der junge Lord und pflückte noch ein Gänseblümchen.

Hallward schüttelte den Kopf. »Sie haben keine Ahnung, was Freundschaft ist, Henry,« sagte er ganz leise, »ebensowenig, was Feindschaft ist. Sie haben jedermann gerne; mit anderen Worten: wir sind Ihnen alle gleichgültig.«

»Wie furchtbar ungerecht von Ihnen!« rief Lord Henry, stieß seinen Hut nach rückwärts und sah zu den kleinen Wolken hinauf, die wie wirre Knäuel glänzend weißer Seide über die türkisblaue Halbkugel des Himmels zogen. »Ja, furchtbar ungerecht von Ihnen. Ich unterscheide die Leute haarscharf. Ich suche mir zu Freunden hübsche Menschen, zu Bekannten gutmütige, anständige, zu Feinden kluge. Man kann nicht vorsichtig genug in der Wahl seiner Feinde sein. Ich habe keinen einzigen, der ein Narr ist. Es sind sämtlich Leute von einer gewissen geistigen Höhe, und infolgedessen schätzen sie mich auch alle. Bin ich sehr eingebildet? Ich glaube, ja.«

»Ich glaube auch, Henry. Aber nach Ihrer Einteilung käme ich lediglich unter die Bekanntschaften?«

»Mein lieber, alter Basil, Sie sind sicher mehr, weit mehr als eine Bekanntschaft.«

»Und weit weniger als ein Freund! Wohl eine Art Bruder?«

»Ah, Bruder! Bleiben Sie mir mit Brüdern gewogen! Mein ältester will nicht sterben, und meine jüngeren tun offenbar nie etwas anderes.«

»Henry!« rief Basil mit gerunzelter Stirne aus.

»Mein lieber Freund, ich meine es natürlich nicht ganz so ernst. Aber ich kann mir nicht helfen: ich verabscheue meine Verwandten. Ich vermute, das kommt daher, daß keiner von uns seine eigenen Fehler bei einem anderen vertragen kann. Ich halte es durchaus mit den englischen Demokraten, die eine solche Wut auf die sogenannten Laster der herrschenden Stände haben. Die Massen fühlen, daß Trunkenheit, Trottelei und Unsittlichkeit ihre Spezialität sein sollten, und daß ihre Vorrechte verletzt werden, wenn sich einer von uns blamiert. Als der arme Southwark damals seinen Scheidungsprozeß hatte, war ihre Entrüstung geradezu prachtvoll. Und trotzdem lebt meiner Meinung nach nicht der zehnte Teil des Proletariats anständig.«

»Ich stimme nicht einer einzigen Ihrer Bemerkungen bei, und, was mehr ist, Henry, Sie selbst glauben auch nicht daran.«

Lord Henry strich sich den spitzen braunen Bart und stieß mit dem Ebenholzstück, an dem eine kleine Quaste hing, gegen die Kappe seines Lackstiefels.

»Wie englisch Sie sind, Basil! Sie machen heute zum zweitenmal diesen Einwurf. Wenn man einem richtigen Engländer eine Idee mitteilt, was ja immer voreilig ist, fällt es dem nicht im Traum ein, zu überlegen, ob die Idee richtig oder falsch ist. Das einzige, was ihm von Belang scheint, ist, ob der Sprecher glaubt, was er sagt oder nicht. Aber der Wert eines Gedankens hat nicht das geringste mit der Ehrlichkeit dessen, der ihn ausspricht, zu schaffen. Aller Wahrscheinlichkeit nach wird die Idee um so geistreicher sein, je unaufrichtiger der Mann ist. Dann haben nämlich weder seine Bedürfnisse noch seine Wünsche noch seine Vorurteile auf sie abgefärbt. Indes ich habe nicht die Absicht, politische, soziale oder philosophische Diskussionen mit Ihnen zu führen. Mir sind Menschen mehr als Grundsätze und grundsatzlose Menschen überhaupt das Liebste auf der Welt. Erzählen Sie mir mehr von Dorian Gray. Wie oft sehen Sie ihn?«

»Jeden Tag. Ich wäre unglücklich, wenn ich ihn einen Tag nicht sähe. Er ist für mich einfach notwendig.«

»Merkwürdig. Ich habe immer geglaubt, Sie kümmerten sich nie um etwas anderes als um Ihre Kunst.«

»Meine Kunst und er – das ist jetzt nur eins«, sagte der Maler ernsthaft. »Manchmal glaube ich, Henry, daß es nur zwei wichtige Epochen in der Weltgeschichte gibt. Die erste ist die Einführung einer neuen künstlerischen Technik und die zweite die Erscheinung eines neuen Kunsttypus. Was die Erfindung der Ölmalerei für die Venezianer war, das war das Gesicht des Antinous für die spätgriechische Plastik, und das wird das Gesicht Dorian Grays eines Tages für mich sein. Das, worauf es ankommt, ist nicht, daß ich ihn male, zeichne, skizziere. Natürlich habe ich das alles getan. Aber er ist weit mehr für mich als ein Modell oder ein Mensch, der mir sitzt. Ich will gewiß nicht behaupten, daß ich unzufrieden mit dem bin, was ich nach ihm gemacht habe, oder daß seine Schönheit von einer Art ist, die die Kunst nicht ausdrücken kann. Es gibt überhaupt nichts, was die Kunst nicht ausdrücken kann, und ich weiß: was ich gemacht habe, seitdem ich Dorian Gray kenne, ist gut, ja, das Beste, was mir je gelungen ist. Aber auf irgendeine sonderbare Weise – ich glaube nicht, daß Sie das verstehen werden – hat mir seine Persönlichkeit eine vollständig neue Art der Kunst, einen durchaus neuen Stil offenbart. Ich sehe die Dinge ganz anders, ich empfinde sie ganz anders, ich kann das Leben jetzt auf eine Art neu schaffen, die mir früher verschlossen war. ›Ein Traum von Form in den Tagen des Denkens‹: wer war es noch, der das gesagt hat? Ich weiß nicht mehr, aber es ist genau das, was Dorian Gray für mich bedeutet. Was die bloße Anwesenheit dieses Knaben – denn für mich ist er kaum mehr als ein Knabe, wenn er auch schon über die Zwanzig hinaus ist – für mich bedeutet, können Sie sich gar nicht vorstellen. Ohne selbst eine Ahnung davon zu haben, enthüllt er mir die Linien einer neuen Schule, einer Schule, in der die ganze Leidenschaft der Romantik enthalten ist und die ganze Vollkommenheit des griechischen Geistes. Die Harmonie von Seele und Leib, wieviel ist das doch! Wir in unserer Narretei haben die beiden Dinge voneinander getrennt und haben einen Realismus erfunden, der gemein, und einen Idealismus, der leer ist. Henry, wenn Sie wüßten, was mir Dorian Gray ist! Erinnern Sie sich an die Landschaft, die ich einmal gemalt habe und für die mir Agnew ein so wahnsinniges Geld angeboten hat und die ich doch nie weggeben wollte? Es ist sicher eine der besten Sachen, die ich je gemacht habe. Und warum ist sie das? Weil, während ich sie gemalt habe, Dorian Gray neben mir saß. Irgendein ganz feiner Strom ging von ihm zu mir, und zum erstenmal in meinem Leben entdeckte ich in dem simpeln Hügelland, das ich malte, das Wunder, nach dem ich immer gesucht hatte und das ich nie herausbringen konnte.«

»Basil, das ist ja eine ganz außerordentliche Geschichte. Ich muß Dorian Gray kennenlernen.«

Hallward sprang von der Bank auf und ging im Garten hin und her. Erst nach einer Weile kam er zurück.

»Henry,« sagte er, »Dorian Gray ist für mich einfach ein künstlerisches Motiv. Es mag sein, daß Sie gar nichts an ihm finden. Ich finde alles an ihm. Er ist nie mehr in meiner Arbeit drin, als wenn in Wirklichkeit kein Schatten von ihm abgemalt ist. Er ist für mich, wie ich Ihnen schon gesagt habe, die Anregung zu einem neuen Stil. Ich finde ihn in gewissen Linien wieder, in der Lieblichkeit und Zartheit gewisser Farben. Das ist alles.«

»Wenn das alles ist, warum wollen Sie dann sein Bild nicht ausstellen?« fragte Lord Henry.

»Weil ich, ohne es zu wollen, den Ausdruck all dieser ganz merkwürdigen Künstlervergötterung hineingelegt habe. Natürlich habe ich Dorian nie etwas davon gesagt. Er hat von alledem keine Ahnung. Er soll auch nie etwas davon erfahren. Aber die Welt könnte es erraten; und ich will meine Seele ihren oberflächlichen, gierigen Augen nicht entblößen. Mein Herz sollen sie nie unter ihr Mikroskop legen dürfen. Es ist zu viel von mir selbst in dem Bild, Henry – zu viel von mir selbst.«

»Dichter nehmen's nicht so genau wie Sie. Die wissen, daß Leidenschaft für den Absatz ihrer Bücher sehr günstig ist. Ein gebrochenes Herz verhilft heutzutage zu einer ganzen Reihe von Auflagen.«

»Ich finde das abscheulich von Ihren Dichtern!« rief Hallward aus. »Ein Künstler soll Schönes schaffen, aber er soll nichts von seinem eigenen Leben hineinbringen. Wir leben in einer Zeit, in der die Menschen aus der Kunst eine Art Autobiographie machen wollen. Wir haben einfach den klaren Begriff der Schönheit verloren. Später einmal will ich der Welt zeigen, was sie ist; und deshalb sollen die Leute mein Bild des Dorian Gray niemals sehen.«

»Ich glaube, Sie haben ganz unrecht, Basil, aber ich will mit Ihnen nicht streiten. Nur die geistig ganz leeren Menschen streiten überhaupt. Sagen Sie mir, liebt Dorian Gray Sie sehr?«

Der Maler dachte ein paar Augenblicke nach, dann nach einer Weile sagte er: »Er hat mich gern. Ja, sicher, er hat mich gern. Natürlich schmeichle ich ihm fürchterlich. Ich empfinde eine ganz sonderbare Lust, ihm Dinge zu sagen, die mir später leid tun. In der Regel ist er auch entzückend zu mir, und wir sitzen im Atelier und plaudern von tausend Dingen. Dann und wann ist er allerdings greulich rücksichtslos und scheint große Freude darin zu finden, mich zu kränken. Dann, Henry, dann habe ich das Gefühl, daß ich meine ganze Seele jemand ausgeliefert habe, der sie behandelt wie eine Blume, die man ins Knopfloch steckt, ein Schmuckstück, mit dem man seine Eitelkeit befriedigt, einen Zierat für einen Sommertag.«

»Sommertage, Basil, pflegen lange zu währen«, murmelte Lord Henry. »Vielleicht werden Sie seiner früher müde, als er Ihrer. Es ist sehr traurig, aber es ist kein Zweifel, das Genie überdauert die Schönheit. Das erklärt auch, daß wir uns so viel Mühe geben, uns zu überbilden. In dem wilden Existenzkampfe, den wir führen, wollen wir etwas Dauerhaftes haben, und so füllen wir unser Gehirn mit Plunder und Tatsachen an, in der dummen Hoffnung, auf diese Art unseren Platz zu behalten. Der durch und durch gebildete Mann, – das ist das moderne Ideal. Und das Gehirn dieses durch und durch gebildeten Mannes ist etwas Fürchterliches. Es gleicht einem Kuriositätenladen; drin sind lauter absonderliche Dinge, Staub drüber und jeder Gegenstand über seinen wahren Wert ausgezeichnet. Immerhin, ich glaube, Sie werden früher müde werden. Eines Tages werden Sie Ihren Freund anschauen und finden, daß er etwas verzeichnet ist, oder Sie werden seine Farbe nicht mögen oder irgend etwas Ähnliches. Sie werden ihm dann in Ihrem Herzen bittere Vorwürfe machen und ganz ernsthaft davon überzeugt sein, daß er sich sehr schlecht gegen Sie benommen hat. Wenn er Sie dann das nächstemal besucht, werden Sie völlig kühl und gleichgültig gegen ihn sein. Aber das wird sehr schade sein, denn es wird Sie selbst sehr verändern. Was Sie mir da erzählt haben, ist ein richtiger Roman. Man könnte es einen Kunstroman nennen. Das große Unglück beim Erleben von Romanen ist nur, daß man nachher so ganz unromantisch zurückbleibt.«

»Henry, ich bitte Sie, sprechen Sie nicht so. Solang ich lebe, wird mich die Persönlichkeit Dorian Grays beherrschen. Sie können nicht empfinden, was ich empfinde. Sie verändern sich zu oft.«

»Ja, mein lieber Basil, das ist aber gerade der Grund, warum ich es empfinden kann. Die treuen Menschen kennen nur die alltägliche Seite der Liebe; die Treulosen allein begreifen die Tragödien der Liebe.« Bei diesen Worten zündete Lord Henry an einem zierlichen silbernen Büchschen ein Wachskerzchen an und begann eine Zigarette zu rauchen, mit jener selbstbewußten, zufriedenen Art, als hätte er den Sinn der ganzen Welt in einem Satze zusammengefaßt.

Man hörte ein leises Rauschen, das von den zirpenden Sperlingen in den grünen, lackartigen Efeublättern kam, und die blauen Schatten der Wolken jagten einander über das Gras wie Schwalben. Wie hübsch war es doch in dem Garten! Und wie entzückend waren doch die Gefühlsregungen anderer Leute! – viel entzückender als ihre Gedanken, wie es Lord Henry schien. Die eigene Seele und die Leidenschaft eines Freundes – das waren eigentlich die fesselnden Dinge des Lebens. Er stellte sich mit geheimem Vergnügen das langweilige Frühstück vor, das er durch seinen langen Besuch bei Basil Hallward versäumt hatte. Wenn er zu seiner Tante gegangen wäre, hätte er dort sicherlich Lord Goodbody getroffen und das ganze Gespräch hätte von Volksernährung und der Notwendigkeit von Musterwohnungen gehandelt. Jeder Stand hätte die Wichtigkeit gerade jener Tugenden gepredigt, für deren Ausübung in seinem eigenen Leben gar keine Notwendigkeit vorhanden war. Der Reiche hätte von dem Werte der Sparsamkeit gesprochen und der Müßige mit ungemeiner Beredsamkeit über die Würde der Arbeit. Es war reizend, all dem entgangen zu sein.

Als Lord Henry an seine Tante dachte, fiel ihm etwas ein. Er wendete sich zu Basil und sagte: »Mein lieber Freund, ich erinnere mich eben.«

»Woran erinnern Sie sich, Henry?«

»Wo ich den Namen Dorian Grays gehört habe.«

»Wo war das?« fragte Hallward, die Stirn etwas runzelnd.

»Sehen Sie mich nicht so böse an, Basil. Es war bei meiner Tante Lady Agatha. Sie erzählte mir, sie sei einem wundersamen jungen Menschen begegnet, der ihr im East-End helfen wollte, und er heiße Dorian Gray. Ich muß zugeben, sie hat mir nie etwas darüber gesagt, daß er so hübsch ist. Frauen haben kein Verständnis für Schönheit; wenigstens anständige Frauen. Sie sagte mir, daß er ein sehr, sehr wertvoller Mensch sei und einen prachtvollen Charakter habe. Ich stellte mir sofort ein Wesen mit Brille, dünnem Haar und gräßlichen Sommersprossen vor, das auf ungeheuren Füßen herumstapft. Ich wünsche jetzt, ich hätte gewußt, daß es Ihr Freund ist.«

»Ich bin froh, daß Sie es nicht gewußt haben, Henry.«

»Warum?«

»Ich will nicht, daß Sie ihn kennenlernen.«

»Sie wollen nicht, daß ich ihn kennenlerne?«

Der Diener trat in den Garten und sagte: »Mr. Dorian Gray ist im Atelier, gnädiger Herr.«

»Jetzt müssen Sie mich vorstellen!« rief Lord Henry lächelnd aus. Der Maler wendete sich seinem Diener zu, der blinzelnd in der Sonne dastand: »Bitten Sie Mr. Gray, zu warten, Parker, ich komme sofort.« Der Mann verbeugte sich und ging ins Haus zurück.

Dann sah Basil Lord Henry ins Gesicht. »Dorian Gray ist mein teuerster Freund«, sagte er. »Er hat eine schlichte, schöne Seele. Ihre Tante hatte ganz recht mit dem, was sie über ihn sagte. Verderben Sie ihn mir nicht. Bemühen Sie sich nicht, Einfluß auf ihn zu bekommen. Ihr Einfluß wäre verderblich. Die Welt ist groß, und es gibt eine Menge köstlicher Geschöpfe auf ihr. Nehmen Sie mir nicht die einzige Person weg, die meiner Kunst ihren ganzen Reiz bietet. Mein künstlerisches Dasein hängt von ihm ab. Denken Sie daran, Henry, ich vertraue Ihnen.« Er sprach sehr langsam, die Worte schienen sich aus ihm gegen seinen Willen loszuringen.

»Was für Unsinn Sie reden!« sagte Lord Henry lächelnd, nahm Hallward beim Arm und zog ihn fast in das Haus.

Zweites Kapitel

Als sie eintraten, sahen sie Dorian Gray. Er saß am Klavier, mit dem Rücken nach ihnen und blätterte in den Seiten eines Bandes von Schumanns »Waldszenen«. »Sie müssen mir die Noten leihen, Basil!« rief er aus, »ich muß diese Musik lernen, sie ist einfach entzückend.«

»Dorian, das hängt ganz davon ab, wie Sie mir heute sitzen.«

»Es langweilt mich aber, Ihnen zu sitzen, und ich will gar kein lebensgroßes Bild von mir selbst haben«, antwortete der Jüngling und schwang sich in dem Musikstuhl auf eine eigensinnige, ausgelassene Weise herum. Als er aber Lord Henry erblickte, stieg ein schwaches Rot einen Augenblick in seine Wangen und er fuhr auf. »Ich bitte um Entschuldigung, Basil, ich wußte nicht, daß Sie Besuch haben.«

»Das ist Lord Henry Wotton, Dorian, ein alter Freund von Oxford her. Ich habe ihm gerade erzählt, wie wunderbar Sie sitzen, und jetzt haben Sie mir alles verdorben.«

»Mir haben Sie das Vergnügen, Sie zu treffen, nicht verdorben, Mr. Gray«, sagte Lord Henry, ging auf ihn zu und gab ihm die Hand. »Meine Tante hat oft von Ihnen gesprochen. Sie sind einer ihrer Lieblinge und, wie ich fürchte, eines ihrer Opfer.«

»Ich stehe jetzt auf Lady Agathas schwarzer Liste«, antwortete Dorian mit einem komisch reuigen Blick. »Ich hatte ihr versprochen, sie letzten Dienstag nach einem Klub in Whitechapel zu begleiten, und ich habe dann die ganze Geschichte vergessen. Wir hätten miteinander vierhändig spielen sollen – drei Stücke, wenn ich mich recht erinnere. Ich habe keine Ahnung, was sie mir sagen wird, wenn sie mich das nächstemal sieht. Ich habe viel zuviel Angst, ihr einen Besuch zu machen.«

»Ich werde Sie schon mit meiner Tante versöhnen. Sie ist Ihnen sehr zugetan, und ich glaube auch, es schadet nichts, daß Sie nicht da waren. Das Publikum hat vermutlich gemeint, es sei vierhändig gespielt worden. Wenn sich Tante Agatha ans Klavier setzt, macht sie für zwei Personen reichlich genug Lärm.«

»Sie sprechen sehr schlecht von ihr und machen mir auch kein Kompliment«, antwortete Dorian lachend.

Lord Henry sah ihn an. Ja, er war wirklich wunderbar schön, mit seinen feingeschwungenen dunkelroten Lippen, den offenen blauen Augen und dem gewellten goldblonden Haar. In seinem Gesicht war ein Ausdruck, der sofort Vertrauen erweckte. All die Aufrichtigkeit der Jugend lag darin und all die leidenschaftliche Reinheit der Jugend. Man fühlte, daß er bisher von der Welt noch unberührt war. Es war kein Wunder, daß ihn Basil Hallward anbetete.

»Sie sind viel zu reizend, um sich der Wohltätigkeit zu widmen, Mr. Gray – viel zu reizend!« sagte Lord Henry, warf sich auf den Diwan und öffnete seine Zigarettendose.

Der Maler hatte inzwischen eifrig seine Farben gemischt und seine Pinsel gewaschen. Er sah verärgert aus, und als er die letzte Bemerkung Lord Henrys hörte, blickte er zu ihm hin, sann einen Augenblick nach und sagte: »Henry, ich möchte das Bild heute fertig malen. Werden Sie es sehr grob von mir finden, wenn ich Sie bitte, uns jetzt allein zu lassen?«

Lord Henry lächelte und sah Dorian Gray an. »Soll ich gehen, Mr. Gray?«

»Bitte, bleiben Sie, Lord Henry, Basil hat einen seiner schlechten Tage, und ich kann ihn nicht leiden, wenn er so ist. Außerdem möchte ich von Ihnen erfahren, warum ich mich nicht der Wohltätigkeit widmen soll.«

»Ich weiß nicht, ob ich Ihnen das sagen soll, Mr. Gray. Es ist eine so langweilige Sache, daß man ernsthaft darüber reden müßte. Aber jetzt gehe ich auf keinen Fall, nachdem Sie mich gebeten haben, dazubleiben. Sie haben doch nichts dagegen, Basil?

Sie haben mir so oft gesagt, daß es Ihnen angenehm ist, wenn die, die Ihnen sitzen, mit jemand plaudern können.«

Hallward biß sich auf die Lippe. »Wenn Dorian es wünscht, müssen Sie natürlich dableiben. Dorians Launen sind Gesetze für jedermann, ausgenommen für ihn selbst.«

Lord Henry nahm seinen Hut und seine Handschuhe. »Sie drängen mich sehr, Basil, aber ich fürchte wirklich, ich muß gehen. Ich habe eine Verabredung mit einem Herrn im Orleans-Klub. Adieu, Mr. Gray! Kommen Sie doch gelegentlich am Nachmittag zu mir nach Curzon Street. Um fünf Uhr treffen Sie mich fast täglich. Schreiben Sie mir, bitte, wann Sie kommen. Es würde mir sehr leid tun, Sie zu verfehlen.«

»Basil,« rief Dorian Gray, »wenn Lord Henry Wotton geht, dann gehe ich auch. Sie sprechen ja nie ein Wort, wenn Sie malen, und es ist furchtbar langweilig, auf einem Podium zu stehen und zu versuchen, freundlich auszusehen. Bitten Sie ihn, dazubleiben, ich bestehe darauf.«

»Bleiben Sie Dorian und mir zu Gefallen«, sagte Basil, die Augen fest auf sein Bild gerichtet. »Er hat ganz recht, ich spreche nie ein Wort, während ich arbeite, höre auch nie zu, und es muß sehr langweilig für die unglücklichen Menschen sein, die mir sitzen. Ich bitte Sie, dazubleiben.«

»Was wird aber aus meiner Verabredung im Orleans-Klub?«

Der Maler lachte. »Ich glaube, damit wird es keine Schwierigkeit haben. Setzen Sie sich nur wieder hin, Henry. Und jetzt, Dorian, gehen Sie auf das Podium. Bewegen Sie sich nicht zu viel und geben Sie auch nicht acht auf das, was Lord Henry sagt. Er hat einen sehr bösen Einfluß auf alle seine Freunde, mich allein ausgenommen.«

Dorian Gray bestieg mit der Miene eines jungen griechischen Märtyrers das Podium und schnitt, zu Lord Henry gewandt, ein Gesicht. Er hatte zu diesem Mann, der so ganz anders war als Basil, eine schnelle Neigung gefaßt. Die beiden bildeten einen entzückend scharfen Gegensatz. Und dann hatte er ein so schönes Organ.

Ein paar Augenblicke später sagte Dorian zu ihm: »Lord Henry, haben Sie wirklich einen so bösen Einfluß? Ist es so arg, wie Basil sagt?«

»Es gibt keinen guten Einfluß, Mr. Gray. Jeder Einfluß ist unmoralisch – unmoralisch vom wissenschaftlichen Standpunkt aus.«

»Warum?«

»Weil beeinflussen so viel ist wie einem anderen die eigne Seele leihen. Er denkt dann nicht mehr an seine eigenen Gedanken, verzehrt sich nicht mehr an seinen eigenen Leidenschaften. Seine Tugenden sind gar nicht seine Tugenden. Seine Sünden – wenn es überhaupt so etwas wie Sünden gibt – sind nur geborgt. Er wird ein Echo für die Töne eines anderen; ein Schauspieler, der eine Rolle spielt, die nicht für ihn geschrieben ist. Der Sinn des Daseins ist: Selbstentwicklung. Die eigene Persönlichkeit, voll zum Ausdruck zu bringen – das ist die Aufgabe, die jeder von uns hier zu lösen hat. Heutzutage hat jeder Angst vor sich. Die Menschen haben ihre heiligste Pflicht vergessen, nämlich die gegen sich selbst. Natürlich sind sie mildtätig. Sie nähren den Hungernden, bekleiden den Bettler. Ihre eigenen Seelen aber darben und sind entblößt. Der Mut ist unserem Geschlecht abhanden gekommen. Vielleicht haben wir auch nie welchen besessen. Die Furcht vor der Gesellschaft, die Grundlage der Sittlichkeit, und die Furcht vor Gott, dieses Geheimnis der Religion – das sind die zwei Kräfte, die uns beherrschen. Und doch –«

»Dorian, seien Sie bitte einmal brav und drehen Sie den Kopf eine Spur nach rechts«, sagte der Maler, in sein Werk vertieft; doch er hatte gemerkt, daß in des Jünglings Gesicht ein Ausdruck getreten war, den er vordem nie dort bemerkt hatte.

»Und doch,« fuhr Lord Henry mit seiner tiefen musikalischen Stimme fort, während er die Hand in einer anmutigen Art, die er schon in der Schule gehabt hatte, bewegte, »wenn nur die Menschen ihr eigenes Leben voll, bis auf den letzten Rest leben würden, jedes Gefühl Gestalt bekommen lassen, jeden Gedanken ausdrücken wollten, jeden Traum in Dasein umsetzen – ich bin überzeugt davon, dann käme in die Welt eine solche Summe von neuer Freude und Lust, daß wir alle die seelischen Krankheiten des Mittelalters vergäßen und zum hellenischen Ideal zurückkehrten. Ja, wir kämen vielleicht zu etwas Feinerem, Reicherem als dem Griechentum. Aber selbst der Tapferste unter uns hat Angst – vor sich selbst. Die Selbstverstümmlung der Wilden hat ihr tragisches Überbleibsel in der Selbstverleugnung, die unser Leben auffrißt. Wir büßen für unsere Entsagungen. Jeder Trieb, den wir zu unterdrücken suchen, brütet im Innern weiter und vergiftet uns. Der Körper sündigt nur einmal und ist dann mit der Sünde fertig, denn Tat ist immer Reinigung. Nichts bleibt dann zurück als die Erinnerung an eine Lust oder die Wollust der Reue. Die einzige Art, eine Versuchung zu bestehen, ist, sich ihr hinzugeben. Widerstehen Sie ihr, so erkrankt Ihre Seele vor Sehnsucht nach der Erfüllung, die sie sich selber verweigert hat, vor Gier nach dem, was die ungeheuerlichen Gesetze der Seele ungeheuerlich und ungesetzmäßig gemacht haben. Es ist gesagt worden, daß die großen Ereignisse der Welt im Gehirn vor sich gehen. Im Gehirn und nur im Gehirn werden auch die großen Sünden der Welt begannen. Sie, Mr. Gray, Sie selbst mit Ihrer rosenroten Jugend, Ihrer Jugendblüte, die wie weiße Rosen ist. Sie haben schon Leidenschaften erlebt, die Ihnen Angst eingejagt haben, Gedanken gehabt, die Sie mit Schrecken erfüllt haben, wachend und schlafend Träume geträumt, deren bloße Erinnerung Ihre Wangen schamrot werden ließe …«

»Hören Sie auf,« stammelte Dorian Gray, »hören Sie auf, Sie machen mich ganz wirr. Ich weiß nicht, was ich zu alldem sagen soll. Es gibt eine Antwort auf das alles, aber ich kann sie nicht finden. Sagen Sie nichts mehr! Lassen Sie mich nachdenken. Oder vielmehr, lassen Sie mich versuchen, nicht nachzudenken.«

Etwa zehn Minuten stand er bewegungslos, mit halb offenen Lippen, seltsam leuchtenden Augen da. Er war sich dumpf bewußt, daß ganz neue Einflüsse in ihm arbeiteten. Und doch schien es, als kämen sie in Wirklichkeit aus seinem eigenen Innern. Die wenigen Sätze, die Basils Freund zu ihm gesagt hatte – ohne Zweifel zufällig hingeworfene Worte voll eigensinniger Paradoxie – hatten eine geheime Saite seiner Seele berührt, die vordem nie getönt hatte, die er aber nun zittern, in seltsamen Schwingungen klopfen spürte.

Bisher hatte ihn nur die Musik so aufgewühlt. Die Musik hatte ihn schon oft in Aufruhr gebracht. Aber Musik konnte man nicht mit dem harten Verstände fassen ... Sie bringt keine neue Welt, schafft eher ein neues Chaos in uns. Worte, nur Worte. Wie schrecklich die sind! Wie klar, wie wirklich, wie grausam! Man kann nicht vor ihnen davonlaufen. Und doch, welch tiefer Zauber steckt in ihnen! Sie scheinen die Kraft zu haben, formlosen Dingen eine plastische Gestalt zu geben, und sie besitzen eine eigene Musik so süß wie die der Geige oder der Flöte. Nur Worte! Gibt es irgend etwas so Wirkliches wie Worte?

Ja; es hatte in seiner Knabenzeit Dinge gegeben, die unbegreiflich gewesen waren. Jetzt erst verstand er sie. Plötzlich bekam das Leben lodernde Farben. Nun schien es ihm, als sei er mitten durch Flammen gewandert. Warum hatte er es bisher nie gewußt?

Lord Henry beobachtete ihn mit einem feinen Lächeln. Er kannte genau den psychologischen Moment, in dem man kein Wort sagen durfte. Dieser junge Mensch interessierte ihn sehr. Die schnelle Wirkung seiner Worte hatte ihn in Erstaunen gesetzt; nun entsann er sich eines Buches, das er mit sechzehn Jahren gelesen und das ihm viel bis dahin Unbekanntes enthüllt hatte, und fragte sich, ob Dorian Gray wohl eine ähnliche Erfahrung erlebe. Er hatte bloß einen Pfeil abgedrückt. Hatte er das Ziel getroffen? Wie bezaubernd war doch dieser Jüngling!

Inzwischen malte Hallward in jenen wunderbar großen Zügen weiter, die das Zeichen aller wahren Feinheit und Vollkommenheit sind; denn die kann der Kunst nur aus der Kraft werden. Er merkte die wortlose Stille gar nicht.

»Basil, das Stehen macht mich müde!« rief Dorian plötzlich aus. »Ich muß hinaus in den Garten und mich hinsetzen. Die Luft hier ist unerträglich drückend.«

»Lieber, es tut mir wirklich leid, daß ich Sie so plage. Wenn ich male, kann ich an sonst nichts denken. Aber Sie haben nie besser gesessen. Sie waren ganz ruhig. Und ich habe endlich den Ausdruck herausgebracht, den ich gesucht habe: die halb offenen Lippen und den Glanz in den Augen. Ich weiß nicht, was Ihnen Henry erzählt hat, aber sicher hat er Ihnen einen prachtvollen Ausdruck gegeben. Ich vermute, er hat Ihnen Komplimente gemacht. Sie dürfen ihm aber kein Wort glauben.«

»Nein, er hat mir nicht das kleinste Kompliment gemacht. Vielleicht ist das der Grund, weshalb ich wirklich kein Wort von dem glaube, was er gesagt hat.«

»Sie wissen selbst, daß Sie jedes Wort davon glauben«, erwiderte Lord Henry, der ihn mit seinen weichen, träumerischen Augen ansah. »Wir wollen zusammen in den Garten gehen. Es ist furchtbar heiß im Atelier. Basil, lassen Sie uns irgendwas ganz Kaltes zu trinken geben, irgendwas mit Erdbeeren.«

»Sofort, Henry. Bitte, klingeln Sie selbst, und wenn Parker kommt, will ich ihm sagen, was Sie wünschen. Ich muß den Hintergrund hier noch fertig machen; ich komme später nach. Halten Sie mir aber Dorian nicht zu lange fest. Ich war nie in besserer Stimmung zum Malen als heute. Dies Porträt wird mein Meisterwerk. Schon jetzt wie es da steht, ist es mein Meisterwerk.«

Lord Henry ging in den Garten hinaus und traf dort Dorian Gray, wie er sein Gesicht in den großen, kühlen Fliederbüschen versteckte und fieberhaft ihren Duft einsog, als tränke er Wein. Er ging nahe an ihn heran und legte ihm die Hand auf die Schulter. »Sie haben ganz recht«, sagte er leise. »Nichts hilft der Seele besser als die Sinne, so wie den Sinnen nur die Seele helfen kann.«

Der Jüngling schreckte auf und trat einen Schritt zurück. Er war ohne Hut, und die Blätter hatten seine wilden Locken aufgewühlt und all ihre goldenen Fäden verwirrt. In seinen Augen lag ein Schimmer von Furcht, wie ihn Menschen haben, die man jäh aus dem Schlaf weckt. Seine zartgeschnittenen Nasenflügel bebten, und ein geheimer Nerv erschütterte die scharlachroten Lippen, so daß sie bebten.

»Ja«, fuhr Lord Henry fort, »das ist eines der großen Geheimnisse unseres Daseins: die Seele durch die Sinne heilen können und die Sinne durch die Seele. Sie sind ein wunderbares Geschöpf. Sie wissen von mehr Dingen, als Ihnen bewußt ist, und doch wissen Sie weniger, als Sie wissen sollten.«

Dorian Gray wandte den Kopf weg. Er fühlte sich unbehaglich. Ein unwiderstehlicher Reiz zog ihn zu diesem großen, anmutigen jungen Mann hin, der da neben ihm stand. Sein romantisches, olivenfarbiges Gesicht, der müde Ausdruck interessierte ihn. Diese tiefe, schwermütige Stimme fesselte. Auch seine kühlen, weißen, blumengleichen Hände zogen an. Sie bewegten sich bei seinen Worten, begleiteten sie wie Musik und schienen eine eigene Sprache zu sprechen. Aber er hatte auch Angst vor ihm und schämte sich dieser Furcht. Warum hatte ein Fremder kommen müssen, um ihm die eigene Seele zu offenbaren? Er kannte Basil Hallward nun seit Monaten, aber diese Freundschaft hatte ihn nicht verändert. Jetzt war plötzlich jemand in sein Leben getreten, der ihm das Mysterium des Daseins zu enthüllen schien. Und doch – wovor sollte er sich fürchten? Er war doch kein Schulknabe mehr, kein keines Mädchen. Es war albern, Angst zu haben.

»Kommen Sie, setzen wir uns in den Schatten«, sagte Lord Henry. »Parker hat uns was zum Trinken gebracht, und wenn Sie noch länger unter den Sonnenstrahlen stehen, werden Sie sich Ihren Teint verderben, und Basil wird Sie nie mehr malen. Sie dürfen sich wirklich nicht von der Sonne verbrennen lassen. Es würde Ihnen schlecht stehen.«

»Was läge dran?« rief Dorian Gray und lachte, als er sich auf eine Bank am Ende des Gartens setzte.

»Alles läge dran. Bei Ihnen Mr. Gray.«

»Wieso?«

»Weil Sie so wundervoll jung sind. Und Jugend ist das einzige, was im Leben einen Wert hat.«

»Ich empfinde das nicht so, Lord Henry.«

»Nein, jetzt empfinden Sie es nicht so. Später einmal wenn Sie alt, runzlig und häßlich sind, wenn die Gedanken Furchen in Ihre Stirne gegraben haben, die Leidenschaft Ihre Lippen mit ihren schrecklichen Feuern verbrannt hat, dann werden Sie es empfinden, furchtbar empfinden. Jetzt berücken Sie die ganze Welt, Sie können hingehen, wo Sie wollen. Wird das immer so sein? ... Sie haben ein wundervoll schönes Gesicht, Mr. Gray. Runzeln Sie nicht die Stirn. Es ist so. Und Schönheit ist eine Form des Genies – steht in Wahrheit noch höher als Genie, denn sie verlangt keinerlei Erläuterung. Sie ist eines der großen Lebensdinge, wie der Sonnenschein oder der Frühling oder der Abglanz jener silbernen Schale, die wir den Mond nennen, in dunklen Wässern. Man kann sie nicht bestreiten. Sie hat ein göttliches, über alles erhabenes Recht. Wer sie hat, ist ein Fürst. Sie lächeln – ach, wenn Sie sie verloren haben, lächeln Sie nicht mehr ... Die Leute sagen manchmal, Schönheit sei etwas Äußerliches. Vielleicht. Aber zum mindesten ist sie nicht so äußerlich wie das Denken. Für mich ist Schönheit das Wunder der Wunder. Nur die Toren urteilen nicht nach dem Äußern. Das wahre Geheimnis der Welt ist das Sichtbare, nicht das Unsichtbare ... Ja, Mr. Gray, die Götter haben es mit Ihnen gut gemeint. Aber was sie einem schenken, das rauben sie auch bald wieder. Sie haben nur ein paar Jahre, in denen Sie wirklich, vollkommen sich ausleben können. Wenn Ihre Jugend Sie verläßt, nimmt sie die Schönheit mit, und dann werden Sie plötzlich entdecken, daß keine Siege mehr auf Sie warten, oder Sie werden sich mit jenen traurigen Siegen begnügen müssen, die das Gedächtnis der Vergangenheit für Sie bitterer als Niederlagen machen wird. Jeder Monat, der dahingeht, bringt Sie einem schrecklichen Ziele näher. Die Zeit ist eifersüchtig auf Sie und kämpft gegen die Lilien und Rosen Ihrer Haut. Allmählich werden Sie fahl und hohlwangig, und Ihre Augen werden stumpf blicken. Sie werden unsäglich leiden ... Oh, leben Sie Ihrer Jugend, solange sie da ist. Vergeuden Sie das Gold Ihrer Tage nicht, hören Sie nicht auf die Philister, mühen Sie sich nicht, hoffnungslose Verhängnisse zu verbessern oder Ihr Leben den Unwissenden, Niedrigen, den gemeinen Leuten hinzugeben! Das sind die kranken Ziele, die falschen Ideale unserer Zeit. Leben Sie! Leben Sie das wunderbare Leben, das in Ihnen ist! Versagen Sie sich nichts! Suchen Sie rastlos nach einem neuen Gefühl! Fürchten Sie nichts ... Ein neuer Hedonismus täte uns allen not. Sie könnten sein lebendiges Symbol sein. Mit Ihrer Persönlichkeit können Sie alles wagen. Die Welt gehört Ihnen – eine kurze Spanne lang ... In dem Augenblick, da ich Sie sah, merkte ich, daß Sie keine Ahnung davon haben, was Sie sind, was Sie sein könnten. Aber so viel in Ihnen entzückte mich, daß ich Ihnen etwas über Ihre Natur sagen mußte. Ich hätte es als Tragik empfunden, wenn Sie sich wegwerfen wollten. Ihre Jugend währt ja nur so kurze Zeit – so unglaublich kurze Zeit. Die Wald- und Wiesenblumen welken, aber sie blühen wieder. Der Goldregen wird nächsten Juni genau so gelb sein wie jetzt. In einem Monat hat die Klematis purpurne Sterne, und Jahr für Jahr umschließt die grüne Pracht der Blätter solche Purpursterne. Aber wir Menschen bekommen unsere Jugend nie wieder. Der Puls der Freude, der in dem Zwanzigjährigen schlägt, wird schlaff. Unsere Glieder versagen, die Sinne verkommen. Wir verfallen zu grauslichen Fratzen, werden gequält von der Erinnerung an Leidenschaften, vor denen wir zurückgescheut haben, und köstlichen Versuchungen, denen zu erliegen wir den Mut nicht hatten. Jugend, Jugend ... Es gibt nichts in der Welt als Jugend!«

Dorian Gray hörte zu, mit aufgerissenen Augen, staunend. Der Fliederzweig fiel aus seiner Hand auf den Kies. Eine Biene in ihrem Pelzkleid kam und summte einen Augenblick um die Blüten herum. Dann kletterte sie eifrig auf den kleinen schmalgesternten Blumen herum. Er beobachtete sie mit jenem sonderbaren Interesse an gewöhnlichen Dingen, das wir zu zeigen suchen, wenn wir uns vor Dingen von hoher Bedeutung fürchten oder wenn wir durch ein neues Gefühl erschüttert werden, für das wir die Formel noch nicht wissen. Oder wenn ein schrecklicher Gedanke das Hirn bedrängt und verlangt, daß wir ihn einlassen. Nach einer Weile flog die Biene weg. Er sah sie in die bunte Trompete einer Winde kriechen. Die Blume schien zu erbeben. Dann schwankte sie sanft hin und her.

Plötzlich erschien der Maler in der Tür des Ateliers und forderte sie mit kurzen wiederholten Bewegungen auf, hereinzukommen. Sie wendeten sich rasch zueinander und lächelten.

»Ich warte!« rief er. »Kommt! Das Licht ist wundervoll. Ihr könnt die Gläser mitbringen.«

Sie standen auf und schlenderten zusammen den Gartenpfad hinab. Zwei weißgrüne Schmetterlinge flogen hinter ihnen her, und in dem Birnbaum an der Gartenhecke begann eine Drossel zu singen.

»Es freut Sie, mich getroffen zu haben, Mr. Gray?« fragte Lord Henry und sah ihn an.

»Ja, jetzt bin ich froh darüber. Ich weiß nicht, ob ich's immer sein werde!«

»Immer, – das ist ein unerträgliches Wort. Ich schaudere, wenn ich es höre. Die Frauen gebrauchen es so gern. Sie richten alle Abenteuer zugrunde, indem sie ihnen Ewigkeit geben wollen. Außerdem: es ist ein sinnloses Wort. Der einzige Unterschied zwischen einer Laune und einer Leidenschaft, die ein Leben lang währt, ist – daß die Laune ein Weilchen länger dauert.«

Als sie ins Atelier traten, legte Dorian Gray seine Hand auf Lord Henrys Arm. »Lassen Sie also unsere Freundschaft eine Laune sein«, sagte er leise und errötete über seine eigene Kühnheit. Dann stieg er auf das Podium und nahm seine Stellung wieder ein.

Lord Henry warf sich in einen weiten Rohrsessel und beobachtete ihn. Das Hin- und Herfahren des Pinsels gab den einzigen Ton, der die Stille unterbrach. Nur manchmal hörte man den Schritt Hallwards, wenn er zurücktrat, um sein Bild aus der Entfernung zu prüfen. In den schrägen Sonnenstrahlen, die durch die offne Tür einfielen, tanzte der Staub in goldenem Schimmer. Über allem brütete der schwere Duft der Rosen.

Als eine Viertelstunde etwa vergangen war, hörte Hallward auf, zu malen, betrachtete Dorian eine lange Zeit, sah dann lange auf das Bildnis, während er fest in den Griff seines großen Pinsels biß und die Stirne runzelte. »Es ist ganz fertig«, rief er endlich, bückte sich und schrieb in großen roten Lettern seinen Namen in die linke Ecke der Leinwand. Lord Henry ging hinüber und betrachtete das Bild genau. Ja, es war ein wunderbares Kunstwerk und auch wunderbar ähnlich.

»Lieber Freund,« sagte er, »ich wünsche Ihnen herzlichst Glück. Es ist das beste Porträt der modernen Zeit. Mr. Gray, kommen Sie und sehen Sie selbst!«

Der Jüngling schrak auf, wie aus einem Traum erweckt. »Ist es wirklich fertig?« murmelte er, als er vom Podium herabstieg.

»Ganz fertig«, antwortete der Maler. »Sie haben heute prachtvoll gesessen. Ich bin Ihnen sehr, sehr dankbar.«

»Das ist nur mein Verdienst,« warf Lord Henry ein, »nicht wahr, Mr. Gray?«

Dorian gab keine Antwort, sondern trat nur nachlässig vor sein Bild und wandte sich ihm zu. Als er es sah, zuckte er zusammen, und seine Wangen röteten sich einen Augenblick vor Freude. Ein Ausdruck der Freude trat in seinen Blick, als erkenne er sich selbst jetzt zum ersten Male. Bewegungslos stand er da, in Staunen versunken. Er merkte dumpf, daß Hallward zu ihm sprach, aber er faßte den Sinn der Worte nicht. Das Gefühl seiner eigenen Schönheit überkam ihn wie eine Offenbarung. Er hatte sie nie vorher empfunden. Basil Hallwards Komplimente hatte er nur für liebenswürdig übertriebene Freundschaftsbeteuerungen gehalten. Er hatte sie angehört, über sie gelacht, sie vergessen. Sein Wesen hatten sie nicht beeinflußt. Dann war Lord Henry Wotton gekommen mit seinem sonderbaren Hymnus auf die Jugend, seiner schrecklichen Warnung vor ihrer Kürze. Das hatte ihn aufgerüttelt, und jetzt, als er dastand und den Schatten der eigenen Lieblichkeit anschaute, durchdrang ihn die volle Wirklichkeit jener Schilderung. Ja, der Tag mußte kommen, da sein Gesicht faltig und verwittert, die Augen trüb und farblos, die Anmut seiner Gestalt gebrochen, entstellt sein würde. Das Scharlachrot seiner Lippen würde abfallen, das Gold des Haares sich wegstehlen. Er würde häßlich, grauenerregend, plump werden.

Als er daran dachte, durchdrang ihn ein scharfer Schmerz wie ein Messerstich und ließ die feinsten Nerven erbeben. Seine Augen wurden dunkel wie Amethyste, und ein Tränenschimmer stieg vor ihnen auf. Es war, als ob sich ihm eine eiskalte Hand aufs Herz gelegt hätte.

»Finden Sie es nicht gut?« rief schließlich Hallward, ein wenig gereizt durch das Schweigen des Jünglings, dessen Sinn er nicht begriff.

»Natürlich findet er es gut«, sagte Lord Henry. »Wer würde das nicht? Es ist eins der größten Werke der modernen Kunst. Ich gebe Ihnen jeden Betrag dafür, den Sie nur wollen. Ich muß es haben.«

»Es gehört nicht mir, Henry.«

»Wem gehört es denn?«

»Dorian natürlich«, entgegnete der Maler.

»Er hat Glück ...«

»Wie traurig es ist«, flüsterte Dorian, der die Augen noch immer fest auf das Bild gerichtet hatte. »Wie traurig es ist! Ich werde alt werden, häßlich, widerlich. Aber dies

Bild wird immer jung bleiben. Es wird nie über diesen heutigen Junitag hinaus altern ... Wenn es nur umgekehrt sein könnte! Wenn ich es wäre, der ewig jung bliebe und das Bild altern könnte! Dafür, dafür gäbe ich alles. Ja, nichts in der Welt wäre mir dafür zu viel. Ich gäbe meine Seele als Preis dahin.«

»Dieser Tausch würde Ihnen kaum passen, Basil«, rief Lord Henry lachend. »Das wäre hart für Ihr Werk.«

»Ja, ich würde mich ernstlich wehren, Henry«, sagte Hallward.

Dorian Gray wandte sich ihm zu und sah ihn an. »Ich bin überzeugt. Sie würden sich wehren, Basil. Die Kunst ist Ihnen mehr als Ihre Freunde. Ich bedeute für Sie nicht mehr, als eine grünangelaufene Bronzefigur. Kaum so viel vielleicht.«

Der Maler war starr vor Verwunderung. So zu sprechen war gar nicht Dorians Art. Was war geschehen? Er schien ganz zornig. Sein Gesicht hatte sich gerötet, die Wangen brannten.

»Ja,« fuhr er fort, »ich bedeute für Sie weniger als dieser Hermes aus Elfenbein oder der silberne Faun da. Die werden Sie immer schätzen. Wie lang aber werden Sie mich schätzen? Bis die erste Runzel mein Gesicht entstellt, vermutlich. Ich weiß es jetzt: wenn man seine Schönheit, von welcher Art sie auch sei, verliert, hat man alles verloren. Ihr eigenes Bild hat mich diese Weisheit gelehrt. Lord Henry Wotton hat ganz recht. Jugend ist das einzige auf der Welt, was einen Wert hat. Wenn ich einmal entdecke, daß ich alt werde, bringe ich mich um.«

Hallward wurde bleich und faßte ihn bei der Hand. »Dorian, Dorian,« rief er aus, »sagen Sie so etwas nicht. Ich habe nie einen Freund gehabt, der mir so viel war wie Sie, und werde nie einen haben. Sie können doch nicht auf leblose Dinge eifersüchtig sein, Sie, der Sie edler sind, als irgendeines von ihnen.«

»Ich bin eifersüchtig auf jedes Ding, dessen Schönheit nicht stirbt. Ich bin eifersüchtig auf das Bild, das Sie von mir gemalt haben. Warum darf es behalten, was ich hergeben muß? Jeder Augenblick, der verstreicht, nimmt mir etwas weg, schenkt ihm etwas. Oh, wenn es doch umgekehrt wäre! Wenn sich doch das Bild veränderte und ich immer bleiben könnte, wie ich bin! Warum haben Sie es gemalt? Es wird mich einmal verhöhnen, furchtbar verhöhnen.«

Heiße Tränen traten ihm in die Augen. Er riß die Hand weg und warf sich auf den Diwan. Dort vergrub er sein Gesicht in den Kissen, als bete er.

»Das ist Ihr Werk, Henry«, sagte der Maler bitter.

Lord Henry zuckte die Achseln. »Es ist der wirkliche Dorian Gray – sonst nichts.«

»Das ist er nicht.«

»Wenn er es nicht ist, was habe ich mit alledem zu schaffen?«

»Sie hätten weggehen sollen, als ich Sie darum bat«, murmelte er.

»Ich blieb da, als Sie mich darum baten«, war Lord Henrys Erwiderung.

»Henry, ich kann nicht mit meinen beiden besten Freunden auf einmal Streit anfangen, aber ihr beide habt es zuwege gebracht, daß ich das beste Stück Arbeit, das mir je gelungen ist, hasse, und ich werde es vernichten. Es ist schließlich nur Leinwand und Farbe. Ich will es nicht in drei Leben eingreifen und sie zerstören lassen.«

Dorian Gray hob sein goldenes Haupt von dem Kissen und blickte ihn mit bleichem Gesicht und tränenfeuchten Augen an, als er zu dem flachen Tische trat, der unter dem hohen verhängten Fenster stand. Was tat er dort? Seine Finger fuhren zwischen dem Wust von Blechtuben und trockenen Pinseln herum und suchten etwas. Ja, sie suchten das lange Streichmesser mit der dünnen Klinge aus geschmeidigem Stahl. Endlich hatte er es gefunden. Er wollte die Leinwand zerschlitzen.

Mit einem erstickten Schluchzen flog der Jüngling von dem Sofa auf, sprang zu Hallward hinüber, riß ihm das Messer aus der Hand und schleuderte es in den weitesten Winkel des Ateliers. »Tun Sie es nicht, Basil, tun Sie es nicht«, schrie er. »Es wäre Mord.«

»Ich freue mich, daß Sie schließlich meine Arbeit doch schätzen, Dorian«, sagte der Maler kühl, als er sich von seinem Erstaunen erholt hatte. »Ich habe es nicht geglaubt.«

»Schätzen? Ich bin verliebt in das Bild, Basil. Es ist ein Teil von mir selbst. Ich fühle es.«

»Schön, sobald Sie trocken sind, sollen Sie gefirnißt, gerahmt und nach Hause geschickt werden. Da können Sie mit sich selbst anfangen, was Ihnen beliebt.« Er schritt durch den Raum und klingelte um Tee. »Sie trinken doch Tee, Dorian? Sie auch, Henry, oder haben Sie etwas gegen so einfache Genüsse?«

»Ich bete einfache Genüsse an«, sagte Lord Henry. »Sie sind die letzte Zuflucht komplizierter Menschen. Aber für Szenen schwärme ich nicht, außer im Theater. Was für tolle Menschen seid ihr doch beide! Wer war es, der den Menschen als ein vernünftiges Tier definiert hat? Das war eine der unbedachtesten Definitionen. Der Mensch hat eine ganze Menge Eigenschaften, Vernunft gewiß nicht. Gott sei Dank, übrigens. Aber eigentlich wäre mir lieber, ihr beide zanktet euch nicht um das Bild. Sie sollten es lieber mir geben, Basil. Dieser dumme Bub will es eigentlich gar nicht, und ich sehr.«

»Wenn Sie es irgendeinem anderen geben, Basil, verzeihe ich es Ihnen nie«, rief Dorian Gray. »Und ich gestatte niemand, mich einen dummen Buben zu nennen.«

»Sie wissen, Dorian, daß das Bild Ihnen gehört. Ich habe es Ihnen geschenkt, noch bevor es gemalt war.«

»Und Sie wissen, Mr. Gray, daß Sie ein wenig dumm waren, und daß Sie in Wahrheit gar nichts dagegen haben, an Ihre Jugend erinnert zu werden.«

»Heute früh hätte ich sehr viel dagegen gehabt.«

»Ja, heute früh. Seitdem haben Sie gelebt.«

Es klopfte an die Tür; der Diener trat mit einem besetzten Teebrett ein und stellte es auf einen kleinen japanischen Tisch. Man hörte ein Klappern von Tassen und Löffeln und das Summen eines gekerbten georgischen Teekessels. Zwei kugelige Porzellanschüsseln wurden von einem Pagen gebracht. Dorian Gray ging hin und schenkte den Tee ein. Die beiden Männer schlenderten langsam zum Tische und sahen nach, was unter den Deckeln der Schüsseln war.

»Wir wollen heute abend ins Theater gehen«, sagte Lord Henry. »Irgendwo muß doch was los sein. Ich habe zwar zugesagt, bei White zu dinieren, aber es ist nur ein alter Freund; ich kann ihm also ein Telegramm schicken, daß ich krank bin oder infolge einer späteren Verabredung nicht kommen kann. Das würde ich für eine entzückende Entschuldigung halten. Man kann nicht aufrichtiger sein.«

»Es ist so langweilig, sich den Gesellschaftsanzug anzuziehen«, murmelte Hallward. »Und wenn man ihn an hat, sieht man so greulich aus.«

»Ja«, antwortete Lord Henry träumerisch. »Die Kleidung des neunzehnten Jahrhunderts ist abscheulich. Sie ist so düster, so deprimierend. Die Sünde ist noch das einzige Farbige im modernen Leben.«

»Sie sollten solche Dinge wirklich nicht vor Dorian sagen, Henry!«

»Vor welchem Dorian nicht? Vor dem, der uns Tee einschenkt, oder dem auf dem Bilde?«

»Vor keinem von beiden.«

»Ich möchte gerne mit Ihnen ins Theater, Lord Henry«, sagte der Jüngling.

»Dann kommen Sie doch. Und Sie auch, Basil, nicht wahr?«

»Ich kann nicht, wirklich. Es ist mir lieber so. Ich habe eine Menge zu tun.«

»Dann müssen wir beide allein gehen, Mr. Gray.«

»Ich freue mich riesig.«

Der Maler biß sich auf die Lippe und schritt, die Teetasse in der Hand, zum Bilde hinüber. »Ich bleibe bei dem wirklichen Dorian hier«, sagte er traurig.

»Ist das der wirkliche?« rief das Original und ging hin. »Bin ich wirklich so?«

»Ja, genau so sind Sie.«

»Wie wunderbar, Basil!«

»Sie sehen wenigstens jetzt so aus. Aber das Bild wird sich nie ändern«, seufzte Hallward. »Das ist etwas.«

»Was man heute für ein Wesen aus der Treue macht!« rief Lord Henry aus. »Und dabei ist sie selbst in der Liebe eine rein physiologische Frage. Sie hat nicht das mindeste mit unserem Willen zu tun. Junge Leute wären gerne treu und sind es nicht; alte wären gerne treulos und können es nicht. Das ist alles, was sich über dieses Problem sagen läßt.«

»Gehen Sie heute abend nicht ins Theater, Dorian,« bat Hallward. »Bleiben Sie hier, und speisen Sie mit mir.«

»Ich kann nicht, Basil.«

»Warum?«

»Weil ich Lord Henry zugesagt habe, mit ihm auszugehen.«

»Es wird Sie bei ihm nicht fördern, wenn Sie Ihre Versprechungen halten. Er bricht seine immer. Ich bitte Sie, nicht zu gehen.«

Dorian Gray schüttelte lachend den Kopf.

»Ich beschwöre Sie.«

Der junge Mann schwankte und sah zu Lord Henry hinüber, der mit einem vergnügten Lächeln die beiden vom Teetische aus beobachtete.

»Ich muß fort, Basil«, antwortete er.

»Schön«, sagte Hallward und ging zum Tische hinüber, um seine Tasse wegzustellen. »Es ist schon ziemlich spät, und da Sie sich noch anziehen müssen, haben Sie keine Zeit zu verlieren. Adieu, Henry. Adieu, Dorian. Kommen Sie bald wieder. Kommen Sie morgen.«

»Bestimmt.«

»Aber nicht vergessen!«

»Nein, natürlich nicht!« rief Dorian.

»Und ... Henry!«

»Ja, Basil?«

»Denken Sie an das, was ich Ihnen sagte, als wir am Vormittag im Garten saßen.«

»Ich habe es vergessen.«

»Ich vertraue Ihnen.«

»Ich wünschte, ich könnte mir selbst vertrauen«, sagte Lord Henry lachend. »Kommen Sie, Mr. Gray. Meine Droschke steht unten, und ich kann Sie an Ihrer Wohnung absetzen. Adieu, Basil! Es war ein sehr interessanter Nachmittag.«

Als die Türe hinter ihnen geschlossen war, warf sich der Maler auf den Diwan und ein schmerzlicher Zug trat in sein Gesicht.

Drittes Kapitel

Um halb eins am nächsten Tage schlenderte Lord Henry Wotton von Curzon Street nach dem Albany hinüber, um seinem Onkel einen Besuch zu machen. Lord Fermor war trotz seiner etwas rauhen Art ein heiterer alter Junggeselle, den die Außenwelt einen Egoisten nannte, weil sie keinen besonderen Nutzen aus ihm ziehen konnte, den man aber in der Gesellschaft freigebig nannte, weil er den Leuten, die ihn amüsierten, zu essen gab. Sein Vater war Gesandter in Madrid gewesen, als die Königin Isabella noch jung war, und man von Prim noch nichts wußte. Er hatte sich aber in einem launischen Augenblicke aus dem diplomatischen Dienste zurückgezogen, weil er sich ärgerte, daß man ihm den Gesandtenposten in Paris nicht angeboten hatte, zu dem er sich durch seine Geburt, seine Trägheit, das gute Englisch seiner Berichte und seine maßlose Vergnügungssucht berechtigt glaubte. Der Sohn, der des Vaters Privatsekretär gewesen war, hatte mit ihm zugleich den Abschied genommen, was man damals für etwas töricht hielt. Als er dann einige Monate später im Majorat nachfolgte, hatte er sich ernstlich der großen aristokratischen Kunst, absolut nichts zu tun, gewidmet. Er besaß zwei große Häuser in der Stadt, zog es aber vor, in einer Junggesellenwohnung zu wohnen, weil das weniger Umstände machte und speiste meistens im Klub. Er beschäftigte sich ein wenig mit der Ausbeutung seiner Kohlenminen im Midland-Bezirk und entschuldigte diese industrielle Tätigkeit mit dem Hinweis darauf, der einzige Vorteil, selbst Kohlenwerke zu besitzen, sei der, daß es so einem Gentleman möglich werde, im eigenen Kamin Holz zu brennen. Politisch war er ein Tory, außer wenn die Tories an der Regierung waren, in welchem Falle er sie radikales Gesindel schalt. Er war der übliche Held für seinen Kammerdiener, der ihn drangsalierte, und ein Schrecken für die meisten seiner Verwandten, die er drangsalierte. Nur England hätte ihn hervorbringen können, und er sagte immer, daß das Land mehr und mehr auf den Hund komme. Seine Grundsätze waren veraltet, aber für seine Vorurteile ließ sich manches sagen.

Als Lord Henry ins Zimmer trat, fand er seinen Onkel in einem rauhen Jagdrock, eine Zigarre im Munde, über der »Times« sitzen.

»Nun, Henry,« sagte der alte Herr, »was bringt dich so früh her? Ich habe immer geglaubt, daß ihr Dandies nie vor zwei Uhr aufsteht und nie vor fünf Uhr sichtbar werdet.«

»Reine Familienliebe, aufs Wort, Onkel George; ich brauche etwas von dir.«

»Geld, vermute ich«, sagte Lord Fermor und zog ein saures Gesicht. »Also gut, setz' dich und sag' mir alles darüber. Ihr jungen Leute bildet euch heutzutage ein, daß Geld alles ist.«

»Ja,« murmelte Lord Henry, während er seine Blume im Knopfloch zurecht rückte, »und wenn die jungen Leute älter werden, dann wissen sie es. Aber ich brauche kein Geld. Nur Leute, die ihre Rechnungen zahlen, brauchen Geld, Onkel George. Ich zahle meine nie. Kredit ist das Vermögen eines jüngeren Sohnes, und man kann glänzend davon leben. Außerdem kaufe ich immer bei Dartmoors Lieferanten, und infolgedessen hab' ich nie Scherereien. Was ich brauche, ist eine Auskunft, keine nützliche Auskunft natürlich, eine ganz wertlose Auskunft.«

»Ich kann dir alles sagen, was je in einem englischen Blaubuche gestanden hat, obwohl diese Burschen heutzutag einen Haufen Unsinn zusammenschreiben. Als ich noch Diplomat war, waren die Dinger besser. Aber ich höre, daß man jetzt auf Grund einer Prüfung Diplomat wird, also was kann man da noch erwarten! Prüfungen sind der reine Humbug von Anfang bis zu Ende. Wenn ein Mensch ein Gentleman ist, weiß er genug; wenn er kein Gentleman ist, so mag er wissen, was er will, es hilft ihm nichts.«

»Mr. Dorian Gray hat nichts mit Blaubüchern zu schaffen«, sagte Lord Henry nachlässig.

»Mr. Dorian Gray, wer ist das?« fragte Lord Fermor, seine buschigen weißen Augenbrauen zusammenziehend.

»Das möchte ich gerade Von dir erfahren, Onkel George. Oder genauer gesagt, wer es ist, weiß ich. Er ist der Enkel des letzten Lord Kelso, seine Mutter war eine Devereux, Lady Margaret Devereux. Ich möchte, daß du mir etwas über seine Mutter sagst. Wie war sie? Wen hat sie geheiratet? Du hast doch so ziemlich alle Leute in deiner Zeit gekannt, also wahrscheinlich auch sie. Ich interessiere mich im Augenblick sehr für Mr. Gray. Ich habe ihn erst ganz kürzlich kennengelernt.«

»Kelsos Enkel, Kelsos Enkel – natürlich, ich war mit seiner Mutter sehr intim. Ich glaube sogar, daß ich bei ihrer Taufe war. Sie war ein ganz außerordentlich schönes Mädchen, diese Margaret Devereux, und hat dann alle jungen Leute toll gemacht, weil sie mit einem jungen Burschen davongelaufen ist, der keinen Heller gehabt hat und auch sonst gar nichts war, irgendein Subalternoffizier bei der Infanterie oder so irgend etwas. Natürlich, ich erinnere mich jetzt an die ganze Sache, als wäre sie gestern geschehen. Der arme Kerl wurde dann bei einem Duell in Spaa umgebracht, nur ein paar Monate nach der Hochzeit. Man erzählte damals eine häßliche Geschichte darüber. Die Leute sagten, daß der alte Kelso irgendeinen Schuft, einen Abenteurer, einen belgischen Kerl, gemietet hätte, um seinen Schwiegersohn öffentlich zu insultieren, ihn dafür bezahlt hätte, einfach bezahlt, und daß dann dieser Kerl sein Opfer umgebracht hätte, als wäre es eine Taube. Die Geschichte wurde dann natürlich vertuscht, aber freilich, Kelso mußte im Klub eine Zeitlang sein Kotelett allein essen. Er brachte seine Tochter wieder mit, hat man mir erzählt, doch sie sprach nie mehr ein Wort mit ihm. Ja, ja, das war eine böse Sache. Das Mädel starb dann auch, starb kaum ein Jahr später. Sie hat also einen Sohn zurückgelassen? Das hatte ich ganz vergessen. Was ist er für ein Bursch? Wenn er seiner Mutter ähnlich sieht, muß er ein hübscher Kerl sein.«

»Er ist sehr hübsch«, stimmte Lord Henry bei.

»Ich hoffe, er wird in gute Hände kommen«, fuhr der alte Mann fort. »Es muß ein Haufen Geld auf ihn warten, wenn Kelso seine Pflicht getan hat. Seine Mutter hat übrigens auch Geld gehabt, der ganze Selbysche Besitz fiel ihr durch ihren Großvater zu. Ihr Großvater haßte Kelso, hielt ihn für einen niedrigen Hund. Was er übrigens war. Er kam einmal nach Madrid, als ich dort war. Na, ich mußte mich seiner schämen. Die Königin pflegte mich nach dem englischen Aristokraten zu fragen, der immer mit den Kutschern über die Taxe stritt. Sie machten eine ganze Geschichte daraus. Ich wagte einen Monat lang nicht, bei Hof zu erscheinen. Ich hoffe nur, er hat seinen Enkel besser behandelt als die Kutscher.«

»Darüber weiß ich nichts«, erwiderte Lord Henry. »Ich vermute aber, daß es dem jungen Mann an nichts fehlen wird. Er ist noch nicht volljährig. Selby gehört ihm, das weiß ich. Er hat es mir selbst gesagt. Und … seine Mutter war also sehr schön?«

»Margaret Devereux war eines der schönsten Geschöpfe, die ich je gesehen habe, Henry. Weshalb in aller Welt sie tat, was sie getan hat, habe ich nie verstehen können. Sie hätte jeden Mann, den sie hätte haben wollen, heiraten können. Earlington war wahnsinnig verliebt in sie. Aber sie war romantisch. Alle Frauen dieser Familie waren es. Die Männer waren eine traurige Gesellschaft, aber bei Gott, die Weiber waren wunderbar. Earlington lag auf den Knien vor ihr. Hat-s mir selber gesagt. Sie lachte ihn aus, und es gab damals in London kein einziges Mädel, das nicht hinter ihm her gewesen wäre. Übrigens bei der Gelegenheit, da wir schon über Mesalliancen reden: was ist das für ein Unfug, den mir dein Vater erzählt, daß Dartmoor eine Amerikanerin heiraten will? Sind die englischen Mädel nicht gut genug für ihn?«

»Es ist gerade Mode, Amerikanerinnen zu heiraten, Onkel George.«

»Ich halte englische Weiber gegen die ganze Welt«, sagte Lord Fermor und schlug mit der Faust auf den Tisch.

»Das Wetten steht zugunsten der Amerikaner.«

»Sie halten nichts aus, hat man mir gesagt«, murmelte der Onkel.

»Ein langes Rennen erschöpft sie, aber für die Steeplechase sind sie glänzend. Sie nehmen die Hindernisse im Fluge. Ich glaube aber nicht, daß Dartmoor Aussichten hat.«

»Wie ist die Familie?« raunzte der alte Herr. »Hat sie überhaupt eine?«

Lord Henry schüttelte den Kopf. »Amerikanische Mädchen sind klug genug, ihre Eltern zu verbergen, genau so klug wie englische Frauen, die ihre Vergangenheit verbergen«, antwortete er und stand auf, um wegzugehen.

»Ich vermute also, es sind Schweineschlächter.«

»Das hoffe ich, Onkel George, in Dartmoors Interesse. Man hat mir erzählt, Schweinschlachten soll der einträglichste Beruf in Amerika sein nach der Politik.«

»Ist sie hübsch?«

»Sie benimmt sich so, als wäre sie schön. Das tun die meisten Amerikanerinnen. Es ist das Geheimnis ihres Reizes.«

»Warum können diese amerikanischen Weiber nicht in ihrem Lande bleiben? Sie sagen doch immer, daß es das Paradies für die Frauen ist.«

»Das ist es auch. Und das ist auch der Grund, warum sie genau so wie Eva so gern weg wollen«, sagte Lord Henry. »Adieu, Onkel George. Ich komme zu spät zum Lunch, wenn ich noch länger bleibe. Ich danke dir für die Auskunft, um die ich dich gebeten habe. Ich habe immer das Bedürfnis, so viel wie möglich von meinen neuen Freunden zu hören und so wenig wie möglich von meinen alten.«

»Wohin gehst du zum Lunch?«

»Zu Tante Agatha. Ich habe mich mit Mr. Gray dort angesagt. Er ist ihr neuester Schützling.«

»Hm, sag' der Tante Agatha, Henry, sie soll mich nie mehr mit ihren Wohltätigkeitsdingen quälen. Ich habe sie über. Weiß Gott, das gute Frauenzimmer glaubt, ich habe nichts zu tun als Schecks für ihre langweiligen Vereine auszuschreiben.«

»Abgemacht, Onkel George, ich werde es ihr sagen, aber es wird gar nichts nützen. Leute, die sich mit Wohltätigkeit abgeben, verlieren alle Menschlichkeit; das ist ihre hervorstechende Eigenschaft.«

Der alte Herr nickte zustimmend und klingelte dem Diener. Lord Henry schritt durch die niedrigen Arkaden nach Burlington Street und lenkte dann seine Schritte in die Richtung von Berkeley Square.

Das war also die Geschichte von Dorian Grays Abkunft. So plump sie ihm auch gesagt worden war, sie hatte ihn doch durch die Suggestion einer seltsamen, geradezu modernen Romantik erschüttert. Eine schöne Frau, die alles für eine wahnsinnige

Leidenschaft hingab. Ein paar wildglückliche Wochen, jäh abgebrochen durch ein abscheuliches, heimtückisches Verbrechen. Monate stummen Todeskampfes, und dann ein Kind unter Schmerzen geboren. Die Mutter vom Tod weggeholt, der Knabe der Einsamkeit und der Tyrannei eines alten, lieblosen Mannes ausgeliefert. Ja, es war ein interessanter Hintergrund. Er gab dem jungen Menschen Relief, machte ihn gewissermaßen noch vollkommener. Hinter jedem auserlesenen Ding der Welt steht eine geheime Tragik. Welten müssen in Aufruhr sein, damit die kleinste Blume erblühen kann ... Und wie entzückend war er am Abend vorher beim Diner gewesen, als er mit verlegenen Augen, die Lippen in scheuem Vergnügen offen, im Klub ihm gegenüber gesessen und die roten Lampenschirme das erwachende Wunder seines Gesichts in einen vollen reichen Ton getaucht hatten. Mit ihm sprechen, das war so wie auf einer wundervollen Geige spielen. Er gab jeden Druck, jeder zitternden Berührung des Bogens nach. Es lag ein unerhört aufregender Reiz darin, auf jemand zu wirken. Keine andere Tätigkeit kam dem gleich. Seine eigene Seele in eine schöne Form gießen und sie darin einen Augenblick lang verweilen lassen; seine eigenen Gedanken im Echo zurückbekommen, bereichert durch die Töne der Leidenschaft und Jugend; sein eigenes Temperament in ein anderes versenken, als wäre es die allerfeinste Flüssigkeit, ein seltener Wohlgeruch: darin lag eine wahre Lust, vielleicht die allerbefriedigendste Lust, die uns übrig geblieben ist, in einer so begrenzten und gewöhnlichen Zeit wie die unsere ist, in einer Zeit, die so materiell in ihren Genüssen und so gewöhnlich in ihren Begierden ist ... Dieser junge Mensch, den er durch einen so sonderbaren Zufall in Basils Atelier kennengelernt hatte, konnte jedenfalls in einen wunderbaren Typus verwandelt werden. Anmut war sein Besitz und die weiße Reinheit der Jugend und eine Schönheit, wie man sie sonst nur bei alten griechischen Statuen findet. Nichts gab es, was man nicht aus ihm machen konnte. Man konnte einen Titanen oder ein Spielzeug aus ihm machen. Wie schade, daß solche Schönheit dahinschwinden mußte ... Und Basil? Wie interessant war auch er für den Psychologen! Diese ganz neue Art von Kunst, diese ganz frische Weise, das Leben anzuschauen, die ihm auf das seltsamste durch die äußerliche Gegenwart eines Menschen geschenkt wurde, der von alledem nichts wußte; er war ihm der geheime Geist, der im dunkeln Walde wohnt und dann ungesehen ins offene Feld hinaustritt, plötzlich wie eine Dryade erscheinend und furchtlos, weil in der Seele, die nach ihm begehrt hat, nun jene wundersame Vision erweckt ist, in der nur die außerordentlichen Dinge enthüllt werden; dann werden die bloßen Formen und Abbilder der Dinge gleichsam edler und bekommen eine Art von symbolischem Wert, als wären sie selbst nur Abbilder anderer vollkommener Formen, deren Schatten sie verwirklicht haben; wie merkwürdig war das alles! Er erinnerte sich, daß er in der Geschichte so etwas gelesen hatte. War es nicht Plato, dieser Künstler der Gedanken, der als erster eine solche Analyse gegeben hat? War es nicht Buonarotti, der so etwas in den farbigen Marmor einer Sonettfolge gemeißelt hatte? In unserem Jahrhundert aber war es etwas Seltenes. Ja, er wollte versuchen, für Dorian Gray das zu sein, was dieser Jüngling, ohne es zu wissen, für den Maler war, der das prachtvolle Bildnis geschaffen hatte. Er wollte versuchen, ihn zu beherrschen, hatte in der Tat das schon fertig gebracht. Er wollte diesen wunderbaren Geist zu seinem eigenen machen. Es war etwas Fesselndes in diesem Kinde der Liebe und des Todes.

Plötzlich blieb er stehen und sah zu den Häusern hinauf. Er entdeckte, daß er an dem Haus seiner Tante bereits vorbeigegangen war, und ging lächelnd zurück. Als er in die etwas düstere Halle eintrat, sagte ihm der Diener, die Herrschaften seien schon beim Lunch. Er gab einem Lakai Hut und Stock und ging in den Speisesaal.

»Spät wie immer, Henry«, rief seine Tante, ihm zunickend.

Er erfand eine leichte Entschuldigung, setzte sich auf den leeren Platz neben sie und sah sich um, wer noch da war. Dorian begrüßte ihn scheu vom Ende des Tisches, und seine Wangen wurden vor Freude im geheimen rot. Gegenüber saß die Herzogin von Harley, eine Dame von bewunderungswürdig guter Konstitution und gutem Charakter, die jeder gern mochte und deren Körper jenen erhabenen architektonischen Aufbau hatte, der von zeitgenössischen Geschichtsschreibern bei Frauen, die nicht gerade Herzoginnen sind, als Leibesfülle bezeichnet wird. Zu ihrer Rechten saß Sir Thomas Burdon, ein radikaler Abgeordneter, der im öffentlichen Leben seinem Parteichef Gefolge leistete und im privaten den besten Küchenchefs, der mit den Tories dinierte und mit den Liberalen stimmte, damit einer weisen und wohlbekannten Lebensregel folgend. Den Platz an ihrer Linken nahm Mr. Erskine of Treadley ein, ein alter feiner und gebildeter Herr, der allerdings die schlechte Gewohnheit des Schweigens angenommen hatte, da er, wie er einmal Lady Agatha erklärte, schon vor seinem dreißigsten Lebensjahr alles gesagt hatte, was er überhaupt zu sagen hatte. Seine eigene Nachbarin war Mrs. Vandeleur, eine der ältesten Freundinnen seiner Tante, eine vollendete Heilige unter den Frauen, aber so schlampig, daß man bei ihrem Anblick immer an ein schlecht gebundenes Gebetbuch denken mußte. An ihrer anderen Seite saß zu seinem Glück Lord Faudel, eine sehr intelligente Mittelmäßigkeit in mittleren Jahren, so kahl wie die Antwort eines Ministers auf eine Interpellation im Unterhaus. Mit ihm unterhielt sie sich in jener intensiv-ernsten Weise, die, wie er selbst einmal bemerkte, der einzige unverzeihliche Irrtum ist, in den alle wirklich guten Menschen verfallen und dem keiner von ihnen völlig entgeht.

»Wir sprechen über Dartmoor, Henry«, rief die Herzogin ihm vergnügt über den Tisch zunickend. »Glauben Sie wirklich, daß er die berückende junge Dame heiratet?«

»Ich glaube, sie hat sich fest vorgenommen, ihm einen Antrag zu machen, Herzogin.«

»Wie schrecklich,« rief Lady Agatha aus, »dann sollte wirklich jemand dazwischen treten.«

»Ich habe aus einer ganz ausgezeichneten Quelle die Nachricht, daß ihr Vater ein Schnittwarengeschäft in Amerika hat«, sagte Sir Thomas Burdon mit einer überlegenen Gebärde.

»Mein Onkel dachte an Schweineschlächterei, Sir Thomas.«

»Schnittwaren? Was sind amerikanische Schnittwaren?« fragte die Herzogin, ihre großen Hände verwundernd erhebend und jede Silbe betonend.

»Amerikanische Romane«, antwortete Lord Henry und nahm von den Wachteln.

Die Herzogin machte ein verlegenes Gesicht.

»Geben Sie nicht acht auf das, was er spricht, Liebe,« flüsterte ihr Lady Agatha zu, »er meint nie, was er sagt.«

»Als Amerika entdeckt wurde«, sagte der radikale Abgeordnete und begann einige langweilige Tatsachen mitzuteilen. Wie alle Menschen, die ein Thema erschöpfen wollen, erschöpfte er seine Zuhörer. Die Herzogin seufzte und übte ihr Vorrecht, zu unterbrechen aus.

»Ich wünschte zu Gott, es wäre überhaupt nie entdeckt worden«, rief sie aus. »Unsere Töchter haben heutzutage wirklich gar keine Chance mehr. Das ist sehr ungerecht.«

»Vielleicht ist trotz allem Amerika überhaupt nie entdeckt worden«, sagte Mr. Erskine. »Ich für meinen Teil würde eher sagen, man ist dahinter gekommen.«

»Oh, ich muß gestehen, ich habe Exemplare seiner Bewohnerinnen gesehen,« antwortete zerstreut die Herzogin, »ich muß zugeben, daß die meisten von ihnen ausgesprochen hübsch sind. Und außerdem ziehen sie sich sehr gut an, sie bekommen alle ihre Kleider aus Paris. Ich wollte, ich könnte mir das auch leisten.«

»Man sagt: wenn gute Amerikaner sterben, so fahren sie nach Paris«, gluckste Sir Thomas, der einen großen Vorrat abgelegter Scherze hatte.

»In der Tat? Und wohin gehen schlechte Amerikaner, wenn sie sterben?« fragte die Herzogin.

»Sie gehen nach Amerika«, murmelte Lord Henry.

Sir Thomas runzelte die Stirn. »Ich fürchte, Ihr Neffe hat große Vorurteile gegen dieses Land«, sagte er zu Lady Agatha. »Ich habe es ganz bereist in Salonwagen, die mir von den Direktionen zur Verfügung gestellt wurden. Die Leute sind in diesen Dingen außerordentlich höflich. Ich versichere Ihnen, es ist außerordentlich bildend, das Land zu bereisen.«

»Aber müssen wir wirklich Chikago sehen, um unsere Bildung zu vervollständigen?« fragte Mr. Erskine wehmütig. »Ich fühle mich wirklich der Reise nicht gewachsen.«

Sir Thomas winkte mit der Hand. »Mr. Erskine of Treadley besitzt die Welt auf seinen Bücherregalen. Wir Menschen des praktischen Lebens lieben es, die Dinge zu sehen und nicht darüber zu lesen. Die Amerikaner sind ein außerordentlich interessantes Volk. Sie sind vollständig Vernunftmenschen. Ich denke, das ist ihr hervorstechendstes Charaktermerkmal. Ja, Mr. Erskine, ein ausschließlich von der Vernunft beherrschtes Volk. Ich versichere Ihnen, es gibt keinen Unsinn bei den Amerikanern.«

»Wie gräßlich!« rief Lord Henry aus. »Ich kann rohe Gewalt vertragen, aber rohe Vernunft ist mir zuwider. Ich finde immer, daß ihr Gebrauch unanständig ist. Vernunft ist so viel weniger wert als Geist.«

»Ich verstehe Sie nicht«, sagte Sir Thomas und wurde sehr rot.

»Ich verstehe Sie, Lord Henry«, murmelte Mr. Erskine lächelnd.

»Paradoxe sind ja an und für sich recht schön und gut ...«, nahm der Baronet wieder auf.

»War das ein Paradoxon?« fragte Mr. Erskine. »Ich habe es nicht dafür gehalten. Vielleicht war es doch eins; im übrigen, der Weg zur Wahrheit scheint mit Paradoxie gepflastert zu sein. Um die Wirklichkeit auf die Probe zu stellen, müssen wir sie auf dem straffen Seile sehen. Erst wenn die Wahrheiten Akrobaten werden, können wir sie beurteilen.«

»O Gott, o Gott,« sagte Lady Agatha, »was für eine Art zu diskutieren ihr Männer doch habt! Ich verstehe kein einziges Wort von dem, was ihr redet. Mit dir, Henry, bin ich ganz böse. Warum versuchst du, unseren lieben Mr. Dorian Gray vom East-End abzubringen? Ich versichere dir, er würde für uns dort unschätzbaren Wert haben; den Leuten würde sein Spiel über alle Maßen gefallen.«

»Mir ist es lieber, daß er für mich spielt«, rief Lord Henry lächelnd, sah am Tische hinab und fing einen fröhlichen Blick als Antwort auf.

»Aber die Leute sind in Whitechapel so unglücklich«, nahm Agatha wieder auf.

»Ich kann mit allem Möglichen Sympathie haben«, sagte Lord Henry, die Achseln zuckend, »außer mit Leiden. Damit kann ich keine Sympathie haben. Es ist zu häßlich, zu schrecklich, zu niederdrückend. In der modernen Sympathie für die Leiden ist etwas unglaublich Krankhaftes. Man sollte sympathisieren mit den Farben, mit der Schönheit, mit der Lebensfreude. Je weniger man über die traurigen Seiten des Lebens sagt, desto besser.«

»Und doch, das East-End ist ein sehr wichtiges Problem«, bemerkte Sir Thomas mit ernstem Kopfschütteln.

»Sicher,« antwortete der junge Lord, »es ist das Problem der Sklaverei, und wir versuchen es dadurch zu lösen, daß wir die Sklaven amüsieren.«

Der Politiker sah ihn daraufhin mit einem forschenden Gesicht an. »Welche Änderung schlagen Sie also vor?«

Lord Henry lachte. »Ich habe überhaupt nicht das Verlangen, in England etwas zu ändern außer dem Wetter. Ich begnüge mich mit einer philosophischen Betrachtung. Da aber das neunzehnte Jahrhundert durch seine übermäßige Ausgabe an Sympathie Bankerott gemacht hat, so möchte ich vorschlagen, daß man sich an die Wissenschaft hält, damit diese die Dinge wieder in Ordnung bringt. Der Vorteil der Gefühle liegt darin, daß sie uns auf Abwege führen, und der Vorteil der Wissenschaft liegt darin, daß sie mit Gefühlen nichts zu tun hat.«

»Aber auf uns liegen so schwere Verantwortlichkeiten«, warf Mrs. Vandeleur schüchtern ein.

»Entsetzlich schwere«, stimmte Lady Agatha ein.

Lord Henry sah zu Mr. Erskine hinüber. »Die Menschheit nimmt sich viel zu ernst, das ist die Todsünde der Welt. Wenn die Höhlenmenschen schon hätten lachen können, dann wäre die Weltgeschichte anders ausgefallen.«

»Ihre Worte richten mich auf«, trillerte die Herzogin. »Ich habe bisher immer ein heftiges Schuldgefühl gehabt, wenn ich Ihre liebe Tante besucht habe. Ich nehme nämlich nicht das geringste Interesse an dem East-End. In Zukunft werde ich ihr ins Gesicht sehen können, ohne zu erröten.«

»Erröten steht den Damen sehr gut«, bemerkte Lord Henry.

»Nur wenn man jung ist«, antwortete sie. »Wenn eine alte Frau wie ich errötet, dann ist es ein sehr schlechtes Zeichen. Ach, Lord Henry, ich wünschte, Sie könnten mir sagen, wie man wieder jung wird.«

Er dachte einen Augenblick nach. »Können Sie sich,« fragte er dann, sie fest über den Tisch hin ansehend, »können Sie sich an irgendeinen Irrtum erinnern, den Sie in der Jugend begangen haben?«

»Leider an eine ganze Menge!« rief sie aus.

»Dann begehen Sie sie wieder«, entgegnete er ernst. »Um seine Jugend zurückzubekommen, braucht man nur seine Narreteien zu wiederholen.«

»Eine entzückende Theorie! Ich muß sie ausprobieren.«

»Eine gefährliche Theorie«, sagte Sir Thomas, seine dünnen Lippen zusammenpressend.

Lady Agatha schüttelte den Kopf, aber sie mußte doch lachen. Mr. Erskine hörte still zu.

»Ja,« fuhr Henry fort, »das ist eins der großen Geheimnisse des Lebens. Heutzutage gehen die meisten Leute an einer Art von schleichendem Menschenverstand zugrunde, und erst, wenn es zu spät ist, entdecken sie, daß die einzigen Dinge, die man niemals bedauert, seine Fehler sind.«

Nun lachte der ganze Tisch.

Er spielte mit diesem Einfall und wurde übermütig; warf ihn in die Luft und wandelte ihn um; ließ ihn entwischen und fing ihn wieder auf; ließ ihn phantastisch glitzern und gab ihm Paradoxe als Flügel. Als er fortfuhr, weitete sich dieser Ruhm der Narretei in ein philosophisches System aus; die Philosophie selber wurde dabei jung und tanzte, die tolle Musik der Genüsse als Begleitung, gleichsam in weinbeflecktem Gewande und mit Efeu bekränzt, wie eine Bacchantin über die Hügel des Lebens und höhnte den plumpen Silen, weil er nüchtern war. Die Tatsachen flüchteten vor ihr wie erschreckte Waldbewohner. Ihre weißen Füße traten die ungefüge Kelter, an der der weise Omar sitzt, bis der schäumende Traubensaft in purpurnen Wellen um ihre nackten Glieder floß oder in rotem Gischt über die dunklen, träufelnden schiefen Seiten der Kufe rann.

Es war eine ganz außerordentliche Improvisation. Er empfand, daß die Augen Dorian Grays auf ihn gerichtet waren, und das Bewußtsein, daß unter seinen Zuhörern einer war, dessen Temperament er zu fesseln wünschte, gab seinem Witz Schärfe und seiner Einbildungskraft Farbe. Er war geistreich, phantastisch, außer Rand und Band. Er bezauberte seine Zuhörer, aus sich heraus zu gehen, und lachend folgten sie der Pfeife des Rattenfängers. Dorian Gray wandte seinen Blick nicht von ihm ab und saß wie unter einem Zauber da, während ein Lächeln auf seinen Lippen das andere ablöste, das Staunen in seinen dunklen Augen immer tiefer wurde.

Schließlich betrat im Kleide der Gegenwart die Wirklichkeit das Zimmer in der Gestalt eines Lakaien, der der Herzogin meldete, daß der Wagen warte. Sie rang ihre Hände in komischer Verzweiflung. »Wie unangenehm!« rief sie aus. »Ich muß fort. Ich muß meinen Mann im Klub abholen und mit ihm zu irgendeiner albernen Sitzung bei Willis fahren, wo er präsidieren soll. Wenn ich zu spät komme, ist er sicher wütend; in dem Hut, den ich aufhabe, könnte ich eine Szene nicht vertragen. Er hält das nicht aus. Ein rauhes Wort würde ihn ruinieren. Nein, liebe Agatha, ich muß gehen. Adieu,

Lord Henry, Sie sind ein ganz entzückender Mensch und demoralisieren in einer fürchterlichen Weise. Ich weiß wirklich nicht, was ich zu Ihren Ansichten sagen soll. Sie müssen an einem der nächsten Abende mit uns speisen. Dienstag? Sind Sie Dienstag frei?«

»Für Sie würde ich jede andere Verabredung fahren lassen, Herzogin«, sagte Lord Henry, sich verbeugend.

»Das ist sehr nett und sehr unrecht von Ihnen; vergessen Sie also nicht zu kommen«, rief sie ihm zu und rauschte aus dem Zimmer, von Lady Agatha und den übrigen Damen begleitet.

Als Lord Henry sich wieder gesetzt hatte, kam Mr. Erskine zu ihm hinüber, zog seinen Stuhl ganz nahe zu ihm hin und legte die Hand auf seinen Arm. »Sie reden besser wie ein Buch,« sagte er, »warum schreiben Sie keins?«

»Mr. Erskine, ich lese viel zu gerne Bücher, als daß ich Lust hätte, eins zu schreiben. Gewiß möchte ich manchmal einen Roman schreiben, einen Roman, der so entzückend wäre wie ein persischer Teppich und ebenso unwirklich, aber in England gibt es ja kein Publikum außer für Zeitungen, Fibeln und Konversationslexika. Von allen Völkern der Welt haben die Engländer am wenigsten Sinn für die Schönheit der Literatur.«

»Ich fürchte, Sie haben ganz recht«, antwortete Mr. Erskine. »Ich selbst habe in früheren Jahren einigen literarischen Ehrgeiz gehabt, aber ich habe ihn lange aufgegeben. Und nun, mein lieber junger Freund, wenn Sie mir erlauben wollen, Sie so zu nennen, darf ich an Sie die Frage richten, ob Sie wirklich all das glauben, was Sie uns bei Tisch gesagt haben?«

»Ich habe ganz vergessen, was ich gesagt habe«, antwortete Lord Henry lächelnd. »War es sehr arg?«

»In der Tat, sehr arg. Ich glaube wirklich, daß Sie ein sehr gefährlicher Mensch sind, und wenn unserer guten Herzogin irgendein Unglück zustößt, so werden wir alle Sie in erster Linie dafür verantwortlich machen. Aber ich würde mit Ihnen gern einmal ein langes Gespräch über das Leben haben. Meine eigene Generation ist zu langweilig. Wenn Sie einmal londonmüde sind, kommen Sie doch nach Treadley und setzen Sie mir bei einem wunderbaren Burgunder, den zu besitzen ich glücklich genug bin, Ihre Philosophie der Genüsse auseinander.«

»Ich werde mich sehr freuen. Ein Besuch in Treadley ist eine große Gunst. Es hat einen vollkommenen Wirt und eine vollkommene Bibliothek.«

»Sie werden es vervollständigen«, antwortete der alte Herr mit einer höflichen Verbeugung. »Und jetzt muß ich Ihrer ausgezeichneten Tante Adieu sagen. Ich muß ins Athenäum, es ist die Stunde, wo wir dort schlafen.«

»Sie alle, Mr. Erskine?«

»Vierzig in vierzig Fauteuils. Wir üben uns für eine künftige englische Akademie.«

Lord Henry lachte und stand auf. »Ich gehe in den Park!« rief er aus.

Als er durch die Tür schritt, berührte ihn Dorian Gray am Arm. »Erlauben Sie mir, mitzukommen«, flüsterte er.

»Ich dachte, Sie hätten Basil Hallward versprochen, ihn zu besuchen«, antwortete Lord Henry.

»Ich möchte lieber mit Ihnen kommen. Ja, wirklich, ich fühle, ich muß mit Ihnen kommen. Bitte, lassen Sie mich und versprechen Sie mir, die ganze Zeit mit mir zu sprechen. Niemand kann so wunderbar reden wie Sie.«

Lord Henry lächelte. »Ich denke, ich habe für heute genug geredet. Alles, was ich jetzt möchte, ist, Leben sehen. Sie können mitkommen und mitsehen, wenn Sie wollen.«

Viertes Kapitel

Einen Monat später lag an einem Nachmittag Dorian Gray in einem luxuriösen Sessel des kleinen Bibliothekszimmers in Lord Henrys Hause in Mayfair. Es war in seiner Art ein sehr hübscher Raum, hoch hinauf in olivenfarbigem Eichenholz getäfelt, mit einem cremefarbigen Fries und Stuckreliefs auf dem Plafond und mit einem ziegelfarbigen Teppich, auf dem persische Decken mit langen Seidenfransen herumlagen. Auf einem Tischchen aus Atlasholz stand eine Figur von Clodion, und daneben lag eine Ausgabe der Cent Nouvelles, von Clovis Eve für Margarete von Valois eingebunden und mit jenen goldenen Gänseblümchen geziert, die die Königin als ihr Wappenzeichen gewählt hatte. Auf der Kaminplatte standen einige große, blaue, chinesische Töpfe, in denen große Tulpen standen, und durch die kleinen, in Blei gefaßten Felder der Fenster drang das aprikosenfarbene Licht eines Londoner Sommertages.

Lord Henry war noch nicht nach Hause gekommen. Er kam prinzipiell zu spät, da sein Grundsatz war, daß Pünktlichkeit einem die Zeit stehle. Der junge Mann sah etwas gelangweilt aus, als er mit ruhelosen Fingern die Seiten einer sorgfältig illustrierten Ausgabe von Manon Lescaut, die er in einem der Bücherständer gefunden hatte, umblätterte. Das abgemessene gleichförmige Ticken einer Louis-XIV.-Uhr machte ihn nervös. Ein- oder zweimal kam ihm die Idee wegzugehen.

Endlich hörte er einen Schritt draußen und die Tür öffnete sich. »Wie spät Sie kommen, Henry!« flüsterte er.

»Zu meinem Bedauern ist es nicht Henry, Mr. Gray«, antwortete eine schrille Stimme. Er sah sich rasch um und sprang auf die Füße.

»Ich bitte um Entschuldigung, ich glaubte ...«

»Sie glaubten, es sei mein Mann. Es ist nur seine Frau. Ich muß mich schon selbst vorstellen. Ich kenne Sie von Ihren Photographien sehr gut. Ich glaube, mein Mann besitzt siebzehn.«

»Nicht siebzehn, Lady Henry.«

»Also dann achtzehn. Und dann habe ich Sie an einem der letzten Abende mit ihm in der Oper gesehen.« Während sie sprach, lachte sie nervös und beobachtete ihn mit ihren verschwommenen Vergißmeinnichtaugen. Sie war eine sonderbare Frau, deren Kleider immer so aussahen, als wären sie in einem Wutanfall entworfen und während eines Gewitters angezogen worden. Sie war in der Regel in irgend jemand verliebt, und da ihre Leidenschaft nie erwidert wurde, hatte sie sich ihre Illusionen bewahrt. Sie machte den Versuch, pittoresk auszusehen. Sie hieß Victoria und hatte eine krankhafte Neigung, zur Kirche zu gehen.

»Das war im ›Lohengrin‹, vermute ich, Lady Henry.«

»Ja, es war bei dem entzückenden Lohengrin. Ich liebe Wagners Musik mehr als die irgendeines anderen Komponisten. Sie ist so laut, daß man die ganze Zeit reden kann, ohne daß die anderen Leute hören, was man sagt. Das ist ein unschätzbarer Vorteil. Meinen Sie nicht auch, Mr. Gray?«

Von ihren dünnen Lippen kam wieder das abgebrochene nervöse Lachen, und ihre Finger begannen mit einem langen Papiermesser aus Schildpatt zu spielen.

Dorian schüttelte lächelnd den Kopf. »Ich bedauere sagen zu müssen, Lady Henry, daß das nicht meine Meinung ist. Ich rede nie, während man spielt – wenigstens nicht, wenn es gute Musik ist. Wenn man schlechte Musik hört, ist man allerdings verpflichtet, sie durch ein Gespräch zu übertönen.«

»Ah, das ist einer von Henrys Gedanken, nicht wahr, Mr. Gray? Ich bekomme Henrys Ansichten immer von seinen Freunden zu hören. Das ist die einzige Art, wie ich sie überhaupt höre. Aber Sie müssen nicht glauben, daß ich gute Musik nicht auch liebe. Ich vergöttere sie, aber ich fürchte mich vor ihr, sie macht mich zu romantisch. Ich habe Klavierspieler einfach angebetet, manchmal zwei auf einmal, versichert Henry. Ich weiß nicht, was es für eine Bewandtnis mit ihnen hat; vielleicht kommt es daher, daß sie Ausländer sind. Das sind sie doch alle, nicht wahr? Selbst die, die in England geboren sind, werden nach einiger Zeit Ausländer, nicht wahr? Es ist sehr gescheit von ihnen und so gut für die Kunst. Macht sie ganz kosmopolitisch, nicht wahr? Sie waren nie auf einer meiner Gesellschaften, nicht wahr, Mr. Gray? Sie müssen einmal kommen. Ich kann mir zwar keine Orchideen leisten, aber ich scheue keine Ausgabe, um Ausländer zu haben. Sie geben den Räumen ein so malerisches Aussehen ... Aber da ist Henry. Henry, ich kam her, um dich zu suchen, um dich etwas zu fragen. Ich habe ganz vergessen, was es war ... und ich habe Mr. Gray getroffen. Wir haben so nett über Musik geplaudert. Unsere Ansichten darüber sind ganz die gleichen. Nein; ich glaube, unsere Ansichten sind ganz die entgegengesetzten, aber er war entzückend. Ich freue mich sehr, ihn getroffen zu haben.«

»Das ist ja reizend, meine Liebe, ganz reizend«, sagte Lord Henry, seine dunklen geschwungenen Augenbrauen hebend und beide mit vergnügtem Lächeln ansehend. »Es tut mir so leid, Dorian, daß ich mich verspätet habe. Ich war in Wardour Street, um mir einen alten Brokat anzusehen, und mußte stundenlang darum handeln. Die Leute kennen heutzutage den Preis von jeder Sache und den Wert von gar keiner.«

»Ich muß leider gehen!« rief Lady Henry aus, ein verlegenes Schweigen mit ihrem albernen jähen Lachen unterbrechend. »Ich habe versprochen, mit der Herzogin auszufahren. Adieu, Mr. Gray. Adieu, Henry. Du speist wohl nicht zu Hause? Ich auch nicht, vielleicht sehen wir uns bei Lady Thornbury.«

»Ich vermute, meine Liebe«, sagte Lord Henry und schloß die Tür hinter ihr, als sie wie ein Paradiesvogel, der die ganze Nacht im Regen draußen gewesen war, aus dem Raume hinausflatterte, einen feinen Duft von Jasminblüten zurücklassend. Dann zündete er sich eine Zigarette an und warf sich auf das Sofa. »Heiraten Sie nie eine Frau mit strohgelbem Haar«, sagte er nach einigen Zügen.

»Warum nicht, Henry?«

»Weil sie so sentimental sind.«

»Ich habe aber sentimentale Menschen gern.«

»Heiraten Sie überhaupt nie! Männer heiraten, weil sie müde, Frauen, weil sie neugierig sind; beide sind nachher enttäuscht.«

»Ich glaube nicht, daß ich heiraten werde, Henry, ich bin zu verliebt dazu. Ja, das ist einer Ihrer Aphorismen. Ich übersetze ihn in Wirklichkeit, wie alles, was Sie sagen.«

»In wen sind Sie verliebt?« fragte Lord Henry nach einer Pause.

»In eine Schauspielerin«, sagte Dorian Gray errötend.

Lord Henry zuckte die Achseln. »Ein recht gewöhnlicher Anfang.«

»Sie würden das nicht sagen, wenn Sie sie gesehen hätten. Sie heißt Sibyl Vane.«

»Nie von ihr gehört.«

»Niemand hat von ihr gehört. Später einmal werden es die Menschen. Sie ist ein Genie.«

»Mein lieber Junge, es gibt keine Frau, die ein Genie ist. Die Frauen sind ein dekoratives Geschlecht. Sie haben nie irgend etwas zu sagen, aber sie sagen es entzückend. Die Frauen bedeuten den Sieg der Materie über den Geist, gerade so wie die Männer den Sieg des Geistes über die Sittlichkeit bedeuten.«

»Henry, wie können Sie?«

»Mein lieber Dorian, es ist Wort für Wort wahr. Ich beschäftige mich jetzt mit der Analyse der Frauen, muß es also wissen. Das Thema ist nicht so verzweifelt schwer, wie ich anfangs geglaubt habe. Ich finde, daß es schließlich nur zwei Sorten von Frauen gibt, die häßlichen und die geschminkten. Die häßlichen sind sehr nützlich. Wenn Sie als ein respektabler junger Mann gelten wollen, brauchen Sie nur eine von ihnen zu Tisch zu führen. Die anderen sind sehr entzückend. Immerhin, sie begehen einen Fehler: sie schminken sich, um jung auszusehen. Unsere Großmütter schminkten sich, um dann geistreiche Dinge zu sagen. Rouge und Esprit gingen miteinander; das ist jetzt vorbei. Solange eine Frau es erreicht, zehn Jahre jünger auszusehen als ihre eigene Tochter, ist sie ganz glücklich. Was aber die Konversation anbelangt, so gibt es in ganz London fünf Weiber, mit denen zu reden der Mühe wert ist. Und zwei von diesen fünf kann man nicht in anständige Gesellschaft führen. Na, einerlei – erzählen Sie mir über Ihr Genie! Wie lange kennen Sie sie schon?«

»Henry, Ihre Ansichten erschrecken mich!«

»Lassen Sie das nur sein. Wie lange kennen Sie sie also?«

»Ungefähr drei Wochen.«

»Und wo haben Sie sie aufgestöbert?«

»Ich will es Ihnen erzählen, Henry, aber Sie müssen nicht in einem häßlichen Ton darüber reden. Es wäre übrigens gar nicht geschehen, wenn ich Sie nicht kennen gelernt hätte. Sie haben mich mit einer wilden Begierde, alles im Leben kennen zu lernen, angefüllt. Noch viele Tage, nachdem ich Sie getroffen hatte, schien in meinen Adern irgend etwas in Aufruhr zu sein. Wenn ich im Park herumsaß oder Piccadilly hinunterschlenderte, pflegte ich jedem einzelnen Menschen, der an mir vorbeiging, ins Gesicht zu sehen und mit einer tollen Neugierde darüber nachzudenken, was für eine Art Leben er wohl führte. Einige von ihnen fesselten mich, andere machten mich erschaudern. Es war ein erlesenes Gift in der ganzen Luft, ich sehnte mich nach Erlebnissen ... An einem Abend also gegen sieben Uhr entschloß ich mich, auf die Suche nach einem Abenteuer zu gehen. Ich hatte das Gefühl, daß dies graue schreckliche London, in dem wir leben, mit seinen Hunderttausenden von Menschen, mit seinen schmutzigen

Sündern und seinen glänzenden Sünden, wie Sie einmal gesagt haben, etwas für mich in Bereitschaft haben müsse. Ich dachte an tausenderlei Dinge. Schon die Gefahr allein erfüllte mich mit Wonne. Ich erinnerte mich an das, was Sie mir an dem wunderbaren Abend, als wir das erstemal zusammen speisten, gesagt haben: daß nämlich das Suchen nach der Schönheit das eigentliche Geheimnis des Lebens sei. Ich weiß nicht, was ich erwartete, aber ich ging darauf los, wanderte nach dem Osten und verlor bald meinen Weg in einem Wirrwarr von rußigen Straßen und schwarzen kahlen Plätzen. Gegen einhalb acht Uhr ging ich an einem wüsten, kleinen Theater vorbei, vor dem große flackernde Gasflammen brannten und grelle Zettel hingen. Ein gräßlicher Jude in dem erstaunlichsten Rock, den ich je in meinem Leben gesehen habe, stand an der Tür und rauchte eine schlechte Zigarre. Er hatte fettige Locken, und ein riesiger Diamant glitzerte mitten auf seinem schmutzigen Hemde. ›Eine Loge, Herr Graf?‹ fragte er mich und nahm mit pompöser Unterwürfigkeit den Hut ab. Er hatte etwas, Henry, das mich amüsierte. Er war so scheußlich. Sie werden mich auslachen, ich weiß, aber ich ging wirklich hinein und zahlte eine ganze Guinee für die Proszeniumsloge. Ich kann mir auch heute noch nicht erklären, warum ich es getan habe, und doch, lieber Henry, wäre ich nicht hineingegangen, ich hätte den größten Roman meines Lebens versäumt. Ja, Sie lachen, es ist abscheulich von Ihnen.«

»Ich lache nicht, Dorian, wenigstens nicht über Sie. Aber Sie sollten nicht sagen, daß es der größte Roman Ihres Lebens ist. Sagen Sie, der erste Roman Ihres Lebens. Sie werden immer geliebt werden und Sie werden die Liebe immer lieben. Die grande passion ist das Vorrecht der Leute, die nichts zu tun haben. Sie ist das einzige, wozu die müßigen Stände eines Landes gut sind. Haben Sie keine Angst, ganz erlesene Dinge warten noch auf Sie. Das ist erst der Anfang.«

»Glauben Sie, daß meine Natur so hohl ist?« rief Dorian gekränkt aus.

»Nein, ich glaube, daß Ihre Natur so tief ist.«

»Wie meinen Sie das?«

»Mein lieber Junge, die Leute, die nur einmal in ihrem Leben lieben, das sind in Wirklichkeit die leeren Menschen. Was sie ihre Treue nennen, nenne ich entweder die Stumpfheit der Gewohnheit oder Mangel an Einbildungskraft. Treue ist im Gefühlsleben ganz dasselbe, was Konsequenz im Geistesleben ist: einfach das Zugeständnis der Schwäche. Treue …, ich muß den Begriff einmal analysieren. Die Freude am Besitz ist eines der Elemente. Es gibt eine Menge Dinge, die wir wegwerfen würden, wenn wir uns nicht fürchten müßten, daß ein anderer sie aufliest. Aber ich möchte Sie nicht unterbrechen, erzählen Sie weiter.«

»Ich saß also in einer schrecklichen kleinen Loge, und ein ordinärer Vorhang starrte mir entgegen. Ich schaute hinter der Gardine hervor und sah mir das Haus an. Es war ein schäbiges Ding, ganz voll von Amoretten und Füllhörnern, so wie ein ganz billiger Hochzeitskuchen. Galerie und Parterre waren leidlich voll, aber die zwei Reihen elender Fauteuils vorne waren ganz leer, und auf dem Platze, den sie vermutlich den ersten Rang nennen, war kaum ein Mensch. Weiber gingen mit Orangen und Limonade herum, und eine unglaubliche Menge von Nüssen wurde verzehrt.«

»Es muß ganz so gewesen sein, wie in den Glanzzeiten des britischen Dramas.«

»Ganz so, vermute ich, und sehr deprimierend. Ich begann, mich zu fragen, was ich da anfangen sollte, als mein Blick auf den Theaterzettel fiel. Was glauben Sie, Henry, war das Stück, das sie spielten?«

»Ich vermute, der ›Idiotenknabe‹ oder ›Blöde, aber unschuldig‹. Unsere Väter liebten diese Art Stücke, glaube ich. Je länger ich lebe, Dorian, desto stärker fühle ich, daß alles, was für unsere Väter gut genug war, für uns nicht gut genug ist. In der Kunst wie in der Politik › les grand-pères ont toujours tort‹.«

»Das Stück war gut genug für uns, Henry. Es war ›Romeo und Julia‹. Ich muß zugeben, daß mich die Aussicht, Shakespeare in einem so elenden Loch zu sehen, ärgerte. Trotzdem interessierte es mich etwas. Jedenfalls entschloß ich mich, auf den ersten Akt zu warten. Es war ein schreckliches Orchester da; ein junger Hebräer, der an einem verstimmten Klavier saß, dirigierte, und dabei wäre ich fast davongelaufen, als schließlich doch der Vorhang in die Höhe ging und das Stück anfing. Romeo war ein feister, älterer Herr mit dick aufgemalten Augenbrauen, einer heiseren Tragödenstimme und einer Gestalt wie ein Bierfaß. Mercutio war beinahe ebenso arg. Er wurde von dem Komiker gespielt, der Mätzchen eigener Erfindung einstreute und in der freundschaftlichsten Beziehung zum Parterre stand. Sie waren beide ebenso grotesk wie die Szenerie, und die sah aus, als käme sie aus einer Jahrmarktsbude. Aber Julia! Henry, stellen Sie sich ein Mädchen vor, kaum siebzehn Jahre alt, mit einem kleinen blütengleichen Gesicht, einem schmalen griechischen Kopf mit dunkelbraunen Zöpfen, mit Augen wie veilchenblaue Brunnen der Leidenschaft, mit Lippen wie Rosenblätter. Sie war das entzückendste Wesen, das ich je in meinem Leben gesehen habe. Sie haben mir einmal gesagt, daß Pathos Sie nicht ergreift, aber daß Schönheit, Schönheit an sich, Ihre Augen mit Tränen füllen kann. Ich sage Ihnen, Henry, ich konnte dieses Mädchen kaum sehen, weil ein Tränenschimmer über meinen Augen lag. Und ihre Stimme! Ich habe nie so eine Stimme gehört. Zuerst war sie sehr leise in tiefen Molltönen, die langsam und jeder für sich ins Ohr zu fallen schienen. Dann wurde sie etwas lauter und klang wie eine Flöte oder ein fernes Horn. In der Gartenszene hatte sie jenes berückende

Zittern, das man hört, wenn die Nachtigallen singen, bevor es Tag wird. Es gab dann Augenblicke später, wo sie die ungestüme Leidenschaft von Geigentönen hatte. Sie wissen, wie eine Stimme einen erschüttern kann. Ihre Stimme und die Stimme von Sibyl Vane sind die zwei Erlebnisse, die ich nie vergessen werde. Wenn ich meine Augen zumache, höre ich sie, und jede von beiden sagt etwas anderes. Ich weiß nicht, welcher ich folgen soll. Warum sollte ich sie nicht lieben? Henry, ich liebe sie. Sie ist mir alles im Leben. Abend für Abend gehe ich hin, um sie spielen zu sehen. An einem Abend ist sie Rosalinde und am nächsten ist sie Imogen. Ich habe sie im Düster einer italienischen Gruft sterben sehen, wie sie das Gift von den Lippen des Geliebten saugt. Ich bin ihrer Wanderschaft durch die Ardennenwälder gefolgt, als sie in einen hübschen Knaben mit Hose, Wams und einem kleinen Barett verkleidet war. Sie war wahnsinnig und trat vor das Auge eines schuldigen Königs und gab ihm Raute zu tragen und bittere Kräuter zu kosten. Sie war unschuldig, und die schwarzen Hände der Eifersucht haben ihre Kehle, die zart war wie ein Schilfrohr, zusammengepreßt. Ich habe sie in jedem Jahrhundert und in jedem Kleid gesehen. Gewöhnliche Frauen sagen unserer Einbildungskraft nichts. Sie sind in ihre Zeit hineingebannt. Kein Zauber kann sie verwandeln. Man kennt ihre Art ebenso rasch wie ihre Hüte. Man findet sie immer heraus. Es ist nichts Geheimnisvolles in ihnen. Sie reiten in der Früh in den Park und schnattern am Nachmittag beim Tee. Sie haben ihr stereotypes Lächeln und ihre eleganten Manieren, sie sind ganz durchsichtig. Aber eine Schauspielerin! Wie anders ist eine Schauspielerin! Henry, warum haben Sie mir nicht gesagt, daß das einzige Wesen, das geliebt zu werden verdient, eine Schauspielerin ist?«

»Weil ich so viele von ihnen geliebt habe, Dorian.«

»Ja gewiß, schreckliche Geschöpfe mit gefärbten Haaren und geschminkten Gesichtern.«

»Schmähen Sie gefärbte Haare und geschminkte Gesichter nicht. In ihnen liegt, manchmal wenigstens, ein ganz außerordentlicher Reiz«, sagte Lord Henry.

»Ich wollte jetzt, ich hätte Ihnen nie etwas von Sibyl Vane gesagt.«

»Sie hätten gar nicht anders können, Dorian. Immer Ihr ganzes Leben lang werden Sie mir alles sagen.«

»Ja, Henry, ich glaube, das ist wahr. Ich muß Ihnen alles sagen. Sie haben eine sonderbare Macht über mich. Wenn ich je ein Verbrechen beginge, ich würde es Ihnen beichten. Sie würden mich verstehen.«

»Menschen wie Sie, Dorian, die eigensinnigen Sonnenstrahlen des Lebens, begehen keine Verbrechen. Aber ich danke Ihnen trotzdem für das Kompliment. Und jetzt sagen Sie mir – wollen Sie so gut sein und mir die Streichhölzer herübergeben? Danke –, welches sind Ihre jetzigen Beziehungen zu Sibyl Vane?«

Dorian Gray sprang mit geröteten Wangen und brennenden Augen auf. »Henry, Sibyl Vane ist mir heilig.«

»Nur heilige Dinge sind wert, daß man nach ihnen greift, Dorian«, sagte Lord Henry mit einem merkwürdigen pathetischen Ton. »Aber warum sind Sie böse über diese Frage? Ich vermute, sie wird Ihnen eines Tages gehören. Wenn man liebt, beginnt man immer damit, sich selbst zu betrügen, und hört immer damit auf, andere zu betrügen. Das nennt die Welt einen Roman. Auf jeden Fall nehme ich an: Sie kennen sie?«

»Natürlich kenne ich sie. Schon an jenem ersten Abend, den ich im Theater war, kam der gräßliche alte Jude, als die Vorstellung aus war, in meine Loge und bot mir an, mich hinter die Kulissen zu führen und ihr vorzustellen. Ich war wütend über ihn und sagte ihm, daß Julia seit Hunderten von Jahren tot ist und daß ihr Körper in einem Marmorgrabe in Verona liege. Nach dem wilden Ausdruck des Erstaunens in seinem Gesicht vermute ich, daß er den Eindruck hatte, ich habe zu viel Champagner oder so etwas getrunken.«

»Kein Wunder!«

»Dann fragte er mich, ob ich für irgendeine Zeitung schreibe. Ich sagte ihm, daß ich nicht einmal eine lese. Das schien ihn fürchterlich zu enttäuschen und er vertraute mir an, daß alle Theaterkritiker gegen ihn verschworen seien und daß sich jeder einzelne von ihm kaufen lasse.«

»Es sollte mich gar nicht wundern, wenn er damit ganz recht hätte. Auf der anderen Seite aber, nach ihrem Aussehen zu schließen, können die meisten von ihnen nicht gar so teuer sein.«

»Einerlei, sie schienen über seine Mittel zu gehen«, sagte Dorian lachend. »Als wir so weit im Gespräch waren, wurden die Lichter im Theater schon ausgelöscht und ich mußte fort. Er wollte noch, daß ich einige Zigarren probiere, die er mir sehr warm empfahl. Ich dankte. Am nächsten Abend ging ich natürlich wieder hin. Als er mich erblickte, machte er eine tiefe Verbeugung und versicherte mir, ich sei ein hochherziger Kunstmäzen. Er ist ein sehr abstoßender Kerl, obwohl er eine außerordentliche Passion für Shakespeare hat. Er erzählte mir einmal mit einem Anflug von Stolz, daß er die fünf Bankerotte, die er bisher gemacht, nur dem ›Barden‹ verdanke; so nannte er nämlich Shakespeare fortwährend. Er schien zu glauben, daß das ein Verdienst sei.«

»Es ist ein Verdienst, mein lieber Dorian, sogar ein großes Verdienst. Die meisten Leute werden bankerott, weil sie sich zu viel in der Prosa des Lebens angelegt haben.

Sich durch Poesie ruiniert zu haben, ist eine Ehre. Aber wann haben Sie Miß Sibyl Vane zum erstenmal gesprochen?«

»Am dritten Abend. Sie hatte die Rosalinde gespielt, und ich konnte nicht anders: ich mußte hinter die Bühne gehen. Ich hatte ihr ein paar Blumen hinuntergeworfen, und sie hatte zu mir hingesehen; wenigstens bildete ich es mir ein. Der alte Jude war beharrlich. Er schien fest entschlossen, mich nach rückwärts mitzunehmen, ich gab also nach. Es war sehr sonderbar, daß ich gar nicht den Wunsch hatte, sie kennenzulernen, nicht wahr?«

»Nein, ich glaube das nicht.«

»Warum, lieber Henry?«

»Ich werde Ihnen das ein anderes Mal erklären. Jetzt möchte ich gern etwas von dem Mädchen wissen.«

»Von Sibyl? Oh, sie war so scheu und lieb. Sie ist wie ein Kind. Ihre Augen öffneten sich ganz weit in ungeheurem Staunen, als ich ihr sagte, was ich über ihr Spiel dachte, und sie schien sich ihrer eigenen Macht gar nicht bewußt zu sein. Ich glaube übrigens, wir waren beide etwas nervös. Der alte Jude stand grinsend an der Tür der verstaubten Garderobe und hielt weitschweifige Reden über uns beide, während wir uns wie Kinder ansahen. Er bestand darauf, mich ›Herr Baron‹ zu nennen, so daß ich Sibyl versichern mußte, ich sei nichts der Art. Sie sagte ganz einfach zu mir: ›Sie sehen mehr aus wie ein Prinz. Ich will Sie den Märchenprinz nennen.‹«

»Mein Wort, Dorian, Miß Sibyl versteht es, Komplimente zu machen.«

»Sie verstehen sie nicht, Henry. Sie hielt mich für eine Person in einem Theaterstück. Sie weiß gar nichts vom Leben. Sie wohnt bei ihrer Mutter, einem verbrauchten, müden Weib, die am ersten Abend in einer Art von hochrotem Schlafrock die Lady Capulet gespielt hatte und aussieht, als hätte sie einmal bessere Tage gesehen.«

»Ich kenne diese Art, auszusehen, sie drückt mich nieder«, flüsterte Lord Henry, seine Ringe betrachtend.

»Der Jude wollte mir ihre ganze Lebensgeschichte erzählen, aber ich sagte, sie habe keinerlei Interesse für mich.«

»Sie haben ganz recht gehabt. Die Tragödien anderer Leute haben immer etwas unglaublich Gemeines.«

»Sibyl ist das einzige in der Welt, woran mir liegt. Was geht es mich an, woher sie kam! Von ihrem kleinen Kopf bis zu ihrem kleinen Fuß ist sie ganz und gar himmlisch. Jeden Abend, den ich lebe, gehe ich hin, um sie spielen zu sehen, und an jedem Abend ist sie wunderbarer.«

»Das ist wohl der Grund, weshalb Sie jetzt nie mit mir speisen. Ich dachte mir gleich, daß Sie irgendeinen merkwürdigen Roman erleben. Ich hatte also recht, aber es ist nicht ganz, was ich erwartete.«

»Mein lieber Henry, wir sind jeden Tag entweder beim Frühstück oder beim Souper zusammen, und ich war mehrere Male mit Ihnen in der Oper«, sagte Dorian und öffnete verwundert seine blauen Augen.

»Sie kommen aber immer sehr spät.«

»I!« rief er aus, »ich muß jeden Abend hin und Sibyl spielen sehen, wenn auch nur einen Akt. Ich dürste nach ihrem Anblick, und wenn ich an die wunderbare Seele denke, die in dem kleinen Elfenbeinkörper eingeschlossen ist, bin ich ganz Ehrfurcht.«

»Wollen Sie heute abend mit mir essen, Dorian?«

Er schüttelte den Kopf. »Heute abend ist sie Imogen«, antwortete er, »und morgen abend Julia.«

»Und wann ist sie Sibyl Vane?«

»Nie.«

»Da wünsche ich Ihnen Glück.«

»Wie schrecklich Sie sind! Alle großen Heroinen der Welt sind in ihr zusammengedrängt. Sie ist mehr als ein Einzelwesen. Sie lachen, aber ich sage Ihnen, daß sie ein Genie ist. Ich liebe sie, und ich will, daß sie mich liebt. Sie, der Sie alle Geheimnisse des Lebens kennen, müssen mir sagen, durch welchen Zauber ich Sibyl Vane zur Liebe zwingen kann. Ich will Romeo eifersüchtig machen. Ich will, daß die toten Liebhaber der Welt unser Lachen hören und traurig werden. Ich will, daß ein Hauch unserer Leidenschaft ihren Staub wieder beleben soll und ihre Asche zu Schmerzen auferwecken. O Gott, Henry, wie bete ich sie an!« Er ging, während er so sprach, im Zimmer auf und ab; rote hektische Flecken brannten auf seinen Wangen; er war furchtbar aufgeregt.

Lord Henry betrachtete ihn mit einem erlesenen Genuß. Wie anders war er jetzt als der verlegene, verschüchterte Knabe, den er in Basil Hallwards Atelier kennengelernt hatte! Seine Natur hatte sich entwickelt wie eine Blume, hatte Blüten, die scharlachrot flammten, getragen. Aus ihrem geheimen Versteck war seine Seele hervorgekrochen, und die Begierde war ihr auf halbem Wege entgegengekommen.

»Und was soll jetzt geschehen?« sagte Lord Henry schließlich.

»Ich will, daß Sie und Basil an einem Abend mit mir kommen und sie spielen sehen. Ich habe nicht die leiseste Besorgnis über die Wirkung. Sie werden zugeben müssen, daß sie Genie hat. Dann müssen wir sie aus den Händen dieses Juden befreien. Sie ist an ihn noch drei Jahre, genauer zwei Jahre und acht Monate, gebunden. Natürlich werde ich ihm etwas zahlen müssen. Wenn das alles in Ordnung ist, nehme ich ein Theater im Westend und lasse sie dort auftreten. Sie wird die ganze Welt ebenso verrückt machen wie mich.«

»Das wird kaum gehen, mein lieber Junge.«

»Ja, sie wird es; denn in ihr ist nicht nur Kunst, der konzentrierteste Instinkt der Kunst, sie ist auch eine Persönlichkeit; und Sie selbst haben mir oft genug gesagt, daß nur Persönlichkeiten und nie Prinzipien die Welt bewegen.«

»Schön, wann sollen wir also hingehen?«

»Lassen Sie mich nachdenken. Heute ist Dienstag, wollen wir morgen annehmen? Morgen spielt sie die Julia.«

»Abgemacht, also im ›Bristol‹ um acht Uhr und ich werde Basil mitbringen.«

»Bitte, nicht acht Uhr, Henry, halb sieben. Wir müssen dort sein, ehe der Vorhang in die Höhe geht. Sie müssen sie im ersten Akt bei der Begegnung mit Romeo sehen.«

»Halb sieben, was für eine Tageszeit! Das wäre ungefähr so, wie ein Abendbrot am Nachmittag essen oder einen englischen Roman lesen. Es muß mindestens sieben sein. Kein anständiger Mensch speist vor sieben. Sehen Sie Basil bis dahin? Oder soll ich ihm schreiben?«

»Der liebe Basil! Ich habe ihn eine ganze Woche lang nicht zu Gesicht bekommen. Das ist sehr häßlich von mir, da er mir mein Porträt in einem prachtvollen Rahmen, den er selber gezeichnet hat, geschickt hat; und obwohl ich etwas eifersüchtig auf das Bild bin, da es um einen ganzen Monat jünger ist als ich, muß ich doch zugeben, daß es mich entzückt. Ich glaube, Sie schreiben ihm besser. Ich möchte ihn nicht allein sehen. Er sagt mir Dinge, die mich nervös machen. Er gibt mir gute Lehren.«

Lord Henry lächelte. »Die Menschen haben eine starke Neigung, gerade das wegzuschenken, was sie selber am notwendigsten hätten. Ich nenne das eine abgründige Freigebigkeit.«

»Oh, Basil ist der beste Mensch, aber er scheint mir doch ein ganz klein wenig Philister zu sein. Seit ich Sie kenne, Henry, habe ich das entdeckt.«

»Mein lieber Freund, Basil gießt alles, was an ihm entzückend ist, in seine Werke. Die Folge davon ist, daß er fürs Leben nichts übrig hat als seine Vorurteile, seine Grundsätze und seinen gesunden Menschenverstand. Alle Künstler, die ich kennengelernt habe und die persönlich anziehen, sind schlechte Künstler. Gute Künstler leben nur in ihren Schöpfungen und sind infolgedessen in ihrem Wesen vollständig uninteressant. Ein wirklich ganz großer Dichter ist das unpoetischste Geschöpf auf der Welt. Aber unbedeutendere Dichter sind immer bezaubernd. Je schlechter ihre Reime sind, desto malerischer sehen sie aus. Die bloße Tatsache, daß jemand eine Sammlung mittelmäßiger Sonette veröffentlicht hat, macht diesen Menschen einfach unwiderstehlich. Er lebt die Gedichte, die er nicht schreiben kann. Die anderen schreiben die Gedichte, die zu leben sie sich nicht trauen.«

»Ich möchte wissen, ob das wirklich so ist, Henry«, sagte Dorian Gray, während er aus einer großen goldgefaßten Flasche, die auf dem Tisch stand, etwas Parfüm auf sein Taschentuch goß. »Es wird wohl so sein, wenn Sie es sagen. Jetzt muß ich aber fort, Imogen wartet auf mich. Vergessen Sie nicht, morgen! Adieu!«

Als er den Raum verlassen hatte, sanken Lord Henrys schwere Lider herab, und er begann nachzudenken. Gewiß, sehr wenige Menschen hatten ihn bisher so interessiert wie Dorian Gray. Und doch verursachte ihm die wahnsinnige Bewunderung des Jünglings für eine andere Person nicht den leisesten Ärger oder die geringste Eifersucht. Er freute sich darüber. Dies machte ihn nur zu einem noch interessanteren Studienobjekt. Die Methoden der Naturwissenschaft hatten ihn immer angezogen, aber der gewöhnliche Stoff dieser Wissenschaft war ihm trivial und belanglos erschienen. Deshalb hatte er zuerst sich selbst viviseziert, um dann schließlich andere zu vivisezieren. Das menschliche Leben schien ihm der einzige Gegenstand, der einer Untersuchung wert war. Verglichen damit war alles andere ohne Bedeutung. Allerdings, wenn man das Leben in seinem seltsamen Schmelztiegel aus Schmerz und Lust beobachten wollte, konnte man über dem Gesicht keine Glasmaske tragen, konnte auch nicht die Schwefeldämpfe abhalten, das Gehirn zu verwirren und die Phantasie mit wüsten Ausgeburten und wirren Träumen zu füllen. Es gab so feine Gifte, daß man an ihnen erkrankt sein mußte, um ihre Einzelheiten zu erkennen. Es gab so seltsame Krankheiten, daß man sie durchgemacht haben mußte, wenn man ihre Art begreifen wollte. Und doch, welch ein unendlicher Lohn wird einem dann zuteil! Wie wunderbar erscheint dann die ganze Welt! Die merkwürdig strenge Logik der Leidenschaft und das durch Gefühle buntgefärbte Leben des Geistes zu beobachten, zu beobachten, wo die beiden Linien sich treffen und wo sie auseinandergehen, an welchem Punkt sie zusammengehen und in welchem sie in Streit sind – das ist ein berauschender Genuß. Was liegt daran, wie viel man dafür bezahlen muß! Man kann nie einen zu hohen Preis für irgendeine Empfindung geben.

Er war sich bewußt – und dieser Gedanke ließ seine achatbraunen Augen freudig aufleuchten – daß durch gewisse Worte, die er gesprochen, musikalische Worte, die er in musikalischem Tonfall gesagt, Dorian Grays Seele sich diesem weißen Mädchen zugewandt und in Verehrung sich vor ihr gebeugt hatte ... In hohem Maße war der Jüngling seine Schöpfung. Er hatte ihn vorzeitig reif gemacht. Das war schon etwas. Die gewöhnlichen Menschen haben zu warten, bis das Leben ihnen seine Geheimnisse aufschließt; den wenigen, den Auserwählten aber werden die Mysterien des Daseins enthüllt, bevor der Schleier weggezogen ist. Manchmal ist das die Wirkung der Kunst, besonders der Dichtung, die ja unmittelbar die Leidenschaften und den Geist behandelt. Dann und wann aber nimmt eine komplizierte Persönlichkeit diesen Platz ein und erfüllt das Amt der Kunst, ist eigentlich auf ihre Weise ein leibhaftiges Kunstwerk; da ja das Leben ebenso seine vollendeten Meisterwerke schafft wie die Poesie, die Bildhauerei oder die Malerei.

Ja, dieser Jüngling war vor der Zeit erblüht. Er erntete, während es noch Frühling war. Der Blutschlag und die Leidenschaft der Jugend wohnten in ihm, aber er war sich schon seiner selbst bewußt. Es war entzückend, ihn zu beobachten. Mit seinem wunderschönen Gesicht, mit seiner wunderschönen Seele war er ein Wesen, das man anstaunen mußte. Es lag nichts darin, wie das alles endete, wie das alles enden sollte. Er glich einer jener graziösen Gestalten in einem Mummenschanz oder einem Schauspiel, deren Freuden von unsereinem weit entfernt zu sein scheinen, deren Leid aber unser Schönheitsgefühl erregt und deren Wunden wie rote Rosen sind.

Seele und Leib, Leib und Seele: – wie geheimnisvoll sind die beiden! Animalisches ist in der Seele, und der Leib hat seine Augenblicke der Vergeistigung. Die Sinne können sich veredeln, und der Intellekt kann sich erniedrigen. Wer vermag zu sagen, wo die fleischlichen Triebe endigen oder wo die seelischen Triebe beginnen? Wie leer sind die willkürlichen Erklärungen der Schulpsychologen! Und doch, wie schwierig ist, zwischen den Lehren der einzelnen Gruppen sich zu entscheiden! Ist die Seele ein Schatten, der im Hause der Sünde wohnt, oder ist in Wirklichkeit der Körper in der Seele eingeschlossen, wie es sich Giordano Bruno dachte? Die Trennung des Geistes vom Stoff ist ein Geheimnis, und die Vereinigung von Geist und Stoff ist ebenfalls ein Geheimnis.

Er dachte darüber nach, ob wir je aus der Psychologie eine so exakte Wissenschaft machen können, daß auch die kleinste Quelle des Lebens uns offenbar würde. Wie jetzt die Dinge liegen, begreifen wir uns selbst nie und die anderen selten. Die Erfahrung hat keinerlei ethischen Wert. Sie ist nur das Schild, das die Menschen ihren Irrtümern umhängen. Die Moralisten haben sie in der Regel als eine Art Warnung betrachtet, haben für sie eine gewisse ethische Wirksamkeit in der Bildung der Charaktere in Anspruch genommen, haben sie als das Mittel gepriesen, das uns darüber belehrt, was wir tun und was wir vermeiden sollen. Aber in der Erfahrung liegt keinerlei treibende Kraft. Sie ist ebensowenig eine wirkende Ursache wie das Gewissen. Alles, was sie in Wirklichkeit beweist, ist, daß unsere Zukunft ebenso sein wird wie unsere Vergangenheit und daß wir die Sünde, die wir einmal mit Ekel und Widerstreben begangen haben, oft und dann mit Genuß wiederholen werden.

Er war überzeugt, daß die experimentelle Methode die einzige war, durch die man zu irgendeiner wissenschaftlichen Analyse der Leidenschaften kommen könne; und sicherlich war Dorian Gray ein bequemes Objekt und schien reiche und fruchtbare Erfolge zu versprechen. Seine plötzliche wilde Liebe zu Sibyl Vane war eine psychologische Erscheinung von großem Interesse. Es war kein Zweifel, daß die Neugier stark dabei im Spiele war, Neugier und die Begierde nach Erlebnissen, doch war es trotzdem keine einfache, sondern eine sehr komplizierte Leidenschaft. Was in ihr von den rein sinnlichen Trieben der Jugend war, das hatte die Arbeit der Phantasie umgeformt, in irgend etwas verwandelt, das dem Jüngling selbst ganz fern von allem Sinnlichen zu sein schien und das deshalb um so gefährlicher war. Gerade jene Leidenschaften, über deren Ursprung wir uns selbst täuschen, üben die stärkste Herrschaft über uns aus. Unsere schwächsten Triebe sind die, über deren Natur wir Klarheit haben. Es kommt oft vor, daß wir mit uns selbst Experimente anstellen und glauben, sie mit anderen zu versuchen.

Während Lord Henry noch von diesen Dingen träumte, wurde an der Tür geklopft; sein Diener trat ein und erinnerte ihn, daß es Zeit sei, sich zum Essen umzukleiden. Er erhob sich und sah auf die Straße hinab. Der Sonnenuntergang hatte die oberen Fenster der gegenüberliegenden Häuser in scharlachrotes Gold getaucht. Die Scheiben glühten wie Platten erhitzten Metalls. Der Himmel drüber glich einer welkenden Rose. Er dachte an das junge, lodernde Leben seines Freundes und dachte, wie das alles wohl enden würde.

Als er dann gegen halb eins nachts nach Hause kam, fand er ein Telegramm auf dem Tische in der Halle liegen. Er öffnete es und sah, daß es von Dorian Gray war. Er teilte ihm mit, daß er sich mit Sibyl Vane verlobt habe.

Fünftes Kapitel

»Mutter, Mutter, ich bin ja so glücklich«, flüsterte das Mädchen und barg ihr Gesicht im Schoße der verblühten, müde aussehenden Frau, die den Rücken gegen das grell eindringende Licht gekehrt, in dem einzigen Armstuhl saß, den ihr armseliges Wohnzimmer enthielt. »Ich bin so glücklich,« wiederholte sie, »und du sollst auch glücklich sein.«

Mrs. Vane wurde unruhig und legte ihre dünnen, wismutweißen Hände auf den Kopf der Tochter. »Glücklich,« hallte es wider, »ich bin nur dann glücklich, wenn ich dich spielen sehe, Sibyl. Du darfst an nichts anderes denken als an dein Spiel. Mr. Isaacs ist sehr gut gegen uns, wir sind ihm Geld schuldig.«

»Geld, Mutter!« rief sie aus. »Was liegt an Geld! Liebe ist mehr als Geld!«

»Mr. Isaacs hat uns fünfzig Pfund Vorschuß gegeben, daß wir unsere Schulden zahlen und anständige Kleidung für James kaufen können. Das darfst du nicht vergessen, Sibyl. Fünfzig Pfund ist sehr viel Geld. Mr. Isaacs ist sehr anständig gewesen.«

»Er ist kein Gentleman, Mutter, und ich hasse die Art, wie er mit mir spricht«, sagte das Mädchen, stand auf und ging zum Fenster hinüber.

»Ich wüßte nicht, wie wir ohne ihn weiterkämen«, zankte die alte Frau.

Sibyl Vane schüttelte den Kopf und lachte: »Wir brauchen ihn nicht mehr, Mutter, der Märchenprinz bestimmt nun unser Leben.« Dann schwieg sie. Eine Blutwelle ließ ihre Adern erbeben und färbte ihre Wangen dunkelrot. Der rasche Atem öffnete die Lippen, daß sie erzitterten; ein Sturm heißer Leidenschaft fegte über sie hin und bewegte die zierlichen Falten ihrer Kleider. »Ich liebe ihn«, sagte sie schlicht.

Wie aus dem Munde eines Papageien flog ihr die Antwort entgegen: »Törichtes Kind, törichtes Kind!« Die Bewegungen knöcheriger mit falschen Ringen gezierter Finger machten diesen Ausruf noch grotesker.

Das Mädchen lachte wieder. In ihrer Stimme lag etwas wie die Freude des Vogels im Käfig. Ihre Augen fingen die Melodie dieses Lachens auf und wiederholten sie in ihrem Glanze, dann schlossen sie sich einen Augenblick, als wollten sie ihr Geheimnis verbergen, und als sie sich wieder öffneten, lag der Nebelschleier eines Traumes auf ihnen.

Aus dem abgenützten Stuhl kamen die Worte der Weisheit von dünnen Lippen, mahnten zur Besinnung, teilten aus jenem Buch der Feigheit mit, dem sein Autor den falschen Titel »Gesunder Menschenverstand« zugelegt hat. Sie hörte nicht zu. Im Gefängnis ihrer Leidenschaft war sie frei. Ihr Prinz, der Märchenprinz war bei ihr. Sie hatte das Gedächtnis angerufen, um ihn neu zu schaffen. Sie hatte ihre Seele auf die Suche nach ihm geschickt, und die hatte ihn ihr gebracht. Sein Kuß brannte wieder auf ihrem Munde. Ihre Augenlider waren warm von seinem Atem.

Dann änderte die Weisheit ihre Methode und sprach von Erkundigungen und Nachforschungen. Es mochte ja sein, daß dieser junge Mann reich sei; wenn, dann müßte man ans Heiraten denken. An der Ohrmuschel des Mädchens brachen sich die Wellen weltlicher Schlauheit. Die Pfeile der List sausten an ihr vorüber. Sie sah, wie sich die dünnen Lippen bewegten, und lächelte.

Plötzlich fühlte sie das Bedürfnis zu sprechen. Das nichtssagende Geschwätz der Alten verwirrte sie. »Mutter, Mutter!« rief sie aus. »Warum liebt er mich so? Ich weiß, warum ich ihn liebe. Ich liebe ihn, weil er so ist, wie die Liebe selbst sein muß. Aber was findet er an mir? Ich bin seiner nicht wert. Und doch – warum ist es, kann ich nicht sagen – ich spüre, wie tief ich unter ihm bin, aber ich fühle mich nicht gering. Nein. Ich bin stolz, schrecklich stolz. Mutter, hast du meinen Vater so geliebt, wie ich den Märchenprinz liebe?«

Die alte Frau wurde bleich unter der dicken Lage Puder, die ihre Wangen bedeckte, und ihre trockenen Lippen erzitterten in zuckendem Schmerz. Sibyl lief zu ihr hin, schlang ihre Arme um ihren Hals und küßte sie. »Verzeih mir, Mutter, ich weiß, es schmerzt dich, an meinen Vater zu denken. Aber es schmerzt dich nur, weil du ihn so geliebt hast. Sei nicht so traurig. Heute bin ich so glücklich, wie du vor zwanzig Jahren warst. Ach, wenn ich doch immer so glücklich sein könnte!«

»Mein Kind, du bist viel zu jung, um an Liebe zu denken. Und dann, was weißt du von dem jungen Mann? Du weißt nicht einmal seinen Namen. Die ganze Sache ist höchst unpassend, und ich muß wirklich sagen, in einer Zeit, wo James nach Australien geht und ich an so viele Dinge zu denken habe, hättest du mehr Überlegung zeigen sollen. Immerhin, wie ich schon vorhin sagte, wenn er reich ist ...«

»O Mutter, Mutter, laß mich glücklich sein!«

Mrs. Vane blickte sie an und schloß sie mit einer jener verlogenen theatralischen Gesten, die dem Schauspieler so oft zur zweiten Natur werden, in die Arme. In diesem Augenblick öffnete sich die Tür und ein junger Mensch mit struppigem, braunem Haar kam ins Zimmer. Er war von untersetzter Gestalt, seine Hände und Füße waren groß und bewegten sich nur unbeholfen. Er war nicht so fein gebaut wie seine Schwester. Man hätte kaum die nahe Verwandtschaft, die zwischen beiden bestand, erraten können. Mrs. Vane richtete ihre Augen auf ihn und verstärkte ihr Lächeln. In ihrem Geiste erhob sie ihren Sohn zur Würde eines Publikums. Sie war überzeugt, daß die Szene interessant war.

»Du könntest dir einige Küsse für mich aufheben, Sibyl«, sagte der junge Bursch mit gutmütigem Knurren.

»Jim, du hast doch aber Küsse gar nicht gern!« rief sie ihm zu. »Du bist ein greulicher alter Bär!« Dann lief sie durchs Zimmer und hätschelte ihn.

James Vane sah zärtlich ins Gesicht seiner Schwester. »Ich möchte mit dir spazierengehen, Sibyl. Ich glaube nicht, daß ich das schreckliche London je wiedersehe. Ich mache mir auch gar nichts daraus.«

»Mein Sohn, du solltest so schreckliche Dinge nicht sagen«, flüsterte Mrs. Vane, während sie ein geschmacklos ausgeputztes Theaterkostüm seufzend aufnahm und es auszubessern begann. Sie fühlte eine kleine Enttäuschung, weil er sich nicht der

Gruppe angeschlossen hatte. Das hätte die malerische Wirkung der Szene erheblich vermehrt.

»Warum nicht, Mutter? Es ist mein Ernst.«

»Du kränkst mich, mein Sohn. Ich habe das Vertrauen, daß du von Australien mit Glücksgütern zurückkehrst. Ich vermute, es gibt dort keinerlei Gesellschaft, wenigstens nichts, was ich Gesellschaft nennen würde; wenn du also ein Vermögen erworben hast, mußt du zurückkommen und dich in London zur Geltung bringen.«

»Gesellschaft«, murmelte der junge Mann. »Ich will nichts davon wissen. Ich möchte so viel Geld verdienen, um dich und Sibyl vom Theater wegzunehmen. Ich hasse es.«

»O Jim,« sagte Sibyl lachend, »wie schlecht von dir! Aber, willst du wirklich mit mir spazierengehen? Das ist schön. Ich habe schon Angst gehabt, daß du dich bei deinen Freunden verabschiedest – bei Tom Hardy, der dir die gräßliche Pfeife geschenkt hat, oder bei Nell Langton, der dich auslacht, weil du sie rauchst. Es ist sehr lieb von dir, daß du mir deinen letzten Nachmittag schenkst. Wohin sollen wir gehen? Wollen wir in den Park?«

»Dazu bin ich zu schäbig«, antwortete er geärgert. »Nur die feinen Leute gehen in den Park.«

»Unsinn, Jim«, flüsterte sie und streichelte den Ärmel.

Er zögerte noch einen Augenblick. »Gut,« sagte er schließlich, »mach' nicht zu lang mit dem Anziehen.«

Sie tanzte zur Tür hinaus. Man konnte sie singen hören, während sie hinauflief. Ihre kleinen Füße trippelten oben. Er ging zwei- oder dreimal durch das Zimmer, dann wandte er sich zu der schweigsamen Gestalt im Sessel.

»Mutter, sind meine Sachen fertig?« fragte er.

»Alles in Ordnung, James«, antwortete sie und hielt die Augen auf ihre Arbeit gerichtet. Seit einigen Monaten fühlte sie sich schon unbehaglich, wenn sie mit ihrem rauhen, ernsten Sohn allein war. Ihre im Grunde oberflächliche Natur wurde beunruhigt, wenn ihre Augen sich trafen. Sie fragte sich schon seit langer Zeit, ob er einen Verdacht habe. Das Schweigen, das entstand, da er nichts mehr sagte, wurde ihr unerträglich. Sie begann also zu klagen. Frauen verteidigen sich, indem sie angreifen, gerade so, wie sie durch jähes und merkwürdiges Nachgeben angreifen. »Ich hoffe, James, dein Seefahrerleben wird dich befriedigen. Hoffentlich wirst du glücklich in deinem Beruf auf dem Meer, James. Du mußt immer daran denken, daß es deine eigene Wahl war. Du hättest in ein Anwaltsbureau eintreten können. Anwälte sind ein sehr respektabler Stand und werden auf dem Lande oft in den besten Familien eingeladen.«

»Ich hasse Bureaus und ich hasse Schreiber,« antwortete er, »aber du hast ganz recht, ich habe mir mein Leben gewählt. Alles, was ich sage, ist: Gib' auf Sibyl acht, ihr soll kein Unglück zustoßen. Mutter, du mußt über sie wachen!«

»James, du hast eine merkwürdige Art, mit mir zu reden. Natürlich wache ich über sie.«

»Ich höre, ein junger Mann kommt jeden Abend ins Theater und geht hinter die Bühne und spricht mit ihr. Ist das wahr? Wie verhält sich's damit?«

»James, du sprichst über Dinge, von denen du nichts verstehst. Wir in unserem Beruf sind gewöhnt, eine Menge höchst angenehmer Aufmerksamkeiten zu empfangen. Ich selbst habe in früheren Zeiten viele Blumen bekommen. Es war zu einer Zeit, wo man vom Spielen noch etwas verstand. Was Sibyl anbelangt, so kann ich im Augenblick nicht entscheiden, ob ihre Neigung ernst ist oder nicht. Es ist aber kein Zweifel darüber, daß der junge Mann, der in Frage steht, ein vollendeter Gentleman ist. Er ist immer ungemein höflich zu mir. Er sieht auch aus, als wär' er reich, und die Blumen, die er schickt, sind entzückend.«

»Bei alldem weißt du seinen Namen nicht«, sagte der junge Mann scharf.

»Nein,« antwortete die Mutter mit gelassenem Gesichtsausdruck, »er hat uns seinen wirklichen Namen noch nicht verraten. Ich finde das sehr romantisch. Wahrscheinlich ist er von Adel.«

James Vane biß sich auf die Lippen. »Gib' auf Sibyl acht!« schrie er. »Gib auf sie acht!«

»Mein Sohn, du kränkst mich ungemein. Sibyl steht unaufhörlich unter meiner besonderen Obhut. Natürlich, falls dieser junge Gentleman vermögend ist, sehe ich keinen Grund, weshalb sie nicht eine Verbindung mit ihm eingehen soll. Ich bin fest überzeugt, er gehört zum hohen Adel. Er sieht ganz so aus, muß ich sagen. Es könnte eine brillante Heirat für Sibyl sein. Sie würden ein entzückendes Paar sein. Seine Schönheit ist wirklich ganz außerordentlich. Jedermann bemerkt sie.«

Der junge Mann murmelte etwas in sich hinein und trommelte mit seinen derben Fingern gegen die Scheibe. Er hatte sich gerade umgewandt, um etwas zu sagen, als die Tür aufging und Sibyl rasch hereinkam.

»Was macht ihr beide denn für ernste Gesichter!« rief sie aus. »Was ist denn los?«

»Nichts«, antwortete er. »Man muß doch auch manchmal ernst sein. Adieu, Mutter. Ich will um fünf Uhr essen. Alles ist gepackt bis auf die Hemden, du brauchst dich also um nichts zu sorgen.«

»Adieu, mein Sohn«, antwortete sie mit einer Verbeugung von gemachter Würde. Sie ärgerte sich sehr über den Ton, den er ihr gegenüber angeschlagen hatte, und in seinem Blicke lag etwas, das ihr Angst machte.

»Gib mir einen Kuß, Mutter«, sagte das Mädchen. Die blütengleichen Lippen berührten ihre verwitterten Wangen und wärmten ihre Kälte.

»Mein Kind, mein Kind!« rief Mrs. Vane aus, zur Decke aufblickend, als suchte sie eine Galerie, die nur in ihrer Einbildung bestand.

»Komm, Sibyl«, sagte der Bruder ungeduldig. Er konnte die Posen seiner Mutter nicht ausstehen.

Sie gingen nun hinaus in den schimmernden, windbewegten Sonnenschein und schlenderten die öde Euston Road hinab. Die Leute blickten verwundert auf den finsteren, schwerfälligen jungen Mann in den groben schlecht passenden Kleidern, den ein so anmutiges fein aussehendes Mädchen begleitete. Er glich einem Gemüsegärtner, der, eine Rose in der Hand, dahergeht.

Jim runzelte von Zeit zu Zeit die Stirne, wenn er den forschenden Blick eines Fremden bemerkte. Er hatte die Abneigung dagegen, angestarrt zu werden, die geniale Menschen erst so spät im Leben bekommen und die den gewöhnlichen Mann nie verläßt. Sibyl dagegen wußte nichts von der Wirkung, die sie hervorbrachte. Ihre Liebe zitterte lachend auf ihren Lippen. Sie dachte an ihren Märchenprinzen und, um besser an ihn denken zu können, sprach sie nicht von ihm, sondern plauderte in einem hin von dem Schiff, auf dem Jim wegfahren sollte, von dem Gold, was er sicher finden würde, von der geheimnisvollen Erbin, deren Leben er schlechten, rotblusigen Buschräubern entreißen sollte. Denn er sollte nicht Matrose bleiben oder Verfrachter oder was er sonst jetzt werden würde. O nein! Das Dasein des Matrosen war zu schrecklich. Man denke nur, in ein schreckliches Schiff hineingepreßt sein, wenn die rohen, buckeligen Wellen immer eindringen wollen und ein schwarzer Wind die Maste niederwirft und die Segel zu langen, klatschenden Streifen zerreißt. Er sollte in Melbourne vom Schiff weggehen, dem Kapitän höflich Adieu sagen und sofort zu den Goldfeldern wandern. Bevor noch eine Woche vergangen war, werde er auf einen großen Goldklumpen stoßen, auf den größten, der je entdeckt worden sei, und ihn zur Küste schaffen in einem großen Wagen, den sechs berittene Polizisten bewachen würden. Die Buschräuber würden sie dreimal überfallen und nach einem ungeheueren Gemetzel zurückgeschlagen werden. Oder nein: er sollte überhaupt nicht zu den Goldfeldern gehen. Das wären schreckliche Plätze, wo die Leute sich betrinken und einander in Kneipen totschießen und schrecklich fluchen. Er sollte ein netter Schafzüchter werden, und eines Abends, wenn er nach Hause ritte, würde er der schönen Erbin begegnen, die gerade von einem

Räuber auf einem Rappen entführt würde, ihm nachsetzen und sie befreien. Natürlich würde sie sich in ihn verlieben und er in sie. Er würde sie heiraten, nach Hause kommen und mit ihr in einem prachtvollen Hause in London leben. Ja, entzückende Dinge warteten auf ihn, aber er müsse auch sehr gut sein, nie zornig werden und nie sein Geld vergeuden. Sie sei nur ein Jahr älter als er, aber sie wisse so viel mehr vom Leben. Er müsse ihr auch ganz gewiß an jedem Posttag schreiben und jede Nacht beten, bevor er schlafen gehe. Gott sei sehr gut und werde über ihn wachen. Auch werde sie für ihn beten, und in ein paar Jahren werde er reich und glücklich nach Hause zurückkehren.

Der junge Mann hörte ihr brummig zu und gab keine Antwort. Ihm tat das Herz weh, weil er von der Heimat weg mußte.

Aber es war nicht das allein, was ihn düster und mürrisch stimmte. Obwohl er gar keine Lebenserfahrung hatte, empfand er doch sehr lebhaft die Gefahr, die mit Sibyls Stellung verbunden war. Dieser junge Stutzer, der ihr den Hof machte, konnte nichts Gutes bedeuten. Er war ein vornehmer Mann, und das trug ihm Jims Haß ein, diesen Haß, der aus einem sonderbaren Rassegefühl kam, für den er keinen bestimmten Grund angeben konnte und der gerade darum um so stärker in ihm war. Er kannte auch die Oberflächlichkeit und die Eitelkeit seiner Mutter und sah darin eine ungeheuere Gefahr für Sibyl und Sibyls Glück. Kinder fangen damit an, ihre Eltern zu lieben; wenn sie älter werden, urteilen sie über sie; manchmal vergeben sie ihnen auch.

Die Mutter! Seit Tagen brütete eine Frage an sie in seinem Gehirn. Der Gedanke an etwas, was er lange schweigsame Monate hindurch mit sich herumgetragen hatte. Ein zufälliges Wort, das er im Theater aufgeschnappt hatte, ein hingeflüsterter spöttischer Scherz, der eines Abends, als er an der Bühnentüre wartete, an sein Ohr gedrungen war, hatte eine Folge schrecklicher Gedanken in ihm entfesselt. Er erinnerte sich daran, als wäre der Hieb einer Reitpeitsche über sein Gesicht gegangen. Seine Augenbrauen kniffen sich zu einer keilförmigen Furche zusammen, und in einem plötzlichen schmerzlichen Krampf biß er in seine Unterlippe.

»Du hörst kein einziges Wort, das ich sage, Jim!« rief Sibyl aus, »und ich mache die entzückendsten Pläne für deine Zukunft. Sag, doch was!«

»Was soll ich sagen?«

»Daß du ein guter Bruder sein wirst und uns nicht vergißt«, antwortete sie und lächelte ihn an.

Er zuckte die Achseln. »Es ist eher wahrscheinlich, daß du mich vergißt, als daß ich dich vergesse.«

Sie errötete. »Wie meinst du das, Jim?« fragte sie.

»Du hast einen neuen Freund. Wer ist er? Warum hast du mir nichts von ihm gesagt? Er bringt dir nichts Gutes.«

»Hör' auf, Jim,« rief sie aus, »du darfst nichts gegen ihn sagen. Ich liebe ihn.«

»Ach was, du weißt nicht einmal seinen Namen«, erwiderte er. »Wer ist er? Ich habe ein Recht, es zu wissen.«

»Er heißt der Märchenprinz. Ist der Name nicht schön? O du dummer Bub, du sollst ihn nie vergessen! Wenn du ihn nur ein einziges Mal sehen würdest, müßtest du ihn für den wundervollsten Menschen auf der Welt halten. Eines schönen Tages wirst du ihn kennen lernen, wenn du von Australien zurückkommst. Du wirst ihn sehr lieb haben. Jeder Mensch hat ihn lieb, und ich ... liebe ihn. Ich wollte, du könntest heut' abend ins Theater kommen. Er wird kommen und ich soll die Julia spielen. Oh, wie ich sie spielen werde! Denk' nur, Jim, lieben und die Julia spielen. Wissen, daß er dasitzt. Zu seiner Freude spielen. Ich fürchte, ich werde die Gesellschaft erschrecken, sie erschrecken oder entzücken. Lieben heißt sich selbst übertreffen. Der gräßliche Mr. Isaacs wird seinen Kumpanen an der Bar zuschreien, ich sei ein Genie. Er hat mich ihnen als ein Dogma gepredigt, heute nacht wird er mich als eine Offenbarung verkündigen. Ich fühle das, und all das ist sein Werk, nur sein, des Märchenprinzen, meines wunderbaren Geliebten, dieses Gottes der Musen. Aber ich bin ein armes Ding an seiner Seite. Arm, was liegt daran? ›Schleicht die Armut in ein Haus, fliegt die Lieb' zur Tür hinaus.‹ Die alten Sprichwörter müssen umgeändert werden. Sie sind im Winter erfunden worden und jetzt ist's Sommer. Für mich Frühling, ein Tanz der Blüten unter blauem Himmel.«

»Er ist ein vornehmer Mann«, sagte Jim finster.

»Ein Prinz!« rief sie mit melodischer Stimme. »Was willst du mehr?«

»Er wird dich knechten.«

»Ich erschrecke bei dem Gedanken, frei zu sein.«

»Du sollst dich vor ihm hüten.«

»Ihn ansehen, heißt ihn anbeten, ihn kennen, heißt ihm vertrauen!«

»Sibyl, er hat dich verrückt gemacht.«

Sie lachte und nahm seinen Arm. »Mein lieber, alter Jim, du sprichst so, als wärest du hundert Jahre alt. Einmal wirst du selbst lieben, und dann wirst du erst wissen, was das ist. Sieh mich nicht so brummig an! Du solltest dich freuen, wenn du daran denkst, daß du mich glücklicher zurückläßt, als ich je vorher gewesen bin. Das Leben war bisher für uns beide hart, furchtbar hart und schwer. Aber jetzt wird's anders. Du gehst in eine neue Welt, und ich habe eine neue gefunden ... Da sind zwei Stühle, wir wollen uns hinsetzen und die eleganten Leute vorbeigehen sehen.«

Sie setzten sich mitten in einen Haufen von Zuschauern. Die Tulpenbeete längs des Weges flammten wie zuckende Feuerringe. Ein weißer Dunst wie eine zitternde Wolke von Irisstaub hing in der gleißenden Lust. Die hellfarbigen Sonnenschirme tanzten auf und ab wie riesengroße Schmetterlinge.

Sie brachte ihren Bruder dazu, daß er von sich, seinen Hoffnungen und seinen Plänen sprach. Er redete nur zögernd und mühsam. Sie sprachen zueinander, wie die Spieler sich bei einem Spiel die Points ansagen. Es drückte Sibyl nieder. Sie konnte ihm ihre Freude nicht mitteilen. Ein leichtes Lächeln, das seinen finstern Mund bog, war all die Antwort, die sie erhielt. Nach einiger Zeit wurde sie ganz schweigsam. Plötzlich erblickte sie einen Schimmer von goldenem Haar und lachende Lippen, und in einem offenen Wagen fuhr Dorian Gray mit zwei Damen vorbei.

Sie sprang auf die Füße. »Da ist er!« rief sie aus.

»Wer?« fragte Jim Vane.

»Der Märchenprinz«, antwortete sie und blickte dem Wagen nach.

Er sprang auf und faßte sie rauh beim Arm. »Zeige ihn mir. Welcher ist es? Zeige ihn mir, ich muß ihn sehen!« schrie er. Aber in diesem Augenblick fuhr das Viergespann des Herzogs von Berwick vorbei, und als die Aussicht wieder frei war, hatte der Wagen den Park schon verlassen.

»Er ist fort«, murmelte Sibyl traurig. »Ich wünschte, du hättest ihn gesehen.«

»Ich wünschte es auch. Denn so gewiß ein Gott im Himmel ist, wenn er dir je ein Leid antut, bringt ich ihn um!«

Sie sah ihn erschreckt an. Er wiederholte seine Worte. Sie schnitten durch die Luft wie ein Schwert. Die Leute ringsherum fingen an, sie anzustarren. Eine Dame, die nahebei stand, kicherte.

»Komm fort, Jim, komm fort«, flüsterte sie ihm zu. Er ging ihr nach mit störrischer Miene, als sie die Menge durchschritt. Er war zufrieden, daß er dies Gelübde getan hatte. Als sie bei der Achillesstatue war, drehte sie sich nach ihm um. In ihren Augen lag Mitleid, das auf ihren Lippen zu einem Lachen wurde. Sie schüttelte den Kopf über ihn. »Du bist verrückt, Jim, ganz und gar verrückt. Ein böser Bub', sonst nichts. Wie kannst du so etwas Entsetzliches sagen? Du weißt ja gar nicht, wovon du sprichst. Du bist einfach eifersüchtig und unfreundlich. Ich möchte, daß du dich verliebtest. Liebe macht die Menschen gut. Und was du gesagt hast, war schlecht.«

»Ich bin erst sechzehn,« gab er zur Antwort, »aber ich weiß, was ich zu tun habe. Die Mutter kann dir nicht helfen. Sie weiß nicht, wie man für dich sorgen muß. Ich wünschte jetzt, daß ich überhaupt nicht nach Australien zu gehen hätte. Ich denke sehr daran, die ganze Sache zu lassen. Ich täte es, wenn meine Papiere nicht schon unterschrieben wären.«

»Du sollst nicht so ernsthaft sein, Jim. Du bist wie einer von den Helden aus den dummen Melodramen, in denen die Mutter so gern gespielt hat. Ich will mich mit dir nicht streiten. Ich habe ihn gesehen, und ihn sehen ist ein vollendetes Glück. Wir wollen nicht streiten. Ich bin ganz überzeugt, daß du nie jemand, den ich liebe, etwas antun wirst.«

»Nicht, solange du ihn liebst«, war die finstere Antwort.

»Ich werde ihn immer lieben!« rief sie.

»Und er? ...«

»Mich immer.«

»Das ist sein Glück!«

Sie schrak vor ihm zurück. Dann lachte sie und legte die Hand auf seinen Arm. Er war ja doch nur ein Bub'.

Am Marble Arch nahmen sie einen Omnibus, der sie bis dicht zu ihrer schäbigen Wohnung in Euston Road brachte. Es war schon fünf Uhr vorüber, und Sibyl mußte sich noch ein paar Stunden niederlegen, bevor sie auftrat. Jim bestand darauf, daß sie es tat. Er sagte, er würde von ihr leichter Abschied nehmen, wenn die Mutter nicht dabei wäre. Sie würde sicher eine Szene machen, und er haßte Szenen aller Art.

Sie nahmen in Sibyls Zimmer Abschied. In dem Herzen des Jünglings brannte Eifersucht und ein grimmiger, mörderischer Haß auf den Fremden, der, wie ihm schien, zwischen sie getreten war. Als dann aber ihre Arme sich um seinen Hals schlangen und ihre Finger durch sein Haar fuhren, wurde er weich und küßte sie mit wahrhafter Zärtlichkeit. Als er hinunterging, standen Tränen in seinen Augen.

Die Mutter wartete unten auf ihn. Als er eintrat, murrte sie über seine Unpünktlichkeit. Er gab keine Antwort und setzte sich zu dem mageren Mahle. Die Fliegen summten um den Tisch herum und krochen über das fleckige Tischtuch. Durch den Lärm der vorbeirollenden Omnibusse und das Klappern der Wagen auf der Straße hindurch konnte er das Dröhnen hören, das jede Minute, die ihm noch übrig blieb, verschlang.

Nach einer Weile schob er seinen Teller weg und stützte den Kopf in die Hände. Er fühlte, daß er ein Recht habe, alles zu wissen. Wenn die Dinge waren, wie er vermutete, hätte er es längst erfahren sollen. Bleischwer vor Furcht, beobachtete ihn die Mutter. Die Worte tröpfelten ihr mechanisch von den Lippen. In den Fingern zerknüllte sie ein zerrissenes Spitzentuch. Als die Uhr sechs schlug, stand er auf und ging zur Tür. Dann drehte er sich um und sah sie an. Ihre Blicke begegneten sich. In ihren Augen las er eine inbrünstige Bitte um Mitleid. Das brachte ihn außer Fassung.

»Mutter, ich habe eine Frage an dich«, sagte er.

Ihre Augen irrten im Zimmer herum. Sie gab keine Antwort.

»Sag' mir die Wahrheit. Ich habe ein Recht, sie zu erfahren. Warst du mit unserem Vater verheiratet?«

Sie stieß einen tiefen Seufzer aus. Es war ein Seufzer der Erleichterung. Der schwere Augenblick, vor dem sie sich Tag und Nacht seit Wochen und Monaten geängstigt hatte, war endlich gekommen, und dennoch hatte sie keine Furcht. Ja, es war gewissermaßen eine Enttäuschung für sie. Die gemeine Deutlichkeit der Frage verlangte eine deutliche Antwort. Die Situation war nicht in langsamer Steigerung herbeigeführt worden. Es war roh. Es erinnerte sie an eine mißlungene Probe.

»Nein«, antwortete sie, erstaunt über die brutale Einfachheit des Lebens.

»Dann war mein Vater ein Schuft!« schrie der junge Mann, die Faust ballend.

Sie schüttelte den Kopf. »Ich wußte, daß er nicht frei war. Wir haben uns sehr geliebt. Wenn er am Leben geblieben wäre, hätte er für uns gesorgt. Sage nichts gegen ihn, mein Sohn, er war dein Vater und ein vornehmer Mann. Er hatte wirklich vornehme Verbindungen.«

Ein Fluch kam von seinen Lippen. »Meinetwegen ist es ja gleich ... aber laß Sibyl nicht ... Es ist ein vornehmer Mann, nicht wahr, der sie liebt? Oder er sagt es wenigstens. Auch mit den besten Verbindungen, vermute ich.«

Einen Augenblick lang kam ein schreckliches Gefühl der Erniedrigung über die alte Frau. Ihr Kopf sank herab. Mit zitternden Händen wischte sie sich die Augen. »Sibyl hat eine Mutter,« flüsterte sie, »ich hatte keine.«

Der Jüngling war ergriffen. Er ging zu ihr hin, beugte sich zu ihr und küßte sie. »Es tut mir leid, wenn ich dich durch eine Frage nach meinem Vater gekränkt habe,« sagte er, »aber ich konnte nicht anders. Jetzt muß ich fort. Leb' wohl! Vergiß nicht, daß du jetzt nur noch ein Kind hast, um das du dich sorgen mußt, und glaub' mir: wenn dieser Mann meiner Schwester ein Leid tut, werde ich herausfinden, wer er ist, werde ihn verfolgen und ihn töten wie einen Hund. Ich schwöre es!«

Dieser tollaufgeregte Schwur, die leidenschaftlichen Bewegungen, die ihn begleiteten, die wahnsinnigen, melodramatischen Worte schienen der alten Frau das Leben endlich bewegter zu gestalten. Diese Atmosphäre war ihr vertraut. Sie atmete nun freier, und zum ersten Male seit vielen Monaten bewunderte sie ihren Sohn. Sie hätte gern die Szene auf demselben Gefühlsniveau fortgesetzt, aber er unterbrach sie kurz. Man hatte die Koffer herunterzubringen und Decken zu beschaffen. Die Magd des Logierhauses rannte geschäftig hin und her. Mit dem Kutscher wurde gehandelt. So ging der Augenblick durch gemeine Einzelheiten verloren. Mit einem erneuten Gefühl der Enttäuschung schwenkte sie das zerrissene Spitzentaschentuch vom Fenster herab, als ihr Sohn wegfuhr. Sie war überzeugt, daß eine große Gelegenheit verschwendet worden sei. Sie tröstete sich damit, daß sie Sibyl sagte, wie trostlos ihr Leben nun sein werde, da sie jetzt nur ein einziges Kind habe, für das sie sorgen müsse. Dieser Satz war ihr in der Erinnerung geblieben. Er hatte ihr gefallen. Von seinem Schwur sagte sie nichts. Er war lebendig und dramatisch zum Ausdruck gekommen. Sie hatte das Gefühl, daß sie eines Tages alle darüber lachen würden.

Sechstes Kapitel

»Sie wissen die Neuigkeit vermutlich schon, Basil«, sagte Lord Henry an jenem Abend, als Hallward in das kleine Zimmer im ›Bristol‹ trat, wo für drei zum Diner gedeckt war.

»Nein, Henry«, antwortete der Künstler, während er seinen Hut und seinen Rock dem sich verbeugenden Kellner gab. »Was ist los? Nichts in der Politik, hoffe ich. Sie geht mich nichts an. In dem ganzen Abgeordnetenhause gibt es keine einzige Person, die man malen könnte, wenn auch einigen von ihnen etwas Firnis nicht schaden könnte.«

»Dorian Gray hat sich verlobt«, sagte Lord Henry und beobachtete den Maler, während er sprach.

Hallward schrak zurück und runzelte die Stirn. »Dorian verlobt!« rief er aus. »Unmöglich!«

»Es ist vollständig wahr.«

»Mit wem?«

»Mit irgendeiner kleinen Schauspielerin.«

»Ich kann es nicht glauben. Dazu ist Dorian viel zu vernünftig.«

»Dorian ist viel zu weise, lieber Basil, um nicht von Zeit zu Zeit verrückte Dinge zu tun.«

»Heiraten ist kaum eine Sache, die man von Zeit zu Zeit tun kann, Henry.«

»Außer in Amerika«, erwiderte Lord Henry in lässigem Tone. »Aber ich habe ja nicht gesagt, daß er sich verheiratet hat. Ich sagte, er habe sich verlobt. Zwischen den beiden Dingen ist ein großer Unterschied. Ich erinnere mich ganz deutlich daran, daß ich verheiratet bin, aber ich kann mich nicht erinnern, je verlobt gewesen zu sein. Ich glaube fast, daß ich mich nie verlobt habe.«

»Aber überlegen Sie doch Dorians Geburt, seine Stellung, sein Vermögen! Es wäre doch ganz sinnlos, wenn er so tief unter sich heiraten würde.«

»Wenn Sie wollen, daß er dies Mädchen ganz bestimmt heiratet, so brauchen Sie ihm nur das zu sagen, Basil. Dann tut er es sicher. Wenn ein Mann etwas ganz Dummes tut, so geschieht das stets aus den edelsten Motiven.«

»Ich hoffe nur, es ist ein gutes Mädchen, Henry. Ich möchte Dorian nicht an irgendeine schlechte Kreatur gefesselt sehen, die ihn herabzieht und seinen Geist verdirbt.«

»Oh, sie ist mehr als gut – sie ist schön«, flüsterte Lord Henry und nippte an einem Glas, in dem Wermut mit dem Saft von bitteren Orangen gemischt war. »Dorian sagt, sie ist schön, und in Dingen dieser Art irrt er sich nicht. Das Bild, das Sie von ihm gemalt haben, hat sein Urteil über die äußere Erscheinung anderer Menschen geschärft. Es hat unter anderem diesen glänzenden Erfolg gehabt. Wir sollen sie übrigens heute abend sehen, wenn unser junger Freund seine Abmachung nicht vergißt.«

»Ist das Ihr Ernst?«

»Vollständig, Basil. Es würde mich elend machen, wenn ich je in meinem Leben ernsthafter sein müßte als jetzt.«

»Billigen Sie es denn, Henry?« fragte der Maler, während er im Zimmer auf und ab ging und sich auf die Lippen biß. »Sie können es doch unmöglich billigen. Es ist törichte Verblendung.«

»Ich billige nie etwas und mißbillige nie etwas. Das ist eine ganz törichte Auffassung des Lebens. Wir sind nicht in die Welt geschickt, um unsere moralischen Vorurteile spazieren zu führen. Ich nehme nie Notiz von dem, was die gewöhnlichen Leute sagen, und ich mische mich nie in das, was nette Leute tun. Wenn mich eine Persönlichkeit fesselt, dann ist jede Ausdrucksform, die sich diese Persönlichkeit aussucht, für mich ein Genuß. Dorian Gray verliebt sich in ein schönes Mädchen, das die Julia spielt, und will sie heiraten. Warum nicht? Wenn er Messalina zur Frau nehmen wollte, würde er darum nicht weniger interessant sein. Sie wissen, ich bin kein Eheapostel. Der wirkliche Nachteil der Ehe ist, daß man durch sie uneigennützig wird. Und selbstlose Menschen sind farblos. Es fehlt ihnen an Individualität. Immerhin, es gibt gewisse Temperamente, die durch die Ehe komplizierter werden. Sie behalten ihren eigenen Egoismus und dehnen ihn auf viele andere Egos aus. Sie sehen sich gezwungen, mehr als ein Leben zu führen. Sie werden also feiner organisiert. Und fein organisiert zu sein, scheint mir der Sinn des menschlichen Lebens. Aber abgesehen davon: jede Erfahrung hat ihren Wert, und was sich auch gegen die Ehe sagen läßt, eine Erfahrung ist sie gewiß. Ich hoffe also, Dorian Gray wird dies Mädchen heiraten, wird sie sechs Monate lang leidenschaftlich anbeten und dann plötzlich von irgendeiner anderen angezogen werden. Es wäre ein prachtvolles psychologisches Problem.«

»Henry, das ist gar nicht Ihr Ernst; Sie wissen es selbst. Wenn Dorian Grays Leben zerstört würde, wäre kein Mensch trauriger als Sie. Sie sind viel besser als Sie vorgeben.«

Lord Henry lachte. »Der Grund, weshalb wir so gut von den anderen denken, ist einfach, daß wir Angst für uns selbst haben. Die Grundlage des Optimismus ist nichts als Angst. Wir halten uns für hochherzig, weil wir unserem Nachbar die Tugenden zuschreiben, aus denen für uns ein Vorteil erwachsen könnte. Wir rühmen den Bankier, damit wir unser Konto überschreiten können, und finden in dem Briganten gute Eigenschaften, weil wir hoffen, daß er unseren Geldbeutel verschonen wird. Was ich gesagt habe, ist mein voller Ernst. Ich habe die größte Verachtung für den Optimismus. Was nun das zerstörte Leben anbetrifft: kein Leben ist zerstört, solange sein Wachstum nicht gehemmt ist. Wenn man meine Persönlichkeit verderben will, dann braucht man sie nur zu bessern. Die Ehe allerdings, die ist töricht. Aber es gibt andere und interessantere Bande zwischen Mann und Frau. Natürlich werde ich zu diesen eher raten. Sie haben den Reiz, die Mode zu sein. Da ist übrigens Dorian selbst. Er wird Ihnen mehr sagen können als ich.«

»Lieber Henry, lieber Basil, ihr müßt mir beide Glück wünschen«, sagte der Jüngling, während er den Abendmantel mit den atlasgefütterten Flügeln abwarf und den Freunden die Hände schüttelte. »Ich war nie im Leben so selig. Natürlich ist alles plötzlich gekommen. Alles wirklich Schöne kommt plötzlich. Und doch scheint es das einzige auf der Welt gewesen zu sein, nach dem ich mich mein Leben lang gesehnt habe.« Er war rot vor Aufregung und Freude und sah außerordentlich hübsch aus.

»Ich hoffe, Sie werden immer sehr glücklich sein,« sagte Hallward, »aber ich kann es Ihnen nicht verzeihen, daß Sie mir Ihre Verlobung nicht vorher mitgeteilt haben. Henry haben Sie verständigt.«

»Und ich kann es Ihnen nicht verzeihen, daß Sie zu spät kommen«, unterbrach Lord Henry lächelnd und legte seine Hand auf die Schulter des jungen Mannes. »Kommen Sie, wir wollen uns setzen und sehen, was der neue Chef hier kann. Und dann sollen Sie uns erzählen, wie alles kam.«

»Da ist wirklich nicht viel zu erzählen!« rief Dorian, als sie sich um den kleinen Tisch gesetzt hatten. »Was geschah, war einfach genug. Als ich Sie gestern abend verließ, Henry, zog ich mich an, aß in dem kleinen italienischen Restaurant in Rupert Street, das ich durch Sie kenne, und ging um acht Uhr ins Theater. Sibyl spielte die Rosalinde. Natürlich war die Szenerie greulich und der Orlando zum Lachen. Aber Sibyl! Sie hätten sie sehen sollen. Als sie in ihren Knabenkleidern auftrat, war sie ganz wunderbar. Sie trug ein moosgrünes Samtwams mit zimtfarbenen Ärmeln, eine dünne, braune Hose, mit kreuzweise gebundenen Kniegürteln, ein zierliches, grünes Barett, an dem eine Falkenfeder mit einem Edelstein befestigt war, und war in einen dunkelrot gefütterten Mantel gehüllt. Sie war mir nie so schön erschienen. Sie hatte all die zarte Grazie jener Tangarafigur, die Sie im Atelier haben, Basil. Das Haar schlang sich um ihr Gesicht wie dunkle Blätter um eine blasse Rose. Und ihr Spiel! Nun, Sie werden sie ja heute abend sehen. Sie ist einfach eine geborene Künstlerin. Ich saß wie bezaubert in der schäbigen Loge. Ich vergaß, daß ich in London war, im neunzehnten Jahrhundert lebte. Ich war mit meiner Geliebten weit fort in einem Wald, den noch kein Mensch betreten hatte. Nach der Vorstellung ging ich hinter die Szene und sprach mit ihr. Als wir nebeneinander saßen, trat plötzlich in ihre Augen ein Ausdruck, den ich nie vorher gesehen hatte. Meine Lippen bewegten sich ihr zu. Wir küßten uns. Ich kann Ihnen nicht beschreiben, was ich in dem Augenblick gefühlt habe. Es schien mir, als ob mein Leben in einen vollkommenen Augenblick rosenfarbiger Lust zusammengepreßt sei. Sie zitterte am ganzen Körper und bebte wie eine weiße Narzisse. Dann warf sie sich auf die Knie und küßte meine Hände. Ich weiß, daß ich Ihnen alles das nicht sagen sollte, aber ich kann nicht anders. Natürlich ist unsere Verlobung ein tiefes Geheimnis. Sie hat nicht einmal ihrer Mutter davon gesagt. Ich weiß nicht, was meine Vormünder dazu sagen werden. Lord Radley wird sicher wütend sein. Ist mir gleich. In weniger als einem Jahr bin ich volljährig, und dann kann ich tun, was ich will. Hatte ich nicht recht, Basil, meine Liebe aus der Dichtung wegzuholen und meine Frau in Shakespeares Dramen zu finden? Lippen, die Shakespeare reden gelehrt hat, haben mir ihr Geheimnis ins Ohr geflüstert. Rosalindes Arme lagen um meinen Hals, und ich habe Julia auf den Mund geküßt.«

»Ja, Dorian, ich glaube, Sie hatten recht«, sagte Hallward langsam.

»Haben Sie sie heute schon gesehen?« fragte Lord Henry.

Dorian Gray schüttelte den Kopf. »Ich habe sie im Ardennenwald verlassen und werde sie in einem Garten von Verona wiederfinden.«

Lord Henry schlürfte bedächtig seinen Champagner. »In welchem Augenblick haben Sie von Heirat gesprochen, Dorian? Und was sagte sie darauf? Vielleicht haben Sie das ganz vergessen.«

»Mein lieber Henry, ich habe es nicht als Geschäft behandelt und habe ihr keinen förmlichen Antrag gemacht. Ich sagte ihr, daß ich sie liebe, und sie sagte, sie sei nicht wert, mein Weib zu sein. Nicht wert! Die ganze Welt ist mir nichts im Vergleich mit ihr.«

»Die Frauen sind wunderbar praktisch,« murmelte Lord Henry, »viel praktischer als wir. In Situationen dieser Art vergessen wir oft, etwas übers Heiraten zu sagen, und sie erinnern uns immer daran.«

Hallward legte die Hand auf seinen Arm. »Nicht doch, Henry, Sie haben Dorian geärgert. Er ist nicht wie andere Männer. Er würde nie jemand unglücklich machen. Seine Natur ist dazu zu fein.«

Lord Henry blickte ihn über den Tisch an. »Dorian ist nie böse auf mich«, antwortete er. »Ich habe aus dem besten Grund, den es überhaupt gibt, gefragt, aus dem einzigen Grund, der eine Entschuldigung für eine Frage ist: aus Neugierde. Ich habe eine Theorie, daß es immer die Frauen sind, die uns einen Antrag machen und wir nicht den Frauen. Natürlich mit Ausnahme der Mittelklassen. Aber die sind eben nicht modern.«

Dorian Gray lachte und schüttelte den Kopf. »Sie sind unverbesserlich, Henry; aber es liegt mir nichts dran. Man kann Ihnen nicht böse sein. Wenn Sie Sibyl Vane sehen, dann werden Sie fühlen, daß der Mann, der ihr ein Leid antun kann, ein Tier sein muß, ein herzloses Tier. Ich kann es nicht begreifen, wie man ein Wesen, das man liebt, in Schande bringen kann. Ich liebe Sibyl Vane. Ich möchte sie auf einen goldenen Sockel stellen, und die ganze Welt sollte das Weib, das mir gehört, anbeten. Was ist Ehe? Ein unwiderrufliches Gelübde. Sie spotten deshalb darüber. Ach, spotten Sie nicht! Es ist ein unwiderrufliches Gelübde, das ich aussprechen will. Ihr Vertrauen macht mich treu, ihr Glaube macht mich gut. Wenn ich bei ihr bin, dann bereue ich alles, was Sie mich gelehrt haben. Und ich werde ein ganz anderer Mensch als der, den Sie kennen. Ich bin verwandelt und die bloße Berührung von Sibyl Vanes Hand läßt mich Sie vergessen und alle Ihre falschen, fesselnden, vergiftenden, entzückenden Theorien.«

»Und welches sind die Theorien?« fragte Lord Henry, während er vom Salat nahm.

»Ihre Theorien über das Leben, Ihre Theorien über die Liebe, Ihre Theorien über den Genuß. Einfach alle Ihre Theorien, Henry.«

»Genuß ist das einzige auf der Welt, das eine Theorie verdient«, antwortete er mit seiner langsamen, musikalischen Stimme. »Aber ich fürchte, es ist nicht meine Theorie. Sie gehört der Natur, nicht mir. Genuß ist das Siegel der Natur, das Zeichen ihrer Zustimmung. Wenn wir glücklich sind, dann sind wir immer gut; aber wenn wir gut sind, sind wir nicht immer glücklich.«

»Was verstehen Sie unter ›gut‹?« rief Basil Hallward.

»Ja,« wiederholte Dorian, indem er sich in seinem Stuhle zurücklehnte und über die schweren rotblütigen Schwertlilien, die in der Mitte des Tisches standen, zu Lord Henry blickte, »was verstehen Sie unter ›gut‹, Henry?«

»Gut sein, heißt mit sich selbst einig sein«, antwortete er, den dünnen Stiel seines Glases mit bleichen, feingespitzten Fingern berührend. »Schlecht sein, heißt mit anderen übereinstimmen müssen. Das eigene Leben, das ist es, worauf es ankommt. Was das Leben unserer Nächsten anbelangt, nun, wenn man das dringende Bedürfnis hat, ein Moralpedant oder ein Puritaner zu sein, dann mag man ihnen ja seine moralischen Ansichten ins Gesicht schleudern. Aber in Wirklichkeit gehen sie einen gar nichts an. Abgesehen davon, der Individualismus hat wirklich die höheren Ziele. Die moderne Sittlichkeit besteht darin, daß man die Ansichten seiner Zeit annimmt. Ich habe die Überzeugung, daß jeder gebildete Mensch, der die Ansichten seiner Zeit annimmt, damit sich der gröbsten Unsittlichkeit schuldig macht.«

»Wenn man aber nur für sich selbst lebt, Henry, muß man dann nicht einen schrecklichen Preis dafür zahlen?« fragte der Maler.

»Ja, heutzutage müssen wir alles überzahlen. Ich glaube, daß die wirkliche Tragödie der Armut die ist, daß die Armen sich nichts leisten können als Selbstverleugnung. Schöne Sünden, wie alle schönen Dinge, sind das Vorrecht der begüterten Klassen.«

»Man muß in anderer Münze zahlen als mit Geld.«

»In welcher Münze, Basil?«

»Ich meine, mit Gewissensbissen, mit Schmerzen, mit ... kurz mit dem Gefühl der Erniedrigung.«

Lord Henry zuckte die Achseln. »Mein lieber Freund, mittelalterliche Kunst ist etwas Entzückendes, aber mittelalterliche Gefühle sind unzeitgemäß. Man kann sie natürlich in Romanen gebrauchen. Aber die einzigen Dinge, die in Romanen zu verwerten sind, sind solche, die in der Wirklichkeit wertlos geworden sind. Glauben Sie mir, kein kultivierter Mensch bereut jemals einen Genuß und kein unkultivierter Mensch weiß, was Genuß ist.«

»Ich weiß, was Genuß ist!« rief Dorian Gray. »Jemand anbeten.«

»Das ist sicher besser, als angebetet zu werden«, antwortete Henry, während er mit einigen Früchten spielte. »Angebetet werden, ist peinlich. Die Weiber behandeln uns genau so, wie die Menschheit ihre Götter. Sie beten uns an und quälen uns immer, irgend etwas für sie zu tun.«

»Ich würde eher sagen: alles, was sie von uns verlangen, haben sie uns zuerst geschenkt«, flüsterte ernst der Jüngling. »Sie schaffen die Liebe in uns. Sie haben ein Recht, sie dann zurückzuverlangen.«

»Das ist ganz richtig, Dorian«, rief Hallward.

»Nie ist etwas ganz richtig«, sagte Lord Henry.

»Dies doch«, unterbrach Dorian. »Sie müssen zugeben, Henry, daß die Frauen den Männern das echte Gold des Lebens schenken.«

»Vielleicht,« seufzte er, »aber unfehlbar verlangen sie es dann in sehr kleiner Münze zurück. Das ist das Unangenehme dabei. Ein witziger Franzose hat einmal gesagt: ›Die Frauen regen uns an, Meisterwerke zu schaffen, und verhindern uns dann immer daran, sie auszuführen.‹«

»Henry, Sie sind schrecklich. Ich weiß wirklich nicht, warum ich Sie so gern habe.«

»Sie werden mich immer gern haben, Dorian«, antwortete er. »Wollen wir Kaffee trinken? Kellner, bringen Sie Kaffee, fine Champagne und Zigaretten. Nein, lassen Sie die Zigaretten, ich habe selbst welche. Basil, ich kann Ihnen nicht erlauben, eine Zigarre zu rauchen. Sie müssen eine Zigarette nehmen. Die Zigarette ist der vollendete Typus eines vollendeten Genusses. Sie ist köstlich und läßt uns unbefriedigt. Was kann man noch mehr verlangen? Ja, Dorian, Sie werden mich immer lieb haben. Ich bin für Sie der Inbegriff aller Sünden, die zu begehen Sie nicht den Mut gehabt haben.«

»Was für Unsinn Sie sprechen!« rief der junge Mann, während er seine Zigarette an dem feuerspeienden Silberdrachen, den der Kellner auf den Tisch gestellt hatte, anzündete. »Wir wollen jetzt ins Theater fahren. Wenn Sibyl auftritt, werden Sie ein neues Lebensideal bekommen. Sie wird Ihnen etwas offenbaren, das Sie noch nicht kennen.«

»Ich kenne alles,« sagte Lord Henry mit einem müden Blick in den Augen, »aber ich bin immer bereit, eine neue Emotion zu erleben. Nur fürchte ich, daß es für mich derlei nicht mehr gibt. Immerhin, Ihr wunderbares Mädchen wird mich vielleicht erschüttern. Ich liebe die Schauspielkunst. Sie ist so viel wirklicher als das Leben. Wir wollen gehen. Dorian, Sie kommen mit mir. Basil, es tut mir sehr leid, aber in meinem Wagen ist nur Platz für zwei. Sie müssen wirklich in einer Droschke nachfahren.«

Sie standen auf, zogen ihre Mäntel an und tranken den Kaffee stehend. Der Maler war schweigsam und in Gedanken versunken. Ein düsteres Gefühl lastete auf ihm. Diese Heirat gefiel ihm gar nicht, und doch schien sie ihm viel besser zu sein, als manches andere, was hätte geschehen können. Nach einigen Minuten gingen sie alle hinunter. Er fuhr allein fort, wie man es besprochen hatte, und betrachtete die glänzenden Lichter des kleinen Wagens, der vor ihm dahinrollte. Das seltsame Gefühl eines großen Verlustes überkam ihn. Er empfand, daß Dorian Gray für ihn nie mehr das sein würde, was er ihm bisher gewesen war. Das Leben war zwischen sie getreten ... Vor seinen Augen wurde es dunkel, und die vollen, schimmernden Straßen schwammen vor seinem Blick. Als der Wagen am Theater vorfuhr, schien es ihm, als sei er viele Jahre älter geworden.

Siebentes Kapitel

Aus irgendeinem Grunde war das Haus an diesem Abend dicht gefüllt, und der dicke jüdische Direktor, der sie an der Tür empfing, glänzte von einem Ohr zum anderen in einem öligen, unruhigen Lächeln. Er begleitete sie zu ihrer Loge mit einer würdigen Demut, die fetten, juwelenbedeckten Hände bewegend und in den höchsten Tönen sprechend. Dorian haßte ihn mehr als je. Er hatte das Gefühl, als hätte er Miranda besuchen wollen und Caliban habe ihn erwartet. Dagegen hatte Lord Henry etwas für ihn übrig. Wenigstens behauptete er das, bestand darauf, ihm die Hand zu schütteln und ihm zu versichern, daß er stolz darauf sei, einen Mann kennenzulernen, der ein wirkliches Genie entdeckt habe und eines Dichters wegen bankerott geworden sei. Hallward unterhielt sich damit, die Gesichter im Parterre zu beobachten. Die Hitze war furchtbar drückend, und der riesige Sonnenbrenner stammte wie eine ungeheure Dahlie mit Blättern aus gelbem Feuer. Die jungen Leute auf der Galerie hatten die Röcke und Westen ausgezogen und sie über die Rampe gehängt. Sie sprachen miteinander über das ganze Theater weg und teilten ihre Apfelsinen mit den Mädchen in billigem Aufputz, die neben ihnen saßen. Ein paar Weiber lachten unten im Parterre; ihre Stimmen waren schrecklich schrill und häßlich. Von der Bar her hörte man Flaschen entkorken.

»Was für ein sonderbarer Platz, um seine Göttin zu entdecken«, sagte Lord Henry.

»Ja,« erwiderte Dorian Gray, »hier habe ich sie gefunden. Und sie ist eine Göttin über allem Lebendigen. Wenn sie spielt, werden Sie alles vergessen. Diese gemeinen, rohen Leute mit ihren ordinären Gesichtern und ihren brutalen Bewegungen werden ganz verwandelt, wenn sie auf der Bühne sieht. Sie sitzen stumm da und beobachten sie, sie weinen und lachen, wie sie es will. Sie läßt sie tönen wie eine Geige. Sie veredelt sie und man spürt dann, daß sie vom selben Fleisch und Blut sind wie wir selber.«

»Vom selben Fleisch und Blut wie wir selber. Oh, ich hoffe doch nicht!« rief Lord Henry, der mit seinem Opernglas die Leute auf der Galerie musterte.

»Hören Sie nicht auf ihn«, sagte der Maler. »Ich begreife, was Sie sagen wollen, und ich glaube an dieses Mädchen. Ein Mensch, den sie lieben, muß wunderbar sein, und jedes Mädchen, das die Wirkung erzielt, die Sie beschreiben, muß fein und vornehm sein. Seine Zeit zu vergeistigen, das verlohnt, zu leben. Wenn das Mädchen denen eine Seele geben kann, die bisher seelenlos gelebt haben, wenn sie in Menschen, deren

Dasein bisher schmutzig und häßlich war, einen Sinn für Schönheit erzeugen kann, wenn sie sie aus ihrer Welt des Eigennutzes losreißen und ihnen Tränen um Leiden entlocken kann, die nicht ihre eigenen sind, dann ist sie Ihrer Liebe wert, ja der Liebe der ganzen Welt wert. Sie haben ganz recht mit Ihrer Heirat. Ich habe es zuerst nicht so gesehen, jetzt gebe ich es zu. Die Götter haben Sibyl Vane für Sie geschaffen. Ohne sie wären Sie nur unvollständig gewesen.«

»Danke, Basil«, antwortete Dorian Gray und drückte ihm die Hand. »Ich wußte, daß Sie mich verstehen würden. Henry ist ein Zyniker. Er erschreckt mich. Aber da kommt das Orchester. Es ist furchtbar, aber es dauert nur fünf Minuten, dann geht der Vorhang auf und Sie werden das Mädchen sehen, dem ich mein ganzes Leben schenken will, zu dem alles geht, was gut in mir ist.«

Eine Viertelstunde später betrat unter einem unglaublichen Beifallssturm Sibyl Vane die Bühne. Ja, sie war wirklich entzückend. Lord Henry schien sie eins der entzückendsten Geschöpfe, die er je gesehen hatte. Es war etwas von einem Reh in ihrer scheuen Grazie und ihren erschrockenen Augen. Ein leises Erröten wie der Schatten einer Rose in einem silbernen Spiegel trat auf ihre Wangen, als sie in das überfüllte und begeisterte Haus blickte. Sie trat ein paar Schritte zurück, und ihre Lippen schienen zu zittern. Basil Hallward sprang auf und begann zu klatschen. Bewegungslos und wie einer, der träumt, saß Dorian Gray da und sah sie an. Lord Henry starrte durch sein Glas und flüsterte: »Entzückend! Entzückend!«

Die Szene war die Halle in Capulets Haus, und Romeo in seinem Pilgerkleid war mit Mercutio und seinen anderen Freunden aufgetreten. Die Musik schlug, so gut sie konnte, ein paar Akkorde an und der Tanz begann. Mitten in dem Haufen von plumpen, schäbig angezogenen Schauspielern bewegte sich Sibyl Vane wie ein Geschöpf aus einer besseren Welt. Ihr Körper schwebte, während sie tanzte, wie eine Blume auf dem Wasser schwimmt. Die Linien ihres Halses waren die Linien einer weißen Lilie. Ihre Hände schienen aus kühlem Elfenbein zu sein.

Und doch schien sie seltsam unbewegt. Sie zeigte kein Zeichen der Freude, während ihre Augen auf Romeo ruhten. Die wenigen Worte, die sie zu sprechen hatte:

»Nein, Pilger, lege nichts der Hand zu schulden
Für ihren sittsam-andachtsvollen Gruß;
Der Heiligen Rechte darf Berührung dulden,
Und Hand in Hand ist frommer Waller Kuß.«

mit dem kurzen Dialog, der folgt, sprach sie ganz gekünstelt. Die Stimme war wunderbar, aber der Ton ganz falsch. Er war ganz unrichtig gefärbt. Er nahm den Versen alles Leben. Er machte die Leidenschaft unwahr.

Dorian Gray erbleichte, als er hinsah. Er war verlegen und erschreckt. Seine beiden Freunde wagten es nicht, ihm etwas zu sagen. Sie schien ganz talentlos zu sein. Sie waren furchtbar enttäuscht.

Aber sie empfanden, daß der große Augenblick für jede Julia die Balkonszene im zweiten Akt sei. Die warteten sie also ab. Wenn sie hier versagte, dann war nichts an ihr.

Sie sah reizend aus, als sie im Mondschein auftrat. Das konnte niemand leugnen. Aber das Theatralische ihres Spiels war unerträglich und wurde immer ärger. Ihre Bewegungen waren lächerlich gekünstelt. Sie übertrieb das Pathos jedes Wortes, das sie zu sagen hatte. Die wundervollen Verse:

»Du weißt, die Nacht verschleiert mein Gesicht,
Sonst färbte Mädchenröte meine Wangen
Um das, was du vorhin mich sagen hörtest.«

deklamierte sie mit der peinlichen Genauigkeit eines Schulmädchens, das ein mittelmäßiger Vortragslehrer unterrichtet hat. Als sie über den Balkon lehnte und zu den herrlichen Versen kam:

... »Obwohl ich dein mich freue.
Freu' ich mich nicht des Bundes dieser Nacht:
Er ist zu rasch, zu unbedacht, zu plötzlich,
Gleicht allzusehr dem Blitz, der schon vorbei,
Noch eh' man sagen kann: es blitzt. – Schlaf süß!
Die Liebesknosp' mag warmer Sommerhauch,
Bis wir uns wiedersehn zur Blum' entfalten.«

sprach sie die Worte, als bärgen sie keinerlei Sinn für sie. Es war nicht Aufregung; ja weit entfernt davon, erregt zu sein, schien sie ganz mit sich zufrieden. Es war einfach elendes Theater. Es war vollständig verfehlt.

Selbst das gewöhnliche, ungebildete Publikum des Parterres und der Galerie verlor das Interesse am Stück. Sie wurden unruhig und begannen laut zu sprechen und zu zischen. Der jüdische Direktor, der hinten auf dem Balkon stand, stampfte mit den

Füßen und fluchte vor Wut. Der einzige Mensch, den das alles nicht berührte, war das Mädchen selbst.

Als der zweite Akt vorüber war, brach ein Sturm von Zischen los, und Lord Henry stand von seinem Stuhl auf und zog seinen Rock an. »Sie ist wirklich wunderschön, Dorian,« sagte er, »aber sie kann nicht spielen. Wir wollen gehen.«

»Ich will das Stück bis zu Ende sehen«, antwortete der junge Mann mit harter, bitterer Stimme. »Es tut mir ungemein leid, daß ich Sie veranlaßt habe, einen Abend zu vergeuden, Henry. Ich muß mich bei Ihnen beiden entschuldigen.«

»Mein lieber Dorian,« unterbrach ihn Hallward, »ich glaube. Miß Vane war krank. Wir wollen an einem anderen Abend wiederkommen.«

»Ich wünschte, sie wäre krank,« erwiderte er, »aber ich glaube, sie hat nur kein Gefühl und ist kalt. Sie hat sich ganz verändert. Gestern abend war sie eine große Künstlerin, heute abend ist sie nur eine gewöhnliche, mittelmäßige Schauspielerin.«

»Dorian, sprechen Sie nicht so über jemand, den sie lieben. Die Liebe ist etwas viel Wunderbareres als die Kunst.«

»Es sind beides nur Formen der Nachahmung«, bemerkte Lord Henry. »Aber wir wollen gehen. Dorian, Sie dürfen nicht länger hier bleiben. Es schadet der Moral, schlechte Schauspielkunst anzusehen. Ich glaube übrigens nicht, daß Sie Ihre Frau auftreten lassen werden. Was liegt also daran, ob sie die Julia spielt wie eine Holzpuppe! Sie ist wirklich entzückend, und wenn sie so wenig vom Leben weiß wie vom Theaterspielen, wird sie eine wundervolle Erfahrung für Sie sein. Es gibt nur zwei Arten fesselnder Menschen: solche, die alles wissen, und solche, die gar nichts wissen. Großer Gott, mein lieber Junge, machen Sie kein so tragisches Gesicht! Das Rezept, ewig jung zu bleiben, ist einfach: nie eine Erregung zu haben, die einem schlecht anschlägt. Kommen Sie mit Basil und mir in den Klub! Wir wollen Zigaretten rauchen und auf Sibyl Vanes Schönheit ein Glas trinken. Sie ist schön. Was können Sie noch mehr wollen?«

»Gehen Sie fort, Henry«, rief der Jüngling. »Ich will allein sein. Basil, Sie müssen gehen. Ach, könnt ihr nicht sehen, daß mir das Herz bricht?« Heiße Tränen traten ihm in die Augen. Seine Lippen bebten. Er drückte sich in die tiefste Ecke der Loge, lehnte sich an die Wand und verbarg das Gesicht in den Händen.

»Kommen Sie, Basil«, sagte Lord Henry mit seltsam zärtlicher Stimme; und die beiden Männer gingen zusammen hinaus.

Ein paar Augenblicke später flammten die Rampenlichter wieder auf, und der Vorhang ging zum dritten Akt in die Höhe. Dorian Gray ging zu seinem Platz zurück. Er sah bleich, hochmütig, gleichgültig aus. Das Spiel schleppte sich weiter und schien nie zu enden. Die Hälfte des Publikums ging weg, auf schweren Schuhen trampelnd, lachend. Die ganze Sache war ein Fiasko. Der letzte Akt wurde förmlich vor leeren Bänken gespielt. Als der Vorhang fiel, hörte man Zischen und höhnische Rufe.

Sobald es aus war, stürzte sich Dorian Gray hinter die Kulissen in die Garderobe. Das Mädchen stand allein da, mit einem triumphierenden Zug im Gesicht. Die Augen leuchteten in strahlendem Feuer. Ein Glanz umschwebte sie. Ihre halbgeöffneten Lippen lächelten über ein Geheimnis, das ihnen allein gehörte.

Als er eintrat, blickte sie zu ihm hin und ein Ausdruck unsäglicher Lust erfüllte sie.

»Wie schlecht ich heute abend gespielt habe, Dorian!« rief sie aus.

»Schrecklich«, antwortete er und sah sie voll Staunen an. »Schrecklich. Es war etwas Furchtbares. Bist du krank? Du hast ja keine Ahnung, wie es war. Keine Ahnung, was ich gelitten habe.«

Das Mädchen lächelte. »Dorian«, antwortete sie und sagte seinen Namen behutsam, gedehnte Musik in der Stimme, als wäre er den roten Blüten ihres Mundes süßer als Honig. »Dorian, du hättest begreifen sollen – aber jetzt, jetzt begreifst du.«

»Was?« fragte er zornig.

»Warum ich heute abend so schlecht spielte. Warum ich immer schlecht spielen werde, warum ich nie mehr gut spielen werde.«

Er zuckte die Achseln. »Du bist gewiß krank. Wenn du nicht gesund bist, solltest du nicht spielen. Du machst dich ja lächerlich. Meine Freunde haben sich gelangweilt. Ich habe mich auch gelangweilt.«

Sie schien nicht zu hören, was er sagte. Sie war außer sich vor Lust. Eine Ekstase des Glücks beherrschte sie.

»Dorian, Dorian,« rief sie aus, »bevor ich dich kannte, war Spielen das einzig Wirkliche in meinem Leben. Nur im Theater lebte ich. Ich glaubte, all das sei wahr. An einem Abend war ich Rosalinde, Portia am anderen. Beatrices Glück war mein Glück, und Cordelias Tränen waren die meinen. Alles glaubte ich. Die gewöhnlichen Leute, die mit mir spielten, schienen mir Götter. Die bemalte Leinwand war für mich die Welt. Ich kannte nichts als Schatten, und sie waren mir die Wirklichkeit. Da kamst du, mein schöner Geliebter, und befreitest meine Seele aus dem Gefängnis. Du hast mich gelehrt, was die Wirklichkeit ist. Heute hab' ich zum erstenmal in meinem Leben die ganze Hohlheit durchschaut, den Lug, die Albernheit der leeren Bretter, auf denen ich immer gespielt habe. Heute abend wußte ich zum ersten Male, daß dieser Romeo abscheulich, alt, geschminkt ist, daß der Mond im Garten Trug, die ganze Umgebung ordinär war, und daß die Worte, die ich zu sprechen hatte, nicht wahr, nicht meine Worte sind, nicht die waren, die ich hätte sagen wollen. Du hast mir etwas Höheres geschenkt, etwas, von dem die Kunst nur ein Abglanz ist. Durch dich habe ich gelernt, was die Liebe in Wahrheit ist. Geliebter, Geliebter! Märchenprinz, Prinz meines Lebens! Ich bin der Schatten müde. Du bist mir mehr, als alle Kunst sein kann. Was hab' ich mit den Puppen eines Spiels zu schaffen! Als ich heute abend auftrat, konnte ich nicht begreifen, wie all das von mir abgefallen war. Ich hatte gedacht, ich würde wundervoll sein, und fand, daß ich durchaus versagte. Plötzlich dann dämmerte es meiner Seele, was all das bedeute. Es war herrlich, das zu wissen. Ich hörte sie zischen und lächelte. Was wissen die von Liebe, wie unsere ist? Nimm mich fort, Dorian – nimm mich mit dir irgendwohin, wo wir allein sind. Ich hasse das Theater. Ich könnte vielleicht eine Leidenschaft darstellen, die ich nicht fühle, aber ich kann doch nicht eine spielen, die in mir brennt wie Feuer. Ach, Dorian, Dorian, kannst du jetzt begreifen, was das alles bedeutet? Selbst wenn ich es zustande brächte, wäre es Entweihung, zu spielen, während ich liebe. Du hast mir die Augen geöffnet.«

Er warf sich auf das Sofa und wandte sein Gesicht ab. »Du hast meine Liebe getötet«, murmelte er.

Sie sah ihn staunend an und lachte. Er gab keine Antwort. Sie kam hin zu ihm und strich mit ihren kleinen Fingern durch sein Haar. Sie kniete bei ihm nieder und preßte seine Hand an ihre Lippen. Er schob sie weg, und ein Schauder rann über seinen Körper.

Dann sprang er auf und ging zur Tür. »Ja,« rief er aus, »du hast meine Liebe getötet. Früher hast du meine Phantasie angeregt. Jetzt reizt du nicht einmal meine Neugierde. Du wirkst einfach nicht. Ich liebte dich, weil du ein wundervolles Geschöpf warst, weil du Genie und Geist hattest, weil du die Träume großer Dichter erfülltest, den Schatten der Kunst Form und Körper gabst. All das hast du vernichtet. Jetzt bist du leer und dumm. Mein Gott, was für ein Narr war ich, dich zu lieben! Wie verrückt war ich! Jetzt bist du mir nichts. Ich will dich nie mehr sehen. Nie mehr an dich denken. Ich will nie mehr deinen Namen aussprechen. Du weißt nicht, was du mir warst, früher einmal. Wie konnte ich einmal ... Oh, ich ertrage es nicht, daran zu denken. Ich wünschte, ich hätte dich nie gesehen. Du hast die Romantik meines Lebens zerstört. Wie wenig kannst du von Liebe wissen, wenn du sagst, sie lähme deine Kunst. Ohne deine Kunst bist du ja nichts. Ich hätte aus dir eine Berühmtheit gemacht, eine Leuchte, etwas ganz Großes. Die Welt hätte dich angebetet, und du hättest meinen Namen getragen. Was bist du jetzt? Eine Schauspielerin dritten Ranges mit einem hübschen Gesicht.«

Das Mädchen wurde bleich und zitterte. Sie preßte die Hände zusammen, und ihre Stimme schien ihr in der Kehle stecken zu bleiben. »Das ist nicht dein Ernst, Dorian?« flüsterte sie, »du spielst mir etwas vor.«

»Spielen? Das überlaß ich dir. Du tust es ja so gut«, entgegnete er bitter.

Sie erhob sich von den Knien und trat mit einem jammervollen, schmerzerfüllten Gesicht auf ihn zu. Sie legte die Hand auf seinen Arm und sah ihm in die Augen. Er stieß sie zurück. »Berühre mich nicht!« schrie er.

Ein leises Stöhnen entrang sich ihr. Sie warf sich ihm zu Füßen und lag da wie eine zertretene Blüte. »Dorian, Dorian, geh' nicht fort von mir!« rief sie ganz leise. »Ich bin so unglücklich, weil ich nicht gut gespielt habe. Ich dachte immer nur an dich. Aber ich will es wieder versuchen, wirklich, ich will es versuchen. Die Liebe zu dir kam so jäh über mich. Ich glaube, ich hätte nie davon gewußt, wenn du mich nicht geküßt hättest – wenn wir uns nicht geküßt hätten. Küß' mich wieder, Geliebter. Geh' nicht von mir! Ich könnte es nicht ertragen. Oh, geh' nicht! Laß mich nicht allein! Mein Bruder ... nein, das ist nichts. Er meinte es nicht so. Er hat nur gescherzt ... Aber wirst du mir je den heutigen Abend vergeben? Ich werde sehr fleißig sein und besser werden ... Sei nicht grausam gegen mich, weil ich dich mehr liebe als irgendwas auf der Welt. Es ist doch nur ein einziges Mal, daß ich dir nicht gefallen habe. Aber du hast ganz recht, Dorian. Ich hätte mich mehr als Künstlerin erweisen sollen. Es war töricht von mir. Und doch konnte ich nicht anders. Ach, geh' nicht von mir, verlaß mich nicht ...«

Leidenschaftliches Schluchzen erschütterte sie. Sie kauerte auf der Erde wie ein wundes Tier, und Dorian Gray sah mit seinen schönen Augen zu ihr herab, und seine feinen Lippen kräuselten sich in vollster Verachtung. Die Empfindungen von Menschen, die man nicht mehr liebt, haben immer etwas Lächerliches. Sibyl Vane schien ihm überspannt melodramatisch. Ihre Tränen und ihr Schluchzen machten ihn nur nervös.

»Ich gehe«, sagte er schließlich mit seiner ruhigen, klaren Stimme. »Ich möchte nicht hart sein, aber ich kann dich nie wieder sehen. Du hast mich enttäuscht.«

Sie weinte still, sagte nichts, aber kroch näher an ihn heran. Ihre kleinen Hände streckten sich ins Ungewisse aus und schienen ihn zu suchen. Er wandte sich um und ging aus dem Zimmer. Wenige Augenblicke später war er nicht mehr im Theater.

Wohin er ging, wußte er selbst nicht. Er erinnerte sich, durch schwach beleuchtete Gassen gewandert zu sein, an elenden, schwarze Schatten werfenden Torwegen und gemein aussehenden Häusern vorbei. Weiber mit rauhen Stimmen und einem schrillen Lachen hatten hinter ihm her gerufen. Trunkenbolde waren fluchend vorbeigetaumelt und hatten wie scheußliche Affen zu sich selbst gesprochen. Er hatte groteske Kinder auf den Stufen zusammengekauert gesehen, Schreien und Schimpfen aus düstern Höfen dringen hören.

Als der Morgen hereinbrach, fand er sich nahe bei Covent Garden. Die Dunkelheit schwand, die Luft rötete sich in mattem Feuer und der Himmel höhlte sich zu einer vollendeten Perle aus. Mächtige Wagen, angefüllt mit nickenden Lilien, rumpelten langsam die glatte, leere Straße hinab. Die Luft war schwer vom Dufte der Blumen, und ihre Schönheit schien ihm Linderung für seinen Schmerz zu bringen. Er ging auf den Markt und sah den Männern zu, die ihre Wagen entluden. Ein Mann in einem weißen Kittel bot ihm Kirschen an. Er dankte, wunderte sich, warum er kein Geld dafür annehmen wollte, und begann dann, sie zerstreut zu essen. Sie waren um Mitternacht gepflückt worden, und die Kälte des Mondes war in sie gedrungen. Burschen in langer Reihe brachten Körbe voll von gestreiften Tulpen, von gelben und roten Rosen, zogen an ihm vorbei und wanden sich durch die großen graugrünen Stöße von Gemüse. Unter den grauen, von der Sonne gebleichten Säulen der Halle lungerte ein Trupp von schmutzigen, barhäuptigen Mädchen, die warteten, bis die Versteigerung vorbei war. Andere sammelten sich um die auf- und zugehenden Türen des Kaffeehauses auf dem Platze. Die schweren Wagenpferde glitten auf dem Pflaster aus und stampften über die rauhen Steine, ihre Glocken und Geschirre schüttelnd. Einige Fuhrleute lagen schlafend auf einem Stoß von Säcken. Mit irisfarbenen Hälsen und roten Füßen liefen die Tauben mitten drin umher und pickten Körner auf.

Nach einer Weile rief er eine Droschke an und fuhr nach Hause. Ein paar Augenblicke blieb er auf der Schwelle stehen, sah sich nach dem stillen Platze, den kahlen, geschlossenen Fenstern und den grellen Vorhängen um. Der Himmel hatte jetzt die reine Farbe des Opals, und die Dächer der Häuser glitzerten dagegen wie Silber. Von einem Schornstein gegenüber stieg eine dünne Rauchwolke in die Höhe. Sie kräuselte sich wie ein violettes Band durch die perlmutterfarbene Luft.

In der großen venezianischen Lampe, dieser Beute von der Barke irgendeines Dogen, die von der Decke der großen, eichengetäfelten Eingangshalle herabhing, brannten noch drei flackernde Lichter: wie dünne blaue Flammenblüten in weißem Feuerrahmen. Er drehte sie aus, warf seinen Hut und seinen Mantel auf den Tisch und ging dann durch das Bibliothekszimmer zur Tür seines Schlafzimmers, eines großen, achteckigen Raumes zu ebener Erde, den er in seinem neu erwachten Gefühl für Luxus eben erst hatte einrichten und mit einigen kuriosen Renaissancegobelins bespannen lassen, die er in einer nie gebrauchten Dachstube in Selby Royal entdeckt hatte. Als er den Türgriff eben drehen wollte, fiel sein Bild auf das Bildnis, das Basil Hallward von ihm gemalt hatte. Erstaunt schrak er zurück. Dann ging er mit verstörtem Gesicht in sein Zimmer. Nachdem er die Blume aus seinem Knopfloch genommen hatte, schien er zu zögern. Schließlich ging er zurück, näherte sich dem Bilde und musterte es. In dem düsteren, gedämpften Licht, das durch die cremefarbenen Seidenvorhänge drang, schien es, als wäre das Gesicht ein wenig verändert. Der Ausdruck war anders. Man hätte sagen können, daß ein grausamer Zug um den Mund war. Es war höchst seltsam.

Er drehte sich um, ging zum Fenster und zog den Vorhang in die Höhe. Der helle Morgen flutete nun durch den Raum und fegte die phantastischen Schatten in heimliche Winkel, wo sie zitternd liegen blieben. Aber der seltsame Ausdruck, den er in dem Gesicht des Bildes bemerkt hatte, schien dazubleiben, ja sich verstärkt zu haben. Das heiße, bebende Sonnenlicht zeigte ihm den grausamen Zug um den Mund so klar, als sähe er sich in einem Spiegel, nachdem er etwas Häßliches getan hatte.

Er stampfte mit dem Fuß auf und nahm vom Tisch einen ovalen Spiegel, der von elfenbeinernen Liebesgöttern getragen wurde, eines der vielen Geschenke Lord Henrys. Eilig blickte er in die glatte Fläche. Aber kein Zug solcher Art verunstaltete seine roten Lippen. Was sollte es bedeuten?

Er rieb sich die Augen, schritt ganz nahe an das Bild heran und musterte es wieder. An der Malerei selbst konnte man gar kein Zeichen einer Veränderung bemerken, und doch, es war kein Zweifel, daß sich der ganze Ausdruck verändert hatte. Es war keine Einbildung von ihm. Die Sache war schrecklich klar.

Er warf sich in einen Stuhl und begann nachzudenken. Jäh trat die Erinnerung an die Worte in sein Bewußtsein, die er in Basil Hallwards Atelier an dem Tage, an dem das Bild fertig wurde, gesagt hatte. Ja, er erinnerte sich nun ganz deutlich. Er hatte einen tollen Wunsch ausgesprochen, daß er selbst jung bleiben möchte und das Bild altern; daß seine eigene Schönheit unbefleckt bleibe und das Antlitz auf der Leinwand die Last seiner Leidenschaften und Sünden trage; daß das gemalte Bildnis von den Linien der Leiden und Gedanken durchfurcht werde und er den feinen Reiz und die Lieblichkeit jener Jugend, die ihm eben bewußt geworden war, behalte. Sein Wunsch war doch nicht in Erfüllung gegangen? Solche Dinge gab es doch nicht! Nur daran zu denken schien ungeheuerlich. Und doch, da stand das Bild vor ihm und hatte einen Zug von Grausamkeit um den Mund.

Grausamkeit! War er denn grausam gewesen? Das Mädchen war schuld, nicht er. Er hatte von ihr geträumt wie von einer großen Künstlerin, hatte sie geliebt, weil er sie für groß gehalten hatte. Dann hatte sie ihn enttäuscht. Sie war seicht und seiner unwürdig gewesen. Und doch, ein Gefühl unendlichen Mitleids überkam ihn, als er jetzt daran dachte, wie sie zu seinen Füßen gelegen und wie ein kleines Kind geschluchzt hatte. Er erinnerte sich auch, mit welcher Kühle er sie beobachtet hatte. Warum war er so geschaffen worden? Warum war ihm eine solche Seele gegeben worden? Aber auch er hatte gelitten. In den drei schrecklichen Stunden, die das Stück gedauert hatte, hatte er Jahrhunderte von Schmerzen, Ewigkeiten über Ewigkeiten von Qualen gelebt. Sein Leben war gewiß das ihre wert. Wenn er sie für die ganze Lebenszeit verwundet hatte, so hatte sie ihn für einen Augenblick vernichtet. Außerdem, die Frauen sind besser erschaffen, um Leiden zu tragen, als Männer. Sie leben von ihren Gefühlen. Sie denken nur an ihre Gefühle. Wenn sie einen Geliebten nehmen, so ist es nur, um jemand zu haben, dem sie Szenen machen können. Lord Henry hatte ihm das gesagt. Und Lord Henry kannte die Frauen. Warum sollte er sich um Sibyl Vane beunruhigen? Sie bedeutete ihm ja jetzt nichts mehr.

Aber das Bild? Was sollte er dazu sagen? Es barg das Geheimnis seines Lebens und erzählte seine Geschichte. Es hatte ihn die Liebe zu seiner eigenen Schönheit gelehrt. Sollte es ihn jetzt lehren, seine eigene Seele hassen? Würde er es je wieder anblicken können?

Nein; es war alles nur eine Einbildung der verwirrten Sinne. Die fürchterliche Nacht, die er erlebt hatte, ließ Gespenster hinter sich. Jener dünne scharlachrote Fleck, der die Menschen in den Wahnsinn treibt, war plötzlich auf sein Gehirn gefallen. Das Bild konnte nicht anders geworden sein. Es war Wahnsinn, das anzunehmen.

Und doch blickte es ihn an, das wunderschöne Gesicht durch das grausame Lächeln zerstört. Die hellen Haare leuchteten im frühen Sonnenlicht. Die blauen Augen trafen seine eigenen. Ein Gefühl von unbegrenztem Mitleid durchdrang ihn, nicht mit sich selber, sondern mit dem gemalten Bilde von sich. Schon hatte es sich verändert und würde sich immer mehr verändern. Sein Gold wird zum Grau erbleichen. Seine roten und weißen Rosen werden welken. Für jede Sünde, die er begehen wird, wird ein Fleck hervortreten und die Schönheit besudeln. Aber er wird nicht mehr sündigen. Das Bildnis, verwandelt oder nicht, wird für ihn das sichtbare Wahrzeichen des Gewissens sein. Er wird jeder Versuchung widerstehen. Er wird Lord Henry nicht wiedersehen oder wenigstens nicht mehr jenen scharfsinnigen, giftigen Lehren lauschen, die damals in Basil Hallwards Garten zum erstenmal in ihm die Leidenschaft für unmögliche Dinge erweckt hatten. Er wird zu Sibyl Vane zurückkehren, sie um Verzeihung bitten, sie heiraten und versuchen, sie wieder zu lieben. Ja, es war seine Pflicht, das zu tun. Sie mußte noch mehr gelitten haben als er. Das arme Kind! Er war selbstsüchtig und grausam gegen sie gewesen. Aber sicher würde die Anziehung, die sie auf ihn geübt hatte, wiederkehren. Sie würden glücklich miteinander sein. Sein Leben mit ihr würde schön und rein sein.

Er stand von seinem Stuhl auf und stellte einen großen Schirm gerade vor das Bildnis. Als er es anblickte, schrak er zusammen. »Wie schrecklich«, flüsterte er, schritt zur Glastür hinüber und öffnete sie. Er trat in den Garten hinaus, und als er auf dem Rasen stand, atmete er tief. Die frische Morgenluft schien all die düsteren Gefühle zu verjagen. Er dachte nur noch an Sibyl. Ein leiser Widerhall seiner Liebe kehrte zurück. Er wiederholte ihren Namen immer wieder. Die Vögel, die in dem taubedeckten Garten sangen, erzählten wohl den Blumen von ihr.

Achtes Kapitel

Mittag war lange vorbei, als er erwachte. Der Diener war mehrmals auf den Fußspitzen in das Zimmer geschlichen, um zu sehen, ob er sich rühre, und hatte sich gewundert, weshalb sein junger Herr so lange schlafe. Schließlich klingelte es. Viktor trat leise herein mit einer Schale Tee und einem Stoß Briefe auf einem kleinen Tablett aus altem Sevresporzellan und zog die olivengelben Atlasvorhänge, deren Futter blau schimmerte, von den drei großen Fenstern zurück.

»Monsieur hat heute morgen gut geschlafen«, sagte er lächelnd.

»Wieviel Uhr ist es, Viktor?« fragte Dorian Gray noch verschlafen.

»Ein Viertel zwei, Monsieur!«

Wie spät es war! Er richtete sich auf, trank Tee und durchblätterte die Briefe. Einer von ihnen war von Lord Henry und war diesen Morgen von einem Boten gebracht worden. Er zögerte einen Augenblick und legte ihn dann zur Seite. Die anderen öffnete er zerstreut. Sie enthielten die gewöhnliche Sammlung von Karten, Dinereinladungen, Einladungen zu Ausstellungen, Programmen von Wohltätigkeitskonzerten und ähnlichen Aufforderungen, mit denen der junge Mann aus der Gesellschaft während der Saison jeden Morgen überschüttet wird. Es war eine recht große Rechnung dabei für ein Toiletteservice Louis XV. aus getriebenem Silber, die er noch nicht gewagt hatte, seinem Vormund zu schicken, der ein außerordentlich altmodischer Herr war und nicht begreifen konnte, daß wir in einer Zeit leben, in der die unnötigen Dinge unsere einzige Notwendigkeit sind; und dann war eine Reihe sehr höflich abgefaßter Mitteilungen von Wucherern da, die sich anboten, ihm in der kürzesten Zeit jeden Geldbetrag zu den mäßigsten Zinsen zu leihen.

Ungefähr nach zehn Minuten stand er auf, zog einen eleganten Morgenanzug aus seidengestickter Kaschmirwolle an und ging in das onyxgepflasterte Badezimmer. Das kühle Wasser erfrischte ihn nach dem langen Schlafe. Er schien alles vergessen zu haben, was er durchgemacht hatte. Ein- oder zweimal durchzuckte ihn ein dumpfes Gefühl, als hätte er irgendwie an einer seltsamen Tragödie teilgenommen, aber die Unwirklichkeit eines Traumes lag darüber.

Als er angezogen war, ging er in das Bibliothekszimmer und setzte sich zu einem leichten französischen Frühstück nieder, das auf einem kleinen runden Tisch nahe beim offenen Fenster gedeckt war. Es war ein wunderbarer Tag. Die warme Luft schien mit Wohlgerüchen gewürzt. Eine Biene flog herein und summte um die drachenblaue Schale, die mit schwefelgelben Rosen gefüllt, vor ihm stand. Er fühlte sich vollständig glücklich.

Plötzlich fiel sein Blick auf den Schirm, den er vor das Bild gestellt hatte, und er zuckte zusammen.

»Ist es zu kalt für Monsieur?« fragte der Diener, während er ein Omelett auf den Tisch stellte. »Soll ich das Fenster schließen?«

Dorian schüttelte den Kopf. »Mir ist nicht kalt«, flüsterte er.

War alles wahr? Hatte sich das Bild wirklich verändert? Oder war es nur seine eigene Phantasie gewesen, die ihn einen Zug von Schlechtigkeit dort hatte erblicken lassen, wo ein Zug der Freude gewesen war? Eine gemalte Leinwand konnte sich doch nicht verändern. Das war absurd. Das würde man einmal Basil erzählen können. Er würde darüber lächeln.

Und doch, wie lebendig war die Erinnerung an das ganze Erlebnis! Zuerst in dem düsteren Zwielicht und dann am hellen Morgen hatte er den Zug von Grausamkeit um die verzerrten Lippen gesehen. Er fürchtete sich förmlich davor, daß der Diener hinausgehen würde. Er wußte, er würde in dem Augenblick, wo er allein sei, das Bild betrachten müssen. Und er fürchtete sich vor der Gewißheit. Als der Diener den Kaffee und die Zigarren gebracht hatte und sich umdrehte, um zu gehen, empfand er einen ungestümen Wunsch, ihm zu sagen, er solle dableiben. Als sich die Tür hinter ihm schloß, rief er ihn zurück. Der Diener stand da und wartete auf Befehle. Dorian sah ihn einen Augenblick an. »Ich bin für niemand zu Hause«, sagte er mit einem leisen Seufzer. Der Mann verbeugte sich und ging hinaus.

Dorian stand nun vom Tische auf, zündete eine Zigarette an und warf sich auf ein üppig gepolstertes Sofa, das dem Schirm gegenüber stand. Es war ein ganz alter Schirm aus vergoldetem spanischen Leder, in das ein blumiges Louis-XIV.-Muster geschnitten und getrieben war. Er musterte ihn neugierig und fragte sich, ob der Schirm schon je vorher das Geheimnis eines Menschenlebens verhüllt habe.

Sollte er ihn überhaupt wegziehen? Warum ihn nicht einfach da stehen lassen? Was konnte die Gewißheit helfen? Wenn die Sache wahr war, war es schrecklich. Wenn sie nicht wahr war, wozu sich darüber aufregen? Aber wie, wenn durch das Schicksal, durch irgendeinen Zufall, der mehr Schrecken hatte als der Tod, andere Augen als die seinen dahinter spähten und die fürchterliche Wandlung sähen? Was sollte er tun, wenn Basil Hallward käme und sein eigenes Bild sehen wollte? Basil würde sicher kommen. Nein; die Sache mußte untersucht werden, und zwar sofort. Alles würde besser sein als diese schrecklichen Zweifel.

Er stand auf und verschloß beide Türen. Er wollte wenigstens allein sein, wenn er die Maske seiner Schande betrachtete. Dann zog er den Schirm weg und sah sich selbst von Angesicht zu Angesicht. Es war vollständig wahr. Das Bildnis hatte sich verändert.

Er erinnerte sich später oft und nie ohne Verwunderung, daß er im ersten Augenblick das Bild mit einem Gefühl von wissenschaftlichem Interesse betrachtet habe. Daß eine solche Veränderung vor sich gegangen war, konnte er nicht glauben. Und doch war es eine Tatsache. Bestand irgendeine geheime Verwandtschaft zwischen den chemischen Atomen, die auf der Leinwand Form und Farbe angenommen hatten, und der Seele, die in ihm lebte? Konnte es sein, daß sie in Wirklichkeit ausdrückten, was seine Seele sich dachte? Daß sie zur Wahrheit machten, was sie träumte? Oder gab es eine andere schrecklichere Ursache? Er schauderte und fürchtete sich, ging zu dem Diwan zurück und lag nun da, das Bildnis in krankhaftem Schrecken betrachtend.

Eine Wirkung hatte es indes gehabt: es hatte ihm klar gemacht, wie ungerecht, wie grausam er gegen Sibyl Vane gewesen war. Noch war es nicht zu spät, das wieder gut zu machen. Sie konnte noch sein Weib werden. Seine schattenhafte, selbstsüchtige Liebe sollte einer höheren Kraft Platz machen, sollte sich in eine edlere Leidenschaft umbilden, und das Bildnis, das Basil Hallward gemalt hatte, sollte sein Führer durchs Leben, sollte das für ihn sein, was Heiligkeit für die einen ist, Gewissen für die anderen, die Furcht vor Gott für uns alle. Es gab Schlafmittel für Gewissensbisse, Gifte, die das Sittlichkeitsgefühl einschläfern konnten. Aber hier war das sichtbare Symbol der Erniedrigung, die man durch Sündhaftigkeit erleidet. Hier war das ewige Zeichen des Unheils, das Menschen der eigenen Seele zufügen.

Es schlug drei, dann vier, und die halben Stunden ließen das doppelte Zeichen erklingen, aber Dorian Gray rührte sich nicht. Er suchte die scharlachroten Fäden des Lebens zu entwirren und sie zu einem Muster zu verwerten; einen Weg aus dem blutigen Irrgarten der Leidenschaft, den er durchwanderte, zu finden. Er wußte nicht, er tun, nicht, was er denken sollte. Endlich ging er an seinen Tisch und schrieb einen leidenschaftlichen Brief an das Mädchen, das er geliebt hatte, flehte sie an, ihm zu vergeben, und zieh sich des Wahnsinns. Er bedeckte Seite nach Seite mit wilden Worten voll Leid und noch wilderen voll Schmerz. Es liegt eine Wollust in Selbstanklagen. Wenn wir uns selbst schmähen, haben wir das Gefühl, daß uns kein anderer schmähen dürfe. Die Beichte, nicht der Priester, gibt uns Absolution. Als Dorian den Brief geendet hatte, fühlte er, daß ihm vergeben worden sei.

Plötzlich pochte man an die Tür. Er hörte Lord Henrys Stimme draußen. »Mein lieber Junge, ich muß Sie sehen. Lassen Sie mich gleich herein! Ich kann es nicht zugeben, daß Sie sich so abschließen!«

Er gab zuerst keine Antwort und blieb ganz still. Man klopfte nochmals, lauter. Ja, es war besser, Lord Henry einzulassen, ihm zu erklären, daß er ein neues Leben anfange, mit ihm zu streiten, wenn Streit nötig würde, sich von ihm zu trennen, wenn Trennung sein mußte. Er sprang auf, zog den Schirm hastig vor das Bild und schloß die Tür auf.

»Es tut mir alles so leid, Dorian«, sagte Lord Henry, als er eintrat. »Aber Sie dürfen nicht zu viel daran denken.«

»Meinen Sie an Sibyl Vane?« fragte der Jüngling.

»Ja, natürlich«, erwiderte Lord Henry. Er sank dann in einen Stuhl und zog die gelben Handschuhe langsam von den Fingern. »Es ist gewiß schrecklich, wenigstens von der einen Seite aus gesehen; aber es ist doch nicht Ihre Schuld. Sagen Sie, sind Sie hinter die Bühne gegangen, und haben Sie sie gesehen, wie das Stück aus war?«

»Ja.«

»Ich war davon überzeugt. Haben Sie ihr eine Szene gemacht?«

»Ich war brutal, Henry, ganz brutal. Aber jetzt ist alles wieder in Ordnung. Was geschehen ist, tut mir jetzt nicht mehr leid. Es hat mich gelehrt, mich selbst besser zu kennen.«

»Dorian, ich bin sehr froh, daß Sie es so nehmen. Ich fürchtete, Sie in Gewissensbisse versunken zu finden, wie Sie sich die hübschen lockigen Haare raufen.«

»Das alles habe ich durchgemacht«, sagte Dorian und schüttelte lächelnd den Kopf. »Jetzt bin ich ganz glücklich. Vor allem weiß ich jetzt, was das Gewissen ist. Es ist nicht, was Sie gesagt haben. Es ist das Göttlichste in uns. Spotten Sie nie mehr darüber, Henry – wenigstens nie mehr in meiner Gegenwart. Ich will jetzt gut sein. Ich kann den Gedanken nicht ertragen, daß meine Seele befleckt ist.«

»Dorian, das ist wirklich eine entzückend künstlerische Grundlage der Ethik. Ich wünsche Ihnen Glück dazu. Aber wie wollen Sie anfangen?«

»Indem ich Sibyl Vane heirate.«

»Sibyl Vane heiraten?« schrie Lord Henry, stand auf und sah ihn mit verlegenem Staunen an. »Aber mein lieber Dorian –«

»Ja, Henry, ich weiß, was Sie sagen wollen. Irgend etwas Entsetzliches über die Ehe. Sagen Sie es nicht. Sagen Sie mir nie mehr solche Dinge. Vor zwei Tagen habe ich Sibyl gebeten, mich zu heiraten. Ich werde mein Wort nicht brechen. Sie wird meine Frau.«

»Ihre Frau, Dorian ... Haben Sie meinen Brief nicht bekommen? Ich habe Ihnen heute früh geschrieben und den Zettel mit meinem Diener hergeschickt.«

»Ihren Brief? Ja, ich erinnere mich. Ich habe ihn noch nicht gelesen, Henry. Ich fürchtete, daß etwas drinsteht, was ich nicht hören wollte. Sie zerstückeln das Leben mit Ihren Aphorismen.«

»Dann wissen Sie also nichts.«

»Wovon sprechen Sie?«

Lord Henry ging durch das Zimmer, setzte sich zu Dorian Gray, nahm seine beiden Hände und hielt sie fest. »Dorian,« sagte er, »mein Brief – erschrecken Sie nicht – sollte Ihnen mitteilen, daß Sibyl Vane tot ist.«

Ein schmerzlicher Schrei kam von den Lippen des Jünglings. Er sprang auf und riß seine Hand von Lord Henry los. »Tot! Sibyl tot! Es ist nicht wahr. Es ist eine furchtbare Lüge. Wie können Sie es sagen?«

»Es ist wahr, Dorian«, sagte Lord Henry ernst. »Es steht in allen Morgenblättern. Ich schrieb Ihnen, Sie sollten niemand empfangen, bis ich komme. Es wird natürlich eine Untersuchung sein, und Sie dürfen in die Sache nicht hineingezogen werden. Dinge dieser Art machen einen Mann in Paris zum Helden. Hier in London haben die Leute aber zu viel Vorurteile. Hier darf man sich nie mit einem Skandal einführen. Man muß sich das aufheben, um im Alter noch zu wirken. Ich nehme an, im Theater weiß niemand Ihren Namen. In dem Fall ist alles in Ordnung. Hat Sie jemand in die Garderobe gehen sehen? Das ist eine wichtige Frage.«

Dorian antwortete zuerst nicht. Er war vor Schrecken gelähmt. Schließlich stammelte er mit erstickter Stimme: »Henry, eine Untersuchung haben Sie gesagt? – Wie meinen Sie das? Hat sich Sibyl –? Henry, ich kann's nicht ertragen. Machen Sie's kurz. Sagen Sie mir alles, auf der Stelle?«

»Es war zweifellos kein Unfall, Dorian, wenn man es dem Publikum auch so darstellen muß. Es scheint, sie hat das Theater mit ihrer Mutter verlassen, gegen halb eins ungefähr, und dann plötzlich gesagt, sie habe oben etwas vergessen. Man wartete einige Zeit auf sie, aber sie kam nicht wieder. Schließlich fanden sie sie tot auf dem Boden in ihrer Garderobe liegen. Sie hatte aus Versehen etwas getrunken, irgend etwas Gräßliches, das man in den Theatern braucht. Ich weiß nicht genau, was es war, aber es muß entweder Blausäure oder Bleiweiß enthalten haben. Ich vermute, es war Blausäure, denn sie scheint im Augenblick tot gewesen zu sein.«

»Henry, Henry, es ist furchtbar!« schrie Dorian.

»Ja, es ist natürlich sehr tragisch. Aber Sie dürfen in die ganze Sache nicht verwickelt werden. Ich habe im ›Standard‹ gelesen, daß sie siebzehn Jahre alt war. Ich hätte sie eher für noch jünger gehalten. Sie sah so kindlich aus und schien so wenig von der Schauspielerei zu verstehen. Dorian, Sie dürfen diese Dinge nicht an sich herankommen lassen. Sie müssen ausgehen und heute abend mit mir speisen, und nachher wollen wir in die Oper gehen. Die Patti tritt auf, und alle Welt wird da sein. Sie können in die Loge meiner Schwester kommen. Sie bringt ein paar elegante Weiber mit.«

»Ich habe also Sibyl Vane gemordet«, sagte Dorian halb zu sich selbst, »sie gemordet, so sicher, als hätte ich ihre dünne Kehle mit einem Messer durchgeschnitten. Und doch, sind darum die Rosen weniger lieblich? Die Vögel singen genau so fröhlich im Garten. Und heute abend soll ich mit Ihnen speisen und dann in die Oper gehen und vermutlich nachher irgendwo soupieren. Wie merkwürdig dramatisch das Leben ist! Wenn ich all das in einem Buch gelesen hätte, Henry, ich glaube, ich würde darüber geweint haben. Und dennoch jetzt, wo es in Wirklichkeit geschehen ist, mir selbst geschehen ist, scheint es mir zu wunderbar, als daß man weinen könnte. Da liegt der erste leidenschaftliche Liebesbrief, den ich in meinem Leben geschrieben habe. Seltsam, daß mein erster leidenschaftlicher Liebesbrief an ein totes Mädchen gerichtet ist. Ich möchte wissen, ob sie noch ein Gefühl haben, diese weißen, stummen Menschen, die wir die Toten nennen. Sibyl! Kann sie fühlen, etwas wissen, kann sie uns hören? Ach, Henry, wie habe ich sie einmal geliebt! Es scheint mir jetzt Jahre her zu sein. Sie war mir alles. Dann kam diese schreckliche Nacht. War es wirklich erst gestern nacht, als sie so schlecht spielte und mir fast das Herz brach? Sie hat mir alles erklärt. Es war furchtbar rührend. Aber es machte gar keinen Eindruck auf mich. Ich hielt sie für seicht. Plötzlich geschah dann etwas, was mich ängstigte. Ich kann Ihnen nicht sagen, was es war, aber es war furchtbar. Ich nahm mir nun vor, zu ihr zurückzukehren. Ich empfand plötzlich, daß ich unrecht gehabt habe. Und jetzt ist sie tot. Mein Gott! Mein Gott! Henry, was soll ich tun? Sie kennen die Gefahr nicht, in der ich bin, und nichts kann mich aufrecht erhalten. Sie hätte es getan. Sie hatte kein Recht, sich umzubringen. Es war selbstsüchtig von ihr.«

»Mein lieber Dorian,« antwortete Lord Henry, während er eine Zigarette aus dem Etui nahm und ein Feuerzeugbüchschen aus Goldbronze hervorholte, »die einzige Art, auf die eine Frau einen Mann bessern kann, ist, ihn so furchtbar zu langweilen, daß er jedes Interesse am Leben verliert. Wenn Sie dieses Mädchen geheiratet hätten, wären Sie verloren gewesen. Natürlich hätten Sie sie gut behandelt. Menschen, die einem gleichgültig sind, kann man immer gut behandeln. Aber sie hätte bald herausgefunden, daß Sie vollständig gleichgültig gegen sie wären. Wenn eine Frau das bei ihrem Manne herausfindet, läßt sie sich entweder schrecklich gehen oder sie trägt sehr elegante Hüte, die der Mann einer anderen Frau zu bezahlen hat. Ich will nichts über den sozialen Mißgriff sagen, der schauderhaft gewesen wäre, und den ich selbstverständlich nie zugegeben hätte. Aber ich versichere Ihnen, in jedem Falle wäre die Sache ein vollständiger Mißgriff gewesen.«

»Das nehme ich auch an,« murmelte der junge Mann, während er mit furchtbar blassem Gesicht im Zimmer auf und ab schritt, »aber ich glaubte, es sei meine Pflicht. Es ist nicht meine Schuld, daß diese schreckliche Tragödie mich verhindert hat, das Rechte zu tun. Ich erinnere mich, daß Sie einmal gesagt haben, ein sonderbares Schicksal schwebe über guten Vorsätzen – daß man sie nämlich immer zu spät fasse. Bei meinem ist es gewiß so.«

»Gute Vorsätze sind nutzlose Versuche, wissenschaftliche Gesetze umzustoßen. Ihr Ursprung ist lediglich Eitelkeit. Ihr Erfolg ist vollkommen gleich Null. Sie verschaffen uns dann und wann einige jener unfruchtbaren Lustempfindungen, die einen gewissen Reiz für schwache Menschen besitzen. Das ist alles, was man zu ihren Gunsten vorbringen kann. Sie sind nichts anderes als Schecks, die man auf eine Bank ausstellt, bei der man gar kein Konto hat.«

Dorian Gray schritt durch das Zimmer und setzte sich neben Henry: »Warum kann ich diese Tragödie nicht so empfinden, wie ich möchte? Ich kann nicht glauben, daß ich ganz herzlos bin. Glauben Sie das?«

»Sie haben zu viel törichte Streiche in den letzten vierzehn Tagen begangen, um ein Recht auf diesen Ehrentitel zu haben, Dorian«, erwiderte Lord Henry mit seinem sanften, melancholischen Lächeln.

Der Jüngling runzelte die Stirne. »Henry, ich mag diese Erklärung nicht. Aber ich bin trotzdem froh, daß Sie mich nicht für herzlos halten. Ich bin es gewiß nicht. Ich weiß, daß ich es nicht bin, und doch muß ich zugeben, daß die Sache, die da geschehen ist, mich nicht so ergreift, wie sie sollte. Es scheint mir nur ein wunderbarer Schluß für ein wunderbares Stück zu sein. Sie hat die schreckliche Schönheit einer griechischen Tragödie, in der ich eine große Rolle gespielt habe, in der ich selbst aber nicht verwundet worden bin.«

»Es ist eine interessante Frage,« sagte Lord Henry, dem es einen erlesenen Genuß bereitete, mit dem unbewußten Egoismus dieses jungen Menschen zu spielen, »es ist wirklich eine außerordentlich interessante Frage. Die wahre Erklärung ist wohl die: Es kommt oft vor, daß sich die wirklichen Tragödien des Lebens in einer so unkünstlerischen Form abspielen, daß sie uns durch die rohe Gewalt, ihre Zusammenhanglosigkeit, ihre alberne Sinnlosigkeit, ihre vollständige Stillosigkeit verletzen. Sie berühren uns genau so, wie uns die Gemeinheit berührt. Sie geben uns ein Gefühl von bloßer brutaler Gewalt, und wir empören uns dagegen. Manchmal jedoch greift eine

Tragödie, die künstlerische Schönheitselemente in sich trägt, in unser Leben. Wenn diese Schönheitselemente wirklich sind, so berührt die ganze Sache nur unseren Sinn für dramatische Wirkungen. Wir entdecken dann plötzlich, daß wir nicht mehr die Darsteller, sondern die Zuschauer des Stückes sind. Oder eigentlich sind wir beides zugleich. Wir beobachten uns selbst, und das Wundersame des Schicksals erschüttert uns. Im vorliegenden Fall: Was ist wirklich geschehen? Jemand hat sich umgebracht, weil er Sie geliebt hat. Ich wollte, mir wäre je so ein Erlebnis zuteil geworden. Ich wäre den ganzen Rest meines Lebens in die Liebe verliebt gewesen. Die Menschen, die mich angebetet haben, – es waren ja nicht sehr viele, aber doch immerhin einige – haben immer darauf bestanden, weiterzuleben, noch lange, nachdem ich aufgehört hatte, sie zu lieben, oder sie aufgehört hatten, mich zu lieben. Sie sind dann dick und langweilig geworden, und wenn ich sie jetzt treffe, schwelgen sie sofort in Reminiszenzen. Was für ein furchtbares Gedächtnis die Weiber doch haben. Es ist etwas Schreckliches und offenbart einen unerhörten geistigen Stillstand. Man sollte die Farbe des Lebens aufsaugen, aber sich niemals an Einzelheiten erinnern. Einzelheiten sind immer gewöhnlich.«

»Ich muß jetzt Mohnblumen in meinem Garten pflanzen«, seufzte Dorian.

»Das ist gar nicht notwendig«, erwiderte sein Freund. »Das Leben selbst hat immer Mohnblumen vorrätig. Natürlich, dann und wann halten Gefühle an. Ich habe einmal eine ganze Saison lang nichts als Veilchen getragen, als eine Art künstlerischer Trauer für einen Roman, der nicht sterben wollte. Schließlich ist er doch gestorben. Ich kann mich nicht mehr erinnern, was ihn umgebracht hat. Ich vermute, es war, weil sie mir vorschlug, die ganze Welt mir zu opfern. Das ist immer ein schrecklicher Augenblick. Er erfüllt einen mit den Schrecken der Ewigkeit. Also würden Sie es glauben? Vor einer Woche bei Lady Hampshire saß ich bei Tisch neben der in Frage kommenden Dame, und sie bestand darauf, die ganze Sache noch einmal durchzugehen, die ganze Vergangenheit wieder aufzuwühlen und die Zukunft auszumalen. Ich hatte meine Romantik in einem Narzissenbeet begraben. Sie zerrte sie wieder hervor und versicherte mir, ich habe ihr Leben zerstört. Ich fühle mich verpflichtet, zu konstatieren, daß sie trotzdem mit großem Appetit aß, so daß ich gar keine Gewissensbisse empfand. Aber welchen Mangel an Taktgefühl bewies sie doch! Der einzige Reiz der Vergangenheit liegt darin, daß es eben die Vergangenheit ist. Aber Frauen wissen nie, wann der Vorhang gefallen ist. Sie verlangen immer einen sechsten Akt, und im Augenblick, wo das ganze Interesse an dem Stück vorbei ist, schlagen sie vor, weiterzuspielen. Wenn man ihnen ihren Willen ließe, bekäme jede Komödie einen tragischen Schluß, und jede Tragödie würde mit einer Farce enden. Sie sind oft entzückend künstlich, aber sie haben gar kein Gefühl für die Kunst. Sie, Dorian, sind glücklicher als ich. Ich versichere Ihnen, nicht eine einzige Frau, die ich gekannt habe, hätte für mich getan, was Sibyl Vane für Sie getan hat. Die gewöhnlichen Frauen trösten sich immer. Einige von ihnen tun es, indem sie eine Liebhaberei für schmachtende Farben entwickeln. Haben Sie niemals Vertrauen zu einer Frau, die mauve trägt, wie alt sie auch sein mag, oder zu einer Frau über fünfunddreißig, die rosa Schleifen liebt. Das bedeutet immer, daß sie eine Vergangenheit haben. Andere finden einen starken Trost darin, plötzlich die guten Eigenschaften ihrer Männer zu entdecken. Sie schleudern einem ihr eheliches Glück ins Gesicht, als wäre das die fesselndste aller Sünden. Andere tröstet die Religion. Ihre Mysterien haben alle Reize eines Flirts, hat mir einmal eine Frau versichert; und ich kann es sehr gut verstehen. Übrigens macht nichts so eitel, als wenn einem gesagt wird, daß man ein Sünder ist. Gewissen macht Egoisten aus uns allen. Ja; es gibt wirklich kein Ende der Tröstungen, die die Frauen im modernen Leben finden. Die wichtigste habe ich noch gar nicht erwähnt.«

»Welche ist das, Harry?« fragte der junge Mann teilnahmlos.

»Natürlich der übliche Trost. Einer anderen Frau ihren Anbeter nehmen, wenn man den eigenen verloren hat. In der guten Gesellschaft gibt das jeder Frau ihre Frische wieder. Aber wirklich, Dorian, wie anders als alle die übrigen Frauen, denen man begegnet, muß Sibyl Vane gewesen sein. Für mich liegt in ihrem Tod etwas ganz Wunderschönes. Ich bin froh, daß ich in einem Jahrhundert leben darf, wo solche Wunder noch geschehen. Sie geben uns neuen Glauben an die Wirklichkeit der Vorstellungen, mit denen wir sonst spielen, wie Romantik, Leidenschaft und Liebe.«

»Ich war furchtbar grausam gegen sie. Sie vergessen das.«

»Ich fürchte sehr, Frauen schätzen Grausamkeit, ganz brutale Grausamkeit mehr als irgend etwas anderes. Sie haben wundervoll einfache Instinkte. Wir haben sie emanzipiert, wir haben ihnen ihre Freiheit gegeben, aber sie bleiben trotzdem Sklavinnen, die den ängstlichen Blick auf ihre Herren gerichtet haben. Sie lieben es, beherrscht zu werden. Ich bin ganz überzeugt, daß Sie wundervoll gewesen sind. Ich habe Sie nie wirklich böse gesehen, aber ich kann mir vorstellen, wie entzückend Sie ausgesehen haben. Und außerdem, Sie haben mir vorgestern etwas gesagt, was mir damals nur ein phantastischer Einfall schien; jetzt sehe ich, daß es ganz wahr war, und daß es der Schlüssel zu allem ist.«

»Was war das, Henry?«

»Sie haben zu mir gesagt, daß Sibyl Vane Ihnen alle romantischen Heldinnen vorstelle, daß sie an einem Abend Desdemona sei und am anderen Ophelia; wenn sie als Julia sterbe, erwache sie als Imogen zum Leben.«

»Sie wird jetzt nie mehr zum Leben erwachen«, flüsterte der Jüngling und barg sein Gesicht in den Händen.

»Nein, sie wird nie mehr zum Leben erwachen. Sie hat ihre letzte Rolle gespielt. Aber Sie müssen an den einsamen Tod in dem schäbigen Garderobenzimmer denken wie an ein sonderbar-schauriges Fragment einer Tragödie aus der Zeit König Jakobs, wie an eine wunderbare Szene aus Webster, Ford oder Cyril Tourneur. Das Mädchen hat nie wirklich gelebt, darum ist sie nie wirklich gestorben. Für Sie war sie ja nicht mehr als ein Traum, ein Trugbild, das durch Shakespeares Dramen flatterte und sie durch ihre Gegenwart noch reizvoller machte, eine Flöte, durch die Shakespeares Musik noch reicher und froher ertönte. In dem Augenblick, in dem sie das wirkliche Leben berührte, zerstörte sie es, und es zerstörte sie, und deshalb schied sie von hier. Trauern Sie um Ophelia, wenn Sie wollen. Streuen Sie Asche auf Ihr Haupt, weil Cordelia erwürgt wurde. Schmähen Sie den Himmel, weil die Tochter des Brabantio starb. Aber verschwenden Sie Ihre Tränen nicht um Sibyl Vane. Sie war weniger wirklich, als jene.«

Es entstand ein Schweigen. Der Abend dunkelte im Zimmer. Still auf silbernen Füßen schlichen die Schatten aus dem Garten herein. Die Farben verblaßten langsam überall.

Nach einer Weile sah Dorian Gray auf. »Sie haben mich mir selber klar gemacht«, flüsterte er wie mit einem Seufzer der Erleichterung. »Alles, was Sie gesagt haben, habe ich auch gefühlt, aber ich habe mich davor geängstigt, und ich konnte es mir nicht klar machen. Wie gut Sie mich kennen! Wir wollen von dem, was geschehen ist, nie mehr sprechen. Es war ein wundersames Erlebnis. Das ist alles. Ich möchte wissen, ob noch etwas so Wunderbares im Leben auf mich wartet.«

»Das Leben hat noch alles für Sie vorrätig, Dorian. Es gibt nichts, was Sie mit Ihrer außerordentlichen Schönheit nicht tun könnten.«

»Aber wenn ich hager und alt und runzlig würde, Henry? Was dann?«

»Ja dann,« sagte Lord Henry und erhob sich, um wegzugehen, »dann, Dorian, würden Sie um Ihre Siege kämpfen müssen. Jetzt werden sie Ihnen noch entgegengetragen. Nein, Sie müssen schön bleiben. Wir leben in einer Zeit, in der zu viel gelesen wird, als daß sie weise wäre, und zu viel gedacht, als daß sie schön wäre. Wir können Sie nicht entbehren. Jetzt müssen Sie sich aber anziehen und in den Klub fahren. Wir kommen sowieso schon zu spät.«

»Ich glaube, ich treffe Sie lieber in der Oper, Henry. Ich bin zu müde, um etwas zu essen. Welche Nummer hat die Loge Ihrer Schwester?«

»Siebenundzwanzig, glaube ich. Im ersten Rang. Sie werden ihren Namen an der Tür lesen. Aber es tut mir leid, daß Sie nicht mit zum Diner kommen wollen.«

»Ich fühle mich dazu nicht aufgelegt,« sagte Dorian teilnahmlos, »aber ich bin Ihnen sehr dankbar für alles, was Sie gesagt haben. Sie sind wirklich mein bester Freund. Niemand hat mich je so verstanden wie Sie.«

»Wir sind erst am Anfang unserer Freundschaft, Dorian«, erwiderte Lord Henry und schüttelte ihm die Hand. »Adieu. Ich hoffe, Sie vor halb zehn zu sehen. Vergessen Sie nicht: die Patti singt.«

Als er die Tür hinter sich schloß, klingelte Dorian Gray. Nach ein paar Minuten kam Viktor mit den Lampen und ließ die Vorhänge herab. Er wartete ungeduldig, daß der Diener hinausginge. Er schien eine unglaubliche Zeit für alles zu brauchen.

Sobald der Diener draußen war, rannte er zu dem Schirm und zog ihn zurück. Nein, das Bild hatte sich nun nicht mehr verändert. Es hatte die Nachricht von Sibyl Vanes Tod erhalten, bevor er selbst davon gewußt hatte. Es kannte die Ereignisse des Daseins, so wie sie sich ereigneten. Dieser Zug sündiger Grausamkeit, der die feinen Linien des Mundes verunstaltete, war wohl in demselben Augenblick aufgetaucht, als das Mädchen das Gift getrunken hatte. Oder war für das Bild die Wirkung der Tat gleichgültig? Nahm es nur von den Vorgängen in der Seele Kenntnis? Er war begierig, dies zu wissen, und hoffte, eines Tages eine solche Wandlung des Bildes vor seinen Augen geschehen zu sehen, und schauderte bei der Hoffnung zusammen.

Die arme Sibyl! Was für ein Roman es gewesen war! Sie hatte oft den Tod auf der Bühne dargestellt. Dann hatte sie der Tod selbst berührt und weggeholt. Wie mochte sie jene grauenvolle letzte Szene gespielt haben? Hatte sie ihn sterbend verflucht? Nein; sie war ja aus Liebe zu ihm gestorben. Und die Liebe sollte nun immer ein Heiligtum für ihn sein. Nun hatte sie ja alles gebüßt durch das Opfer ihres Lebens. Er wollte nicht mehr daran denken, was er ihretwegen an jenem furchtbaren Theaterabend durchgemacht hatte. Wenn er an sie denken wollte, sollte es sein wie an eine wundersam tragische Gestalt, die auf die Weltbühne geschickt wurde, um die höchste Wirklichkeit der Liebe zu erweisen. Eine wundersam tragische Gestalt? In seine Augen traten Tränen, als er sich ihres Kinderblicks, ihrer gewinnenden, phantastischen Gebärden, ihrer scheuen, zaghaften Anmut erinnerte. Er verscheuchte hastig diese Bilder und blickte wieder auf das Porträt.

Er fühlte, daß nun der Augenblick gekommen sei, zu wählen. Oder war die Wahl schon getroffen? Ja, das Leben selbst hatte an seiner Statt entschieden – das Leben und seine unermeßliche Lebensneugier. Ewige Jugend, unendliche Leidenschaft, ausgesuchte, geheimnisvolle Genüsse, wilde Freuden, noch wildere Sünden – all das sollte er haben. Das Bildnis aber mußte die Last seiner Schmach tragen: so war es.

Ein schmerzliches Gefühl durchschlich ihn, als er an die Entweihung dachte, die dieses schöne Gesicht auf der Leinwand erwartete. Einmal, in knabenhafter Parodie des Narzissus, hatte er die gemalten Lippen, die ihn jetzt so grausam anlächelten, geküßt oder doch getan, als ob er sie küsse. Morgen für Morgen hatte er vor dem Bilde gesessen, seine Schönheit angestaunt; manchmal hatte er sich selbst gesagt, er sei in sein eigenes Bild verliebt. Sollte es sich nun mit jeder Laune, der er sich hingab, wandeln? Sollte es ein ungeheuerliches, widerliches Ding werden, das man im versperrten Winkel verstecken, vom Glanz der Sonne, die so oft das wallende Wunder seines Haares noch herrlicher vergoldet hatte, abschließen müßte? Wie schade! Wie schade!

Einen Augenblick dachte er daran, zu beten, daß die grauenhafte Sympathie, die zwischen ihm und dem Bilde bestand, aufhöre. Es hatte sich verwandelt, da er darum gebeten hatte; es mochte vielleicht wenn er darum bäte, auch wieder unverändert bleiben. Und dennoch – wer, der vom Leben eine Ahnung hat, würde die Möglichkeit, immer jung zu bleiben, aufgeben, mochte die Möglichkeit noch so phantastisch, mit noch so schicksalsschweren Folgen verknüpft sein? Und überdies, stand es wirklich in seiner Macht? War wirklich jener Wunsch die Ursache des Tausches? Konnte es nicht für die ganze Sache irgendeine merkwürdige, in der Wissenschaft begründete Ursache geben? Wenn die Gedanken eine Wirkung auf einen lebenden Organismus ausüben konnten, konnte es da nicht möglich sein, daß Gedanken auch auf tote unorganische Dinge einwirkten? Mehr noch: konnten nicht, ohne daß Gedanken, bewußte Wünsche eingreifen, Objekte, die ganz außerhalb unserer Person stehen, im Einklange mit unseren Launen oder Leidenschaften erzittern? Atom zu Atom in geheimer Neigung, seltsamer Verwandtschaft sprechen? Doch was lag schließlich an den Gründen? Er wollte nie mehr durch Gebet eine furchtbare Macht versuchen. Wenn dem Bildnis bestimmt war, sich zu wandeln, so sollte es sich wandeln. Daran war nicht zu rütteln. Warum sollte er zu tief in dies Geheimnis eindringen?

Denn es mußte in der Tat ein Genuß sein, diesen Vorgang zu beobachten. Er würde nun fähig sein, seinem Geist in alle seine Verstecke zu folgen. Dies Bild sollte ihm der zauberhafteste Spiegel sein. So wie es ihm seinen Körper geoffenbart hatte, sollte es ihm nun die Seele enthüllen. Und wenn der Winter darüber hereinbrach, dann stand er noch immer an der schwanken Grenzlinie von Frühling und Sommer. Wenn sich das Blut aus dem Gesicht fortschlich und nur eine kreidebleiche Maske mit bleischweren Augen zurückließ, dann bewahrte er noch den Glanz der frühen Jugend. Kein Blütenreiz seiner Lieblichkeit sollte welken. Kein Blutschlag des Lebens aussetzen. Wie die Götter der Griechen würde er stark, behend, heiter bleiben. Was lag daran, was aus dem gemalten Gesicht auf der Leinwand ward? Er selbst war sicher. Das war die Hauptsache.

Er zog den Schirm wieder vor das Bild und lächelte, während er es tat. Dann ging er in sein Schlafzimmer, wo der Diener schon auf ihn wartete. Eine Stunde später war er in der Oper, und Lord Henry beugte sich über seinen Stuhl.

Neuntes Kapitel

Als er am nächsten Morgen beim Frühstück saß, trat Basil Hallward ein.

»Es freut mich sehr, daß ich Sie getroffen habe, Dorian«, sagte er ernsthaft. »Ich war gestern abend hier, und da sagte man mir, daß Sie in der Oper seien. Ich habe natürlich gewußt, daß das unmöglich ist. Aber es wäre mir lieber gewesen, Sie hätten hinterlassen, wo Sie in Wirklichkeit waren. Ich habe einen schrecklichen Abend verbracht, halb in der Angst, daß eine Tragödie der andern folgen würde. Ich denke, Sie hätten mir telegraphieren können, als Sie die Nachricht erhielten. Ich habe es durch Zufall in einer Abendausgabe des ›Globe‹ gelesen, die mir im Klub in die Hände kam. Ich bin sofort hierher gelaufen und war unglücklich, daß ich Sie nicht zu Hause antraf. Ich kann Ihnen gar nicht sagen, wie mir die ganze Sache das Herz abdrückt. Ich weiß, was Sie leiden müssen. Aber wo waren Sie? Sind Sie hingefahren und haben die Mutter des Mädchens besucht? Einen Moment habe ich daran gedacht. Ihnen dorthin zu folgen. In der Zeitung stand die Adresse, irgendwo in Euston Road, nicht wahr? Aber ich hatte Angst, zudringlich zu sein, wo ich doch das Leid nicht mindern konnte. Die arme Frau! In was für einem Zustand muß sie sein! Und noch dazu das einzige Kind! Was hat sie zu all dem gesagt?«

»Mein lieber Basil, wie soll ich das wissen?« flüsterte Dorian Gray, nippte etwas blaßgelben Wein aus dem zarten, goldgeränderten Becher eines venezianischen Glases und sah überaus gelangweilt aus. »Ich war in der Oper. Sie hätten auch hinkommen sollen. Ich habe dort Henrys Schwester, Lady Gwendolen, kennengelernt. Wir waren in ihrer Loge. Sie ist ganz scharmant, und die Patti hat göttlich gesungen. Sprechen Sie nicht von schrecklichen Dingen. Wenn man über eine Sache nicht spricht, ist sie nicht geschehen. Henry hat ganz recht: nur was man äußert, gibt den Dingen ihre Wirklichkeit. Beiläufig war sie nicht das einzige Kind der alten Frau. Es ist noch ein Sohn da, ein prächtiger Junge vermutlich. Aber er ist nicht beim Theater. Er ist Matrose oder so etwas Ähnliches. Und jetzt erzählen Sie mir etwas von sich. Was malen Sie jetzt?«

»Sie sind in der Oper gewesen«, sagte Hallward sehr langsam mit schmerzerfüllter Stimme. »Sie waren in der Oper, während Sibyl Vane tot in einer schmutzigen Stube lag? Sie können mir erzählen, daß andere Frauen scharmant sind und daß die Patti göttlich gesungen hat, bevor noch das Mädchen, das Sie geliebt haben, die Ruhe eines Grabes zum ewigen Schlaf gefunden hat? Denken Sie doch, Mensch, welche Schrecken auf den kleinen weißen Körper warten.«

»Hören Sie auf, Basil, ich will es nicht hören!« rief Dorian und sprang auf. »Sie dürfen mir über diese Dinge nichts sagen. Was geschehen ist, ist geschehen. Die Vergangenheit ist vergangen.«

»Nennen Sie gestern die Vergangenheit?«

»Was hat die tatsächlich verstrichene Zeit damit zu tun? Nur seichte Menschen brauchen Jahre, um ein Gefühl zu überwinden. Ein Mensch, der Herr über sich selbst ist, kann ein Leid ebenso leicht beenden, wie er eine neue Lust erfinden kann. Ich will nicht das Spielzeug meiner Gefühle sein. Ich will sie benützen, mich an ihnen freuen und sie beherrschen.«

»Dorian, es ist schrecklich. Irgend etwas hat Sie ganz verändert. Sie sehen noch genau so aus wie der wunderschöne Junge, der Tag für Tag in mein Atelier kam und mir für mein Bild saß. Aber damals waren Sie ein einfacher, natürlicher und herzlicher Mensch. Sie waren das unverdorbenste Wesen auf der ganzen Welt. Ich weiß nicht, was jetzt über Sie gekommen ist. Sie sprechen, als hätten Sie kein Herz, kein Mitleid. Das ist Henrys Wirkung ...«

Der junge Mensch wurde ganz rot, ging zum Fenster hinüber, sah einige Augenblicke auf den grün schimmernden, von der Sonne gestreiften Garten. »Ich schulde Henry sehr, sehr viel, Basil,« sagte er schließlich, »mehr als ich Ihnen schulde. Sie haben mich nur gelehrt, eitel sein.«

»Ich bin gestraft genug dafür, Dorian, oder werde es eines Tages sein.«

»Ich weiß nicht, was Sie meinen, Basil«, rief Dorian aus und drehte sich um. »Ich weiß nicht, was Sie wollen! Was wollen Sie?«

»Ich will den Dorian Gray wieder, den ich gemalt habe«, sagte der Künstler traurig.

»Basil«, erwiderte der Jüngling und legte ihm die Hand auf die Schulter. »Sie sind zu spät gekommen. Als ich gestern hörte, daß sich Sibyl Vane getötet hat ...«

»Sich getötet? Gott im Himmel, ist das ganz sicher?« rief Hallward und sah ihn mit dem Ausdruck des äußersten Schreckens an.

»Mein lieber Basil, Sie glauben doch nicht, daß es nur ein gewöhnlicher Unglücksfall war? Natürlich hat sie sich selbst umgebracht.«

Der ältere Mann vergrub sein Gesicht in den Händen. Er flüsterte: »Wie schrecklich!« und ein Schauer rann durch seinen Körper.

»Nein,« sagte Dorian Gray, »es ist gar nichts Schreckliches daran. Es ist eine der großen romantischen Tragödien unserer Zeit. Gewöhnlich führen Schauspieler das alltäglichste Leben. Sie sind gute Ehemänner, treue Frauen oder sonst irgend etwas Langweiliges. Sie verstehen, was ich meine – mittelmäßige Tugend und lauter solche Dinge. Wie anders war Sibyl! Sie lebte ihre edelste Tragödie. Sie war immer eine Heldin. An dem letzten Abend, an dem sie spielte, an dem Abend, an dem Sie sie gesehen haben, spielte sie schlecht, weil sie die wirkliche Liebe erkannt hatte. Als sie ihre Unwirklichkeit erfuhr, starb sie, so wie wahrscheinlich Julia daran gestorben wäre. Sie tauchte wieder unter in das Reich der Kunst. Sie hat etwas von einer Märtyrerin. Ihr Tod hatte alle pathetische Nutzlosigkeit der Märtyrerschaft, all diese vergeudete Schönheit. Aber wie ich schon gesagt habe: Sie dürfen nicht glauben, daß ich nicht gelitten habe. Wenn Sie gestern in einem bestimmten Augenblick, um einhalb sechs vielleicht oder um dreiviertel sechs, gekommen wären, dann hätten Sie mich in Tränen gefunden. Selbst Henry, der hier war und mir die Nachricht brachte, hatte keine Ahnung, was ich durchgemacht habe. Ich litt unsäglich. Dann ging es vorbei. Ich kann ein Gefühl nicht wiederholen. Niemand kann das außer sentimentalen Menschen. Und Sie sind furchtbar ungerecht gegen mich. Sie kommen hierher, um mich zu trösten, das ist reizend von Ihnen. Sie finden mich getröstet und sind wütend. Sie sind ganz so wie alle mitleidigen Menschen. Sie erinnern mich an eine Geschichte, die mir Henry über einen Philanthropen erzählt hat, der zwanzig Jahre seines Lebens damit verbracht hat, irgendein Unrecht gut machen, zu helfen oder ein ungerechtes Gesetz zu ändern – ich kann mich nicht mehr erinnern, was es genau war. Schließlich gelang ihm das, und nichts konnte größer sein als seine Enttäuschung. Er hatte nun absolut nichts mehr zu tun, starb vor Langeweile und wurde ein unversöhnlicher Menschenfeind. Und außerdem, mein lieber, alter Basil, wenn Sie mich wirklich trösten wollen, so lehren Sie mich lieber, was geschehen ist, vergessen, oder es von der rein künstlerischen Seite ansehen. Ist es nicht Gautier gewesen, der über die › consolation des arts‹ geschrieben hat? Ich erinnere mich, daß ich einmal in Ihrem Atelier ein kleines, in Pergament gebundenes Buch in die Hand nahm und dort auf diesen entzückenden Ausdruck stieß. Nun, ich bin ja nicht wie der junge Mann, von dem Sie mir einmal in Marlow erzählt haben, der zu sagen pflegte, gelber Atlas könne ihn über alles Elend der Welt hinwegtrösten. Ich liebe schöne Dinge, die man in die Hand nehmen und angreifen kann. Alter Brokat, grün patinierte Bronzen, Lackarbeiten, Elfenbeinschnitzereien, eine schöne Umgebung, Luxus, Prunk: all das sind Dinge, die einem viel geben können. Aber die künstlerische Gesinnung, die sie erzeugen oder zum mindesten offenbaren, bedeutet mir mehr. Ein Zuschauer seines eigenen Lebens sein, wie Henry sagt, das ist der Weg, um den Schmerzen zu entrinnen. Ich weiß, Sie sind erstaunt, daß ich so mit Ihnen spreche. Sie haben noch nicht bemerkt, wie ich mich entwickelt habe. Ich war ein Schulknabe, als Sie mich getroffen haben. Jetzt bin ich ein Mann. Ich habe neue Leidenschaften, neue Gedanken, neue Ideen. Ich bin anders, aber Sie müssen mich trotzdem liebhaben. Ich bin verändert, aber Sie müssen immer mein Freund bleiben. Natürlich habe ich Henry sehr gern. Aber ich weiß auch, daß Sie besser sind als er. Sie sind nicht stärker, dazu ängstigen Sie sich zu viel vor dem Leben. Aber Sie sind besser. Und wie glücklich waren wir miteinander! Verlassen Sie mich nicht, Basil, und zanken Sie nicht mit mir. Ich bin, was ich bin. Mehr kann man nicht sagen.«

Der Maler war seltsam bewegt. Dieser junge Mensch war ihm unendlich teuer, und seine Persönlichkeit war der große Wendepunkt seiner Kunst gewesen. Er konnte den Gedanken nicht ertragen, ihm noch mehr Vorwürfe zu machen. Seine Gleichgültigkeit war wahrscheinlich nur eine Laune, die vorbeigehen würde. Es war ja so viel Gutes, so viel Edles in ihm.

»Gut, Dorian,« sagte er schließlich mit einem traurigen Lächeln, »wir wollen nie mehr über diese furchtbare Sache sprechen. Ich hoffe nur, Ihr Name wird nicht in Verbindung damit genannt. Die Leichenbeschau soll heute nachmittag sein. Sind Sie vorgeladen worden?«

Dorian schüttelte den Kopf, und ein Zug des Ärgers ging über sein Gesicht, als das Wort ›Leichenbeschau‹ ausgesprochen wurde. In all diesen Dingen lag etwas so Rohes und Gemeines. »Man kennt meinen Namen nicht«, antwortete er.

»Aber sie wußte ihn doch?«

»Nur meinen Vornamen. Und den hat sie gewiß niemand gesagt. Sie erzählte mir einmal, daß alle sehr begierig seien, zu erfahren, wer ich bin, und daß sie ihnen immer sage, ich heiße der Märchenprinz. Es war hübsch von ihr. Sie müssen für mich eine Zeichnung von Sibyl machen, Basil. Ich möchte von ihr mehr haben als die Erinnerung an ein paar Küsse und einige gestammelte pathetische Worte.«

»Ich will versuchen, etwas zu machen, Dorian, wenn ich Ihnen damit eine Freude bereite. Aber Sie selbst müssen mir wieder sitzen. Ich komme ohne Sie nicht weiter.«

Dorian schrak zurück und rief aus: »Ich kann Ihnen nie wieder sitzen, Basil, das ist unmöglich!«

Der Maler starrte ihn an. »Was für ein Unsinn, mein lieber Junge«, rief er. »Wollen Sie damit sagen, daß Sie mein Bild von sich nicht gut finden? Wo ist es? Warum haben

Sie den Schirm davor gestellt? Lassen Sie es mich sehen. Es ist das Beste, was ich je gemacht habe. Nehmen Sie den Schirm weg, Dorian. Es ist einfach eine Schande, daß Ihr Diener mein Bild so versteckt. Ich hatte gleich, wie ich eintrat, das Gefühl, der Raum sei ganz verändert.«

»Mein Diener hat nichts damit zu tun, Basil. Sie bilden sich doch nicht ein, daß ich ihn mein Zimmer für mich ordnen lasse. Er stellt manchmal die Blumen in die Gefäße, das ist alles. Nein, ich habe es selbst getan. Das Licht war zu stark für das Bild.«

»Zu stark? Das können Sie doch nicht wirklich glauben? Es hat einen wunderbaren Platz. Lassen Sie mich sehen!« und Hallward schritt in den Winkel des Zimmers.

Ein Schrei des Schreckens entrang sich den Lippen Dorian Grays, und er stürzte sich zwischen den Maler und den Schirm. Er sah ganz bleich aus.

»Basil,« sagte er, »Sie dürfen es nicht sehen. Ich will es nicht.«

»Mein eigenes Bild nicht sehen? Das ist nicht Ihr Ernst! Warum soll ich es nicht ansehen?« rief Hallward lachend.

»Basil, wenn Sie versuchen, es anzusehen, gebe ich Ihnen mein Ehrenwort, daß ich, solange ich lebe, nie mehr ein Wort mit Ihnen spreche. Es ist mein völliger Ernst. Ich gebe Ihnen keine Erklärung, und Sie sollen mich um keine bitten. Aber denken Sie daran: wenn Sie den Schirm anrühren, dann ist alles zwischen uns vorbei.«

Hallward war wie vom Donner gerührt. Er sah Dorian Gray in sprachlosem Staunen an. So hatte er ihn nie vorher gesehen. Der Jüngling war von Zorn ganz bleich, seine Hände waren ineinander gepreßt, und die Pupillen seiner Augen sahen aus wie blaue Feuerscheiben. Er zitterte am ganzen Leibe.

»Dorian ...«

»Sagen Sie nichts!«

»Aber was ist los? Ich sehe das Bild natürlich nicht an, wenn Sie es nicht wollen«, sagte der Maler ziemlich kühl, drehte sich um und ging zum Fenster. »Aber, ernsthaft gesprochen, scheint es mir ganz verrückt, daß ich mein eigenes Bild nicht sehen soll, besonders jetzt, wo ich es im Herbst in Paris ausstellen will. Ich werde es vielleicht vorher noch einmal firnissen müssen, werde es also eines Tages doch gewiß sehen. Warum also nicht heute?«

»Es ausstellen? Sie wollen es ausstellen?« rief Dorian Gray, den ein seltsames Angstgefühl überkam. Sollte die ganze Welt sein Geheimnis erfahren? Sollte das Volk das Mysterium seines Lebens begaffen? Das war unmöglich. Irgend etwas – er wußte noch nicht was – mußte sofort geschehen.

»Ja; Sie haben doch wohl nichts dagegen. Georges Pitt will meine besten Bilder für eine Kollektivausstellung in der Rue de Sèze sammeln, die in der ersten Oktoberwoche eröffnet werden soll. Das Bild wird nur einen Monat weg sein. Ich denke, so lange können Sie es leicht entbehren. Sie sind während dieser Zeit sowieso nicht hier, und wenn Sie es ohnehin hinter einem Schirm versteckt halten, kann Ihnen ja nicht viel daran gelegen sein.«

Dorian Gray fuhr sich mit der Hand über die Stirne. Schweißtropfen standen darauf. Er fühlte, daß er am Rande einer fürchterlichen Gefahr stehe. »Sie haben mir vor einem Monat gesagt, daß Sie es nicht ausstellen würden«, rief er. »Warum haben Sie sich anders entschlossen? Ihr Leute, die ihr behauptet, ihr seid konsequent, habt genau so viel Launen wie die anderen. Der einzige Unterschied ist, daß eure Launen recht sinnlos sind. Sie können nicht vergessen haben, daß Sie mir in der feierlichsten Weise versichert haben, nichts in der Welt könne Sie bewegen, das Bild auf eine Ausstellung zu schicken. Sie haben zu Henry ganz dasselbe gesagt.« Er stockte plötzlich und ein Glanz kam in seine Augen. Er erinnerte sich, daß ihm Lord Henry einmal halb ernst und halb lachend gesagt hatte: »Wenn Sie je eine merkwürdige Viertelstunde erleben wollen, dann lassen Sie sich von Basil sagen, warum er Ihr Porträt nicht ausstellen will. Er hat es mir erzählt, und es war für mich eine Offenbarung.« Ja, vielleicht hatte auch Basil sein Geheimnis. Er wollte ihn auf die Probe stellen.

Er ging ganz nahe zu ihm heran, sah ihm fest ins Gesicht und sagte: »Basil, jeder von uns hat ein Geheimnis. Sagen Sie mir das Ihre, und ich werde Ihnen meines sagen. Was für einen Grund hatten Sie, die Ausstellung meines Bildes abzulehnen?«

Der Maler konnte sich eines Schauderns nicht erwehren. »Dorian, wenn ich es Ihnen sagte, würden Sie mich wahrscheinlich weniger liebhaben, und gewiß würden Sie mich auslachen. Keines von beiden könnte ich ertragen. Wenn Sie wollen, daß ich nie mehr mein Bild ansehen soll, dann gebe ich mich zufrieden. Ich kann Sie selbst ja immer ansehen. Wenn Sie wollen, daß die beste Arbeit, die ich je gemacht habe, vor der Welt versteckt werden soll, so gebe ich mich zufrieden. Ihre Freundschaft ist mir mehr wert als Ruhm und Anerkennung.«

»Nein, Basil, Sie müssen es mir sagen. Ich glaube, ich habe ein Recht darauf, es zu wissen.« Das Angstgefühl hatte ihn verlassen, und Neugierde hatte seinen Platz eingenommen. Er war entschlossen, hinter Basil Hallwards Geheimnis zu kommen.

»Wir wollen uns setzen, Dorian«, sagte der Maler, der unruhig aussah. »Setzen wir uns, und beantworten Sie mir nur eine Frage. Haben Sie an dem Bild etwas Merkwürdiges bemerkt – etwas, das Ihnen zuerst vielleicht nicht aufgefallen ist und das sich Ihnen dann plötzlich enthüllt hat?«

»Basil!« schrie der Jüngling, umklammerte die Lehnen seines Stuhles mit zitternden Händen und starrte ihn mit wilden, verstörten Augen an.

»Ich sehe, Sie haben es gemerkt. Sagen Sie nichts. Warten Sie, bis Sie hören, was ich zu sagen habe. Dorian, von dem Augenblick an, wo ich Sie kennengelernt habe, hat Ihre Persönlichkeit den außerordentlichsten Einfluß auf mich gehabt. Ich war beherrscht von Ihnen. Meine Seele, mein Gehirn, meine ganze Kraft. Sie wurden für mich die sichtbare Verkörperung jenes unsichtbaren Ideals, dessen Bild uns Künstlern wie ein köstlicher Traum in der Nacht erscheint. Ich habe Sie angebetet. Ich bin eifersüchtig auf jeden Menschen gewesen, mit dem Sie sprachen. Ich wollte Sie ganz für mich allein haben. Ich war nur glücklich, wenn ich bei Ihnen war. Wenn Sie nicht bei mir waren, waren Sie in meiner Kunst trotzdem gegenwärtig. Natürlich habe ich Ihnen nie etwas davon gesagt. Das wäre mir unmöglich gewesen. Sie hätten es auch nicht verstanden. Ich selbst habe es kaum verstanden. Ich wußte nur, daß ich Auge in Auge die Vollkommenheit gesehen hatte, daß sich die Welt meinen Augen als ein Wunder offenbart hatte vielleicht als ein zu mächtiges Wunder. Denn in solch wahnsinniger Anbetung liegt eine Gefahr. Nicht weniger die Gefahr, den Gegenstand der Anbetung zu verlieren als ihn zu behalten ... Wochen und Wochen vergingen, und ich lebte mehr und mehr in Ihnen. Dann kam ein neues Stadium. Ich hatte Sie als Paris in zierlicher Rüstung gemalt und als Adonis im Jägerrock mit glänzendem Speer. Gekrönt mit schweren Lotosblumen, hatten Sie auf dem Bug von Hadrians Barke gesessen und in den grünen, schlammigen Nil geblickt. Sie hatten sich über das stille Gewässer eines griechischen Gehölzes gelehnt und im stummen Silberspiegel die Pracht Ihres eigenen Antlitzes gesehen. Und all das war gewesen, wie die Kunst sein soll: unbewußt, ideal, weit weg. Dann entschloß ich mich eines Tages, manchmal denke ich, es war ein schicksalsschwerer Tag, ein wundervolles Bildnis von Ihnen zu malen, so wie Sie wirklich waren, nicht im Kostüm toter Zeiten, sondern in Ihrem eigenen Kleide, in Ihrer eigenen Zeit. Ob es nun die Realistik der Methode war, oder der Zauber Ihrer eigenen Persönlichkeit, der mir so ohne jeden Schleier und Nebel entgegentrat, kann ich nicht sagen. Aber ich weiß, daß mir bei der Arbeit jede Farbschicht mein Geheimnis zu offenbaren schien. Ich ängstigte mich, daß andere die Abgötterei, die ich mit Ihnen trieb, entdecken könnten. Ich fühlte, Dorian, daß ich zu viel gesagt, daß ich zu viel von mir in dieses Bild gelegt hatte. Damals habe ich den Entschluß gefaßt, das Bild nie auszustellen. Es kränkte Sie ein wenig, aber Sie verstanden eben nicht, was es für mich bedeutet. Henry, dem ich davon erzählte, lachte mich aus. Aber das machte mir nichts. Als das Bild fertig war und ich allein mit ihm dasaß, fühlte ich, daß ich recht gehabt hatte ... Ein paar Tage später, als es dann aus meinem Atelier draußen war und sobald ich die unerträgliche Wirkung seiner Gegenwart überwunden hatte, schien es mir, daß es verrückt von mir gewesen war, mehr darin zu sehen, als daß Sie sehr hübsch sind und ich malen kann. Selbst jetzt bin ich der Überzeugung, daß es ein Irrtum ist, zu glauben, daß jemals das Gefühl, das man beim Schaffen hat, in dem Werk, das man schafft, zum Ausdruck kommt. Die Kunst ist immer viel abstrakter, als wir uns einbilden. Form und Farbe erzählen uns von Form und Farbe – sonst nichts. Es scheint mir oft, daß die Kunst den Künstler viel mehr verbirgt als enthüllt. Als ich dann den Antrag aus Paris bekam, entschloß ich mich, Ihr Bild zum Mittelpunkt der Ausstellung zu machen. Es fiel mir nie ein, daß Sie es nie zugeben würden. Ich sehe jetzt, daß Sie recht haben. Das Bild kann nicht ausgestellt werden. Sie dürfen mir wegen der Dinge, die ich gesagt habe, nicht böse sein, Dorian. Ich habe es früher einmal Henry gesagt: Sie sind geschaffen, um angebetet zu werden.«

Dorian Gray atmete auf. Seine Wangen bekamen wieder Farbe, und ein Lächeln spielte um seine Lippen. Die Gefahr war vorbei. Für den Augenblick war er sicher. Doch er fühlte unermeßliches Mitleid mit dem Maler, der ihm eben diese seltsame Beichte abgelegt hatte, und fragte sich, ob er selbst je so von der Persönlichkeit eines Freundes beherrscht werden könnte. Lord Henry hatte den Reiz, sehr gefährlich zu sein. Aber das war alles. Er war zu klug und zu zynisch, als daß man ihn je lieben könnte. Würde es je einen Menschen geben, der ihn mit einem solchen merkwürdigen Götzenglauben erfüllen könnte? War das etwas, was ihm das Leben noch aufsparte?

»Es ist mir ein Rätsel,« fuhr Hallward fort, »daß Sie das in dem Porträt gesehen haben. Haben Sie es wirklich gesehen?«

»Ich habe etwas darin gesehen,« antwortete er, »etwas, was mir sehr sonderbar erschien.«

»Und jetzt gestatten Sie mir wohl, es wieder einmal zu betrachten?«

Dorian schüttelte den Kopf. »Sie dürfen das von mir nicht verlangen, Basil. Es ist mir nicht möglich. Sie vor das Bild zu führen.«

»Aber einmal werden Sie es mir erlauben?«

»Nie!«

»Gut ... Vielleicht haben Sie recht. Und jetzt adieu, Dorian. Sie sind der eine Mensch in meinem Leben gewesen, der wirklich einen Einfluß auf meine Kunst gehabt hat. Was ich je Gutes gemacht habe, schulde ich Ihnen. Ach, Sie können sich ja doch nicht vorstellen, was es mich gekostet hat. Ihnen all das zu sagen, was ich Ihnen gesagt habe.«

»Mein lieber Basil,« sagte Dorian, »was haben Sie mir denn gesagt? Nichts, als daß Sie das Gefühl haben, mich zu sehr bewundert zu haben. Das ist nicht einmal ein Kompliment.«

»Es sollte auch kein Kompliment sein. Es war eine Beichte. Jetzt, da ich sie abgelegt habe, scheint mir, daß etwas von mir fortgegangen ist. Man sollte vielleicht seine Liebe nie in Worte kleiden.«

»Ihre Beichte hat mich enttäuscht.«

»Was haben Sie erwartet, Dorian? Sie haben doch sonst nichts in dem Bilde gesehen? Es war doch sonst nichts zu sehen?«

»Nein, es war sonst nichts zu sehen. Warum fragen Sie? Aber Sie dürfen nicht von Liebe sprechen. Das ist Wahnsinn. Wir beide sind Freunde, Basil, und wir müssen es immer bleiben.«

»Sie haben jetzt Henry«, sagte der Maler traurig.

»Oh, Henry!« rief der junge Mann mit einem leichten Lachen. »Henry verbringt seine Tage damit, unglaubliche Dinge zu sagen, und seine Abende, unwahrscheinliche Dinge zu tun. Das ist genau das Leben, das ich führen möchte. Trotzdem glaube ich nicht, daß ich je zu Henry ginge, wenn ich in Leid wäre. Ich würde eher zu Ihnen kommen.«

»Sie wollen mir wieder sitzen?«

»Das ist unmöglich.«

»Sie zerstören meine künstlerische Existenz, wenn Sie es verweigern. Kein Mensch begegnet zwei Idealen, wenige finden eins.«

»Ich kann es Ihnen nicht erklären, Basil, aber ich darf Ihnen nie wieder sitzen. Es liegt ein sonderbares Schicksal über meinem Bildnis. Es hat ein Leben für sich. Ich werde zu Ihnen kommen und werde mit Ihnen Tee trinken. Das wird genau so angenehm sein.«

»Für Sie angenehmer, fürchte ich«, flüsterte Hallward bekümmert. »Und jetzt adieu. Es tut mir leid, daß Sie mich nicht noch einmal das Bild sehen lassen wollen. Aber da kann man nichts tun. Ich verstehe sehr gut, wie Sie das fühlen.«

Als er das Zimmer verlassen hatte, lächelte sich Dorian Gray zu. Der arme Basil! Wie wenig wußte er doch von dem wahren Grund! Und wie seltsam es war, daß er, statt sich gezwungen zu sehen, sein eigenes Geheimnis zu offenbaren, fast durch einen Zufall erreicht hatte, dem Freunde das seine zu entreißen. Wie viel erklärte ihm doch diese merkwürdige Beichte! Des Malers unverständliche Eifersuchtsanfälle, seine ungestüme Verehrung, seine übertriebenen Lobhymnen, sein manchmal so sonderbares Verstummen – all das verstand er jetzt, und er tat ihm leid. In einer Freundschaft, die so von Romantik gefärbt war, glaubte er eine gewisse Tragik zu sehen.

Er seufzte und drückte auf die Klingel. Das Porträt mußte um jeden Preis versteckt werden. Er konnte sich der Gefahr einer Entdeckung nicht ein zweites Mal aussetzen.

Es war wahnsinnig von ihm gewesen, das Ding überhaupt da zu lassen, wenn auch nur eine Stunde lang, in einem Zimmer, zu dem jeder seiner Freunde Zutritt hatte.

Zehntes Kapitel

Als der Diener eintrat, sah er ihn forschend an und fragte sich, ob der wohl daran gedacht habe, hinter den Schirm zu blicken. Der Mann sah aber ganz harmlos aus und wartete auf die Befehle. Dorian zündete eine Zigarette an, ging zum Spiegel hinüber und sah hinein. Er konnte den Widerschein von Viktors Gesicht genau sehen. Es war eine bewegungslose Maske der Servilität. Von dieser Seite her war nichts zu fürchten; doch er hielt es für das beste, auf der Hut zu sein.

In sehr langsamen Worten trug er ihm auf, der Haushälterin zu sagen, daß er sie sprechen wolle, und dann zum Rahmenmacher zu gehen, damit er sofort zwei Gehilfen schicke. Es schien ihm, daß die Augen des Mannes, als er das Zimmer verließ, die Richtung des Schirmes streiften.

Ein paar Augenblicke später trat Mrs. Leaf in ihrem schwarzseidenen Kleid, altmodische Zwirnhandschuhe auf den runzeligen Händen, in das Bibliothekszimmer. Er verlangte von ihr den Schlüssel zum Schulzimmer.

»Das alte Schulzimmer, Mr. Dorian!« rief sie aus, »das ist ja voll Staub. Es muß erst hergerichtet und in Ordnung gebracht werden, bevor Sie hinein können. Es ist jetzt nicht in einem Zustand, daß Sie es sehen könnten. Wirklich nicht.«

»Ich will nicht, daß es hergerichtet wird. Ich will nur den Schlüssel.«

»Sie werden sich mit Spinnweben bedecken, wenn Sie hineingehen. Es ist ja nahezu fünf Jahre nicht geöffnet worden, seit der alte Lord gestorben ist.«

Er zuckte zusammen bei der Erwähnung seines Großvaters. Er gedachte seiner mit Haß. »Das macht nichts,« erwiderte er, »ich will das Zimmer nur sehen, das ist alles. Geben Sie mir den Schlüssel.«

»Hier ist also der Schlüssel, gnädiger Herr«, sagte die alte Dame, während sie ihren Bund mit zitternden, unsicheren Händen durchmusterte. »Hier ist der Schlüssel, ich werde ihn gleich vom Bund herunter haben. Aber Sie denken doch nicht daran, dort hinaufzuziehen, gnädiger Herr, wo Sie es hier so gemütlich haben?«

»Nein, nein!« rief er ungeduldig. »Ich danke. Das ist alles, was ich brauche.«

Sie blieb noch ein paar Augenblicke und klagte geschwätzig über einige Kleinigkeiten der Wirtschaft. Er seufzte und sagte, sie solle alles nach ihrem Ermessen erledigen. Aufgelöst in Lächeln, verließ sie das Zimmer.

Als die Tür zu war, steckte Dorian den Schlüssel in die Tasche und blickte sich im Zimmer um. Sein Auge fiel auf eine große purpurrote Atlasdecke mit schweren Goldstickereien, ein herrliches Stück venezianischer Arbeit vom Ende des siebzehnten Jahrhunderts, das sein Großvater in einem Kloster bei Bologna aufgestöbert hatte. Ja, die paßte gut dazu, das schreckliche Ding zu verhüllen. Sie war vielleicht oft als Bahrtuch für Tote benützt worden. Nun sollte sie etwas verhüllen, das eine eigene Art der Verwesung besaß, ärger als die Verwesung des Todes selbst – etwas, das Schrecken ausbrüten und doch nie sterben würde. Was die Würmer für den Leichnam sind, das würden seine Sünden für das gemalte Antlitz auf der Leinwand sein. Sie zerstörten seine Schönheit und fraßen seine Anmut weg. Sie befleckten und schändeten es. Und doch lebte es weiter. Es blieb immer am Leben.

Er schauderte, und einen Moment lang bedauerte er, daß er Basil nicht den wahren Grund, warum er das Bild verstecken wollte, gesagt hatte. Basil hätte ihm helfen können, Lord Henrys Einfluß zu widerstehen und den noch viel vergiftenderen Kräften, die aus seiner eigenen Natur herauswirkten. Basils Liebe zu ihm – denn es war wirkliche Liebe – schloß nichts ein, was nicht edel und vergeistigt war. Es war nicht jene rein physische Bewunderung, die ein Kind der Sinne ist und stirbt, wenn die Sinne müde werden. Es war Liebe, wie sie Michelangelo gekannt hatte und Montaigne und Winckelmann und Shakespeare selbst. Ja, Basil hätte ihn retten können. Aber jetzt war es zu spät. Die Vergangenheit konnte man immer vernichten. Reue, Verleugnung, Vergessenheit konnten das zuwege bringen. Aber der Zukunft konnte man nicht entrinnen. Er spürte Leidenschaften in sich, die schrecklich ausbrechen, Träume, die ihre sündigen Schatten in Wirklichkeit verwandeln würden.

Er nahm von dem Diwan den großen, purpurfarbenen Überwurf, hob ihn mit der Hand in die Höhe und ging hinter den Schirm. War jetzt das Gesicht auf der Leinwand häßlicher als vorher? Es schien ihm unverändert; und doch, der Haß, den er dagegen empfand, war noch verstärkt. Das goldene Haar, die blauen Augen, die rosenroten Lippen, das war alles da. Nur der Ausdruck war verwandelt. Der war in seiner Grausamkeit erschreckend. Verglichen mit dem, was er hier an Vorwürfen und Rüge sah, waren die Vorhaltungen, die ihm Basil über Sibyl Vane gemacht hatte, leer gewesen, leer und ohne Bedeutung. Seine eigene Seele sah ihn aus der Leinwand an und rief ihn zu Gericht. Ein schmerzlicher Zug fuhr über sein Gesicht, und er warf den prunkvollen Überwurf über das Bild. Währenddessen klopfte es an der Tür. Er kam hinter dem Schirm hervor, als der Diener eintrat.

»Die Leute sind hier, Monsieur.«

Er hatte das Gefühl, daß er den Mann sogleich los werden müsse. Er durfte nicht wissen, wohin man das Bild brachte. Er hatte etwas Hinterlistiges und hatte nachdenkliche, verräterische Augen. Dorian setzte sich an den Schreibtisch, kritzelte ein paar Zeilen an Lord Henry, worin er ihn bat, ihm etwas zum Lesen zu schicken und ihn daran erinnerte, daß sie sich um ein Viertel neun am Abend treffen wollten.

»Warten Sie auf Antwort,« sagte er, während er den Brief dem Diener gab, »und führen Sie die Leute hier herein.«

Nach zwei bis drei Minuten klopfte es wieder, und Mr. Hubbard, der berühmte Rahmenmacher aus South Audley Street, trat mit einem ziemlich ungeschliffen aussehenden jungen Gehilfen herein. Mr. Hubbard war ein kleiner Mann mit blühendem Gesicht und rotem Bart. Seine Bewunderung für die Kunst hatte beträchtlich gelitten unter der angestammten Vermögenslosigkeit der meisten Künstler, mit denen er zu tun hatte. In der Regel verließ er sein Geschäft nie. Er wartete, bis die Leute zu ihm kamen. Aber bei Dorian Gray machte er immer eine Ausnahme. Es war etwas an Dorian, das jedermann entzückte. Ihn nur zu sehen, war schon eine Lust.

»Was steht zu Diensten, Mr. Gray?« fragte er und rieb seine fetten, sommersprossigen Hände. »Ich dachte, ich werde mir selbst die Ehre geben, herüberzukommen. Ich habe gerade ein Prachtstück von einem Rahmen bei einer Auktion gefunden. Alt-Florentiner. Kam aus Fonthill, vermute ich. Wunderbar geeignet für ein religiöses Bild, Mr. Gray.«

»Es tut mir leid, daß Sie sich selbst herbemüht haben, Mr. Hubbard. Ich werde einmal vorbeikommen und den Rahmen ansehen, obwohl ich mich gerade jetzt nicht sehr für religiöse Kunst interessiere. Für heute möchte ich nur, daß ein Bild auf den Boden des Hauses getragen wird. Es ist ziemlich schwer. Darum habe ich gedacht, daß Sie mir zwei von Ihren Leuten leihen würden.«

»Macht keinerlei Umstände, Mr. Gray. Ich bin entzückt über jeden Dienst, den ich Ihnen leisten kann. Wo ist das Kunstwerk?«

»Dies da«, antwortete Dorian und schob den Schirm zurück. »Können Sie es hinaufbringen, Decke und Bild zusammen, genau so wie es jetzt ist? Ich möchte nicht, daß es auf dem Weg hinauf beschädigt wird.«

»Wir werdend schon schaffen«, sagte der heitere Rahmenmacher und begann, unterstützt von seinem Gehilfen, das Bild von den langen Messingketten, an denen es aufgehängt war, loszumachen. »Und jetzt, Mr. Gray, wohin sollen wir es tragen?«

»Ich will Ihnen den Weg zeigen, Mr. Hubbard, wenn Sie so freundlich sein wollen, mir zu folgen. Oder vielleicht gehen Sie besser voraus. Es tut mir leid, aber es ist ganz oben. Wir wollen über die Haupttreppe gehen, die ist breiter.«

Er hielt ihnen die Tür. Sie gingen in die Halle hinaus und begannen den Aufstieg. Der erlesene Charakter des Rahmens hatte das Bild sehr schwer gemacht, und hin und wieder legte Dorian mit Hand an, um zu helfen, wogegen dann Mr. Hubbard, der die echte Abneigung jedes wirklichen Handwerkers dagegen hatte, daß ein Gentleman etwas Nützliches tue, lebhaft protestierte.

»Ein ziemliches Gewicht«, stöhnte der kleine Mann, als sie endlich den letzten Treppenabsatz erreicht hatten, und trocknete seine feuchte Stirne.

»Ich bedauere, daß es so schwer ist«, murmelte Dorian, während er die Tür zu dem Zimmer aufschloß, das dieses sonderbare Geheimnis seines Lebens bewahren und seine Seele vor den Blicken der Menschen schützen sollte.

Er hatte die Stube länger als vier Jahre nicht betreten. In Wahrheit nicht, seit er sie zuerst als Spielzimmer benutzt hatte, als er noch ein Kind war, und dann als Studierzimmer, als er etwas älter war. Es war ein großes schönes Zimmer, das der letzte Lord Kelso eigens erbaut hatte, weil er seinen kleinen Enkel, den er wegen seiner merkwürdigen Ähnlichkeit mit seiner Mutter und auch noch aus anderen Gründen immer gehaßt hatte, weit weg von sich haben wollte. Der Raum schien Dorian kaum verändert. Da war der mächtige italienische Cassone mit den phantastisch bemalten Füllungen und den verblichenen goldenen Nischen, in denen er sich als Bub so oft versteckt hatte. Da der Bücherschrank aus poliertem Holz, noch angefüllt mit den Schulbüchern voll Eselsohren. An der Wand dahinter hing noch derselbe abgeschabte flämische Gobelin, auf dem ein verblichener König und eine Königin Schach im Garten spielten, während eine Schar von Falkenieren vorbeiritt, die auf ihren Panzerhandschuhen Vögel mit der Kappe trugen. Wie gut erinnerte er sich an alles! Jeder Augenblick seiner einsamen Kindheit kam ihm ins Gedächtnis, während er sich umsah. Er entsann sich der fleckenlosen Reinheit seines Knabenlebens, und es schien ihm furchtbar, daß gerade hier das schicksalschwere Bildnis verborgen werden sollte. Wie wenig hatte er in diesen längst verblichenen Tagen an all das gedacht, was noch auf ihn wartete!

Aber kein anderer Raum im Hause war so sicher vor neugierigen Augen als dieser. Er hatte den Schlüssel, und niemand sonst konnte hinein. Hinter der purpurnen Decke konnte nun das gemalte Gesicht auf der Leinwand tierisch, gedunsen, schmutzig werden. Was lag daran? Niemand konnte es sehen. Er selbst wollte es nicht sehen. Warum sollte er die gräßliche Verderbnis seiner Seele beobachten? Er behielt ja seine Jugend. Das war genug. Und außerdem, konnte nicht sein Charakter trotz alledem edler werden? Es war gar kein Grund dafür vorhanden, daß die Zukunft so schwächlich sein werde. Die Liebe konnte in sein Leben treten und ihn läutern und ihn von den Sünden bewahren, die schon in seinem Geist und in seinem Blut zu gären schienen – diese seltsamen, nicht gemalten Sünden, denen gerade das Geheimnis Kraft und Reiz verlieh. Eines Tages würde vielleicht der grausame Zug von dem scharlachroten, empfindlichen Mund verschwinden, und dann würde er der Welt Basil Hallwards Meisterwerk zeigen können.

Nein; das war unmöglich. Stunde für Stunde, und Woche für Woche alterte das Bild auf der Leinwand. Es mochte der Häßlichkeit der Sünde entfliehen; aber die Häßlichkeit des Alters stand ihm bevor. Die Wangen würden hohl und schlaff werden. Gelbe Krähenfüße würden sich um die matten Augen herum schleichen und ihnen ein abstoßendes Aussehen geben. Das Haar mußte seinen Glanz verlieren, der Mund klaffen oder herabsinken, blöde oder gemein werden, wie eben der Mund alter Leute. Der Hals würde zusammenschrumpfen, die Hände würden kalt, von blauen Adern durchzogen werden, der Körper gekrümmt, wie er es bei seinem Großvater gesehen hatte, der in der Jugend so streng gegen ihn gewesen war. Das Bildnis mußte verborgen werden. Es ging nicht anders.

»Mr. Hubbard, bitte, bringen Sie es herein«, sagte er zaudernd und drehte sich um. »Es tut mir leid, daß ich Sie so lang habe warten lassen. Ich habe an etwas anderes gedacht.«

»Immer angenehm, sich mal zu verschnaufen, Mr. Gray«, antwortete der Rahmenmacher, der noch immer nach Atem schnappte. »Wohin sollen wir es stellen?«

»Wohin Sie wollen. Hier herüber, das genügt schon. Ich will es nicht aufgehängt haben. Bitte, lehnen Sie es nur gegen die Wand. Danke!«

»Darf man das Kunstwerk betrachten?«

Dorian erschrak. »Es würde Sie nicht interessieren, Mr. Hubbard«, sagte er und sah den Mann fest an. Er fühlte sich fähig, auf ihn loszustürzen und ihn zu Boden zu werfen, wenn er es wagen sollte, die pompöse Decke, die das Geheimnis seines Lebens barg, zu lüften. »Ich brauche sonst nichts mehr. Ich danke Ihnen sehr, daß Sie so freundlich waren, zu kommen.«

»Kein Anlaß! Kein Anlaß, Mr. Gray! Es ist mir immer eine Freude, etwas für Sie tun zu dürfen.«

Mr. Hubbard stapfte hinab, gefolgt von seinem Gehilfen, der mit einem Ausdruck scheuer Verwunderung in dem rauhen, häßlichen Gesicht nach Dorian zurückblickte. Er hatte nie einen so wunderschönen Menschen gesehen.

Als das Geräusch von ihren Tritten verklungen war, schloß Dorian die Tür zu und steckte den Schlüssel in die Tasche. Er fühlte sich jetzt sicher. Nie würde jemand das fürchterliche Ding sehen. Kein Auge als das seine würde je seine Schande erblicken.

Als er wieder in das Bibliothekszimmer kam, sah er, daß es gerade fünf Uhr war und daß der Tee schon gebracht worden war. Auf einem kleinen Tisch aus dunklem, wohlriechendem Holz, der reich mit Perlmutter eingelegt war, einem Geschenk der Frau seines Vormundes, Lady Radley, einer hübschen Frau, die das Kranksein als Beruf erwählt und den vergangenen Winter in Kairo zugebracht hatte, lag ein Brief von Lord Henry und daneben ein Buch, in gelbes Papier gebunden, der Umschlag leicht abgenutzt und die Ecken abgegriffen. Ein Exemplar der Nachmittagsausgabe der »St. James' Gazette« lag auf dem Teebrett. Offenbar war Viktor zurückgekehrt. Er fragte sich, ob er die Leute in der Halle getroffen hatte, als sie das Haus verließen, und aus ihnen herausgebracht hatte, was sie gemacht hatten. Er würde sicher das Bild vermissen, hatte es ohne Zweifel schon vermißt, als er den Tee brachte. Der Schirm war nicht an seinen Platz zurückgestellt worden, und ein freier Raum an der Wand war sichtbar. Vielleicht würde er den Menschen einmal in der Nacht ertappen, wie er nach oben schlich und versuchte, die Tür des Zimmers zu sprengen. Es war etwas Schreckliches, einen Spion im eigenen Hause zu haben. Er hatte von reichen Leuten gehört, die ihr ganzes Leben hindurch von den Erpressungen eines Dieners verfolgt wurden, der irgendeinen Brief gelesen, oder ein Gespräch angehört, oder einen Zettel mit einer Adresse gefunden oder unter einem Kissen eine welke Blüte, einen Fetzen zerknitterter Spitze entdeckt hatte.

Er seufzte auf, goß sich etwas Tee ein und öffnete Lord Henrys Brief. Es stand nur darin, daß er ihm die Abendzeitung schicke und ein Buch, das ihn vielleicht interessieren werde, und daß er um ein Viertel neun im Klub zu treffen sei. Er öffnete langsam die Zeitung und sah sie durch. Ein Strich mit Rotstift auf der fünften Seite zog seinen Blick an. Er machte auf die folgende Notiz aufmerksam:

»Leichenschau an einer Schauspielerin. Eine Leichenschau ist heute morgen von Mr. Danby, dem Bezirks-Leichenbeschauer in der Bell Tavern, Hoxton Road, abgehalten worden über den Leichnam von Sibyl Vane, einer jungen Schauspielerin, die zuletzt am Royal Theatre, Holborn, engagiert war. Es wurde auf Tod durch einen Unglücksfall erkannt. Reges Mitgefühl erweckte die Mutter der Abgeschiedenen, die während ihrer Aussage sowie der von Doktor Birrel, der die Sektion der Leiche vorgenommen hatte, tief ergriffen war.«

Er runzelte die Stirn, zerriß das Blatt, lief im Zimmer auf und ab und warf die Stücke weg. Wie häßlich das alles war! Und was für eine schreckliche Wirklichkeit die Häßlichkeit den Dingen gab! Er ärgerte sich ein wenig, daß ihm Lord Henry den Bericht geschickt hatte, und sicher war es albern von ihm, die Notiz mit rotem Stift anzustreichen. Viktor konnte sie gelesen haben. Der Mann verstand mehr als genug Englisch dazu.

Vielleicht hatte er sie schon gelesen und hatte Verdacht geschöpft. Und doch, was lag daran? Was hatte Dorian Gray mit Sibyl Vanes Tod zu tun? Es war kein Grund zur Furcht. Dorian Gray hatte sie nicht umgebracht.

Sein Auge fiel auf das gelbe Buch, das ihm Lord Henry geschickt hatte. Er war begierig, was es sein mochte. Er trat an das kleine perlfarbene, achteckige Lesepult heran, das ihm immer wie das Werk seltsamer ägyptischer Bienen, die in Silber arbeiteten, erschienen war, nahm den Band in die Hand, warf sich in einen Sessel und begann zu blättern. Nach einigen Augenblicken wurde er durch die Lektüre gefesselt. Es war das merkwürdigste Buch, das er je gelesen hatte. Es schien ihm, als zögen in erlesenem Kostüm zum zarten Klange der Flöten die Sünden der Welt pantomimisch an ihm vorbei. Dinge, die er unbestimmt geträumt hatte, wurden plötzlich zur Wirklichkeit. Dinge, von denen er nie geträumt hatte, wurden ihm mählich enthüllt.

Es war ein Roman ohne Handlung. Nur eine einzige Figur. Eigentlich eine psychologische Studie über einen jungen Pariser, der sein Leben damit verbrachte, im neunzehnten Jahrhundert alle Leidenschaften und Wandlungen der Lebensgefühle in Wirklichkeit umzusetzen, die jedem Jahrhundert, dem eigenen ausgenommen, angehört hatten, und so in seiner eigenen Person die verschiedenartigen Schicksale, die die Weltseele durchgemacht hatte, zu vereinigen. Wegen ihrer Künstlichkeit hatte er jene Entsagungen geliebt, die die Menschen in ihrer Torheit Tugend genannt haben, ebenso wie jene Empörungen der Natur, die weise Leute noch jetzt Sünde nennen. Es war in jenem sonderbaren, reich geschmückten Stil geschrieben, den die Arbeiten einiger der feinsten Künstler der französischen Symbolistenschule haben: lebendig und dunkel zugleich, voll von Argotausdrücken und altertümlichen Wendungen, von technischen Ausdrücken und sorgsam gefeilten Umschreibungen. Es waren darin Vergleiche, so sonderbar wie Orchideen und auch so fein in den Farbentönen. Das Leben der Sinne war in den Ausdrücken der mystischen Philosophie beschrieben. Man wußte manchmal kaum, ob man von den geistigen Ekstasen eines mittelalterlichen Heiligen las oder die krankhafte Beichte eines modernen Sünders entgegennahm. Es war ein Buch voll Gift. Ein schwerer Weihrauchduft schien über den Seiten zu schweben und sein Gehirn zu verwirren. Schon der Tonfall der Sätze, die feine Monotonie ihrer Musik mit ihrer Fülle von komplizierten Wiederholungen und Bewegungen, die in der raffiniertesten Weise immer wiederkamen, erzeugten im Geist des Jünglings, als er von Kapitel zu Kapitel weiterlas, eine Art Träumerei, eine förmliche Krankheit des

Träumens, die ihn den sinkenden Tag und die hereinschleichenden Schatten nicht merken ließ.

Der Himmel, an dem keine Wolke stand und durch den ein einziger, einsamer Stern hindurchdrang, schien in kupfergrünem Ton durch die Fenster herein. Er las bei diesem matten Licht, bis er nichts mehr sehen konnte. Dann, nachdem sein Diener ihn mehrere Male an die späte Stunde erinnert hatte, stand er auf, ging ins Nebenzimmer, legte das Buch auf den kleinen Florentiner Tisch, der immer neben seinem Bett stand, und begann sich zum Diner anzukleiden.

Es war fast neun Uhr, als er in den Klub kam, wo Lord Henry allein und sehr gelangweilt aussehend dasaß.

»Es tut mir leid, Henry,« rief er aus, »aber es ist nur Ihre Schuld. Das Buch, das Sie mir geschickt haben, hat mich so gefesselt, daß ich gar nicht gemerkt habe, wie die Zeit verstrich.«

»Ja, ich dachte mir, daß es Ihnen gefallen würde«, antwortete der Freund, sich vom Stuhle erhebend.

»Ich habe nicht gesagt, daß es mir gefällt, Henry. Ich habe gesagt, es fesselt mich. Das ist ein großer Unterschied.«

»Ah, haben Sie das herausgefunden?« murmelte Lord Henry. Dann gingen sie in den Speisesaal.

Elftes Kapitel

Jahrelang konnte sich Dorian Gray von dem Einfluß dieses Buches nicht befreien. Oder vielleicht wäre es richtiger, zu sagen: er war gar nicht bestrebt, sich davon zu befreien. Er ließ aus Paris nicht weniger als neun Luxusausgaben der ersten Auflage kommen, ließ sie in verschiedenen Farben einbinden, so daß sie zu den wechselnden Launen und veränderlichen Einfällen einer Natur paßten, über die er zuweilen die Herrschaft ganz verloren zu haben schien. Der Held, dieser wunderbare junge Pariser, bei dem das romantische und das wissenschaftliche Element auf eine so merkwürdige Weise vermischt waren, wurde für ihn eine Art vorausgeschauter Idealgestalt seiner selbst. In der Tat schien ihm das ganze Buch die Geschichte seines Lebens zu enthalten, ausgeschrieben, bevor er selbst es noch gelebt hatte.

In einer Beziehung aber war er glücklicher als der phantastische Held des Romans. Er erlebte nie – hatte in der Tat auch keinen Grund dazu – jene etwas groteske Angst vor Spiegeln, polierten Metallflächen und unbewegtem Wasser, die den jungen Pariser so früh in seinem Leben überkam und durch den jähen Verfall einer Schönheit verursacht war, die allem Anschein nach vorher ganz außerordentlich gewesen war. Mit einer fast grausamen Lust – und vielleicht liegt in jeder Lust, sowie sicher in jedem Genuß Grausamkeit – las er den zweiten Teil des Buches, der jenen wirklich tragischen, wenn auch etwas übertriebenen Bericht von dem Leid und der Verzweiflung eines Menschen enthielt, der das selbst verloren hatte, was er an anderen und an der ganzen Welt am höchsten schätzte.

Denn die wunderbare Schönheit, die Basil Hallward und auch manchen anderen so bezaubert hatte, schien ihn nie zu verlassen. Selbst diejenigen, die die häßlichsten Dinge über ihn hörten – und von Zeit zu Zeit schlichen sonderbare Gerüchte über seine Lebensweise durch London und wurden das Gespräch der Klubs –, konnten nichts, was ihm zur Schande gereichte, glauben, wenn sie ihn sahen. Er sah immer aus wie einer, der sich von der Berührung der Welt unbefleckt erhalten hatte. Männer, die unanständig redeten, wurden still, wenn Dorian Gray ins Zimmer trat. In der Reinheit seines Antlitzes lag etwas, das sie zurechtwies. Seine bloße Gegenwart schien in ihnen die Erinnerung an die Unschuld, die sie in den Staub gezogen hatten, zu erwecken. Sie staunten darüber, daß ein so reizender und anmutiger Mensch wie er, der Befleckung durch eine Zeit, die zugleich schmutzig und sinnlich war, hatte entgehen können.

Oft, wenn er von einer der geheimnisvollen und ausgedehnten Abwesenheiten zurückkehrte, die so merkwürdige Vermutungen unter seinen Freunden oder jenen, die sich dafür hielten, erregten, schlich er hinauf in den verschlossenen Raum, öffnete die Tür mit dem Schlüssel, der ihn nun nie mehr verließ, und stand mit einem Spiegel vor dem Bildnis, das Basil Hallward von ihm gemalt hatte, und sah bald auf das böse alternde Antlitz auf der Leinwand, bald auf das schöne, junge Gesicht, das ihn aus der glatten Spiegelfläche anlächelte. Gerade dieser grelle Kontrast erhöhte seinen Genuß. Er verliebte sich mehr und mehr in seine eigene Schönheit und interessierte sich mehr und mehr für die Verderbnis seiner eigenen Seele. Er beobachtete mit peinlicher Sorgfalt und manchmal mit einem ungeheuerlichen, schrecklichen Lustgefühl die häßlichen Linien, die die runzlige Stirn durchfurchten oder sich um den stark sinnlichen Mund herumkrümmten. Und manchmal fragte er sich, was wohl schrecklicher sei, die Zeichen der Sünde oder die Zeichen des Alters? Oder er legte seine weißen Hände neben die rohen, gedunsenen Hände auf dem Bilde und lächelte. Er höhnte den verunstalteten Leib und die welken Glieder.

Dann gab es Augenblicke in der Nacht, wenn er schlaflos in seinem zart durchdufteten Zimmer lag oder auch in dem schäbigen Zimmer der kleinen berüchtigten Kneipe nahe am Hafen, in der er unter einem angenommenen Namen und verkleidet zu verkehren pflegte, und an das Elend dachte, das er über seine Seele gebracht hatte, mit einem Mitgefühl, das um so beklemmender sein mußte, als es ganz selbstsüchtig war. Aber Augenblicke wie diese waren selten. Jene Lebensgier, die Lord Henry zuerst in ihm erweckt hatte, als sie im Garten ihres Freundes zusammensaßen, schien mit der Befriedigung immer mehr zu wachsen. Je mehr er wußte, desto mehr wollte er wissen. Er hatte Anfälle eines tollen Lebenshungers, der immer rasender wurde, je mehr er ihn nährte.

Und doch war er nicht leichtsinnig, wenigstens nicht in seinen Beziehungen zur Gesellschaft. Ein- oder zweimal in jedem Monat während des Winters und an jedem Mittwoch während der Saison öffnete er sein schönes Haus für die Welt, und die berühmtesten Musiker waren da, um seine Gäste mit den Wundern ihrer Kunst zu erfreuen. Seine kleinen Diners, bei deren Vorbereitung Lord Henry immer half, waren ebensosehr wegen der sorgsamen Auswahl und Sitzordnung der Eingeladenen wie wegen des erlesenen Geschmackes berühmt, der sich in der Tafeldekoration mit ihren subtilen, symphonischen Anordnungen exotischer Pflanzen, gestickter Tücher und alter Gold- und Silbergeräte ausdrückte. In der Tat gab es eine große Zahl, besonders von jungen Leuten, die in Dorian Gray die vollkommene Verkörperung eines Typus sahen oder sehen glaubten, von dem sie oft in Eton oder Oxford geträumt hatten, eines Typus, der etwas von der wirklichen Bildung des Gelehrten mit der Anmut, Vornehmheit und den vollkommenen Manieren eines Weltmannes verband. Für sie erschien er als einer aus jener Menschengruppe, von denen Dante sagt, sie suchten sich durch die Anbetung der Schönheit zu vervollkommnen. So wie Gautier, war er einer, für den »die sichtbare Welt existierte«.

Und gewiß war das Leben für ihn die erste, die größte Kunst, und alle übrigen Künste schienen nur die Vorschulen dazu. Natürlich hatte auch die Mode, durch die das in Wahrheit Phantastische einen Augenblick Allgemeingut wird, und das Dandytum, das auf seine Art ein Versuch ist, der Schönheit ein völlig modernes Gepräge zu geben, Reiz für ihn. Seine Art, sich zu kleiden, und die besonderen Stile, die er von Zeit zu Zeit annahm, hatten einen ausgesprochenen Einfluß auf die jungen Elegants der Bälle in Mayfair und an den Fenstern der Pall-Mall-Klubs, die ihn in allem, was er tat, imitierten und seine anmutigen Geckereien, so wenig er sie selbst auch ernst nahm, nachzuahmen versuchten.

Während er aber nur zu bereit war, die Stellung, die ihm unmittelbar nach seiner Volljährigkeit geboten wurde, anzunehmen, und in der Tat einen besonderen Genuß in dem Gedanken fand, für das London seiner Zeit das zu werden, was für das Rom des Kaisers Nero der Verfasser des Satyrikon gewesen war, wünschte er doch im Innersten seines Herzens mehr zu sein als ein Arbiter elegantiarum, den man über das

Tragen eines Schmuckstückes, über das Binden einer Krawatte oder die Haltung des Stockes befragte. Er suchte eine neue Lebensanschauung auszuarbeiten, die ihre innerlich begründete Philosophie und ihre geordneten Prinzipien haben und in der Vergeistigung der Sinne die höchste Vervollkommnung erreichen sollte.

Die Verehrung der Sinne ist oft und mit viel Berechtigung geschmäht worden, da die Menschen ein natürliches, instinktives Angstgefühl vor Leidenschaften und Empfindungen haben, die stärker scheinen als sie selbst und die sie mit weniger hoch organisierten Lebensformen zu teilen sich bewußt sind. Und doch schien es Dorian Gray, als ob die wahre Natur der Sinne noch nie verstanden worden sei und daß sie nur deshalb wild und tierisch geblieben seien, weil die Welt immer daran gedacht hätte, sie durch Aushungerung zu bändigen, oder durch Schmerzen zu töten, statt bestrebt zu sein, sie zu den Elementen einer neuen vergeistigten Welt zu machen, der ein edler Schönheitstrieb ihr Gepräge geben sollte. Wenn er auf den Gang der Menschen durch die Weltgeschichte zurückblickte, verfolgte ihn ein Gefühl des unersetzlichen Verlustes. Soviel war aufgegeben worden und im ganzen so nutzlos! Es hatte wahnsinnige, eigenwillige Entsagungen gegeben, ungeheuerliche Formen der Selbstquälerei und der Selbstverleugnung, deren Ursprung die Furcht und deren Ergebnis Erniedrigungen von unsäglich schrecklicherer Art waren, als jene nur eingebildeten Erniedrigungen, vor denen sich die Menschen in ihrer Unwissenheit flüchten wollten, da doch die Natur in ihrer wunderbaren Ironie den Eremiten hinausjagt, daß er mit den wilden Tieren der Wüste speise, und dem Einsiedler die Tiere des Feldes zu Gefährten gibt.

Ja, es mußte, wie Lord Henry es prophezeit hatte, ein neuer Hedonismus kommen, um das Leben neu zu erschaffen und es von jenem strengen, häßlichen Puritanertum zu erretten, das in unseren Tagen eine sonderbare Auferstehung feiert. Gewiß sollte auch er dem Geiste dienen; aber niemals sollte er eine Theorie oder ein System annehmen, das das Opfer irgendeines leidenschaftlichen Erlebnisses forderte. Das wahre Ziel dieses Hedonismus sollte die Erfahrung selbst sein und nicht die Früchte der Erfahrungen, mochten sie nun süß oder bitter sein. Von dem Aszetentum, das die Sinne tötet, oder von der gemeinen Ausschweifung, die sie abstumpft, sollte dies neue Leben nichts wissen. Aber es sollte die Menschen lehren, sich für die großen Momente des Lebens sammeln, da das Leben selbst doch nur ein Moment ist.

Nur wenige unter uns gibt es, die nicht manchmal, bevor es dämmert, aufgewacht sind, entweder nach einer jener traumlosen Nächte, die uns fast in den Tod verliebt machen, oder nach einer jener Nächte voll Schrecken und mißgestalteter Lust, wo durch die Kammern des Gehirns Phantome flattern, die schrecklicher sind als die Wirklichkeit selbst und die das lebendige Leben erfüllt, das in allem Grotesken lauert und das der gotischen Kunst ihre ewige Kraft gibt; denn diese Kunst, so möchte man glauben, ist besonders die Kunst derer, deren Geist durch krankhafte Träume verwirrt worden ist. Allmählich schleichen bleiche Finger durch die Vorhänge, und sie scheinen zu erzittern. In schwarzen, phantastischen Formen kriechen düstere Schatten in die Winkel des Zimmers und kauern dort. Draußen regen sich die Vögel in den Zweigen, oder man hört den Schritt der Menschen, die an die Arbeit gehen, oder das Seufzen und Stöhnen des Windes, der von den Bergen kommt und um das stille Haus fährt, als fürchte er, die Schläfer zu wecken und müsse doch den Schlaf aus seiner purpurnen Höhle hervorrufen. Schleier nach Schleier aus feiner, dunkler Gaze hebt sich, und allmählich erhalten die Dinge ihre Formen und Farben zurück, und wir sehen mit an, wie die Dämmerung der Welt ihre alte Gestalt zurückgibt. Die bleichen Spiegel bekommen die Kraft zurück, das Leben widerzustrahlen. Die flammenlosen Kerzen stehen, wo wir sie gelassen haben, und neben ihnen liegt das halbaufgeschlagene Buch, das wir studiert, oder die auf Draht geheftete Blume, die wir auf dem Ball getragen, oder der Brief, den zu lesen wir uns gefürchtet oder den wir zu oft gelesen haben. Nichts scheint geändert. Aus den unwirklichen Schatten der Nacht tritt das wirkliche Leben, das wir kannten, wieder hervor. Wir müssen es aufnehmen, wo wir es abgebrochen haben, und uns beschleicht das fürchterliche Gefühl der Notwendigkeit, unsere Energien weiter zu verbrauchen in derselben ermüdenden Reihe stereotyper Gewohnheiten, oder vielleicht eine wilde Sehnsucht, daß sich unsere Augen eines Morgens auf eine Welt öffnen möchten, die im Dunkel zu unserer Lust neu erschaffen worden wäre, eine Welt, in der die Dinge frische Formen und Farben hätten, verändert seien oder andere Geheimnisse bärgen, eine Welt, in der die Vergangenheit nur einen geringen oder gar keinen Platz hätte oder doch wenigstens in keiner bewußten Form von Verpflichtung oder Reue weiterlebte, da doch selbst die Erinnerung an die Freude ihre Bitterkeit hat und das Gedächtnis des Genusses seinen Schmerz.

Die Schaffung solcher Welten schien Dorian Gray die wahre Aufgabe des Lebens oder wenigstens eine seiner wahren Aufgaben; und auf seiner Suche nach Empfindungen, die zugleich neu und genußreich wären und jenes Element der Seltsamkeit enthielten, das für die Romantik so wesentlich ist, nahm er oft gewisse Arten zu denken an, die, wie er selbst wußte, seinem Wesen fremd waren, gab sich ihren feinen Einflüssen hin und verließ sie dann, wenn er ihre Farbe aufgesogen und seine intellektuelle Neugierde befriedigt hatte, mit jener sonderbaren Gleichgültigkeit, die nicht unvereinbar ist mit einem wirklich glühenden Temperament, die vielmehr nach der Meinung gewisser moderner Psychologen oft eine Bedingung dafür ist.

Einmal ging ein Gerücht, er wolle den römisch-katholischen Glauben annehmen; und gewiß besaß das katholische Ritual immer eine große Anziehungskraft für ihn. Das tägliche Meßopfer, das in Wirklichkeit viel gewaltiger wirkt als alle Opfer der Alten Welt, regte ihn ebensosehr durch seine hochmütige Verachtung der Sinnfälligkeit auf, wie durch die primitive Einfachheit seiner Elemente und das ewige Pathos der menschlichen Tragödie, die es zu symbolisieren suchte. Er liebte es, auf dem kalten Marmorboden niederzuknien und den Priester zu beobachten, wie er in seiner steifen, blumengestickten Stola langsam mit weißen Händen den Vorhang vom Tabernakel wegzog, oder die laternenförmige, edelsteingeschmückte Monstranz in die Höhe hob, die jene bleiche Hostie enthielt, von der man zuzeiten wirklich beinahe denken möchte, es sei der Panis coelestis, das Brot der Engel, oder wie er in den Gewändern der Christuspassion die Hostie in den Kelch tauchte und um seiner Sünden willen sich die Brust schlug. Die rauchenden Weihrauchfässer, die die ernsten Knaben in ihren Spitzen- und Scharlachmänteln gleich großen vergoldeten Blumen in der Luft schwangen, übten einen tiefen Reiz auf ihn. Wenn er die Kirche verließ, pflegte er staunend die dunkeln Beichtstühle anzublicken, und dann sehnte er sich, im düstern Schatten eines solchen zu sitzen und den Männern und Frauen zu lauschen, wie sie durch das abgegriffene Gitter die wahre Geschichte ihres Lebens flüsterten.

Aber er beging nie den Irrtum, seine geistige Entwicklung durch irgendeine förmliche Annahme eines Glaubens oder Systems zu hemmen oder irrtümlich für ein Haus, in dem man leben konnte, einen Gasthof zu halten, der nur zum kurzen Aufenthalt einer Nacht taugt, oder sogar nur einiger Stunden einer Nacht, in der keine Sterne leuchten und der Mond verborgen ist. Die Mystik mit ihrer wunderbaren Kraft, gewöhnliche Dinge uns seltsam erscheinen zu lassen, und jenes innerliche Widerstreben, gegen alle äußere Gesetzmäßigkeit, das sie immer zu begleiten scheint, reizte ihn einen Sommer lang. Und dann neigte er sich den materialistischen Lehrern der deutschen Darwinistischen Bewegung zu und fand einen besonderen Genuß darin, die Gedanken und Leidenschaften der Männer auf eine perlgroße Zelle im Gehirn zurückzuleiten, oder auf einen weißen Nerv im Körper, hatte seine Freude an der Vorstellung der absoluten Abhängigkeit des Geistes von gewissen physischen Bedingungen, mochten sie krankhaft oder gesund, normal oder voller Gebrechen sein. Aber wie es schon früher von ihm hieß, keine Lebenstheorie war von irgendeiner Bedeutung für ihn, verglichen mit dem Leben selbst. Er fühlte innerlich, in welche Sackgasse alle verstandesmäßige Spekulation führt, wenn sie von Handlung und Experiment geschieden ist. Er wußte, daß die Sinne nicht weniger als die Seele ihre geistigen Geheimnisse zu offenbaren haben.

Und so erforschte er einmal das Wesen der wohlriechenden Düfte und die Geheimnisse ihrer Bereitung, destillierte schwer duftende Öle und verbrannte wohlriechendes Gummi aus dem Osten. Er erkannte, daß es keine Stimmung des Geistes gab, die nicht ihr Seitenstück im sinnlichen Leben fand, und wollte die wirkliche Beziehung zwischen beiden entdecken, denn er wollte wissen, weshalb der Weihrauch den Menschen mystisch stimme, Ambra die Leidenschaften aufrühre, der Veilchenduft die Erinnerung an tote Liebe erwecke, der Moschus das Gehirn verwirre, der Tschampak die Phantasie beflecke. Oft versuchte er, eine genaue Psychologie der Düfte auszuarbeiten und die bestimmten Einwirkungen süßschmeckender Wurzeln, duftender, vollsamiger Blüten, aromatischen Balsams, dunkler, wohlriechender Hölzer zu untersuchen: des Baldrians, der Übelkeit erregt, der Hovenie, die wahnsinnig macht, und der Aloe, die imstande sein soll, die Schwermut der Seele zu vertreiben.

Zu einer anderen Zeit gab er sich ganz der Musik hin und gab in einem langen, verdunkelten Saal, dessen Wände aus olivengrünem Lack und dessen Decke rot und golden gemustert war, Konzerte, bei denen tolle Zigeunerinnen kleinen Zithern wilde Musik entlockten oder ernste Männer aus Tunis in gelben Tüchern die gespannten Saiten ungeheurer Lauten zupften, während grinsende Neger eintönig auf kupferne Trommeln schlugen und schlanke, turbanbedeckte Indier auf scharlachroten Matten hockten, auf langen Schilf- oder Messingpfeifen bliesen und große Brillenschlangen oder schreckliche Hornvipern beschworen oder zu beschwören schienen. Zuweilen erregten ihn der grelle Rhythmus und die schrillen Mißtöne barbarischer Musik, wenn Schuberts Anmut oder Chopins süßes Schmachten oder selbst die mächtigen Harmonien Beethovens an seinem Ohr vorbeiklangen. Aus allen Teilen der Welt sammelte er die merkwürdigsten Instrumente, die sich finden ließen, in den Gräbern toter Geschlechter oder unter den wenigen wilden Stämmen, die noch die Berührung mit der westlichen Kultur überlebt haben, und er liebte es, sie zu betasten und zu versuchen. Er besaß jenes mysteriöse Juruparis der Rio-Negro-Indianer, das die Frauen nicht anblicken dürfen und selbst junge Männer erst dann, wenn sie vorher gefastet und sich gegeißelt haben, die irdenen Klappern der Peruaner, die den schrillen Ton des Vogelschreis haben, und Flöten aus Menschenknochen, wie sie Alphonso de Ovalle in Chile hörte, und die klingenden grünen Jaspissteine, die bei Cuzco gefunden werden und einen Ton von sonderbarer Süße hervorbringen. Er besaß bemalte Kürbisse, in denen Kiesel waren, die, wenn man sie schüttelte, klapperten; die lange Zinke der Mexikaner, in die der Spieler nicht hineinbläst, sondern durch die er die Luft einatmet; die rauhe »Ture« der Amazonenstämme, die die Wachen ertönen lassen, die den ganzen Tag auf hohen Bäumen sitzen, und die, wie man sagt, auf eine Entfernung von drei Meilen gehört werden kann; die »Teponaztli«, die zwei zitternde Zungen aus Holz hat, und auf die man mit Stöcken schlägt, die mit Kautschuk eingeschmiert werden, das aus dem milchigen Saft von Pflanzen gewonnen wird; die Yotlglocken der Azteken, die in Büscheln, wie Trauben hängen, und eine große zylinderförmige Trommel, bespannt mit der Haut von großen Schlangen gleich der, die Bernal Diaz sah, als er mit Cortez in den mexikanischen Tempel eintrat, und von deren wehklagendem Tone er uns eine so lebendige Beschreibung hinterlassen hat. Die phantastische Art dieser Instrumente wirkte berückend auf ihn, und er empfand einen sonderbaren Genuß bei dem Gedanken, daß die Kunst ebenso wie die Natur ihre Ungeheuer hat, Dinge von bestialischer Gestalt und mit gräßlichen Stimmen. Nach einiger Zeit wurde er allerdings ihrer wieder müde und saß dann wieder in seiner Loge in der Oper, entweder allein oder mit Lord Henry, hörte mit hinreißendem Genuß den Tannhäuser und erkannte in dem Vorspiel zu diesem großen Kunstwerk eine Verkörperung der Tragödie seiner Seele.

Ein anderes Mal warf er sich auf das Studium der Edelsteine und erschien bei einem Maskenfest als Anne de Joyeuse, Admiral von Frankreich, in einem Kleide, das mit fünfhundertsechzig Perlen bedeckt war. Diese Neigung nahm ihn jahrelang gefangen; ja vielleicht kann man sagen, daß sie ihn nie verlassen hat. Er verbrachte oft einen langen Tag damit, die verschiedenen Steine, die er gesammelt hatte, aus ihren Schachteln zu nehmen und wieder zu ordnen. Da war der olivengrüne Chrysoberyll, der im Lampenlicht rot wird, der Cymophan mit seinen drahtgleichen Silberlinien, der pistazienfarbene Peridot, rosenrote und weingelbe Topase, scharlachfarbene Karfunkelsteine mit zitternden, viermal geränderten Sternen, flammenrote Kaneelsteine, orangene und violette Spinelle und Amethyste mit ihren wechselnden Schichten von Rubin und Saphir. Er liebte das rote Gold des Sonnensteins, die perlfarbene Weise des Mondsteins und den gebrochenen Regenbogen des milchigen Opals. Er verschaffte sich aus Amsterdam drei Smaragde von außerordentlicher Größe und wunderbarem Reichtum der Farbe und besaß einen Türkis de la vieille roche, um den ihn alle Kenner beneideten.

Er entdeckte auch wunderbare Geschichten, die sich an Edelsteine knüpften. In Alphonsos »Clericalis disciplina« war eine Schlange erwähnt, die Augen aus wirklichen Hyazinthsteinen hatte, und in der romantischen Geschichte Alexanders hieß es von dem Eroberer Emathias, er habe im Tale des Jordan Schlangen mit Ringen aus wirklichen Smaragden, die ihnen auf dem Rücken wuchsen, gefunden. Im Gehirn des Drachen war nach der Mitteilung des Philostratus ein Edelstein, und dadurch, daß man ihm goldene Lettern und ein scharlachrotes Gewand zeigte, konnte das Ungeheuer in einen magischen Schlaf versetzt und getötet werden. Nach der Meinung des großen

Alchimisten Pierre de Boniface macht der Diamant den Menschen unsichtbar und der indische Achat ihn beredt. Der Karneol beschwichtigt den Zorn, der Hyazinth schläfert ein, und der Amethyst scheucht den Weindunst weg. Der Granat vertreibt die Dämonen, und der Hydrophit nimmt dem Monde seine Farbe. Der Selenit nimmt mit dem Monde zu und ab, und der Melokeus, der die Diebe entdeckt, läuft nur an, wenn ihn das Blut junger Ziegen berührt. Leonardus Camillus hat einen weißen Stein gesehen, den man aus dem Gehirn einer eben getöteten Kröte genommen hatte, und der ein sicheres Gegengift war. Der Bezoar, den man im Herzen des arabischen Hirsches findet, ist ein Zauber, der von der Pest heilen kann. In den Nestern arabischer Vögel kommt der Aspilat vor, der nach der Angabe des Demokrit seinen Träger vor jeder Feuersgefahr bewahrt.

Der König von Ceilan ritt bei seiner Krönungsfeier mit einem roten Rubin in der Hand durch seine Stadt. Die Tore zum Palaste Johannes des Priesters waren »gefertigt aus Karneol, in den das Horn der Hornviper graviert war, was die Wirkung hatte, daß kein Mensch Gift hineinbringen konnte«. Über dem Giebel waren zwei »goldene Äpfel, die zwei Karfunkelsteine enthielten«, so daß das Gold am Tage glänzen konnte und die Karfunkelsteine in der Nacht. In Lodges seltsamem Roman »Eine amerikanische Perle« heißt es, in dem Schlafzimmer der Königin konnte man gewahren »alle keuschen Frauen der Welt, getrieben in Silber, wie sie in schöne Spiegel aus Chrysolith, Karfunkelsteinen, Saphiren und grünen Smaragden blicken«. Marco Polo hatte gesehen, wie die Einwohner von Zipangu den Toten rosenfarbene Perlen in den Mund stecken. Ein Seeungeheuer hatte sich in die Perle verliebt, die ein Taucher dem König Perozes brachte, hatte den Dieb getötet und sieben Monate über den Verlust des Edelsteins getrauert. Als die Hunnen den König in eine Grube lockten, warf er den Stein hinweg – so erzählt Prokopius die Geschichte –, und er wurde nie wieder gefunden, obwohl der Kaiser Anastasius fünf Zentner Goldstücke dafür bot. Der König von Malabar hatte einmal einem Venezianer einen Rosenkranz aus dreihundertvier Perlen gezeigt, eine Perle für jeden Götzen, den er verehrte.

Als der Herzog von Valentinois, der Sohn Alexanders VI., Ludwig XII. von Frankreich besuchte, war nach der Angabe des Brantôme sein Pferd mit goldenen Blättern bedeckt, und sein Barett trug doppelte Reihen von Rubinen, die ein mächtiges Licht ausstrahlten. Karl von England ritt in Steigbügeln, die mit vierhunderteinundzwanzig Diamanten besetzt waren. Richard II. hatte einen Rock, der mit Balasrubinen besetzt war, und den man auf dreißigtausend Mark schätzte. Hall beschreibt Heinrich VIII. auf seinem Wege zur Krönung nach dem Tower: er trug »eine Jacke aus erhabenem Gold, die Brust bestickt mit Diamanten und anderen Edelsteinen, und um den Hals ein mächtiges Gehänge aus schweren Rubinen«. Die Favoriten Jakobs I. trugen Ohrringe aus Smaragden, die in Goldfiligran gefaßt waren. Eduard II. gab dem Piers Gaveston eine Rüstung aus rotem Golde, mit Hyazinthsteinen besetzt, eine Halsberge aus goldenen Rosen, in die Türkise gefaßt waren, und eine mit Perlen übersäte Sturmhaube. Heinrich II. trug mit Edelsteinen besetzte Handschuhe, die bis zum Ellbogen reichten, und hatte einen Falkenierhandschuh, den zwölf Rubinen und zweiundfünfzig große Perlen zierten. Der Herzogshut Karls des Kühnen, des letzten Burgunderherzogs seines Geschlechts, war mit birnenförmigen Perlen behangen und mit Saphiren überstreut.

Wie erlesen war einst das Leben gewesen! Wie prächtig in seinem Pomp und Schmuck! Auch nur von dem Reichtum toter Zeiten zu lesen war schon wunderbar.

Dann wieder wandte er seine Aufmerksamkeit den Stickereien zu und den Gobelins, die in den frostigen Räumen der nördlichen Völker Europas die Stelle der Fresken vertraten. Als er sich in dieses Thema versenkte, – und er besaß immer eine außerordentliche Fähigkeit, sich für den Augenblick von jeder Tätigkeit, die er ausübte, ganz einnehmen zu lassen – wurde er fast traurig, bei dem Gedanken an die Verderbnis, die die Zeit schönen und wunderbaren Dingen bereitete. Er wenigstens war dem entronnen. Sommer folgte auf Sommer, die gelben Narzissen hatten geblüht und waren viele Male verwelkt, schreckliche Nächte wiederholten die Geschichte ihrer Schande. Er aber war unverändert. Kein Winter zerstörte sein Antlitz oder befleckte seinen blütengleichen Reiz. Wie anders war das mit materiellen Dingen! Wohin waren sie gekommen? Wo war das große krokusfarbene Gewand, auf dem die Götter die Giganten bekämpft hatten, das von braunen Mädchen der Athene zur Freude gestickt worden war? Wo das große Zeltdach, das Nero über das Kolosseum in Rom hatte breiten lassen, dieses titanische Purpursegel, auf dem der Sternenhimmel dargestellt war und Apollo, wie er einen Wagen führt, den weiße Hengste mit goldenen Zügeln leiten? Er sehnte sich, die merkwürdigen Tischdecken zu sehen, die für den Sonnenpriester gefertigt und auf denen alle Leckerbissen und Speisen ausgebreitet waren, die man für ein Festmahl nur wünschen kann; das Bahrtuch des Königs Hilperich mit seinen dreihundert goldenen Bienen; die phantastischen Kleider, die die Entrüstung des Bischofs von Pontus erregten und auf denen »Löwen, Panther, Bären, Hunde, Wälder, Felsen, Jäger – kurz alles, was ein Maler von der Natur abmalen kann«, dargestellt war; und den Rock, den Karl von Orleans einmal getragen hatte, auf dessen Ärmel die Verse eines Gedichtes gestickt waren, das begann: » Madame, je suis tout joyeux«, während die Noten hierzu mit goldenen Fäden eingestickt waren und jeder Notenkopf – man machte sie damals noch viereckig – aus vier Perlen gebildet war. Er las von dem

Zimmer, das man im Palast von Reims für den Gebrauch der Königin Johanna von Burgund hergerichtet hatte, »das ausgeschmückt war mit dreizehnhunderteinundzwanzig gestickten Papageien und gekrönt mit dem Wappen des Königs, dazu fünfhunderteinundsechzig Schmetterlinge, deren Flügel auf ähnliche Weise mit dem Wappen der Königin ornamentiert waren, das Ganze in Gold gearbeitet«. Katharina von Medici hatte sich ein Trauerbett machen lassen aus schwarzem Samt, mit Mondsicheln und Sonnenscheiben betupft. Seine Vorhänge waren aus Damast, und auf dem goldenen und silbernen Grunde waren Zweige und Girlanden gestickt, die Ränder waren mit Perlenstickereien befranst, und es stand in einem Zimmer, das mit einem Silbertuch bespannt war, auf dem die Devise der Königin in geschorenem, schwarzem Samt angebracht war. Ludwig XIV. hatte in seinem Gemach goldgestickte, fünfzehn Fuß hohe Karyatiden. Das Staatsbett Sobieskis, des Königs von Polen, war aus Smyrna-Goldbrokat, und mit Türkisen waren Verse aus dem Koran hineingestickt. Die Füße waren aus vergoldetem Silber, schön getrieben und reich mit Medaillons aus Email und Edelsteinen besetzt. Es war bei der Belagerung von Wien im türkischen Lager erbeutet worden, und die Fahne Mohammeds war unter dem schimmernden Gold seines Baldachins angebracht.

So sammelte er ein ganzes Jahr lang die auserlesensten Muster von Textilkunst und Stickereien, die er auftreiben konnte. Er bekam zierliche Delhimusseline, in die goldene Palmblätter kunstreich eingewebt und die mit irisierenden Käferflügeln benäht waren; die Gazen aus Dhaka, die man im Osten ihrer Durchsichtigkeit wegen »gewebte Luft«, »rinnendes Wasser« und »Abendtau« nennt; seltsam gemusterte Tücher aus Java; kunstvoll gearbeitete, gelbe chinesische Tapeten; Bücher, die in lohfarbigen Atlas oder hellblaue Seide gebunden und in Lilienblüten, Vögel und Bilder hineingepreßt waren, gewebte Schleier mit ungarischen Spitzen; sizilianische Brokate und steife spanische Sammete; georgische Arbeit mit ihren goldenen Münzen und japanische Fukusas mit ihrem grüngetönten Gold und ihren wunderbar gefiederten Vögeln.

Er hatte auch eine besondere Vorliebe für kirchliche Gewänder, wie überhaupt für alles, was mit dem religiösen Ritual zusammenhing. In den langen Kästen aus Zedernholz, die die westliche Galerie seines Hauses einrahmten, hatte er viele seltene, schöne Proben des wirklichen Gewandes der »Christusbraut« angehäuft, die sich in Purpur, in Edelsteine und feines Linnen kleiden muß, um den bleichen, abgezehrten Körper zu verhüllen, der ermattet ist von den Leiden, die sie sucht, und verwundet von selbst zugefügten Schmerzen. Er besaß einen prachtvollen Chorrock aus karminroter Seide und goldgesticktem Damast, geziert mit einem fortlaufenden Muster aus goldenen Granatäpfeln, die auf sechsblättrigen Blüten saßen, und neben die auf jeder Seite ein

Tannenzapfen in Staubperlen gestickt war. Die Goldborten waren in Felder geteilt, auf denen Szenen aus dem Leben der Jungfrau dargestellt waren, und die Krönung der Jungfrau war in farbiger Seide oben gestickt; es war eine italienische Arbeit aus dem fünfzehnten Jahrhundert. Ein anderer Chorrock war aus grünem Samt, bestickt mit herzförmigen Akanthusblättern, aus denen langgestielte weiße Blüten hervorsprühten. Die Details waren in silbernen Fäden und farbigen Kristallen ausgearbeitet. Auf der Spange war der Kopf eines Seraphs in erhabener Goldarbeit. Die Goldborten waren in roter und goldener Seide kunstvoll auf geblümtem Tuch gewebt und mit den Medaillons vieler Heiligen und Märtyrer geschmückt, unter denen der heilige Sebastian hervorragte. Er hatte auch Meßgewänder aus ambrafarbiger Seide und blauer Seide und goldenem Brokat und aus gelbem Seidendamast und Goldstoff, bedeckt mit Darstellungen aus der Passion und der Kreuzigung Christi und mit Löwen, Pfauen und anderen Emblemen bestickt; Dalmatiken aus weißem Atlas und rosa Seidendamast, geziert mit Tulpen, Rittersporn und Lilienblüten; Altardecken aus scharlachrotem Samt und blauem Linnen; und viele Meßdecken, Decktücher für den Abendmahlskelch und Schweißtücher. In den mystischen Diensten, zu denen diese Dinge verwandt wurden, lag etwas, das seine Einbildungskraft anfeuerte.

Denn diese Schätze, wie überhaupt alles, das er in seinem wunderbaren Hause sammelte, waren für ihn nur Mittel zum Vergessen, Formen, durch die er für eine Zeit der Angst entrinnen konnte, die ihm oft fast zu groß erschien, als daß er sie hätte ertragen können. An die Wand des einsamen, verschlossenen Raumes, in dem er einen so großen Teil seiner Jugend verbracht hatte, hatte er mit seinen eigenen Händen das fürchterliche Bild gehängt, dessen Züge ihm die wahrhafte Erniedrigung seines Lebens zeigten, und darüber hatte er als Vorhang die Decke aus Purpur und Gold angebracht. Wochenlang ging er nicht dahin, vergaß die gräßliche Malerei und hatte wieder sein leichtes Herz, seine wunderbare Fröhlichkeit, seine Kraft zu leidenschaftlicher Versenkung ins Leben. Dann aber schlich er plötzlich in der Nacht aus dem Hause, ging zu schaurigen Orten in der Nähe von Blue ate Fields und blieb dort tagelang, bis man ihn hinwegjagte. Bei seiner Rückkehr saß er dann vor dem Bilde, einmal voll Haß gegen dieses und gegen sich selbst, ein anderes Mal aber erfüllt von dem Stolze auf das eigene Wesen, der der halbe Reiz der Sünde ist, und lächelte mit geheimer Lust den verunstalteten Schatten an, der die Last zu tragen hatte, die eigentlich für ihn bestimmt war.

Nach einigen Jahren konnte er es nicht aushalten, lange von England weg zu sein und gab das Landhaus auf, das er in Trouville mit Lord Henry zusammen besessen hatte, und ebenso das kleine weißgemauerte Haus in Algier, wo sie mehr als einmal den Winter verbracht hatten. Er konnte es nicht ertragen, von dem Bilde getrennt zu sein, das ein solcher Teil seines Lebens war und fürchtete auch, während seiner Abwesenheit könne irgend jemand Zutritt in das Zimmer bekommen trotz der sorgfältig gearbeiteten Riegel, die er an der Türe hatte anbringen lassen.

Er war sich vollauf bewußt, daß es nichts verraten würde. Zwar bewahrte das Bild unter all der Gemeinheit und Häßlichkeit seines Antlitzes noch eine deutliche Ähnlichkeit mit ihm, aber was konnte man daraus erfahren? Er würde jeden auslachen, der den Versuch machte, ihn deswegen zu schmähen. Er hatte das Bild ja nicht gemalt. Was ging es ihn an, wie gemein und schändlich es aussah? Ja, selbst wenn er ihnen die Geschichte erzählte, würde man ihm glauben?

Und doch hatte er Angst. Manchmal, wenn er in seinem großen Hause in Nottinghamshire war und die eleganten jungen Leute seines Standes, die seinen Kreis bildeten, einlud und die Grafschaft durch den ausschweifenden Luxus und den prunkhaften Glanz seines Lebens in Erstaunen setzte, manchmal verließ er dann plötzlich seine Gäste, eilte zurück in die Stadt, um nachzusehen, ob niemand an die Türe gerührt habe und ob das Bild noch da sei. Wie, wenn es jemand gestohlen hätte? Der bloße Gedanke daran erfüllte ihn mit kaltem Schrecken. Gewiß würde dann die Welt sein Geheimnis erfahren. Vielleicht ahnten sie es schon.

Denn während er viele bezauberte, gab es doch nicht wenige, die ihm mißtrauten. Er wäre fast durchgefallen worden in einem Westend-Klub, zu dessen Mitgliedschaft ihn seine soziale Stellung und Geburt vollständig berechtigten, und man erzählte, bei einer gewissen Gelegenheit, als er von einem Freund in das Rauchzimmer des Churchill-Klubs eingeführt wurde, seien der Herzog von Berwick und ein anderer Herr demonstrativ aufgestanden und hinausgegangen. Sonderbare Geschichten waren über ihn im Umlauf, als er sein fünfundzwanzigstes Jahr vollendet hatte. Man raunte sich zu, daß man ihn in einer elenden Kneipe in einem entlegenen Winkel von Whitechapel mit fremden Matrosen habe zechen sehen, und daß er sich zu Dieben und Falschmünzern geselle und die Geheimnisse ihres Gewerbes kenne. Seine Gewohnheit, auf eine sonderbare Weise manchmal zu verschwinden, wurde bekannt, und wenn er dann wieder in Gesellschaft erschien, flüsterten sich die Männer in den Ecken Bemerkungen zu oder gingen an ihm mit einem spöttischen Lächeln oder kühlen forschenden Augen vorbei, als hätten sie sich vorgenommen, sein Geheimnis zu entdecken.

Von diesen Unverschämtheiten und Versuchen der Beleidigung nahm er natürlich keine Notiz, und für das Gefühl der meisten Leute war sein offenes, heiteres Wesen, sein reizendes, knabenhaftes Lächeln und die unendliche Grazie der wunderbaren Jugend, die ihn nie zu verlassen schien, an sich eine genügende Antwort auf die

Verleumdungen – denn dafür hielt man es –, die über ihn im Umlauf waren. Doch bemerkte man, daß Leute, die mit ihm früher sehr intim verkehrt hatten, ihn nach einer Zeit zu meiden anfingen. Frauen, die ihn unbändig geliebt hatten und um seinetwillen allen sozialen Vorurteilen getrotzt und die Konvention verachtet hatten, konnte man vor Scham oder vor Entsetzen bleich werden sehen, wenn Dorian Gray in ein Zimmer trat.

Doch diese Skandale, die man sich zuraunte, erhöhten in den Augen vieler nur seinen seltsamen und gefährlichen Reiz. Auch sein großer Reichtum bot eine gewisse Sicherheit. Die Gesellschaft, wenigstens die zivilisierte Gesellschaft, ist niemals gern bereit, etwas Schlechtes von denen zu glauben, die zugleich reich und anziehend sind. Sie begreift instinktiv, daß Manieren wichtiger sind als Moral, und nach ihrer Meinung ist die höchste Ehrbarkeit weniger wert als der Besitz eines guten Küchenchefs. Schließlich ist es auch ein sehr armseliger Trost, wenn man hört, daß der Mann, der einem ein schlechtes Diner oder einen elenden Wein gegeben hat, in seinem Privatleben unantastbar ist. »Selbst die größten Tugenden können nicht für lauwarme Entrees entschädigen«, bemerkte Lord Henry einmal, als man über diese Sache sprach; und für seine Ansicht läßt sich vielleicht sehr viel vorbringen. Denn die Gesetze der guten Gesellschaft sind oder sollten doch dieselben sein wie die der Kunst. Form ist für sie unbedingt wesentlich. Sie sollte die Würde einer Zeremonie haben ebenso wie deren Unwirklichkeit und die Unaufrichtigkeit eines romantischen Schauspiels mit dem Witz und der Schönheit verbinden, die für uns das Entzücken solcher Stücke ausmachen. Ist denn Unaufrichtigkeit wirklich etwas so Furchtbares? Ich glaube nicht. Sie ist nur ein Mittel, durch das wir unsere Persönlichkeit vervielfältigen können.

Das war wenigstens die Meinung Dorian Grays. Er wunderte sich über die fade Psychologie derer, die die Individualität eines Menschen als etwas Einfaches, Beständiges, Verläßliches und Einheitliches auffassen. Für ihn war der Mensch ein Wesen mit tausend Leben und tausend Gefühlen, ein kompliziertes, vielgestaltiges Geschöpf, das seltsame Erbschaften überkommener Gedanken und Leidenschaften in sich trug und dessen Fleisch von den ungeheuerlichen Leiden der schon Verstorbenen angesteckt war. Er liebte es, durch die kahle, kalte Bildergalerie seines Landsitzes zu schlendern und die verschiedenen Porträte der Menschen anzusehen, deren Blut in seinen Adern floß. Da war Philip Herbert, den Francis Osborne in seinen Memoiren über die Herrscherzeit der Königin Elisabeth und des Königs Jakob als einen beschreibt, »den der ganze Hof seines hübschen Gesichtes wegen liebte, der das aber nicht lange behielt.« War es das Leben des jungen Herbert, das er manchmal führte? Hatte irgendein merkwürdiger Giftkeim von Körper zu Körper seinen Weg genommen, bis er ihn selbst erreicht hatte? War es irgendein dumpfes Gefühl dieser verwelkten Anmut gewesen, die ihn damals in Basil Hallwards Atelier so jäh, eigentlich ohne Grund, jenen wahnsinnigen Wunsch hatte ausstoßen lassen, der sein Leben so verändert hatte? Dann war da in einem goldgestickten, roten Wams, einem mit Edelsteinen geschmückten Überrock mit eingefaßter Krause und Handstulpen Sir Anthony Sherard; zu seinen Füßen war seine Rüstung, silbern und schwarz, aufgestapelt. Was war das Vermächtnis dieses Mannes? Hatte ihm der Geliebte der Johanna von Neapel ein Erbteil der Sünde und Schande hinterlassen? Waren seine eigenen Handlungen nur die Träume, die der Tote nicht in Handlungen umzusetzen gewagt hatte? Hier lächelte von einer verblaßten Leinwand Lady Elisabeth Devereux in ihrer Gazehaube, dem Brustschmuck aus Perlen und den roten Schlitzärmeln. Sie hielt eine Blume in der rechten Hand, und die linke klammerte sich um ein emailliertes Gehänge aus weißen und Damaszener Rosen. Auf einem Tisch an ihrer Seite lag eine Mandoline und ein Apfel. Auf ihren kleinen, spitzen Schuhen saßen große, grüne Rosetten. Er kannte ihr Leben und die seltsamen Geschichten, die man über ihre Liebhaber erzählte. Hatte er etwas von ihrem Temperament? Diese ovalen Augen mit den schweren Lidern schienen ihn neugierig anzublicken. Wie war es mit George Willoughby mit seinem gepuderten Haar und seinen phantastischen Schönheitspflästerchen? Wie böse er aussah! Das Gesicht war mürrisch und dunkelfarbig, und die sinnlichen Lippen schienen in Verachtung zusammengekniffen. Feine Spitzenmanschetten fielen über die mageren gelben Hände, die mit Ringen überladen waren. Er war im achtzehnten Jahrhundert ein Stutzer gewesen und in seiner Jugend ein Freund von Lord Ferrars. Wie war es mit dem zweiten Lord Beckenham, dem Genossen des Prinzregenten in seiner wildesten Zeit und einem der Zeugen seiner geheimen Heirat mit Mrs. Fitzherbert? Wie stolz und hübsch war er mit seinen kastanienbraunen Locken und der anmaßenden Haltung! Welche Leidenschaften hatte er ihm vermacht? Die Welt hatte ihn für schändlich gehalten. Er hatte die Orgien in Carlton House veranstaltet. Der Stern des Hosenbandordens strahlte von seiner Brust. Neben ihm hing das Bild seiner Gemahlin, einer bleichen, dünnlippigen Frau in schwarzem Kleide. Auch ihr Blut wirbelte in ihm. Wie merkwürdig schien das alles! Da war noch seine Mutter mit ihrem Lady-Hamilton-Gesicht und ihren feuchten, wie vom Wein benetzten Lippen – er wußte, was er von ihr hatte. Von ihr hatte er seine Schönheit und seine Leidenschaft für die Schönheit anderer. Sie lachte ihn an in ihrem weiten Bacchantinnenkleide. Im Haar waren Weinblätter. Aus dem Becher, den sie hielt, schäumte der Purpur. Die Fleischfarbe der Malerei war verblaßt, aber noch waren die Augen wunderbar in ihrer Tiefe und ihrem Farbenglanz. Sie schienen ihm überall hin zu folgen.

Aber man hatte Vorfahren in der Literatur ebensogut wie in der eigenen Rasse, und viele von ihnen standen einem vielleicht näher in ihrer Art, in ihrem Temperament und hatten einen Einfluß, dessen man sich gewiß noch bewußter war. Es gab Zeiten, wo es Dorian Gray erschien, als ob die ganze Weltgeschichte nur ein Bericht seines eigenen Lebens sei, nicht wie er es in der Tat und durch die Zufälle bestimmt lebte, sondern wie es seine Phantasie für ihn erschaffen hatte, so wie es in seinem Gehirn und in seinen Leidenschaften war. Er fühlte, daß er sie alle gekannt hatte, diese merkwürdigen, schrecklichen Gestalten, die über die Bühne des Lebens geschritten waren und der Sünde einen so hellen Glanz gegeben hatten und das Böse so reich an tiefen Reizen erscheinen ließen. Er spürte, daß auf irgendeine geheimnisvolle Weise ihr Leben auch das seine gewesen sei.

Der Held des wunderbaren Romans, der sein Leben so beeinflußt hatte, hatte diesen merkwürdigen Einfall auch gekannt. Im siebenten Kapitel erzählt er, wie er mit Lorbeer gekrönt, damit ihn der Blitz nicht treffe, als Tiberius in einem Garten von Capri dagesessen und die schmachvollen Bücher der Elephantis gelesen habe, während Zwerge und Pfauen um ihn herum stolzierten und der Flötenspieler den Schwinger der Weihrauchpfanne verspottete; wie er als Caligula mit den grünblusigen Jockeis in ihren Ställen gezecht und in einer elfenbeinernen Krippe mit einem edelsteinbestirnten Rosse ein Mahl genommen habe; wie er als Domitian durch einen Gang mit Marmorspiegeln gewandert sei und mit tief in ihren Höhlen liegenden Augen nach dem Widerschein des Schwertes gesucht habe, das seine Tage enden sollte, krank vor Langeweile, dem schrecklichen Taedium vitae, das jene überkommt, denen das Leben nichts zu versagen hat; und wie er durch einen hellen Smaragd auf die blutroten Schlächtereien des Zirkus geblickt habe und dann in einer Karosse aus Perlen und Purpur, gezogen von silberbeschlagenen Maultieren, durch die Granatäpfelstraße zu einem goldenen Hause gefahren sei, und als er vorbeikam, die Leute habe Nero Cäsar rufen hören; und wie er sich als Heliogabal das Gesicht geschminkt, unter Weibern am Spinnrocken gewebt und den Mond aus Karthago habe kommen lassen, um ihn in mystischer Ehe der Sonne zu vermählen.

Immer und immer wieder las Dorian dieses phantastische Kapitel und die zwei anderen, die ihm unmittelbar folgten, in denen wie auf wunderlichen Gobelins oder kunstreich gearbeiteten Emaillen die greulich schönen Gestalten jener dargestellt waren, die Laster und Blut und Überdruß zu Ungeheuern oder Narren gemacht hatte: Filippo, der Herzog von Mailand, der sein Weib getötet und ihre Lippen mit scharlachrotem Gift gefärbt hatte, damit ihr Geliebter von dem toten Geschöpf, das er liebkoste, den Tod fangen möge; der Venezianer Pietro Barbi, bekannt als Paul II., der in seiner Eitelkeit den Beinamen Formosus annehmen wollte und dessen Tiara im Werte von zweimalhunderttausend Gulden mit einer furchtbaren Sünde erkauft worden war; Gran Maria Visconti, der Hunde gebrauchte, um sie auf lebende Menschen zu jagen, und dessen Leichnam von einer Dirne, die ihn geliebt hatte, mit Rosen bedeckt ward; der Borgia auf seinem Schimmel, der Brudermord neben ihm zu Roß, und sein Mantel mit dem Blute Perottos befleckt; Pietro Riario, der junge Kardinal-Erzbischof von Florenz, das Kind und der Liebling Sixtus' IV., dessen Schönheit nur von seiner Lasterhaftigkeit noch übertroffen wurde, und der Leonora von Aragon in einem Zelt aus weißer und karmesinfarbener Seide empfing, das voll Nymphen und Zentauren war, und der einen Knaben in Gold hüllte, damit er bei dem Feste als Ganymed oder Hylas aufwarte; Etzelin, dessen Schwermut nur durch den Anblick des Todes geheilt werden konnte und der eine Leidenschaft für rotes Blut hatte, wie andere Menschen für roten Wein – den man den Sohn des Teufels hieß und der seinen eigenen Vater beim Würfeln betrogen hatte, als er mit ihm um seine Seele spielte; Giambattista Cibo, der aus Hohn den Namen Innozentius annahm und in dessen erstarrte Adern ein jüdischer Arzt das Blut von drei Jünglingen spritzte; Sigismondo Malatesta, der Liebhaber der Isotta, der Herr von Rimini, dessen Bild in Rom verbrannt wurde, weil er ein Feind Gottes und der Menschen war, der Polyssena mit einem Tuche erdrosselte, der Ginevra d'Este in einem Smaragdbecher Gift gab und einer schändlichen Leidenschaft zu Ehren, einen heidnischen Tempel zur Anbetung für die Christen baute; Karl VI., der das Weib seines Bruders so ungestüm liebte, daß ihn ein Aussätziger vor dem Irrsinn, der ihn überkommen werde, warnte und der, als sein Geist krank geworden war und sich verwirrt hatte, nur durch sarazenische Karten, auf denen Liebe, Tod und Wahnsinn abgebildet waren, Linderung erhalten konnte; und in seinem gezierten Wams, seinem edelsteingeschmückten Barett und den akanthusgleichen Locken Grisonetto Baglioni, der Astorre mit seiner Braut umbrachte und Simonetto mit seinem Pagen, und dessen Liebreiz so groß war, daß, als er sterbend auf dem gelben Platze in Perugia lag, seine Widersacher das Schluchzen ankam und Atalanta, die ihn verflucht hatte, ihn segnete.

In alledem war ein schrecklicher Reiz. Er sah diese Gestalten bei Nacht, und auch während des Tages verwirrten sie seine Vorstellungen. Die Renaissance kannte seltsame Arten, zu vergiften, zu vergiften durch einen Helm, den man aufsetzte, oder eine angezündete Fackel, einen bestickten Handschuh oder einen edelsteinbesetzten Fächer, eine vergoldete Riechbüchse oder eine Bernsteinkette. Dorian Gray war von einem Buche vergiftet worden. Es gab Augenblicke, in denen er die Sünde lediglich als eine Art ansah, seinen Schönheitsbegriff zu verwirklichen.

Zwölftes Kapitel

Es war am 9. November, dem Vorabend seines achtunddreißigsten Geburtstages, wie er sich oft nachher erinnerte.

Er ging gegen elf Uhr von Lord Henry, bei dem er gespeist hatte, nach Hause und war, da die Nacht kalt und neblig war, in einen schweren Pelz gehüllt. An der Ecke von Grosvenor Square und South Audley Street ging im Nebel ein Mann sehr eilig an ihm vorbei, der den Kragen seines grauen Ulsters aufgeschlagen hatte. Er trug eine Reisetasche in der Hand. Dorian erkannte ihn. Es war Basil Hallward. Ein seltsames Angstgefühl, für das er keinen Grund angeben konnte, überkam ihn. Er ließ nicht merken, daß er ihn erkannt hatte, und ging rasch in der Richtung seines eigenen Hauses weiter.

Aber Hallward hatte ihn gesehen. Dorian hörte, wie er auf dem Trottoir stehen blieb und ihm dann nacheilte. Ein paar Augenblicke später lag eine Hand auf seinem Arm.

»Dorian, was für ein außerordentlich glücklicher Zufall! Ich habe seit neun Uhr in Ihrem Bibliothekszimmer auf Sie gewartet. Schließlich habe ich mit Ihrem müden Diener Mitleid gehabt, und als er mich hinausließ, schickte ich ihn zu Bett. Ich fahre mit dem Mitternachtszuge nach Paris und hatte den ganz besonderen Wunsch, Sie noch vor meiner Abreise zu sehen. Als Sie vorbeigingen, erkannte ich Sie oder vielmehr Ihren Pelz. Aber ich war doch nicht ganz sicher. Haben Sie mich nicht erkannt?«

»Bei dem Nebel, lieber Basil? Ich kann nicht einmal Grosvenor Square erkennen. Ich denke, mein Haus ist hier irgendwo in der Nähe, aber ich bin ganz und gar nicht sicher. Es tut mir leid, daß Sie verreisen. Ich habe Sie ja eine Ewigkeit nicht gesehen. Aber Sie kommen doch wohl bald wieder?«

»Nein; ich bleibe sechs Monate von England fort. Ich will mir ein Atelier in Paris nehmen, mich dort einschließen, bis ich ein großes Bild, das ich im Kopfe habe, fertig gemacht habe. Aber ich wollte nicht über mich mit Ihnen reden. Da sind wir an Ihrer Tür. Lassen Sie mich einen Augenblick herein. Ich habe Ihnen etwas zu sagen.«

»Es wird mir eine große Freude sein. Aber versäumen Sie Ihren Zug auch nicht?« sagte Dorian Gray langsam, als er die Treppe hinaufging und mit seinem Schlüssel die Tür öffnete.

Das Lampenlicht kämpfte mit dem Nebel, und Hallward sah auf die Uhr. »Ich habe noch eine Menge Zeit«, antwortete er. »Der Zug geht 12,15, und es ist erst Punkt elf Uhr. Um die Wahrheit zu sagen: ich war gerade auf dem Weg in den Klub, um Sie zu suchen, als ich Sie traf. Mein Gepäck wird mich, wie Sie sehen, nicht sehr aufhalten. Die schweren Sachen habe ich vorausgeschickt; hier in der Tasche ist alles, was ich bei mir habe. Und nach Victoria-Station kann ich leicht in zwanzig Minuten kommen!«

Dorian sah ihn lächelnd an. »Für einen Maler von Welt eine merkwürdige Art, zu reisen! Eine Handtasche und ein Ulster! Kommen Sie herein, sonst dringt der Nebel ins Haus! Und merken Sie sich: über Ernsthaftes wird nicht gesprochen. Nichts ist heutzutage ernst, wenigstens sollte es nichts sein.«

Hallward schüttelte, während er eintrat, den Kopf und folgte Dorian in die Bibliothek. Dort brannte in dem offenen Kamin ein helles Holzfeuer. Die Lampen waren angezündet, und ein offener holländischer silberner Likörkasten stand mit ein paar Sodawasserflaschen und großen geschliffenen Glasbechern auf einem kleinen eingelegten Tisch.

»Sie sehen, Ihr Diener hat es mir bequem gemacht, Dorian. Er hat mir alles gegeben, was ich wollte, sogar Ihre besten Zigaretten mit Goldmundstück. Er ist ein gastfreundliches Wesen. Ich mag ihn viel lieber als den Franzosen, den Sie früher hatten. Was ist übrigens aus dem Franzosen geworden?«

Dorian zuckte die Achseln. »Ich glaube, er hat Lady Radleys Kammerjungfer geheiratet und sie in Paris als englische Schneiderin etabliert. Ich höre, daß Anglomanie drüben gegenwärtig sehr in Mode ist. Scheint mir recht albern von dem Franzosen, nicht wahr? Aber wenn Sie sich recht erinnern, er war wirklich kein schlechter Diener. Ich mochte ihn zwar nie, aber ich hatte keinen Grund zur Klage. Man bildet sich oft Dinge ein, die ganz verrückt sind. Er war mir wirklich sehr ergeben und schien ganz traurig, als er fortging. Wollen Sie noch einen Brandy und Soda? Oder würden Sie lieber Wein und Selterwasser haben? Ich nehme immer Wein und Selterwasser. Es ist also gewiß welcher im Nebenzimmer.«

»Danke, ich nehme nichts mehr«, sagte der Maler, legte seine Mütze und seinen Rock ab und warf sie auf die Reisetasche, die er in den Winkel des Zimmers gestellt hatte. »Und jetzt, mein lieber Freund, möchte ich mit Ihnen ernsthaft sprechen. Werden Sie nur nicht böse. Sie machen es mir nur noch schwerer.«

»Was soll das alles?« rief Dorian verdrießlich und warf sich auf das Sofa. »Ich hoffe, es handelt sich nicht um mich. Ich habe heute nacht genug von mir. Ich wünschte, ich wär' ein anderer.«

»Es handelt sich um Sie«, antwortete Hallward mit seiner ernsten, tiefen Stimme, »und ich muß es Ihnen sagen. Ich werde Sie nur eine halbe Stunde aufhalten.«

Dorian seufzte und zündete eine Zigarette an. »Eine halbe Stunde«, flüsterte er.

»Das ist nicht viel von Ihnen verlangt, Dorian. Ich rede wirklich nur um Ihretwillen. Ich halte es für recht, daß Sie endlich die Dinge wissen, die schrecklichen Dinge, die über Sie in London gesagt werden.«

»Ich will nichts davon wissen. Ich habe Tratsch über andere Leute sehr gern, aber Tratsch über mich interessiert mich gar nicht. Er hat nicht den Reiz der Neuheit.«

»Es muß Sie interessieren, Dorian. Jeder Gentleman ist an seinem guten Ruf interessiert. Sie können doch nicht wollen, daß die Leute von Ihnen wie von einem niedrigen und abscheulichen Menschen reden. Natürlich, Sie haben Ihre Stellung, Ihren Reichtum und all dergleichen. Aber Stellung und Reichtum sind nicht alles. Auf mein Wort, ich glaube von den Gerüchten nichts. Wenigstens kann ich es nicht glauben, wenn ich Sie sehe. Die Sünde steht jedem Menschen auf dem Gesicht geschrieben. Man kann sie nicht verhüllen. Die Menschen schwatzen manchmal von geheimen Lastern. So etwas gibt es nicht. Wenn ein unseliger Mensch ein Laster hat, so sieht man es an den Linien seines Mundes, an seinen herabfallenden Augenlidern, selbst an der Form seiner Hände. Jemand – ich will seinen Namen nicht nennen, aber Sie kennen ihn – kam voriges Jahr zu mir und wollte, daß ich ihn male. Ich hatte ihn nie vorher gesehen und damals nie etwas von ihm gehört; erst seitdem hat man wir eine Menge von ihm erzählt. Er bot mir einen fabelhaften Preis. Ich habe ihn zurückgewiesen. An der Form seiner Finger war etwas, das ich haßte. Jetzt weiß ich, daß ich ganz recht hatte mit dem, was ich über ihn dachte. Das Leben, das er führt, ist fürchterlich. Aber von Ihnen, Dorian, mit Ihrem reinen, hellen, unschuldigen Gesicht und Ihrer wunderbar unberührten Jugend kann ich nichts Böses glauben. Und doch: ich sehe Sie sehr selten. Sie kommen jetzt nicht mehr in mein Atelier, und wenn ich nicht mit Ihnen zusammen bin und alle die gräßlichen Dinge höre, die die Leute sich über Sie zuflüstern, dann weiß ich nicht, was ich sagen soll. Dorian, warum verläßt ein Mann wie der Herzog von Berwick das Zimmer im Klub, in das Sie eintreten? Warum wollen so viele Leute in London nicht zu Ihnen kommen oder Sie in ihr Haus laden? Sie waren doch früher mit Lord Staveley befreundet. Ich traf ihn vorige Woche bei einem Diner. Ihr Name tauchte im Gespräch auf in Verbindung mit den Miniaturen, die Sie der Dudley-Ausstellung geliehen haben. Staveley zog die Lippen kraus und sagte: es mag ja sein, daß er einen sehr künstlerischen Geschmack hat, aber er ist ein Mann, den kein reines Mädchen kennen lernen sollte und mit dem keine anständige Frau in einem Zimmer sein sollte. Ich gab ihm zu bedenken, daß ich Ihr Freund sei, und fragte ihn, was er meine. Er sagte es mir. Er sagte es mir vor allen Leuten gerade heraus. Es war schrecklich. Warum ist Ihre Freundschaft solch ein Unglück für junge Leute? Da war der unselige Bursch in der Leibgarde, der Selbstmord begangen hat. Sie waren sein bester Freund. Da war Sir Henry Ashton, der England mit einem befleckten Namen verlassen mußte. Sie und er waren unzertrennlich. Was ist es mit Adrian Singleton und seinem furchtbaren Ende? Was mit dem einzigen Sohn Lord Kents und seiner Zukunft? Ich traf seinen Vater gestern in St. James Street. Er schien von der Schande und dem Unglück gebrochen. Was mit dem jungen Herzog von Perth? Was für ein Leben hat er jetzt? Welcher Gentleman will noch mit ihm verkehren?«

»Hören Sie auf, Basil, Sie sprechen von Dingen, von denen Sie nichts wissen«, sagte Dorian Gray, der sich auf die Lippen biß, und in seiner Stimme lag ein Ton unsäglicher Verachtung. »Sie fragen mich, warum Berwick aus dem Zimmer geht, wenn ich eintrete. Er tut das, weil ich jeden Winkel seines Lebens kenne, nicht weil er das meine begreift. Wie kann bei dem Blut, das er in den Adern hat, seine Vergangenheit rein sein! Sie fragen mich nach Henry Ashton und dem jungen Perth. Habe ich den einen seine Laster, den anderen seine Ausschweifungen gelehrt? Wenn Kents ungeratener Sohn sich sein Weib von der Straße holt, was geht es mich an? Wenn Adrian Singleton den Namen seines Freundes auf einen Wechsel schreibt, bin ich sein Hüter? Ich weiß, wie die Leute in England tratschen. Die Mittelklassen führen die moralischen Vorurteile bei ihren plumpen Diners spazieren und flüstern über das, was sie die Ausschweifungen der Höhergestellten nennen, um den Anschein zu erwecken, daß sie in der guten Gesellschaft verkehren und mit den Leuten, die sie durchhecheln, intim sind. In unserem Lande genügt es, daß ein Mann Vornehmheit und Geist hat, damit sich jede gemeine Zunge an ihm wetzt. Was für eine Art Leben führen denn diese Leute, die den Moralischen spielen, selbst? Mein lieber Freund, Sie vergessen, daß wir im Heimatlande der Heuchelei leben.«

»Dorian,« rief Hallward aus, »darum handelt es sich nicht. Ich weiß selbst, wie schlecht es um England bestellt ist und daß die englische Gesellschaft verrottet ist. Gerade deshalb aber will ich, daß Sie gut sind. Und das sind Sie nicht gewesen. Man hat ein Recht darauf, einen Mann nach der Wirkung zu beurteilen, die er auf seine Freunde übt. Ihre Freunde scheinen alles Gefühl für Ehre, für Tugend, für Reinheit zu verlieren. Sie haben sie mit einer wahnsinnigen Genußsucht angefüllt. Dieselben sind tief gesunken, und Sie haben sie dahin geführt, und doch können Sie lächeln, wie Sie jetzt lächeln. Und Schlimmeres kommt noch. Ich weiß, daß Sie und Henry unzertrennlich sind. Schon aus dem Grunde, wenn aus keinem anderen, hätten Sie den Namen seiner Schwester nicht zum Schimpfwort machen dürfen!«

»Nehmen Sie sich in acht, Basil. Sie gehen zu weit.«

»Ich muß sprechen und Sie müssen zuhören, ja, Sie sollen zuhören. Als Sie Lady Gwendolen kennengelernt haben, hatte sie nicht einmal der leiseste Hauch der üblen Nachrede berührt. Gibt es jetzt eine einzige anständige Frau in London, die mit ihr durch den Park fahren würde? Ja, sie darf ja nicht einmal bei ihren Kindern wohnen. Dann sind da andere Geschichten – Gerüchte, daß man Sie in der Dämmerung aus schrecklichen Häusern hat herausschleichen sehen, daß Sie sich verkleidet in den elendesten Kneipen von London herumtreiben. Ist das wahr? Kann das wahr sein? Als ich es das erstemal hörte, lachte ich. Jetzt höre ich es und schaudere. Wie ist es mit Ihrem Landhause und dem Leben, das dort geführt wird? Dorian, Sie wissen nicht, was man alles über Sie sagt. Ich will nicht behaupten, daß ich Ihnen keine Predigt halten will. Ich erinnere mich, daß Henry einmal gesagt hat, jeder Mensch, der einmal den Pastor spielen will, sagt zunächst immer, er wolle nicht predigen, und bricht dann sein Wort. Ich will Ihnen eine Predigt halten. Ich möchte Sie ein solches Leben führen sehen, daß die Welt Sie achtet. Ich will, daß Sie einen reinen Namen und einen guten Ruf haben. Ich will, daß Sie sich von den gräßlichen Menschen, mit denen Sie jetzt zusammen sind, losmachen. Zucken Sie nicht so mit den Achseln. Seien Sie nicht so gleichgültig. Sie üben einen wunderbaren Einfluß aus. Lassen Sie ihn zum Guten und nicht zum Bösen wirken. Man sagt. Sie verderben jeden Menschen, mit dem Sie intim werden, und im Augenblick, wo Sie ein Haus betreten, tritt Schande irgendeiner Art mit ein. Ich weiß nicht, ob das so ist oder nicht. Wie soll ich es auch wissen? Aber man sagt es von Ihnen. Man sagt mir Dinge, die ich nicht mehr anzweifeln kann. Lord Gloucester war einer meiner besten Freunde in Oxford. Er hat mir den Brief gezeigt, den ihm seine Frau geschrieben hat, als sie allein in ihrer Villa in Mentone starb. Ihr Name war da in die fürchterlichste Beichte, die ich je gelesen habe, verwickelt. Ich sagte ihm, daß das lächerlich sei, daß ich Sie durch und durch kenne und daß Sie unfähig wären, so etwas zu tun. Daß ich Sie kenne! Ich fragte mich: Kenne ich Sie denn? Bevor ich darauf eine Antwort geben kann, müßte ich Ihre Seele sehen.«

»Meine Seele sehen«, murmelte Dorian Gray. Dann stand er vom Sofa auf, fast weiß vor Schrecken.

»Ja«, antwortete Hallward ernst in tiefschmerzlichem Ton. »Ihre Seele sehen! Aber das kann nur Gott.«

Ein bitter höhnisches Lachen brach von den Lippen des Jüngeren. »Sie sollen sie selbst sehen, noch heute nacht!« rief er aus und nahm eine Lampe vom Tisch. »Kommen Sie, es ist das Werk Ihrer eigenen Hand. Warum sollten Sie es nicht sehen? Sie können nachher allen Leuten davon erzählen, wenn Sie wollen. Niemand wird Ihnen glauben. Und wenn sie Ihnen glaubten, würden sie mich deswegen nur um so lieber haben. Ich kenne unsere Zeit besser als Sie, obwohl Sie so langweilig darüber schwätzen. Kommen Sie, sage ich. Sie haben genug über Verderbnis geredet. Jetzt sollen Sie sie von Angesicht zu Angesicht sehen.«

In jedem Wort, das er sprach, klang wahnsinniger Stolz. Er stampfte in seiner knabenhaften, unverschämten Art mit dem Fuß auf den Boden. Er empfand eine schreckliche Lust bei dem Gedanken, daß ein anderer nun sein Geheimnis teilen solle und daß nur der Maler des Bildes, das der Ursprung all seiner Schande gewesen war, für den Rest seines Lebens die Last der gräßlichen Erinnerung seiner Tat mit sich herumtragen werde.

Er trat näher zu ihm heran und sah ihm fest in die ernsten Augen. »Ja, ich werde Ihnen meine Seele zeigen. Sie sollen sehen, was, wie Sie glauben, nur Gott sehen kann.«

Hallward schrak zurück. »Das ist Blasphemie, Dorian. Sie dürfen solche Dinge nicht aussprechen. Sie sind schrecklich und sinnlos.«

»Glauben Sie?« Er lachte wieder.

»Ich weiß es. Was ich heute abend gesagt habe, habe ich zu Ihrem Besten gesagt. Sie wissen, daß ich Ihnen immer ein guter Freund war.«

»Rühren Sie mich nicht an. Sagen Sie, was Sie noch zu sagen haben.«

Ein schmerzliches Zucken ging über das Gesicht des Malers. Er hielt einen Augenblick ein, und ein jähes Mitleid überkam ihn. Welches Recht hatte er schließlich, in Dorian Grays Leben einzugreifen? Wenn er nur den kleinsten Teil von dem getan hatte, wovon die Gerüchte sprachen, was mußte er gelitten haben! Dann richtete er sich auf, ging zum Kamin hinüber und stand da, versunken in den Anblick der brennenden Holzscheite mit ihrer schneeweißen Asche und ihren zuckenden Feuerherzen.

»Ich warte, Basil«, sagte der junge Mann mit harter, klarer Stimme.

Er drehte sich um. »Was ich noch zu sagen habe, ist das: Sie müssen mir eine Antwort auf die fürchterlichen Anklagen geben, die gegen Sie erhoben werden. Wenn Sie mir sagen, daß sie von Anfang bis zu Ende unwahr sind, dann werde ich Ihnen glauben. Leugnen Sie ab, Dorian! Sagen Sie, sie sind nicht wahr! Können Sie nicht sehen, was ich durchmache? O Gott, sagen Sie nicht, daß Sie schlecht sind, verderbt und schändlich!«

Dorian lächelte. Er zog verächtlich die Lippen kraus. »Kommen Sie hinauf, Basil«, sagte er ruhig. »Ich führe ein Tagebuch meines Lebens, Tag für Tag, und es verläßt das Zimmer, in dem es geschrieben wird, niemals. Ich will es Ihnen zeigen, wenn Sie mit mir kommen.«

»Ich komme mit Ihnen, Dorian, wenn Sie es wollen. Ich merke, daß ich meinen Zug versäumt habe. Aber daran liegt nichts. Ich kann morgen fahren. Aber verlangen Sie von mir nicht, daß ich heute nacht irgend etwas lese. Was ich will, ist eine einfache Antwort auf meine Frage.«

»Die soll Ihnen oben werden. Ich könnte sie Ihnen hier nicht geben. Sie werden nicht lange zu lesen haben.«

Dreizehntes Kapitel

Er verließ das Zimmer und begann die Treppe hinaufzugehen. Basil Hallward folgte ihm dicht auf dem Fuße. Sie gingen leise, wie es Menschen bei Nacht instinktiv tun. Die Lampe warf phantastische Schatten auf die Mauer und die Treppe. Der Wind, der sich erhoben hatte, ließ einige Fenster klappern.

Als sie den letzten Absatz erreicht hatten, stellte Dorian die Lampe auf den Boden, nahm den Schlüssel heraus und drehte ihn im Schloß. »Sie bestehen darauf, eine Antwort zu bekommen, Basil?« fragte er mit leiser Stimme.

»Ja.«

»Ich freue mich, sie Ihnen geben zu können«, antwortete er lächelnd. Dann fügte er ziemlich scharf hinzu: »Sie sind der einzige Mensch auf der Welt, der alles über mich wissen darf. Sie haben mehr in meinem Leben zu schaffen gehabt, als Sie glauben.« Er nahm dann die Lampe, öffnete die Tür und ging voraus. Ein kalter Luftzug strich an ihnen vorbei, und das Licht zuckte einen Augenblick in einer düstern, gelben Farbe auf. Er erzitterte. »Schließen Sie die Türe hinter sich«, flüsterte er, während er die Lampe auf den Tisch stellte.

Hallward blickte sich erstaunt um. Das Zimmer sah aus, als sei es seit Jahren nicht bewohnt worden. Ein fadenscheiniger flämischer Gobelin, ein verhängtes Bild, ein alter italienischer Cassone, ein fast leerer Bücherschrank – das war außer einem Stuhl und einem Tisch die ganze Einrichtung. Als Dorian Gray eine halb abgebrannte Kerze, die auf dem Kamin stand, angezündet hatte, sah er, daß der ganze Raum mit Staub bedeckt war und der Teppich durchlöchert. Eine Maus lief trippelnd hinter der Täfelung her. Ein dumpfer Modergeruch lag in der Luft.

»Sie glauben also, daß Gott allein die Seele sehen kann, Basil? Ziehen Sie den Vorhang zurück, und Sie werden meine sehen.«

Er sprach das mit einer Stimme, die kalt und grausam war.

»Sie sind verrückt, Dorian, oder Sie spielen Komödie«, murmelte Hallward zornig.

»Sie wollen nicht? Dann muß ich es selbst tun«, sagte der Jüngere; und er riß den Vorhang von der Stange und schleuderte ihn zu Boden.

Ein Schreckensschrei kam von den Lippen des Malers, als er im düstern Licht das gräßlich grinsende Gesicht auf der Leinwand erblickte. In diesen Zügen war etwas, das ihn mit Ekel und Abscheu erfüllte. Gott im Himmel, es war Dorian Grays eigenes Antlitz, das er sah. Das Schreckliche, was es auch bedeuten mochte, hatte die prachtvolle Schönheit noch nicht ganz zerstört. Noch war etwas Gold in dem gelichteten Haar und etwas Scharlachrot auf dem sinnlichen Mund. Die verquollenen Augen hatten noch etwas von ihrem lieblichen Blau behalten, die edlen Linien waren von den geschwungenen Nasenflügeln und dem schön gebauten Hals noch nicht ganz verschwunden. Ja, es war Dorian selbst. Aber wer hatte das Bild gemalt? Er glaubte, den Strich seines eigenen Pinsels zu erkennen, und der Rahmen war von ihm selbst gezeichnet. Der Gedanke war ungeheuerlich, und doch fürchtete er sich. Er nahm die brennende Kerze und hielt sie gegen das Bild. In der linken Ecke stand sein eigener Name in großen hellroten Lettern.

Es war irgendeine elende Parodie, eine niederträchtige, gemeine Satire. Er hatte dies Bild nicht gemalt. Und doch, es war sein eigenes Bild. Er wußte es jetzt. Es war, als ob sich sein Blut in einem Augenblick aus Feuer in einen Eisklumpen verwandelt hätte. Sein eigenes Bild! Was sollte es bedeuten? Warum hatte es sich verändert? Er drehte sich um und sah Dorian Gray mit den Augen eines Kranken an. Sein Mund zuckte, und seine trockne Zunge schien keinen Laut hervorbringen zu können. Er fuhr sich mit der Hand über die Stirn. Sie klebte von feuchtem Schweiß.

Der junge Mann lehnte gegen den Kamin und beobachtete ihn mit jenem merkwürdigen Ausdruck, den man auf den Gesichtern von Menschen sieht, die von dem Spiel eines großen Künstlers gefesselt sind. In seinem Gesicht sah man weder wirklichen Schmerz noch wirkliche Lust. Da war nur die Leidenschaft des Zuschauers und höchstens in den Augen ein triumphierendes Zucken. Er hatte die Blume aus dem Knopfloch genommen und roch daran oder tat doch so.

»Was bedeutet das?« rief Hallward schließlich. Seine eigene Stimme klang ihm schrill und seltsam in die Ohren.

»Vor vielen Jahren, als ich noch ein Knabe war,« sagte Dorian Gray, während er die Blume in seinen Händen zerdrückte, »haben Sie mich getroffen, mir geschmeichelt und mich gelehrt, auf meine Schönheit eitel zu sein. Eines Tages stellten Sie mich einem Ihrer Freunde vor, der mir das Wunder der Jugend erklärte. Und damals beendeten Sie ein Bild von mir, das mir das Wunder der Schönheit offenbarte. In einem Augenblick des Wahnsinns – und ich weiß noch jetzt nicht, ob ich ihn bedaure oder nicht – sprach ich einen Wunsch aus, vielleicht würden Sie es ein Gebet nennen ... v

»Ich erinnere mich. Wie gut erinnere ich mich ... Nein, das ist unmöglich. Das Zimmer ist feucht. Moder ist in die Leinwand gekommen. In den Farben, die ich benutzt habe, war irgendein elendes Gift. Ich sage Ihnen, so etwas ist unmöglich.«

»Ach, was ist unmöglich?« flüsterte Dorian, ging zum Fenster hinüber und preßte seine Stirn gegen die kalte, nebelfeuchte Scheibe.

»Sie sagten mir, Sie hätten es zerstört.«

»Ich habe mich geirrt. Es hat mich zerstört.«

»Ich kann nicht glauben, daß es mein Bild ist.«

»Erkennen Sie denn nicht Ihr Ideal darin?« fragte Dorian bitter.

»Mein Ideal, wie Sie es nennen ...«

»Wie Sie es nannten.«

»In dem war nichts Böses, nichts Schändliches. Sie waren für mich ein Ideal, wie ich ihm nie wieder begegnen werde. Das ist aber das Gesicht eines Fauns.«

»Es ist das Gesicht meiner Seele.«

»Herr im Himmel, was für ein Ding habe ich angebetet! Es hat die Augen eines Teufels.«

»In jedem von uns ist Himmel und Hölle, Basil«, rief Dorian mit einer wilden, verzweifelten Gebärde.

Hallward wendete sich wieder zu dem Bilde und starrte es an. Er rief aus: »Mein Gott, wenn es wahr ist und Sie das aus Ihrem Leben gemacht haben, dann müssen Sie noch schlechter sein, als die, die gegen Sie sprechen, glauben.« Er hielt das Licht wieder vor die Leinwand und betrachtete sie. Die Oberfläche schien ganz unzerstört und so, wie er sie gelassen hatte. Von innen war also die Fäulnis, das Entsetzliche gekommen. Infolge einer sonderbaren inneren Belebung fraß der Aussatz der Sünde die ganze Gestalt hinweg. Die Verwesung eines Leichnams in einem feuchten Grabe konnte nicht so fürchterlich sein.

Seine Hand zitterte, und die Kerze fiel aus dem Leuchter auf den Boden und lag flackernd da. Er trat mit dem Fuß darauf und löschte sie aus. Dann warf er sich in den wackligen Stuhl, der am Tische stand, und vergrub sein Gesicht in den Händen.

»Großer Gott, Dorian, was für eine Lehre, was für eine furchtbare Lehre!«

Es kam keine Antwort, aber er konnte den andern am Fenster schluchzen hören.

»Beten Sie, Dorian, beten Sie«, flüsterte er. »Was war es doch, was man uns in unserer Kindheit gelehrt hat? ›Führe uns nicht in Versuchung! Vergib uns unsere Sünden! Nimm unser Unrecht von uns!‹ Wir wollen das zusammen sagen. Das Gebet Ihres Stolzes ist erfüllt worden. Das Gebet Ihrer Reue wird auch erfüllt werden. Ich habe Sie zu sehr geliebt. Ich bin dafür jetzt gestraft. Sie haben sich selbst zu sehr geliebt. Wir haben beide unsere Strafe.«

Dorian Gray drehte sich langsam um und sah ihn mit tränenschimmernden Augen an. »Es ist zu spät, Basil«, flüsterte er.

»Es ist nie zu spät, Dorian«, sagte Hallward. »Wir wollen niederknien und sehen, ob wir uns nicht an ein Gebet erinnern können. Steht nicht irgendwo ein Vers: ›Und wären deine Sünden wie Scharlach, so will ich sie weiß machen wie Schnee‹?«

»Diese Worte haben für mich keinen Sinn mehr.«

»Still, sagen Sie das nicht. Sie haben genug Böses in Ihrem Leben getan. Mein Gott, sehen Sie nicht, wie uns das fürchterliche Ding anstarrt?«

Dorian Gray blickte nach dem Bild, und plötzlich überkam ihn ein unbezwinglicher Haß auf Basil Hallward, als sei er ihm von dem Bild auf der Leinwand eingegeben, von diesen grinsenden Lippen in sein Ohr gewispert worden. Die heiße Leidenschaft eines gejagten Tieres wallte in ihm, und er haßte den Mann, der da an dem Tisch saß, mehr als er in seinem ganzen Leben irgend etwas gehaßt hatte. Er sah sich wild um. Auf der Platte des bemalten Kastens, der ihm gegenüberstand, glitzerte etwas. Sein Blick fiel darauf. Er erkannte, was es war. Ein Messer, das er vor einigen Tagen mit hinaufgenommen hatte, um ein Stück Schnur durchzuschneiden, und das er vergessen hatte. Er ging langsam darauf los, an Hallward vorbei. Wie er hinter ihm war, ergriff er das Messer und drehte sich um. Hallward rührte sich in seinem Stuhl, als wollte er aufstehen. Er stürzte sich auf ihn, bohrte ihm das Messer tief in die große Ader hinter dem Ohr und preßte den Kopf des Mannes auf den Tisch herunter, immer und immer wieder zustoßend.

Man hörte ein unterdrücktes Stöhnen und den fürchterlichen Tod eines Mannes, der in seinem Blute erstickt. Dreimal schlugen die ausgestreckten Arme zuckend um sich, fuhren grotesk steife Finger durch die Luft. Er stieß noch zweimal zu, aber der Mann rührte sich nicht mehr. Etwas begann auf dem Boden zu tröpfeln. Er wartete einen Augenblick und drückte den Kopf immer noch herab. Dann warf er das Messer auf den Tisch und horchte.

Er konnte nichts hören als das eintönige Tröpfeln auf den fadenscheinigen Teppich. Er öffnete die Tür und ging auf den Flur hinaus. Das Haus war vollständig ruhig. Niemand war auf. Über die Brüstung gebeugt, stand er einige Augenblicke da und sah hinab in die schwarze Dunkelheit. Dann nahm er den Schlüssel heraus, ging in das Zimmer zurück und schloß sich darin ein.

Das Wesen saß noch immer in dem Stuhl mit gebeugtem Kopf über den Tisch gelehnt, mit gekrümmtem Rücken und langen phantastischen Armen. Wäre nicht der rote, klaffende Riß im Nacken gewesen und die dunkle Lache, die sich allmählich auf dem Tisch erweiterte, so hätte man glauben können, der Mann schlafe bloß.

Wie schnell war das alles geschehen! Er fühlte sich merkwürdig ruhig, ging zum Fenster, öffnete es und trat auf den Balkon hinaus. Der Wind hatte den Nebel weggeblasen, und der Himmel sah aus wie der Schweif eines ungeheuren Pfaus, besetzt mit Myriaden von goldenen Augen. Er blickte hinab und sah, wie der Polizist seine Runde machte und den langen Strahl seiner Laterne auf die Türen der schweigsamen Häuser gleiten ließ. Das rotgelbe Licht eines vorbeifahrenden Wagens erglomm an der

Straßenecke und verschwand dann. Ein Weib in einem wehenden Schal schob sich langsam an dem Gitter des Platzes vorbei. Sie taumelte im Gehen. Dann und wann stand sie still und blickte zurück. Einmal begann sie mit heiserer Stimme zu singen. Der Schutzmann ging zu ihr hin und sagte etwas. Sie humpelte lachend weg. Ein scharfer Luftzug fuhr über den Platz. Die Gasflammen zuckten und wurden blau, und die blattlosen Bäume schüttelten ihre schwarzen Zweige hin und her. Er schauderte und trat, das Fenster schließend, zurück.

Als er bei der Türe war, drehte er den Schlüssel um und öffnete sie. Er blickte den Ermordeten nicht mehr an. Er empfand, daß das Geheimnis der ganzen Sache darin bestehe, sich die Situation nicht vorzustellen. Der Freund, der das verhängnisvolle Bild gemalt hatte, dem er all sein Elend zu danken hatte, war aus seinem Leben verschwunden. Das mußte genügen.

Dann dachte er an die Lampe. Es war eine sehr merkwürdige maurische Arbeit, mattes Silber mit eingelegten Arabesken aus glänzend poliertem Stahl, besetzt mit ungeschliffenen Türkisen. Sie könnte vielleicht von seinem Diener vermißt werden. Er könnte danach fragen. Er zögerte einen Augenblick, dann ging er zurück und nahm sie vom Tisch. Er mußte das tote Wesen sehen. Wie ruhig es war, wie furchtbar weiß die langen Hände aussahen! Er sah aus wie eine gräßliche Wachsfigur.

Nachdem er die Tür hinter sich geschlossen hatte, schlich er langsam hinunter. Das Holz knarrte, schien im Schmerz zu stöhnen. Er blieb mehrere Male stehen und wartete. Nein, alles war still. Man hörte nur den Widerhall seiner eigenen Schritte.

Als er in seinem Bibliothekszimmer war, erblickte er die Tasche und den Rock im Winkel. Die mußte irgendwo verborgen werden. Er öffnete ein Geheimfach, das in der Täfelung war, ein Fach, in dem er seine eigenen Verkleidungen aufbewahrte, und schob die Dinge hinein. Er konnte sie leicht später einmal verbrennen. Dann nahm er seine Uhr hervor. Es war zwanzig Minuten vor zwei.

Er setzte sich hin und begann nachzudenken. Jahr für Jahr, fast jeden Monat, werden in England Leute für das, was er getan hatte, gehenkt. Irgendein mörderischer Wahnsinn hatte in der Luft gelegen. Irgendein blutroter Stern war der Erde zu nahe gekommen ... Und doch, wie konnte man es ihm beweisen? Basil Hallward hatte das Haus um elf Uhr verlassen. Niemand hatte ihn wiederkommen sehen. Die meisten Diener waren in Selby Royal. Sein Kammerdiener war schlafen gegangen ... Paris! Ja. Basil war nach Paris gefahren. Mit dem Mitternachtszug, wie es seine Absicht gewesen war. Bei seinen merkwürdigen Gewohnheiten, seiner Zurückgezogenheit würden Monate vergehen, bevor irgendein Verdacht wach würde. Monate! Alles konnte lange vorher zerstört werden.

Ein plötzlicher Gedanke durchfuhr ihn. Er zog seinen Pelz an, setzte seinen Hut auf und ging in die Halle hinaus. Dort blieb er stehen, da er den langsamen, schweren Tritt des Schutzmanns draußen auf dem Pflaster hörte und das Flackern der Laterne sich im Fenster spiegeln sah. Er wartete und hielt den Atem an.

Nach einigen Augenblicken zog er den Riegel zurück und schlüpfte hinaus, das Tor ganz leise hinter sich zumachend. Dann zog er die Klingel. Nach etwa fünf Minuten kam sein Diener, halb angezogen und sehr verschlafen.

»Es tut mir leid, daß ich Sie wecken mußte, Francis,« sagte er eintretend, »aber ich habe meinen Torschlüssel vergessen. Wieviel Uhr ist es?«

»Zehn Minuten nach zwei, gnädiger Herr«, sagte der Diener mit einem blinzelnden Blick auf die Uhr.

»Zehn Minuten nach zwei? Schrecklich spät! Sie müssen mich morgen um neun Uhr wecken. Ich habe etwas zu tun.«

»Zu Befehl, gnädiger Herr.«

»Hat irgend jemand heute abend nach mir gefragt?«

»Mr. Hallward. Er hat hier bis elf Uhr gewartet und ging dann weg, um seinen Zug nicht zu versäumen.«

»Es tut mir leid, daß ich ihn nicht gesehen habe. Sollen Sie mir etwas bestellen?«

»Nur, daß er von Paris aus schreiben würde, wenn er den gnädigen Herrn nicht im Klub treffen sollte.«

»Schon gut, Francis. Vergessen Sie nicht, mich morgen um neun zu wecken.«

Der Mann schlürfte die Stiege in seinen Pantoffeln hinab.

Dorian Gray warf Hut und Rock auf den Tisch und trat ins Bücherzimmer. Eine Viertelstunde ging er auf und ab mit zusammengekniffenen Lippen und dachte nach. Dann nahm er das Adreßbuch von einem der Regale und begann die Seiten umzublättern. »Alan Campbell – – Hertford Street 152, Mayfair.« Ja, das war der Mann, den er brauchte.

Vierzehntes Kapitel

Am nächsten Morgen um neun Uhr kam sein Diener mit einer Tasse Schokolade herein und öffnete die Läden. Dorian schlief ganz friedlich; er lag auf der rechten Seite, eine Hand unter seiner Wange. Er sah aus wie ein Knabe, der beim Spiel oder beim Lernen müde geworden ist.

Der Diener mußte ihn zweimal an der Schulter berühren, bevor er aufwachte, und als er dann die Augen öffnete, ging ein leichtes Lächeln über seine Lippen, als wäre er noch in einem entzückenden Traume befangen. Er hatte aber überhaupt nicht geträumt. Seine Nacht war weder von Bildern der Freude, noch von Bildern des Schmerzes verwirrt worden. Doch die Jugend lächelt auch ohne Grund. Das ist einer ihrer größten Reize.

Er drehte sich um, lehnte sich auf den Ellbogen und begann die Schokolade zu schlürfen. Die milde Novembersonne strömte in das Zimmer. Der Himmel war klar, eine heitere Wärme lag in der Luft. Es war fast wie ein Maimorgen.

Allmählich schlichen sich die Geschehnisse der vergangenen Nacht auf leisen, blutbefleckten Sohlen in sein Gehirn und bauten sich dort wieder mit fürchterlicher Deutlichkeit auf. Er erschauerte bei der Erinnerung an alles, was er erlitten hatte, und einen Augenblick lang kehrte der sonderbare Haß auf Basil Hallward wieder zurück, der ihn dazu getrieben hatte, den Freund, als er im Stuhl saß, zu töten; er wurde kalt vor Leidenschaft. Der Tote saß noch da oben und jetzt im hellen Sonnenlicht. Wie schrecklich das war! So gräßliche Dinge gehörten in die Dunkelheit, nicht an den Tag.

Er fühlte, daß er krank oder wahnsinnig werden würde, wenn er darüber brütete. Es gibt Sünden, deren Reiz mehr in der Erinnerung liegt als in dem Augenblicke, da man sie begeht, und seltsame Siege, die dem Stolz mehr schmeicheln als der Leidenschaft und dem Geist ein stärkeres Lustgefühl geben, als es je die Sinne verschaffen können. Aber das war keine von diesen. Man mußte die Vorstellung aus dem Geiste verjagen, sie mit Mohnsaft vergiften, sie ersticken, da sie einen sonst ersticken würde.

Als es halb schlug, fuhr er sich mit der Hand über die Stirne, stand dann rasch auf und zog sich mit fast noch größerer Sorgfalt als gewöhnlich an, indem er sehr viel Aufmerksamkeit auf die Wahl seiner Krawatte und seiner Nadel verwandte und seine Ringe mehrmals wechselte. Er verbrachte auch beim Frühstück lange Zeit, kostete von verschiedenen Gerichten, sprach mit seinem Diener über neue Livreen, die er den Bedienten in Selby machen lassen wollte, und sah seine Briefe durch. Bei einigen lächelte er. Drei ärgerten ihn. Einen las er mehrmals und zerriß ihn dann mit einem leichten Ärger. »Was für ein gräßliches Ding das Gedächtnis einer Frau ist!« hatte Lord Henry einmal gesagt.

Als er eine Schale schwarzen Kaffee getrunken hatte, trocknete er sich die Lippen langsam mit einer Serviette ab, gab dem Diener ein Zeichen zu warten, ging zum Schreibtisch hinüber und schrieb zwei Briefe. Einen steckte er in die Tasche, den anderen gab er dem Diener.

»Bringen Sie den nach Hertford Street 152, Francis, und wenn Mr. Campbell nicht in London ist, lassen Sie sich seine Adresse geben.«

Sobald er allein war, zündete er eine Zigarette an und begann Skizzen zu machen, zeichnete zuerst Blumen, dann Architekturzierate und schließlich menschliche Gesichter. Plötzlich bemerkte er, daß jedes Gesicht, das er zeichnete, eine phantastische Ähnlichkeit mit Basil Hallward zu haben schien. Er runzelte die Stirn, stand auf, ging zum Bücherschrank und nahm, ohne zu wählen, ein Buch heraus. Er war fest entschlossen, an das Geschehene nicht früher zu denken, als es unbedingt notwendig war.

Als er sich auf dem Sofa ausgestreckt hatte, sah er auf den Titel des Buches. Es waren Gautiers »Emaux et Camées«, die Ausgabe von Charpentier auf japanischem Papier, mit Radierungen von Jacquemart. Der Einband war aus zitronengelbem Leder mit einem Muster von goldenem Fächerwerk und hineingetupften Granatäpfeln. Es war ein Geschenk Adrian Singletons. Als er die Blätter umschlug, fiel sein Auge auf das Gedicht über die Hand Lacenaires, die kalte gelbe Hand » du supplice encore mal lavée«, mit ihrem roten Flaumhaar und ihren » doigts de faune«. Er blickte auf seine eigenen weißen, spitzen Finger und schauderte unwillkürlich zusammen. Dann las er weiter, bis er zu den wunderbaren Versen auf Venedig kam:

» Sur une gamme chromatique,
Le sein de perles ruisselant,
La Vénus de l'Adriatique
Sort de l'eau son corps rose et blanc.
Les dômes, sur l'azur des ondes
Suivant la phrase au pur contour,
S'enflent comme des gorges rondes
Que soulève un soupir d'amour,
L'esquif aborde et me dépose,
Jetant son amarre au pilier,
Devant une façade rose,
Sur le marbre d'un escalier.«

Wie schön die Verse waren! Wenn man sie las, hatte man die Empfindung, in einer schwarzen Gondel mit silbernem Vorderteil und lang herabhängenden Vorhängen durch die grünen Wasserstraßen dieser rosenroten und perlfarbigen Stadt zu gleiten. Schon die Zeilen allein sahen aus wie jene geraden, türkisblauen Linien, die einem folgen, wenn man nach dem Lido hinausfährt. Die plötzlichen Farbenblitze erinnerten an den Schimmer jener Vögel mit opal- und irisfarbenen Hälsen, die um den schlanken, wie eine Wabe durchlöcherten Kampanile flattern oder mit so vornehmer Anmut durch die düstern, staubigen Arkaden stelzen. Zurückgelehnt mit halbgeschlossenen Augen, sagte er immer und immer wieder zu sich:

» Devant une façade rose,
Sur le marbre d'un escalier.«

Das ganze Venedig war in diesen zwei Zeilen enthalten. Er dachte an den Herbst, den er dort verbracht hatte, und eine wunderbare Liebe, die ihn zu wahnsinnigen, entzückenden Torheiten getrieben hatte. Es gab Romantik an jedem Ort. Aber Venedig hatte wie Oxford den Hintergrund für Romantik bewahrt, und für die wahre Romantik ist der Hintergrund alles, fast alles. Einen Teil der Zeit war Basil mit ihm gewesen und war ganz toll vor Bewunderung für Tintoretto. Der arme Basil! Was für eine schreckliche Art zu sterben!

Er seufzte, nahm das Buch wieder auf und suchte zu vergessen. Er las von den Schwalben, die aus und ein fliegen in dem kleinen Café in Smyrna, wo die Hadjis sitzen und ihre Bernsteinperlen zählen, und die Kaufleute im Turban ihre langen, quastenbehängten Pfeifen rauchen und ernst miteinander sprechen; er las von dem Obelisk auf der Place de la Concorde, der in seiner einsamen, sonnenlosen Verbannung granitene Tränen weint und sich zurücksehnt nach dem heißen, lotusbedeckten Nil, wo es Sphinxen gibt, rosenrote Ibisse und weiße Geier mit goldenen Klauen, Krokodile mit kleinen Berylllaugen, die durch den grünen, dampfenden Schlamm kriechen; er fing an über die Verse nachzugrübeln, die Musik aus von Küssen beflecktem Marmor locken und von jener sonderbaren Statue erzählen, die Gautier einer Altstimme vergleicht, von dem » monstre charmant«, das in dem Porphyrraum des Louvre steht. Aber nach einiger Zeit entfiel das Buch seinen Händen. Er wurde nervös, und ein gräßlicher Angstanfall überkam ihn. Was sollte geschehen, wenn Alan Campbell nicht in England war? Tage verstrichen unter Umständen, bevor er zurückkommen konnte. Vielleicht weigerte er sich, zu kommen. Was konnte er dann tun? Jeder Augenblick entschied über Leben und Tod.

Sie waren einmal sehr befreundet gewesen, vor fünf Jahren fast unzertrennlich. Dann war die Intimität plötzlich aus. Wenn sie sich in Gesellschaft trafen, lächelte nur noch Dorian Gray, niemals Alan Campbell.

Er war ein außerordentlich gescheiter junger Mann, wenn er auch kein wirkliches Gefühl für die Kunst hatte und das bißchen Sinn für die Dichtung, das er besaß, vollständig von Dorian stammte. Die intellektuelle Leidenschaft, die ihn beherrschte, war die Wissenschaft. In Cambridge hatte er einen großen Teil seiner Zeit mit Arbeiten im

Laboratorium verbracht und war mit einem guten Examen in den Naturwissenschaften abgegangen. Noch jetzt war er dem Studium der Chemie ergeben. Er hatte ein eigenes Laboratorium, in dem er sich den ganzen Tag einzuschließen pflegte, zum großen Kummer seiner Mutter, die ihr Herz daran gesetzt hatte, daß er ins Parlament käme, und die eine unklare Vorstellung hatte, ein Chemiker sei ein Mensch, der Rezepte mache. Außerdem war er ein ausgezeichneter Musiker und spielte sowohl Geige als Klavier besser als die meisten Dilettanten. Die Musik hatte Dorian Gray und ihn auch zuerst zusammen gebracht – die Musik und die unerklärliche Anziehungskraft, die Dorian ausüben konnte, wenn er es wünschte, und in der Tat oft ausübte, ohne sich dessen bewußt zu sein. Sie hatten sich bei Lady Berkshire an dem Abend getroffen, als Rubinstein dort spielte, und man sah sie dann immer zusammen in der Oper und überall dort, wo gut gespielt wurde. Achtzehn Monate dauerte diese Freundschaft. Campbell war stets entweder in Selby Royal oder in Grosvenor Square. Für ihn wie für viele andere war Dorian Gray die Verkörperung alles Wunderbaren und Reizvollen im Leben. Ob dann ein Streit zwischen ihnen vorgefallen war oder nicht, wußte niemand; aber plötzlich bemerkten die Leute, daß sie kaum miteinander sprachen, wenn sie sich trafen, und daß Campbell aus jeder Gesellschaft früh aufbrach, in der Dorian anwesend war. Er war verändert, merkwürdig melancholisch bisweilen und schien die Musik fast zu hassen; er spielte nie mehr selbst, gab, wenn man ihn darum bat, als Entschuldigung an, er gehe so sehr in der Wissenschaft auf, daß er keine Zeit zum Üben habe. Das war auch sicher wahr. Er schien sich jeden Tag mehr für biologische Studien zu interessieren, und sein Name war ein paarmal in wissenschaftlichen Zeitschriften in Verbindung mit gewissen merkwürdigen Experimenten genannt worden.

Das war der Mann, auf den Dorian wartete. Jede Sekunde blickte er auf die Uhr. Als die Minuten vergingen, wurde er furchtbar erregt. Schließlich stand er auf und begann im Zimmer hin und her zu gehen wie ein schöner Vogel im Käfig. Er schritt weit aus und hatte etwas Lauerndes in seinem Gang. Seine Hände waren merkwürdig kalt.

Das Warten wurde unerträglich. Die Zeit schien mit bleiernen Füßen zu schleichen, während er von ungeheuren Stürmen dem zackigen Rand eines tiefen, schwarzen Abgrunds zugeschleudert wurde. Er wußte, was dort seiner harrte; er sah es leibhaftig, und schaudernd preßte er mit feuchten Händen seine brennenden Lider, als wolle er sein Gehirn der Sehkraft berauben und die Pupillen in ihre Höhlen zurückdrängen. Umsonst. Das Gehirn hat seine eigene Nahrung, mit der es sich mästet, und die Einbildungskraft, durch den Schrecken zum Grotesken gesteigert, krümmte sich vor Schmerz wie ein lebendes Wesen, tanzte wie eine widerwärtige Puppe auf einem Schaugerüst und grinste durch Masken. Dann blieb die Zeit auf einmal für ihn stehen.

Ja, dieses blinde, langsam atmende Wesen kroch nicht mehr, die Zeit war tot und nun stürzten sich gräßliche Gedanken behend nach vorn, zerrten eine greuliche Zukunft aus dem Grabe und zeigten sie ihm. Er starrte darauf. Der Schrecken versteinerte ihn.

Endlich öffnete sich die Tür und der Diener trat ein. Er sah ihn mit gläsernen Augen an.

»Mr. Campbell, gnädiger Herr«, sagte der Diener.

Ein Seufzer der Erleichterung kam von seinen trockenen Lippen, und die Farbe kehrte in seine Wangen zurück.

»Bitten Sie ihn, sofort hereinzukommen, Francis.« Er fühlte, daß er wieder er selbst war. Der Anfall von Feigheit war vorbei.

Der Diener verbeugte sich und ging. Nach einigen Augenblicken trat Alan Campbell ein, mit strengem Gesicht und sehr bleich. Seine blasse Farbe wurde durch das kohlschwarze Haar und die dunklen Augenbrauen noch verstärkt.

»Alan, das ist freundlich von Ihnen ... Ich danke Ihnen, daß Sie gekommen sind.«

»Ich hatte die Absicht, nie wieder Ihr Haus zu betreten, Gray. Aber Sie schrieben, es handle sich um Leben oder Tod.«

Seine Stimme war kalt und hart. Seine Sprache langsam und überlegt. Ein Zug von Verachtung lag in den festen, forschenden Augen, die er auf Dorian richtete. Er behielt die Hände in den Taschen seines Astrachanpelzes und schien die Bewegung, mit der er begrüßt worden war, nicht bemerkt zu haben.

»Ja, es handelt sich um Leben oder Tod. Und für mehr als einen, Alan. Setzen Sie sich.«

Campbell nahm einen Stuhl am Tisch, und Dorian setzte sich ihm gegenüber. Die Augen der beiden Männer trafen sich. In denen Dorians lag unendliches Mitleid. Er wußte, daß das, was er tun werde, schrecklich sei.

Nach einem peinlichen Augenblick des Schweigens beugte er sich nach vorn und sagte sehr ruhig, die Wirkung jedes Wortes auf dem Gesicht des Mannes, den er hatte holen lassen, ablesend: »Alan, in einem verschlossenen Giebelzimmer dieses Hauses, in einem Zimmer, zu dem kein einziger Mensch außer mir Zutritt hat, sitzt ein toter Mann an einem Tisch. Er ist jetzt zehn Stunden tot. Rühren Sie sich nicht und sehen Sie mich nicht so an. Wer der Mann ist, warum er starb, wie er starb, sind Dinge, die Sie nichts angehen. Was Sie zu tun haben, ist ...«

»Hören Sie auf, Gray. Ich will nichts mehr wissen. Ob das, was Sie gesagt haben, wahr ist oder nicht, geht mich nichts an. Ich lehne es entschieden ab, mich in Ihr Leben einzumischen. Behalten Sie Ihre fürchterlichen Geheimnisse für sich! Sie interessieren mich nicht mehr.«

»Alan, sie werden Sie interessieren müssen. Dies eine wenigstens. Es tut mir sehr leid um Sie, Alan, aber ich kann Ihnen nicht helfen. Sie sind der einzige Mensch, der imstande ist, mich zu retten. Ich bin gezwungen, Sie in diese Sache zu ziehen. Ich habe keine Wahl. Alan, Sie sind ein Mann der Wissenschaft. Sie verstehen etwas von Chemie und diesen Dingen. Sie haben Experimente gemacht. Was Sie zu tun haben, ist: dieses Wesen, das da oben ist, zu zerstören, so zu zerstören, daß keine Spur davon übrigbleibt. Niemand hat diesen Menschen in mein Haus kommen sehen. Man vermutet ihn im Augenblick in Paris. Monatelang wird er nicht vermißt werden. Wenn er vermißt wird, darf keine Spur von ihm hier gefunden werden. Alan, Sie müssen ihn verwandeln, ihn und alles, was ihm gehört, zu einer Handvoll Asche machen, die ich in die Luft streuen kann.«

»Sie sind wahnsinnig, Dorian.«

»Ah, wie ich darauf gewartet habe, daß Sie mich wieder Dorian nennen!«

»Sie sind wahnsinnig, sage ich Ihnen – wahnsinnig, daß Sie sich einbilden, ich rühre auch nur einen Finger für Sie, wahnsinnig, daß Sie mir dies ungeheuerliche Geständnis machen. Was es auch ist, ich will nichts damit zu tun haben. Glauben Sie, ich setzte meine Ehre für Sie aufs Spiel? Was geht es mich an, was für ein Teufelswerk Sie anrichten?«

»Es war ein Selbstmord, Alan.«

»Das freut mich. Aber wer hat ihn dazu getrieben? Sie, vermute ich.«

»Weigern Sie sich noch immer, das für mich zu tun?«

»Natürlich weigere ich mich. Ich will absolut nichts damit zu tun haben. Es liegt mir gar nichts daran, was für ein Unglück über Sie kommt. Sie verdienen es gewiß. Es würde mir nicht leid tun, wenn ich Sie entehrt, öffentlich entehrt sähe. Wie können Sie es wagen, mich, gerade mich von allen Menschen auf der Welt in diese schrecklichen Dinge mischen zu wollen? Ich hätte geglaubt, Sie wüßten mehr vom Charakter der Menschen. Ihr Freund, Lord Henry Wotton, kann Sie nicht viel Psychologie gelehrt haben, was er Sie auch sonst gelehrt hat. Nichts wird mich dazu bringen, auch nur einen Schritt zu tun, um Ihnen zu helfen. Sie sind an einen falschen Mann gekommen. Gehen Sie zu Ihren Freunden, nicht zu mir.«

»Alan, es war Mord. Ich habe ihn umgebracht. Sie wissen nicht, was ich durch ihn gelitten habe. Was auch mein Leben ist, er hat mehr dazu getan, daß es so geworden und so zerstört worden ist, als der arme Henry. Er mag es nicht gewollt haben, die Wirkung ist dieselbe.«

»Mord! Guter Gott, Dorian, sind Sie soweit gekommen? Ich werde Sie nicht anzeigen. Das ist nicht mein Amt. Aber auch, wenn ich mich nicht in die Sache mische, werden Sie gewiß gefaßt werden. Niemand begeht ein Verbrechen, ohne eine Dummheit dabei zu begehen. Ich will nichts damit zu tun haben.«

»Sie müssen etwas damit zu tun haben. Warten Sie noch einen Augenblick, hören Sie mich an. Nur anhören, Alan. Alles, was ich von Ihnen verlange, ist ein gewisses wissenschaftliches Experiment. Sie gehen in Spitäler und Leichenhäuser, und das Schreckliche, das Sie dort tun, rührt Sie nicht. Wenn Sie in irgendeinem gräßlichen Seziersaal oder in einem modrigen Laboratorium den Mann auf einem Metalltisch mit roten Röhren, aus denen das Blut ausfließen kann, liegen sähen, dann würden Sie ihn einfach als ein wunderbares Studienobjekt betrachten. Kein Härchen würde sich Ihnen sträuben. Sie hätten nicht das Gefühl, ein Unrecht zu tun. Im Gegenteil, Sie würden wahrscheinlich glauben, damit der menschlichen Gesellschaft eine Wohltat zu erweisen, die Summe der menschlichen Kenntnisse zu bereichern oder den intellektuellen Wissensdrang zu befriedigen oder etwas dergleichen. Ich will nur, daß Sie tun sollen, was Sie oft vorher getan haben. In Wirklichkeit muß es viel weniger schrecklich sein, einen Leichnam zu zerstören als das, was Sie gewöhnlich machen. Und bedenken Sie: es ist der einzige Beweis gegen mich. Wenn der Körper entdeckt wird, bin ich verloren; und er wird gewiß entdeckt werden, wenn Sie mir nicht helfen.«

»Ich habe keinerlei Wunsch, Ihnen zu helfen. Sie vergessen das. Die ganze Sache ist mir gleichgültig. Ich habe nichts mit ihr zu tun.«

»Alan, ich beschwöre Sie. Denken Sie an die Lage, in der ich bin. Gerade ehe Sie gekommen sind, war ich fast ohnmächtig vor Schrecken. Vielleicht lernen Sie selbst einmal den Schrecken kennen. Nein, denken Sie nicht daran! Sehen Sie die Sache nur vom wissenschaftlichen Standpunkt an. Sie forschen doch sonst nicht nach, woher die Toten kommen, mit denen Sie experimentieren. Fragen Sie auch jetzt nicht. Ich habe Ihnen sowieso zu viel gesagt. Aber ich bitte Sie, tun Sie es. Wir waren doch einmal Freunde, Alan.«

»Sprechen Sie nicht von den Tagen, Dorian. Sie sind tot.«

»Die Toten verweilen manchmal. Der Mann oben geht nicht weg. Er sitzt am Tisch mit gebeugtem Haupt und ausgestreckten Armen. Alan! Alan, wenn Sie mir nicht zu Hilfe kommen, bin ich verloren. Sie werden mich aufhängen, Alan. Begreifen Sie das nicht? Sie werden mich hängen für das, was ich getan habe.«

»Es hat keinen Sinn, diese Szene zu verlängern. Ich lehne es durchaus ab, etwas damit zu tun zu haben. Es ist wahnsinnig von Ihnen, mich darum zu bitten.

»Sie lehnen ab?«

»Ja.«

»Ich beschwöre Sie, Alan.«

»Es ist vergeblich.«

Wiederum kam der mitleidige Blick in Dorian Grays Augen. Dann streckte er die Hand aus, nahm ein Stück Papier und schrieb etwas darauf. Er las es zweimal durch, faltete es sorgfältig zusammen und schob es über den Tisch. Nachdem er das getan hatte, stand er auf und ging zum Fenster.

Campbell sah ihn verwundert an, nahm dann das Papier und öffnete es. Als er es las, wurde sein Gesicht gespensterhaft bleich und er fiel in seinen Stuhl zurück. Ein fürchterliches Gefühl der Schwäche überkam ihn. Ihm war, als ob sich sein Herz in einem hohlen Loch zu Tode schlüge.

Nach zwei oder drei Minuten eines furchtbaren Schwelgens drehte sich Dorian um, ging zu dem andern hin, stellte sich hinter ihn und legte ihm die Hand auf die Schulter.

»Es tut mir sehr leid für Sie,« flüsterte er, »aber Sie haben mir keine Wahl gelassen. Ich habe schon einen Brief geschrieben. Hier ist er. Sie sehen die Adresse. Wenn Sie mir nicht helfen, werde ich ihn abschicken. Sie wissen, was dann geschieht. Aber Sie werden mir helfen. Jetzt können Sie nicht mehr nein sagen. Ich habe versucht, Ihnen das zu ersparen. Sie müssen gerecht genug sein, das zuzugeben. Sie waren hart, scharf, beleidigend. Sie haben mich behandelt, wie kein Mensch je gewagt hat, mich zu behandeln – wenigstens kein lebender Mensch. Ich habe alles ertragen. Jetzt ist es an mir, Bedingungen zu diktieren.«

Campbell vergrub sein Gesicht in den Händen und erschauerte.

»Ja, jetzt ist an mir die Reihe, Alan. Sie wissen, was ich verlange. Die Sache ist ganz einfach. Kommen Sie, regen sich nicht auf. Die Sache muß geschehen. Finden Sie sich damit ab, tun Sie es.«

Ein Stöhnen kam von Campbells Lippen, und er zitterte am ganzen Körper. Das Ticken der Uhr auf dem Kamin schien ihm die Zeit in getrennte Atome der Verzweiflung zu teilen, von denen jedes einzelne zu schrecklich war, als daß er es hätte ertragen können. Er hatte das Gefühl, als ob ein eiserner Ring langsam um seine Stirn straff gespannt würde, als ob die Schande, mit der man ihn bedrohte, schon auf ihm läge. Die Hand auf seiner Schulter hatte das Gewicht von Blei. Sie war unerträglich. Sie schien ihn zu erdrücken.

»Alan, Sie müssen sich gleich entscheiden.«

»Ich kann es nicht tun«, sagte er mechanisch, als könnten Worte etwas ändern.

»Sie müssen. Sie haben keine Wahl. Hassen Sie keine Zeit vergehen.«

Er zögerte einen Augenblick. »Ist ein Feuer in dem Raum oben?«

»Ja, ein Gasofen mit Asbest.«

»Ich muß nach Hause gehen und einiges aus dem Laboratorium holen.«

»Nein, Alan, Sie dürfen das Haus nicht verlassen. Schreiben Sie auf ein Blatt Papier, was Sie brauchen, und mein Diener wird Ihnen die Sachen holen.«

Campbell kritzelte ein paar Zeilen, trocknete sie und schrieb auf das Kuvert den Namen seines Assistenten. Dorian nahm den Brief und las ihn sorgfältig durch. Dann klingelte er und gab ihn dem Diener mit dem Auftrag, so rasch wie möglich zurückzukommen und die Sachen mitzubringen.

Als die Haustür ins Schloß fiel, zuckte Campbell nervös zusammen, stand von seinem Stuhl auf und ging zum Kamin hinüber. Er zitterte in einer Art Schüttelfrost. Nahezu zwanzig Minuten sprach keiner der beiden Männer. Eine Fliege summte lärmend durch das Zimmer, und der Schlag der Uhr war wie der Fall eines Hammers.

Als es eins schlug, drehte sich Campbell um und sah, daß die Augen Dorian Grays mit Tränen gefüllt waren. In den reinen, edlen Zügen dieses traurigen Gesichts lag etwas, das ihn wütend machte. »Sie sind infam, ganz infam«, flüsterte er.

»Ruhig, Alan. Sie haben mein Leben gerettet«, sagte Dorian.

»Ihr Leben? Gott im Himmel, was für ein Leben ist das! Sie sind von Verderbnis zu Verderbnis geschritten, und jetzt haben Sie im Mord den Gipfel erreicht. Wenn ich tue, was ich jetzt tun werde, was Sie mich zu tun zwingen, so denke ich gewiß nicht an Ihr Leben.«

»Ach, Alan,« flüsterte Dorian seufzend, »ich wünschte. Sie hätten den tausendsten Teil des Mitleids mit mir, das ich mit Ihnen habe.« Er drehte sich während dieser Worte um und stand da, in den Garten hinausblickend. Campbell gab keine Antwort.

Etwa nach zehn Minuten klopfte es an die Tür, und der Diener trat ein; er trug einen großen Mahagonikasten mit Chemikalien, dazu eine lange Rolle Stahl- und Platindraht und zwei merkwürdig geformte Eisenklammern.

»Soll ich die Sachen hier lassen, gnädiger Herr?« fragte er Campbell.

»Ja«, antwortete Dorian. »Und es tut mir leid, Francis, aber ich habe noch einen Weg für Sie. Wie heißt der Mann in Richmond, der Selby mit Orchideen versorgt?«

»Harden, gnädiger Herr.«

»Richtig, Harden. Sie müssen gleich nach Richmond fahren, Harden selbst aufsuchen und ihm sagen, er soll doppelt so viel Orchideen schicken, wie ich bestellt habe, und zwar so wenig weiße wie möglich. Eigentlich will ich überhaupt keine weißen. Es ist ein schöner Tag, Francis, und Richmond ist ein hübscher Ort, sonst würde ich Sie damit nicht belästigen.«

»Ganz zu Befehl, gnädiger Herr. Um wieviel Uhr soll ich zurück sein?«

Dorian sah Campbell an. »Wie lange wird Ihr Experiment dauern, Campbell?« fragte er mit ruhiger, gleichgültiger Stimme. Die Gegenwart einer dritten Person im Zimmer schien ihm außerordentlichen Mut zu verleihen.

Campbell runzelte die Stirn und biß sich auf die Lippen. »Es wird ungefähr fünf Stunden in Anspruch nehmen«, antwortete er.

»Dann ist es Zeit, wenn Sie um ein halb acht zurück sind, Francis. Doch halt: legen Sie meine Kleider zurecht. Sie können dann den Abend für sich haben. Ich speise nicht zu Hause, brauche Sie also nicht.«

»Ich danke, gnädiger Herr«, sagte der Diener und verließ das Zimmer.

»Alan, jetzt ist kein Augenblick zu verlieren. Wie schwer der Kasten ist! Ich werde ihn für Sie tragen, nehmen Sie die anderen Sachen.« Er sprach sehr rasch und in befehlendem Tone. Campbell fühlte sich von ihm beherrscht. Sie verließen das Zimmer zusammen.

Als sie die oberste Stiege erreicht hatten, nahm Dorian den Schlüssel heraus und drehte ihn im Schloß um. Dann blieb er stehen. Ein Zug von Verwirrtheit trat in seinen Blick. Er schauderte. »Ich glaube, ich kann nicht hineingehen, Alan«, flüsterte er.

»Das ist mir ganz gleichgültig. Ich brauche Sie nicht«, sagte Campbell kalt.

Dorian öffnete die Tür zur Hälfte. Als er das tat, sah er, wie ihn das Gesicht seines Bildes im Sonnenlicht anschielte. Davor lag auf dem Boden der herabgerissene Vorhang. Er erinnerte sich, daß er in der vergangenen Nacht zum ersten Male vergessen hatte, die verhängnisvolle Leinwand zu verhüllen, und wollte eben nach vorn stürzen, als er mit einem Schauder zurückschreckte.

Was war dieser widerliche, rote Fleck, der naß und glänzend auf einer der Hände schimmerte, als hätte die Leinwand Blut geschwitzt? Wie schrecklich das war! In diesem Augenblick schien er ihm weit schrecklicher als das schweigsame Wesen, das, wie er wußte, über den Tisch gebeugt war, das Wesen, dessen grotesker, verunstalteter Schatten auf dem befleckten Teppich ihm zeigte, daß es sich nicht bewegt hatte, sondern noch da war, wie er es verlassen hatte.

Er atmete tief, öffnete die Tür etwas weiter und ging mit halbgeschlossenen Augen und abgewendetem Kopf rasch hinein, entschlossen, auch nicht ein einziges Mal den Toten anzusehen. Er bückte sich dann, nahm den Vorhang aus Gold und Purpur auf und warf ihn gerade über das Bild.

Dann blieb er stehen, voll Angst, sich umzudrehen, und seine Augen richteten sich auf die verschlungenen Tapetenmuster. Er hörte Campbell den schweren Kasten hereinbringen, die Eisenklammern und die anderen Geräte, die er für seine fürchterliche

Arbeit verlangt hatte. Er fragte sich, ob Campbell und Basil Hallward einander je begegnet waren und wenn ja, welche Meinung sie voneinander gehabt hätten.

»Lassen Sie mich jetzt allein«, sagte eine strenge Stimme hinter ihm.

Er drehte sich um und lief hinaus, eben noch gewahrend, daß der Tote in seinen Sessel zurückgelehnt worden war und daß Campbell in ein gelbes, schimmerndes Gesicht starrte. Als er hinabging, hörte er, wie der Schlüssel im Schloß gedreht wurde.

Es war lange nach sieben Uhr, als Campbell wieder in das Bibliothekszimmer trat. Er war bleich, aber vollständig ruhig. »Ich habe getan, was Sie von mir verlangt haben«, sagte er leise. »Und jetzt adieu. Wir wollen uns nie wiedersehen.«

Dorian sagte nur: »Sie haben mich vor dem Untergang gerettet, Alan. Ich kann das nicht vergessen.«

Sobald ihn Campbell verlassen hatte, ging er nach oben. Ein schrecklicher Geruch von Salpetersäure war im Zimmer. Aber das Wesen, das am Tisch gesessen hatte, war fort.

Fünfzehntes Kapitel

An demselben Abend um ein halb neun Uhr wurde Dorian Gray, der aufs sorgsamste angezogen war und im Knopfloch einen großen Strauß Parmaveilchen trug, von sich tief verbeugenden Lakaien in den Salon Lady Narboroughs geführt. Auf seiner Stirne zitterten die überreizten Nerven, und er fühlte eine wahnsinnige Erregung, aber seine Gebärde, als er sich über die Hand der Wirtin beugte, war ebenso leicht und anmutig wie stets. Vielleicht sieht man nie so gelassen und sicher aus, als wenn man eine Rolle spielt. Gewiß hätte niemand, der Dorian Gray an diesem Abend gesehen hätte, geglaubt, daß er soeben eine Tragödie durchgemacht habe, die so schrecklich war wie irgendeine unserer Zeit. Diese feingeformten Finger konnten doch nie ein Messer umklammert haben, um eine Todsünde zu begehen, diese lächelnden Lippen nie Gott und die Tugend geschmäht haben. Er selbst mußte sich über die Ruhe seines Benehmens wundern. Einen Augenblick spürte er lebhaft die grauenvolle Lust eines Doppellebens.

Es war nur eine kleine Gesellschaft, ziemlich eilig von Lady Narborough veranstaltet. Die Wirtin war eine sehr gescheite Frau mit beträchtlichen Überbleibsln hervorragender Häßlichkeit, wie Lord Henry zu sagen pflegte. Sie war einem unserer langweiligsten Gesandten eine ausgezeichnete Frau gewesen, und nachdem sie ihren Gemahl, wie es sich geziemte, in einem marmornen Mausoleum, das nach ihren eigenen Zeichnungen erbaut worden war, bestattet und ihre Töchter an einige reiche, ziemlich ältliche Männer verheiratet hatte, widmete sie sich jetzt den Genüssen französischer Romane, französischer Kochkunst und französischen Esprits, wenn sie ihn bekommen konnte.

Dorian war einer ihrer besonderen Lieblinge, und sie sagte ihm immer, sie sei sehr froh darüber, ihn nicht früher kennengelernt zu haben. »Ich weiß, mein Lieber, ich hätte mich fürchterlich in Sie verliebt«, pflegte sie zu sagen, »und hätte Ihnen schlankweg die Rose von der Brust weg zugeworfen. Es ist ein großes Glück, daß man zu der Zeit noch gar nicht an Sie dachte. Wie damals die Dinge lagen, habe ich nicht einmal eine Liebelei mit jemand gehabt. Aber das war nur die Schuld Narboroughs. Er war fürchterlich kurzsichtig, und es ist gar kein Vergnügen, einen Mann zu betrügen, der nie etwas sieht.«

Ihre Gäste an diesem Abend waren ziemlich langweilig. Die Sache war so, erklärte sie Dorian hinter einem sehr schäbigen Fächer: eine ihrer verheirateten Töchter sei plötzlich zu Besuch gekommen und habe, was die Sache noch ärger machte, allen Ernstes ihren Mann mitgebracht. »Ich finde das sehr unfreundlich von ihr, mein Lieber«, flüsterte sie ihm zu. »Natürlich bin ich jeden Sommer mit ihnen zusammen, wenn ich von Homburg zurückkomme. Aber eine alte Frau wie ich muß eben manchmal frische Luft haben, und außerdem rüttle ich sie dann etwas auf. Sie haben keine Ahnung, was für ein Leben sie dort führen. Es ist das reine, unverfälschte Landleben. Sie stehen früh auf, weil sie so viel zu tun haben, und gehen früh zu Bett, weil sie so wenig zu denken haben. In der ganzen Umgebung war seit der Zeit der Königin Elisabeth kein Skandal, und infolgedessen schlafen sie alle miteinander nach dem Diner ein. Sie sollen aber nicht neben einem der beiden sitzen, Sie sollen neben mir sitzen und mich amüsieren.«

Dorian flüsterte ein anmutiges Kompliment und sah sich im Zimmer um. Ja, es war in der Tat eine langweilige Gesellschaft. Zwei von den Anwesenden hatte er noch nie gesehen, und die anderen – da war Ernest Harrowden, eine jener Mittelmäßigkeiten in mittleren Jahren, denen man in Londoner Klubs so häufig begegnet, die keine Feinde haben, die aber keiner ihrer Freunde leiden kann; dann Lady Ruxton, ein aufgeputztes Weib von siebenundvierzig Jahren mit einer Hakennase, die sich immer anstrengte, sich zu kompromittieren, aber so ausgesprochen häßlich war, daß zu ihrer großen Enttäuschung nie jemand etwas Schlechtes von ihr glauben wollte; Mrs. Erlynne, eine aufdringliche Null mit einem entzückenden Lispeln und venetianischrotem Haar; Lady Alice Chapman, die Tochter der Wirtin, eine schlecht gekleidete, langweilige Person mit einem jener charakteristischen englischen Gesichter, an die man sich nie mehr erinnert, wenn man sie einmal gesehen hat; und ihr Mann, ein rotwangiger, weißbärtiger Mensch, der, wie so viele seiner Kaste, sich einbildete, daß übertriebene Jovialität für den vollständigen Mangel an Einfällen ein Ersatz sei.

Es tat ihm beinahe leid, daß er hingegangen war, bis Lady Narborough mit einem Blick auf die große goldene Pendeluhr, die sich in geschmacklosen Linien auf dem mauvebehängten Kamin spreizte, ausrief: »Wie häßlich von Henry Wotton, zu spät zu kommen! Ich habe heute früh auf gut Glück zu ihm hinübergeschickt, und er hat fest versprochen, mich nicht sitzen zu lassen.«

Es war ein Trost, daß Henry kommen sollte, und als sie die Tür dann öffnete und er seine langsame, musikalische Stimme irgendeine läppische Ausrede bezaubernd vorbringen hörte, schwand sein Unbehagen.

Trotzdem konnte er bei Tisch nichts essen. Platte nach Platte wurde unberührt weggetragen. Lady Narborough schalt ihn unaufhörlich, weil sie darin »eine Insulte gegen den armen Adolphe sah, der das ganze Menu eigens für ihn erfunden habe«, und dann und wann blickte Lord Henry zu ihm hinüber, voll Staunen über sein Schweigen und sein zerstreutes Wesen. Von Zeit zu Zeit füllte der Diener sein Glas mit Champagner. Er trank hastig, und sein Durst schien zu wachsen.

»Dorian,« sagte Lord Henry schließlich, als man das Chaud-froid herumreichte, »was ist heute abend mit Ihnen los? Sie sind ja ganz verstimmt.«

»Ich glaube, er ist verliebt«, sagte Lady Narborough »und hat Angst, es mir zu sagen, aus Furcht, daß ich eifersüchtig wäre. Er hat auch ganz recht.«

»Liebe Lady Narborough,« flüsterte Dorian lächelnd, »ich bin seit einer ganzen Woche nicht verliebt gewesen – genau gesagt, nicht seitdem Madame de Ferrol weg ist.«

»Wie ihr Männer euch in diese Frau verlieben könnt!« rief die alte Dame. »Ich kann es wirklich nicht verstehen.«

»Ach, Sie begreifen es nur deshalb nicht, weil sie Sie an die Zeit erinnert, wo Sie ein kleines Mädchen waren, Lady Narborough«, sagte Lord Henry. »Sie ist das einzige Band zwischen uns und Ihren kurzen Kleidern.«

»Sie erinnert sich wirklich nicht an meine kurzen Kleider, Lord Henry. Aber ich erinnere mich sehr gut an sie in Wien vor dreißig Jahren und wie dekolletiert sie damals war.«

»Sie ist noch immer dekolletiert«, antwortete er und nahm eine Olive in seine langen Finger. »Und wenn sie ein sehr schönes Kleid anhat, steht sie aus wie eine Luxusausgabe eines schlechten französischen Romans. Sie ist wirklich wunderbar und voll Überraschungen. Ihre Begabung für Familienliebe ist ganz außerordentlich. Als ihr dritter Mann starb, wurde ihr Haar aus Trauer ganz goldgelb.«

»Wie können Sie so etwas sagen, Henry!« rief Dorian.

»Es ist eine höchst romantische Erklärung«, meinte die Wirtin lächelnd. »Aber ihr dritter Mann, Lord Henry? Sie wollen doch nicht sagen, daß Ferrol der vierte ist?«

»Doch, gerade das.«

»Ich glaube kein Wort davon.«

»Dann fragen Sie Mr. Gray. Er ist einer ihrer intimsten Freunde.«

»Ist das wahr, Mr. Gray?«

»Sie selbst sagt es, Lady Narborough«, erwiderte Dorian. »Ich fragte, ob sie wie Margarete von Navarra ihre Herzen einbalsamiert und am Gürtel hängen hat. Sie sagte mir, sie tue das nicht, weil keiner von ihnen überhaupt ein Herz gehabt habe.«

»Vier Männer! Auf mein Wort, das ist trop de zèle.«

» Trop d'audacesage ich ihr.«

»Oh, sie hat Mut für alles, mein Lieber. Und was für ein Mensch ist Ferrol? Ich kenne ihn nicht!«

»Die Männer sehr schöner Frauen gehören zur Verbrecherklasse«, sagte Lord Henry und nippte an seinem Weine.

Lady Narborough schlug ihn mit dem Fächer. »Lord Henry, es ist wirklich kein Wunder, daß die ganze Welt klagt, wie schlecht Sie sind.«

»Aber welche ganze Welt sagt das?« fragte Lord Henry, seine Augenbrauen hebend.

»Es kann nur die Nachwelt sein. Denn diese Welt und ich, wir stehen ausgezeichnet miteinander.«

»Alle meine Bekannten sagen, daß Sie sehr schlecht sind!« rief die alte Dame, den Kopf schüttelnd.

Lord Henry sah einige Augenblicke ernst aus. »Es ist ganz ungeheuerlich,« sagte er schließlich, »wie die Leute heutzutage herumgehen und hinter unserem Rücken Dinge über uns sagen, die vollständig wahr sind.«

»Ist er nicht unverbesserlich?« rief Dorian und beugte sich in seinem Stuhl vor.

»Ich hoffe«, sagte die Wirtin lachend. »Aber wenn Sie wirklich alle Madame de Ferrol in dieser lächerlichen Weise anbeten, so werde ich mich verheiraten müssen, um wieder in Mode zu kommen.«

»Sie werden sich nie wieder verheiraten, Lady Narborough«, unterbrach Lord Henry. »Sie waren zu glücklich. Wenn eine Frau sich wieder verheiratet, so tut sie es, weil sie ihren ersten Mann verabscheute. Wenn ein Mann sich wieder verheiratet, so tut er es, weil er seine erste Frau anbetete. Die Frauen versuchen ihr Glück, die Männer setzen ihres aufs Spiel.«

»Narborough war nicht vollkommen!« rief die alte Dame.

»Wenn er es gewesen wäre, hätten Sie ihn nicht geliebt, teure Frau«, war die Antwort. »Die Frauen lieben uns um unserer Fehler willen. Wenn wir genug haben, vergeben sie uns alles, selbst unseren Geist. Ich fürchte, Sie werden mich nie wieder zum Diner einladen, nachdem ich das gesagt habe, Lady Narborough, aber es ist ganz wahr.«

»Natürlich ist es wahr, Lord Henry. Wenn wir Frauen euch nicht um eurer Fehler willen liebten, wohin kämet ihr? Nicht ein einziger von euch würde verheiratet sein, und ihr wärt eine Gesellschaft unglücklicher Junggesellen. Das heißt, Sie würde das nicht viel ändern. Heutzutage leben alle Ehemänner wie Junggesellen und alle Junggesellen wie Ehemänner.«

» Fin de siècle«, flüsterte Lord Henry.

» Fin du globe«, entgegnete die Wirtin.

»Ich wollte, es wäre fin du globe«, seufzte Dorian. »Das Leben ist eine große Enttäuschung.«

»Ah, mein Lieber!« rief Lady Narborough und zog ihre Handschuhe an, »sagen Sie mir nicht, daß Sie das Leben erschöpft haben. Wenn ein Mann das sagt, weiß man, daß das Leben ihn erschöpft hat. Lord Henry ist ein sehr schlechter Mensch, und ich wünsche manchmal, ich wäre es auch gewesen. Aber Sie sind geschaffen, um gut zu sein – Sie sehen so gut aus. Ich muß für Sie eine hübsche Frau finden. Lord Henry, meinen Sie nicht, daß Mr. Gray heiraten sollte?«

»Ich sage ihm das immer, Lady Narborough«, erwiderte Lord Henry mit einer Verbeugung.

»Dann müssen wir uns also nach einer guten Partie für ihn umsehen. Ich werde den Adelskalender heute nacht sorgfältig durchgehen und eine Liste der in Frage kommenden jungen Damen machen.«

»Mit ihrem Alter, Lady Narborough?« fragte Dorian.

»Natürlich mit ihrem Alter, ein wenig retouchiert. Aber man darf nichts übereilen. Ich will, daß es genau das ist, was die ›Morning-Post‹ eine passende Partie nennt, und ihr sollt beide glücklich werden.«

»Was für einen Unsinn die Menschen doch über glückliche Ehen reden!« rief Lord Henry. »Ein Mann kann mit jeder Frau glücklich sein, solang er sie nicht liebt.«

»Was für ein Zyniker Sie sind!« rief die alte Dame, schob ihren Stuhl zurück und nickte Lady Ruxton zu. »Sie müssen bald wieder kommen und mit mir speisen. Sie sind wirklich eine wunderbare Nervenstärkung, viel besser als das, was mir mein Hausarzt verschreibt. Sie müssen mir sagen, was für Leute Sie treffen wollen. Es soll ein entzückender Abend werden.«

»Ich liebe Männer, die eine Zukunft haben, und die Frauen, die eine Vergangenheit haben«, antwortete er. »Oder meinen Sie, daß auf diese Weise eine Weibergesellschaft zustande käme?«

»Ich fürchte fast«, sagte sie lachend, während sie aufstand. »Ich bitte vielmals um Entschuldigung, Lady Ruxton,« fuhr sie fort, »ich habe nicht bemerkt, daß Sie Ihre Zigarette noch nicht aufgeraucht haben.«

»Nichts für ungut, Lady Narborough. Ich rauche viel zu viel. Ich werde mich in Zukunft einschränken müssen.«

»Bitte tun Sie das nicht, Lady Ruxton«, sagte Lord Henry. »Mäßigung ist eine unglückliche Sache. Genug ist so schlecht wie eine Mahlzeit, mehr als genug ist so gut wie ein Fest.«

Lady Ruxton sah ihn neugierig an. »Lord Henry, Sie müssen einmal an einem Nachmittag kommen und mir das erklären. Es klingt wie eine verlockende Theorie«, sagte sie, während sie aus dem Zimmer rauschte.

»Sitzen Sie mir ja nicht zu lange bei Ihrer Politik und Ihrem Tratsch!« rief Lady Narborough von der Türe aus, »sonst liegen wir uns oben sicher in den Haaren.«

Die Männer lachten, und Mr. Chapman stand feierlich von dem Fußende des Tisches auf und setzte sich oben an. Dorian Gray wechselte seinen Sitz und setzte sich neben Lord Henry. Mr. Chapman begann mit sehr lauter Stimme über die parlamentarische Lage zu sprechen. Er bellte seine Gegner an. Das Wort »Doktrinär« – ein Wort voller Schrecken für den britischen Geist – tauchte von Zeit zu Zeit in seinen Wutausbrüchen auf. Eine alliterierende Vorsilbe diente als Redeschmuck. Er flaggte den Union Jack auf dem Maste des Gedankens. Die angestammte Dummheit der Rasse – gesunder englischer Menschenverstand, nannte er sie wohlwollend – wurde als das Hauptbollwerk der Gesellschaft hingestellt.

Lord Henry zog lächelnd die Lippen kraus. Er drehte sich um und blickte Dorian an.

»Geht es Ihnen besser, mein Freund? Sie schienen beim Diner nicht in Ordnung zu sein.«

»Ich bin ganz wohl, ich bin nur müde.«

»Sie waren gestern abend entzückend. Die kleine Herzogin betet Sie an. Sie hat mir erzählt, daß sie nach Selby kommt.«

»Sie hat mir versprochen, am zwanzigsten zu kommen.«

»Wird Monmouth auch da sein?«

»Natürlich, Henry.«

»Er langweilt mich fürchterlich, fast so sehr wie er sie langweilt. Sie ist sehr klug, zu klug für eine Frau. Es fehlt ihr der unbeschreibliche Reiz der Schwäche. Die Tonfüße machen erst das Gold des Götzen wertvoll. Ihre Füße sind sehr hübsch, aber es sind keine Tonfüße. Weiße Porzellanfüße, wenn Sie wollen. Sie sind schon im Feuer gewesen, und was das Feuer nicht zerstört, härtet es. Sie hat ihre Erfahrungen hinter sich.«

»Wie lange ist sie verheiratet?« fragte Dorian.

»Sie sagt, eine Ewigkeit. Nach dem Adelskalender sind es wohl zehn Jahre. Aber zehn Jahre mit Monmouth müssen wie eine Ewigkeit gewesen sein, die Zeit mitgerechnet. Wer kommt sonst noch?«

»Die Willoughbys, Lord Rugby und seine Frau, unsere Wirtin, Geoffrey Clouston, die gewöhnliche Gesellschaft. Ich habe auch Lord Grotrian gebeten.«

»Ich habe ihn sehr gern«, sagte Lord Henry. »Viele Leute können ihn nicht leiden, ich finde ihn aber reizend. Dafür, daß seine Kleidung manchmal etwas überladen ist, entschädigt er dadurch, daß er immer ganz überbildet ist. Er ist ein ganz moderner Typus.

»Ich weiß nicht, ob er kommen kann, Henry. Vielleicht muß er mit seinem Vater nach Monte Carlo.«

»Was für eine Plage die Familie ist! Versuchen Sie doch, ihn zum Kommen zu bewegen. Übrigens, Dorian, Sie sind gestern abend sehr früh weggegangen. Sie haben uns vor elf Uhr verlassen. Was haben Sie dann getan? Sind Sie gleich nach Hause gegangen?«

Dorian sah rasch zu ihm hinüber und runzelte die Stirn. »Nein, Henry,« sagte er schließlich, »es war schon fast drei als ich nach Hause kam.«

»Waren Sie im Klub?«

»Ja«, antwortete er. Dann biß er sich auf die Lippen. »Nein, das stimmt nicht, ich war nicht im Klub. Ich ging nur so herum. Ich habe vergessen, was ich getan habe. Wie neugierig Sie sind, Henry! Sie wollen immer wissen, was man getan hat. Ich will immer vergessen, was ich getan habe. Wenn Sie die genaue Zeit wissen wollen, ich bin um halb drei nach Hause gekommen. Ich hatte meinen Torschlüssel vergessen, und mein Diener mußte mir öffnen. Wenn Sie noch irgendeine Zeugenaussage zu meinen Gunsten wünschen, können Sie ihn ja fragen.«

Lord Henry zuckte die Achseln. »Mein lieber Freund, was soll mir daran liegen? Wir wollen in den Salon hinauf. Nein, danke, Mr. Chapman, keinen Sherry. Dorian, Ihnen ist etwas zugestoßen. Sagen Sie mir, was es ist. Sie sind heute abend nicht Sie selbst.«

»Kümmern Sie sich nicht um mich, Henry. Ich bin gereizt und schlecht gelaunt. Ich komme morgen oder an einem der nächsten Tage zu Ihnen. Bitte, entschuldigen Sie mich bei Lady Narborough. Ich gehe nicht mehr hinauf. Ich gehe nach Hause. Ich muß nach Hause.«

»Schön, Dorian. Ich hoffe, ich sehe Sie morgen zum Tee. Die Herzogin kommt.«

»Ich will versuchen, da zu sein, Henry«, sagte er und verließ das Zimmer.

Als er nach Hause fuhr, merkte er, daß das Angstgefühl, das er erstickt zu haben glaubte, wiedergekehrt sei. Lord Henrys zufällige Fragen hatten ihm die Ruhe genommen, und er brauchte seine Kaltblütigkeit noch. Dinge, die Gefahr bringen konnten, mußten zerstört werden. Er schauerte zusammen. Der Gedanke, sie nur zu berühren, war ihm furchtbar.

Und doch mußte es geschehen. Er war sich darüber klar, und als er die Tür seines Bibliothekszimmers verschlossen hatte, öffnete er das geheime Fach, in das er Basil Hallwards Mantel und Tasche gesteckt hatte. Ein mächtiges Feuer brannte. Er legte noch ein Scheit Holz nach. Der Geruch der brennenden Kleider und des eingeäscherten Leders war entsetzlich. Er brauchte dreiviertel Stunden, um alles zu verbrennen. Schließlich fühlte er sich schwach und krank, und nachdem er einige Räucherkerzen aus Algier in einer durchbrochenen Kupferpfanne angezündet hatte, wusch er sich die Hände mit einem kühlen, moschusduftenden Essig.

Plötzlich schrak er zusammen. Seine Augen wurden merkwürdig hell, und er nagte nervös an der Unterlippe. Zwischen zwei Fenstern stand ein großer Florentiner Ebenholzschrank, mit Elfenbein und blauem Lapis eingelegt. Er beobachtete ihn, als wäre er ein lebendes Wesen, das fesseln und ängstigen könne, als schließe er etwas ein, das er zugleich sehnsüchtig begehrte und haßte. Sein Atem ging schnell. Eine wilde Gier überkam ihn. Er zündete eine Zigarette an und warf sie gleich weg. Seine Augenlider senkten sich so tief, daß die langen Wimpern fast die Wangen berührten. Aber er sah den Schrank immer noch an. Schließlich erhob er sich von dem Sofa, auf dem er gelegen hatte, ging zum Schrank, schloß ihn auf und berührte eine geheime Feder. Ein dreieckiges Fach kam langsam zum Vorschein. Seine Finger bewegten sich instinktiv dagegen, griffen hinein und faßten etwas. Es war eine kleine chinesische Schachtel aus schwarzem Lack mit goldenen Tupfen, sehr sorgfältig gearbeitet, die Ecken mit gekrümmten Wellenlinien geziert; und an den seidenen Schnüren hingen runde Kristalle und Troddeln aus Metalldraht. Er öffnete sie. Eine grüne, glänzende, wachsige Masse von seltsam schwerem und durchdringendem Geruch lag darin.

Er zögerte einige Momente mit einem seltsam unbeweglichen Lächeln auf dem Gesicht. Dann schauerte er zusammen, obwohl die Luft im Zimmer fürchterlich heiß war, raffte sich auf und sah nach der Uhr. Es fehlten zwanzig Minuten an zwölf. Er legte die Schachtel zurück, schloß die Türen des Schrankes und ging in sein Schlafzimmer.

Als die Mitternacht metallene Schläge in die dumpfe Luft schickte, schlich Dorian Gray in ordinären Kleidern, ein Tuch um den Hals, leise aus dem Hause. In Bond Street fand er einen Wagen mit einem guten Pferd. Er winkte dem Kutscher und sagte ihm mit leiser Stimme eine Adresse.

Der Mann schüttelte den Kopf. »Es ist zu weit für mich«, brummte er.

»Da haben Sie einen Sovereign. Sie sollen noch einen halben haben, wenn Sie rasch fahren.«

»Schön, Herr!« antwortete der Mann. »In einer Stunde sind wir da.« Nachdem er sein Geld eingesteckt hatte, drehte er um und fuhr rasch der Themse zu.

Sechzehntes Kapitel

Ein kalter Regen begann zu fallen. Die flackernden Laternen sahen im tropfenden Nebel geisterhaft aus. Die zahlreichen Schenken wurden gerade geschlossen, und dunkle Männer und Frauen standen in zerstreuten Haufen vor den Türen. Aus einigen Wirtschaften drang das Geräusch fürchterlichen Lachens. In anderen zankten und grölten Trunkenbolde.

In den Wagen zurückgelehnt, den Hut über die Stirn gezogen, beobachtete Dorian Gray mit schlaffen Augen das gemeine Elend der Großstadt, und dann und wann wiederholte er sich die Worte, die ihm Lord Henry an jenem ersten Tage, als sie sich kennen gelernt hatten, gesagt hatte: »Man muß die Seele durch die Sinne, die Sinne durch die Seele heilen.« Ja, das war das Geheimnis. Er hatte es oft versucht und wollte es jetzt wieder versuchen. Es gab Opiumkneipen, wo man Vergessen kaufen konnte, Kneipen des Schreckens, wo die Erinnerung an alte Sünden durch den Wahnsinn neuer zerstört wurde.

Der Mond hing tief am Himmel wie ein gelber Schädel. Von Zeit zu Zeit streckte eine große unförmige Wolke einen langen Arm nach ihm aus und verbarg ihn. Die Gaslampen wurden seltener und die Straßen enger und düsterer. Einmal verlor der Kutscher seinen Weg und mußte eine halbe Meile zurückfahren. Das Roß dampfte, als es in die Pfützen patschte. Die Seitenfenster des Wagens waren mit grauem Dunst beschlagen.

»Die Seele durch die Sinne heilen und die Sinne durch die Seele ...« Wie ihm die Worte in sein Ohr klangen! Ja, seine Seele war todkrank. Konnten die Sinne sie wirklich heilen? Unschuldiges Blut war vergossen worden. Welche Buße konnte es dafür geben? Ach, dafür gab es keine Buße. Aber wenn auch Vergebung unmöglich war, Vergessen war doch möglich. Und er war fest entschlossen, zu vergessen, die ganze Sache auszumerzen, sie zu zertreten, wie man eine Natter, die einen gebissen hat, zertritt. Welches Recht hatte Basil denn gehabt, zu ihm zu sprechen, wie er es getan hatte? Wer hatte ihn zum Richter über andere gemacht? Er hatte Dinge gesagt, die schrecklich waren, furchtbar, unerträglich.

Der Wagen rollte fort und schien von Schritt zu Schritt langsamer zu gehen. Er riß die Klappe auf und rief dem Kutscher zu, schneller zu fahren. Der gräßliche Hunger nach Opium fing an, in ihm zu nagen. Seine Kehle brannte, die feinen Hände preßten sich nervös ineinander. Er schlug wie toll mit seinem Stock auf das Pferd los. Der Kutscher lachte und peitschte. Er lachte zur Antwort, und der Mann schwieg.

Der Weg schien nicht zu enden, und die Straßen waren wie ein schwarzes Netz einer zappelnden Spinne. Die Eintönigkeit wurde unerträglich, und als der Nebel dichter wurde, empfand er Furcht.

Dann fuhren sie an einsamen Ziegeleien vorüber. Der Nebel wurde hier leichter, und er konnte die merkwürdigen, flaschenförmigen Trockenöfen mit ihren orangefarbigen fächerartigen Feuerzungen sehen. Ein Hund bellte, als sie vorbeifuhren, und weit weg in der Dunkelheit schrie eine ziellos umherfliegende Möwe. Das Pferd stolperte in einer Radspur, machte einen Seitensprung und fing dann an zu galoppieren.

Nach einiger Zeit verließen sie den Lehmweg, und der Wagen rüttelte über roh gepflasterte Gassen. Die meisten Fenster waren schwarz, aber dann und wann sah man die Silhouetten phantastischer Schatten hinter einem erleuchteten Fenster. Er sah sie neugierig an. Sie bewegten sich wie ungeheuerliche Marionetten, machten Gebärden wie Lebende. Er haßte sie. Ein dumpfer Zorn war in seinem Herzen. Als sie um eine Ecke bogen, kreischte ihm ein Weib aus einer offenen Tür etwas zu, und zwei Männer rannten vielleicht hundert Meter hinter dem Wagen her. Der Kutscher schlug nach ihnen mit der Peitsche.

Man sagt, die Leidenschaft führe immer wieder dieselben Gedanken herauf. Und es ist wahr, daß in einer fürchterlichen ewigen Wiederholung die zerbissenen Lippen Dorian Grays jene feinen Worte von der Seele und den Sinnen formten und immer wieder formten, bis er in ihnen den vollsten Ausdruck seiner Stimmung gefunden und so durch die Zustimmung des Verstandes Leidenschaften gerechtfertigt hatte, die auch ohne solche Rechtfertigung sein Gefühl beherrscht hätten. Von Zelle zu Zelle seines Gehirns schlich der eine Gedanke; und die wilde Lebensgier, noch schrecklicher als jeder andere menschliche Hunger, gab jedem zitternden Nerv und Muskel frische Kraft. Das Häßliche, das er einst verabscheut hatte, weil es den Dingen Wirklichkeit gab, wurde ihm jetzt aus demselben Grunde teuer. Das Häßliche war das einzig Wirkliche. Das rohe Geschrei, die ekelhafte Kneipe, die wilde Heftigkeit eines zügellosen

Lebens, die tiefe Verkommenheit der Diebe und Verbrecher waren in der intensiven Wirklichkeit ihrer Eindrücke mehr erfüllt vom Leben als alle anmutigen Formen der Kunst, die Traumschatten des Liedes. Sie waren, was er zum Vergessen brauchte. In drei Tagen würde er frei sein.

Plötzlich hielt der Mann mit einem Ruck am Ende einer schwarzen Gasse an. Über den niedrigen Dächern und gezackten Schornsteinen der Häuser konnte man die schwarzen Maste der Schiffe sehen. Fetzen von weißem Nebel hingen wie gespensterhafte Segel an den Segelstangen.

»Hier irgendwo, nicht?« fragte die rauhe Stimme des Kutschers.

Dorian schrak auf und blickte sich um. »Schon gut«, antwortete er, stieg rasch aus, gab dem Kutscher das Geld, das er ihm versprochen hatte, und ging rasch dem Kai zu. Hier und da flammte eine Lampe am Heck eines großen Kauffahrers. Das Licht zitterte und glitzerte in den Pfützen. Ein roter Flimmer kam von einem nach auswärts bestimmten Schiff, das Kohlen lud. Das schlüpfrige Pflaster sah aus wie ein nasser Gummimantel.

Er ging rasch nach links zu und blickte sich dann und wann um, ob ihm niemand folgte. Nach sieben oder acht Minuten kam er zu einem kleinen, schäbigen Haus, das zwischen düsteren Fabriken eingekeilt war. In einem der obersten Fenster war Licht. Er blieb stehen und klopfte auf eine besondere Art an.

Nach einer kleinen Weile hörte er Schritte im Flur, und die Kette wurde losgemacht. Die Tür öffnete sich ruhig, und er trat hinein, ohne ein Wort zu der kauernden, verunstalteten Gestalt zu sagen, die sich in den Schatten drückte, als er vorbeiging. Am Ende des Flurs hing ein zerlumpter grüner Vorhang, der in dem stürmischen Luftzug, den er von der Straße mitbrachte, hin und her zuckte. Er schob ihn beiseite und trat in einen langen tiefen Raum, der aussah, als wäre er früher ein Tanzlokal dritten Ranges gewesen. Grell flackernde Gasflammen, die sich stumpf und unförmlich in den fliegenbeschmutzten Spiegeln ihm gegenüber abbildeten, hingen rundherum an den Wänden. Schmierige Reflektoren aus gerripptem Zinn waren dahinter und brachten zitternde Lichtscheiben hervor. Der Boden war mit ockerfarbigen Sägespänen bedeckt, die an einzelnen Stellen zu Schmutz getreten waren und in denen sich schwarze Ringe von vergossenen Getränken abzeichneten. Ein paar Malaien kauerten an einem kleinen Kohlenofen, spielten mit knöchernen Spielmarken und zeigten, wenn sie sprachen, ihre weißen Zähne. In einem Winkel, den Kopf in den Händen vergraben, lümmelte sich ein Matrose über den Tisch, und an dem bunt bemalten Büfett, das eine ganze Seite des Zimmers einnahm, standen zwei hagere Weiber und verlachten einen alten Mann, der mit einem Ausdruck des Ekels die Ärmel seines Rockes bürstete. »Er denkt, er hat sich Läuse geholt«, lachte die eine, als Dorian an ihnen vorüberging. Der Mann sah sie erschreckt an und begann zu wimmern.

Am Ende des Zimmers war eine kleine Stiege, die in eine dunkle Kammer führte. Als Dorian rasch die drei wackligen Stufen hinabging, schlug ihm der schwere Geruch des Opiums entgegen. Er holte tief Atem, und seine Nasenflügel zitterten vor Lust. Als er eintrat, sah ihn ein junger Mann mit weichem Blondhaar an; er beugte sich über eine Lampe, an der er eine lange, dünne Pfeife anzündete, und nickte zögernd.

»Sie hier, Adrian?« flüsterte Dorian.

»Wo soll ich sonst sein?« antwortete er schlaff. »Keiner will mehr mit mir sprechen.«

»Ich dachte, Sie hätten England verlassen?«

»Darlington wird nichts gegen mich tun. Mein Bruder hat den Wechsel schließlich gezahlt. George spricht auch nicht mehr mit mir ... Es liegt mir nichts daran«, fügte er seufzend hinzu. »Solang man das Zeug da hat, braucht man keine Freunde. Ich glaube, ich habe zuviel Freunde gehabt.«

Dorian zuckte zusammen und sah sich nach den grotesken Wesen um, die da in so phantastischen Stellungen auf den zerlumpten Matratzen lagen. Die verdrehten Glieder, der klaffende Mund, die starrenden glanzlosen Augen zogen ihn unwiderstehlich an. Er kannte das seltsame Paradies, in dem sie litten, und welche dumpfe Hölle sie das Geheimnis einer neuen Lust lehrte. Denen ging es besser als ihm. Ihn hielten seine Gedanken gefangen. Die Erinnerung fraß wie eine fürchterliche Krankheit seine Seele weg. Von Zeit zu Zeit glaubte er die Augen Basil Hallwards auf sich gerichtet zu sehen. Er spürte, daß er hier nicht bleiben konnte. Die Anwesenheit von Adrian Singleton störte ihn. Er wollte irgendwo sein, wo ihn niemand kennen würde. Er wollte sich selber entfliehen.

»Ich gehe in das andere Lokal«, sagte er nach einer Weile.

»Auf der Werft?«

»Ja.«

»Die tolle Katze ist sicher dort. Sie wollen sie jetzt hier nicht mehr haben.«

Dorian zuckte die Achseln. »Ich habe die Weiber, die einen lieben, satt. Weiber, die einen hassen, sind viel interessanter. Übrigens ist das Zeug dort besser.«

»So ziemlich dasselbe.«

»Mir schmeckt's besser. Kommen Sie mit, wir wollen etwas trinken. Ich muß etwas nehmen.«

»Ich mag nichts«, flüsterte der junge Mann.

»Kommen Sie nur.«

Adrian Singleton stand träge auf und ging mit Dorian zum Büfett. Ein Mischling in zerfetztem Turban und schäbigem Ulster grinste ihnen einen widerlichen Gruß zu, als er zwei Gläser und eine Brandyflasche vor sich stellte. Die Weiber schwankten herbei und begannen zu schwatzen. Dorian drehte ihnen den Rücken zu und sagte leise etwas zu Adrian Singleton.

Ein Grinsen wie ein malaischer Dolch verzerrte das Gesicht eines der Weiber. »Wir fühlen uns sehr geehrt heute nacht«, höhnte sie.

»Um Gottes willen, redet nicht mit mir!« schrie Dorian und stampfte mit dem Fuß auf den Boden. »Was wollt ihr? Geld? Da! Aber sprecht kein Wort mehr zu mir!«

Zwei rote Funken blitzten einen Augenblick in den verquollenen Augen des Weibes auf, dann verloschen sie wieder und ließen sie stumpf und gläsern erscheinen. Sie warf den Kopf zurück und raffte mit gierigen Fingern die Münzen auf dem Zahltisch zusammen. Ihre Gefährtin beobachtete sie neidisch.

»Es hat keinen Zweck«, sagte Adrian Singleton seufzend. »Ich will nicht mehr zurück. Was liegt daran? Ich bin hier ganz glücklich.«

»Wollen Sie mir schreiben, wenn Sie etwas brauchen?« fragte Dorian nach einer Weile.

»Vielleicht.«

»Dann gute Nacht!«

»Gute Nacht!« antwortete der junge Mann, schritt die Treppe hinauf und wischte sich den vertrockneten Mund mit dem Taschentuch ab.

Dorian schritt zur Tür, einen schmerzlichen Zug im Gesicht. Als er den Vorhang beiseite zog, kam ein greuliches Lachen von den geschminkten Lippen des Weibes, das sein Geld genommen hatte. »Da geht der Teufelsbraten!« stieß sie mit einer rauhen Stimme hervor.

»Der Teufel hole dich!« antwortete er. »Nenne mich nicht so!«

Sie schnippte mit den Fingern. »Der Märchenprinz willst du genannt sein, nicht?« schrie sie hinter ihm her.

Bei diesen Worten sprang der schläfrige Matrose auf und blickte sich wild um. Das Geräusch der zufallenden Tür drang an sein Ohr. Er stürzte hinaus, als ob er ihn verfolgen wollte.

Dorian Gray ging rasch durch den herabtropfenden Regen den Kai entlang. Das Zusammentreffen mit Adrian Singleton hatte ihn seltsam bewegt, und er fragte sich, ob der Untergang dieses jungen Lebens wirklich seine Schuld war, wie ihm Basil Hallward mit so schändlicher Beschimpfung gesagt hatte. Er biß sich auf die Lippen, und einige Augenblicke wurde sein Auge traurig. Aber schließlich, was ging es ihn an? Das

Dasein war zu kurz, als daß man die Last fremder Sünden auf seine Schultern nehmen könnte. Jedermann mußte sein eigenes Leben leben und seinen eigenen Preis für das Leben zahlen. Das einzige Unglück war, daß man so oft für nur ein Vergehen zu zahlen hatte. Man mußte immer und immer wieder zahlen. In seinem Verkehr mit dem Menschen schloß das Schicksal die Rechnung nie ab.

Die Psychologen sagen, daß es Augenblicke gibt, in denen der Trieb zur Sünde oder dem, was die Welt Sünde nennt, einen Menschen so beherrscht, daß jeder Nerv des Körpers, jede Zelle des Gehirns von fürchterlichen Antrieben erfüllt zu sein scheint. Männer und Frauen verlieren in solchen Augenblicken die Freiheit ihres Willens. Sie bewegen sich automatisch ihrem schrecklichen Ende zu. Die Wahl ist ihnen genommen, und das Gewissen ist entweder tot oder, wenn es überhaupt lebt, so lebt es nur, um der Empörung Reiz und dem Ungehorsam einen besonderen Zauber zu verleihen. Denn alle Sünden sind, wie die Psychologen nicht müde werden uns zu sagen, Sünden des Ungehorsams. Als jener hohe Geist, der Morgenstern des Bösen, vom Himmel fiel, da fiel er als Rebell herab.

Verhärtet, die Gedanken allein auf das Böse gerichtet, mit beflecktem Geist, einer Seele, die nach Empörung hungerte, eilte Dorian weiter, und während er ging, beschleunigte er seine Schritte immer mehr. Als er aber in einen düsteren Torweg einbog, der ihm oft genug als abgekürzter Weg zu dem übel berüchtigten Ort, den er jetzt aufsuchen wollte, gedient hatte, fühlte er sich plötzlich von rückwärts gefaßt, und bevor er Zeit hatte, sich zu verteidigen, wurde er gegen eine Mauer geworfen und sein Hals von einer brutalen Hand umklammert.

Er kämpfte wie ein Wahnsinniger um sein Leben, und mit furchtbarer Anstrengung machte er sich aus den ihn umklammernden Fingern frei. Einen Augenblick später hörte er den Hahn eines Revolvers knacken und sah den Glanz eines glatten Metallaufes geradeaus gegen seinen Kopf gerichtet und die dunkle Gestalt eines kleinen, untersetzten Mannes vor sich.

»Was wollen Sie?« keuchte er.

»Seien Sie still«, sagte der Mann. »Wenn Sie sich rühren, schieße ich Sie nieder!«

»Sie sind wahnsinnig. Was habe ich Ihnen getan?«

»Sie haben das Leben Sibyl Vanes zugrunde gerichtet!« war die Antwort. »Und Sibyl Vane war meine Schwester. Sie hat sich getötet. Ich weiß es. Ihr Tod ist Ihre Schuld. Ich habe geschworen, daß ich Sie dafür töten werde. Jahrelang habe ich Sie gesucht. Aber ich hatte keinen Anhaltspunkt, keine Spur. Die zwei Menschen, die Sie hätten beschreiben können, waren tot. Ich wußte nichts von Ihnen als den Kosenamen, den sie Ihnen gab. Heute nacht habe ich ihn durch Zufall gehört. Machen Sie Ihren Frieden mit Gott! Heute nacht sollen Sie sterben.«

Dorian Gray wurde fast ohnmächtig vor Furcht. »Ich habe sie nie gekannt«, stammelte er. »Ich habe nie von ihr gehört. Sie sind verrückt.«

»Gestehen Sie lieber Ihre Sünde ein, denn so gewiß ich James Vane bin, so gewiß sollen Sie jetzt sterben.«

Es war ein schrecklicher Augenblick. Dorian wußte nicht, was er sagen oder tun sollte.

»Auf die Knie!« brummte der Mann. »Ich gebe Ihnen eine Minute, Ihren Frieden mit Gott zu machen, nicht mehr! Ich muß heute nacht an Bord nach Indien, und zuerst soll es geschehen. Eine Minute, nicht eine Sekunde länger!«

Dorians Arme sanken herab. Vom Schrecken gelähmt, wußte er sich nicht zu helfen. Plötzlich zuckte eine jähe Hoffnung durch sein Gehirn. »Warten Sie!« schrie er. »Wie lang ist es her, daß Ihre Schwester gestorben ist? Rasch, sagen Sie!«

»Achtzehn Jahre«, sagte der Mann. »Warum fragen Sie mich? Was machen die Jahre?«

»Achtzehn Jahre!« lachte Dorian mit einem triumphierenden Ton in der Stimme auf. »Achtzehn Jahre! Bringen Sie mich unter die Laterne und sehen Sie mir ins Gesicht!«

James Vane zögerte einen Augenblick und begriff nicht, was er meinte. Dann packte er Dorian Gray und schleifte ihn aus dem Torweg.

So trübe und flackernd das windverwehte Licht auch war, genügte es doch, ihm den furchtbaren Irrtum, in den er gefallen zu sein schien, zu zeigen. Das Antlitz des Mannes, den er töten wollte, hatte all den Blütenreiz der Jugend, all die unbefleckte Reinheit der Jugend. Er schien kaum älter als ein Jüngling von zwanzig Lenzen, kaum älter, wenn er überhaupt älter als die Schwester war, als sie vor so vielen Jahren Abschied genommen hatten. Es war klar, daß das nicht der Mann war, der ihr Leben zerstört hatte.

Er ließ los und wankte zurück. »O Gott, o Gott!« rief er aus. »Und ich hätte Sie ermordet!«

Dorian Gray schöpfte tief Atem. »Sie waren hart dabei, ein furchtbares Verbrechen zu begehen, Mann«, sagte er mit einem strengen Blick. »Lassen Sie sich das eine Warnung sein, die Rache nicht selbst zu übernehmen.«

»Verzeihen Sie mir, Herr!« stammelte James Vane. »Ich habe mich täuschen lassen. Ein Wort, das ich zufällig in der verfluchten Kneipe hörte, hat mich auf die falsche Spur geführt.«

»Sie sollten lieber nach Hause gehen und den Revolver wegtun, sonst kommen Sie noch in Ungelegenheiten«, sagte Dorian, drehte sich um und ging langsam die Straße hinunter.

James Vane stand schaudernd da. Er zitterte von Kopf bis Fuß. Nach einer kleinen Weile bewegte sich ein schwarzer Schatten, der längs der tröpfelnden Wand hingeglitten war, ins Licht hinaus und kam mit verstohlenen Schritten nahe zu ihm heran. Er spürte, daß eine Hand auf seinem Arm lag, und sah sich mit jähem Satz um. Es war eines der Weiber, das an der Bar getrunken hatte.

»Warum haben Sie ihn nicht umgebracht?« stieß sie hervor, ihr hageres Gesicht ganz nahe an dem seinen. »Ich wußte, daß Sie ihm folgten, als Sie aus der Kneipe fortrannten. Sie Narr! Sie hätten ihn umbringen sollen. Er hat einen Haufen Geld und ist so schlecht als irgendeiner.«

»Er ist nicht der Mann, den ich suche«, antwortete er. »Und ich will keines Menschen Geld. Ich will das Leben eines Menschen. Der Mann, dessen Leben ich will, muß jetzt an die Vierzig sein. Der da ist kaum mehr als ein Knabe. Ich danke Gott, daß sein Blut nicht an meinen Händen klebt.«

Das Weib stieß ein bitteres Lachen aus. »Kaum mehr als ein Knabe!« höhnte sie. »Mensch, es ist fast achtzehn Jahre her, daß der Märchenprinz aus mir gemacht hat, was ich jetzt bin!«

»Das ist eine Lüge!« schrie James Vane.

Sie hob ihre Hand zum Himmel. »Bei Gott, ich sage die Wahrheit!« rief sie.

»Bei Gott?«

»Machen Sie mich kalt, wenn es nicht so ist. Er ist der Schlimmste von allen, die herkommen. Sie sagen, er habe sich dem Teufel für ein schönes Gesicht verkauft. Es sind nahe an achtzehn Jahre, daß ich ihn getroffen habe. Seitdem hat er sich kaum verändert. Ich um so mehr«, fügte sie mit schmerzlichem Blinzeln hinzu.

»Können Sie das beschwören?«

»Ich schwöre es«, wiederholte ihr dünner Mund. »Aber verraten Sie mich ihm nicht«, winselte sie. »Ich habe Angst vor ihm. Geben Sie mir ein paar Groschen fürs Nachtquartier.«

Mit einem Fluch stürzte er von ihr weg und rannte bis zur Straßenecke. Aber Dorian Gray war verschwunden. Als er zurückblickte, war auch das Weib schon weg.

Siebzehntes Kapitel

Eine Woche später saß Dorian Gray in dem Wintergarten von Selby Royal und sprach mit der hübschen Herzogin von Monmouth, die mit ihrem Manne, einem matt aussehenden sechzigjährigen Manne, zu seinen Gästen gehörte. Es war Teezeit, und das warme Licht der großen, spitzenverhängten Lampe, die auf dem Tische stand, erleuchtete das erlesene Porzellan und das getriebene Silber des Tafelgeschirrs. Die Herzogin schenkte den Tee ein; ihre weißen Hände bewegten sich zierlich zwischen den Tassen, und ihre vollen, roten Lippen lächelten über etwas, das ihr Dorian zugeflüstert hatte. Lord Henry lehnte sich in einen Rohrsessel, der mit Seide überzogen war, zurück und sah sie an. Auf einem pfirsichfarbenen Diwan saß Lady Narborough und gab vor, einer Beschreibung des Herzogs zuzuhören, die dem letzten brasilianischen Käfer galt, den er seiner Sammlung einverleibt hatte. Drei junge Leute in eleganter Toilette boten den Damen Kuchen an. Die Gesellschaft bestand aus zwölf Personen, und für den nächsten Tag wurden noch mehr erwartet.

»Worüber sprecht ihr beide?« fragte Lord Henry, während er zu dem Teetisch hinüber ging und seine Tasse niederstellte. »Ich hoffe, Dorian hat Ihnen von meinem Plan, alles umzutaufen, erzählt, Gladys. Ich glaube, es ist eine ausgezeichnete Idee.«

»Aber ich will keinen anderen Namen, Henry«, erwiderte die Herzogin und sah ihn mit ihren wunderschönen Augen an. »Ich bin ganz zufrieden mit dem, den ich habe, und ich denke, auch Mr. Gray kann mit seinem zufrieden sein.«

»Meine liebe Gladys, ich möchte beide Namen um keinen Preis ändern. Gestern pflückte ich mir eine Orchidee für sein Knopfloch. Es war eine prachtvoll gesprenkelte Blume, so wirkungsvoll wie die sieben Todsünden. In einem gedankenlosen Augenblick fragte ich einen der Gärtner, wie sie heiße. Er sagte mir, es sei ein schönes Beispiel von Robinsoniana oder irgendeine ähnliche gräßliche Bezeichnung. Es ist eine traurige Wahrheit, aber wir haben die Fähigkeit, den Dingen schöne Namen zu geben, verloren. Und doch sind Namen alles. Ich rege mich nie über Handlungen auf. Mein einziger Kampf geht um Worte. Das ist auch der Grund, weshalb ich den vulgären Realismus in der Literatur hasse. Der Mann, der imstande ist, einen Spaten einen Spaten zu nennen, sollte gezwungen werden, selbst einen zu handhaben. Es wäre die einzige Sache, zu der er gut wäre.«

»Wie sollen wir Sie also nennen, Henry?« fragte sie.

»Er heißt Fürst Paradox«, sagte Dorian.

»An dem Namen muß ihn jeder sofort kennen!« rief die Herzogin.

»Ich will ihn nicht«, sagte Lord Henry lachend, während er in einen Fauteuil sank. »Einem solchen Schild kann man nie wieder entgehen. Ich weise den Titel zurück.«

»Könige können nicht abdanken«, antworteten ihm schöne Lippen.

»Sie verlangen also, daß ich meinen Thron verteidige?«

»Ja.«

»Ich sage die Wahrheiten von morgen.«

»Ich ziehe die Irrtümer von heute vor«, antwortete sie.

»Sie entwaffnen mich, Gladys!« rief er, indem er sich von ihrer übermütigen Laune anstecken ließ.

»Ich nehme Ihnen Ihren Schild, Henry, nicht Ihren Speer.«

»Ich kämpfe nie gegen Schönheit«, sagte er mit einer leichten Bewegung seiner Hand.

»Das ist Ihr Hauptfehler, Henry, glauben Sie mir. Sie schätzen die Schönheit viel zu hoch ein.«

»Wie können Sie das sagen? Ich gebe gern zu, daß ich es für besser halte, schön zu sein als gut. Aber auf der anderen Seite ist niemand eher bereit zuzugeben, daß es besser ist, gut zu sein als häßlich.«

»Häßlichkeit ist also eine der sieben Todsünden!« rief tue Herzogin. »Wie steht es nun um das Gleichnis von den Orchideen?«

»Häßlichkeit ist eine von den sieben tödlichen Tugenden, Gladys. Sie als gute Tory dürfen sie nicht unterschätzen. Das Bier, die Bibel und die sieben tödlichen Tugenden haben aus England gemacht, was es ist.«

»Sie lieben also Ihre Heimat nicht?« fragte sie.

»Ich lebe in ihr.«

»Damit Sie sie besser kritisieren können.«

»Wollen Sie, daß ich mir das Urteil Europas über sie aneigne?« fragte er.

»Was sagt man von uns?«

»Daß Tartüff nach England ausgewandert ist und dort einen Laden aufgemacht hat.«

»Ist das Wort von Ihnen, Henry?«

»Ich schenke es Ihnen.«

»Ich könnte nichts damit anfangen. Es ist zu wahr.«

»Sie brauchen keine Angst zu haben. Unsere Landsleute fühlen sich nie getroffen.«

»Sie sind praktisch.«

»Eher gerissen als praktisch. Wenn sie ihr Hauptbuch aufmachen, dann gleichen sie Dummheit durch Reichtum und Laster durch Heuchelei aus.«

»Und doch haben wir große Dinge vollbracht.«
»Große Dinge sind auf unsere Schultern gelegt worden, Gladys.«
»Wir haben ihre Last zu tragen vermocht.«
»Nur bis zur Börse.«
Sie schüttelte den Kopf. »Ich glaube an die Rasse!« rief sie.
»Sie repräsentiert das Überleben des Rücksichtslosen.«
»Sie hat das Zeug zur Entwicklung.«
»Der Verfall reizt mich mehr.«
»Und die Kunst?« fragte sie.
»Ist eine Krankheit.«
»Die Liebe?«
»Eine Einbildung.«
»Religion?«
»Der moderne Ersatz für den Glauben.«
»Sie sind ein Skeptiker!«
»Niemals. Skeptizismus ist der Anfang des Glaubens.«
»Was sind Sie denn?«
»Definieren heißt beschränken.«
»Geben Sie mir den Ariadnefaden.«
»Fäden reißen. Sie würden Ihren Weg in dem Labyrinth verlieren.«
»Sie verwirren mich. Wir wollen von etwas anderem sprechen.«
»Unser Wirt ist ein entzückendes Gesprächsthema. Vor vielen Jahren nannte man ihn den Märchenprinzen.«
»Oh, erinnern Sie mich nicht daran!« rief Dorian Gray.
»Unser Wirt ist recht unangenehm heute abend«, antwortete die Herzogin und wechselte die Farbe. »Er denkt wohl, Monmouth habe mich nur aus wissenschaftlichen Gründen geheiratet, weil ich das beste Beispiel eines modernen Schmetterlings bin.«
Dorian lachte. »Ich hoffe doch, er wird Sie nicht auf Stecknadeln aufspießen, Herzogin.«
»Das besorgt meine Kammerjungfer schon, Mr. Gray, wenn sie sich über mich ärgert.«
»Und worüber ärgert sie sich bei Ihnen, Herzogin?«
»Uber die trivialsten Dinge, Mr. Gray. In der Regel, wenn ich zehn Minuten vor neun nach Hause komme und sage, daß ich um halb neun angezogen sein muß.«
»Wie unvernünftig von ihr! Sie sollten sie wegschicken.«

»Ich traue mich nicht, Mr. Gray. Sie erfindet meine Hüte. Erinnern Sie sich an den Hut, den ich auf Lady Hilstones Gartengesellschaft getragen habe? Sie erinnern sich nicht, aber es ist sehr nett von Ihnen, daß Sie so tun. Also der war geradezu aus nichts gemacht. Alle guten Hüte werden aus nichts gemacht.«

»Wie jeder gute Ruf, Gladys!« unterbrach Lord Henry. »Jeder Erfolg, den man erzielt, schafft uns einen Feind. Man muß mittelmäßig sein, wenn man beliebt sein will.«

»Nicht bei den Frauen«, sagte die Herzogin und schüttelte den Kopf. »Und die Frauen regieren die Welt. Ich sage Ihnen, wir können Mittelmäßigkeiten nicht vertragen. Wir Frauen, hat mir jemand gesagt, lieben mit den Ohren, gerade so wie ihr Männer mit den Augen liebt, wenn ihr überhaupt lieben könnt.«

»Es scheint mir, daß wir überhaupt nichts anderes tun«, flüsterte Dorian.

»Ach Sie, Mr. Gray, Sie lieben nie wirklich«, antwortete sie mit spöttischer Trauer.

»Meine liebe Gladys!« rief Lord Henry. »Wie können Sie das sagen? Die Liebe lebt von der Wiederholung, und die Wiederholung verwandelt eine Begierde in Kunst. Übrigens jedesmal, wenn man liebt, ist es das erstemal, daß man überhaupt geliebt hat. Die Verschiedenheit des Objektes verändert die Einzigkeit der Leidenschaft nicht. sie verstärkt sie nur. Wir können im Leben im besten Falle nur ein einziges großes Erlebnis haben, und das Geheimnis des Lebens ist es, dieses Erlebnis so oft wie möglich zu wiederholen.«

»Selbst, wenn es eines ist, das einen verwundet hat, Henry?« fragte die Herzogin nach einer Pause.

»Dann erst recht«, entgegnete Lord Henry.

Die Herzogin wandte sich um und sah Dorian Gray mit einem seltsamen Blick an. »Was sagen Sie dazu, Mr. Gray?« fragte sie.

Dorian zögerte einen Augenblick. Dann warf er den Kopf zurück und lachte. »Ich gebe Henry immer recht, Herzogin.«

»Selbst wenn er unrecht hat?«

»Henry hat nie unrecht, Herzogin.«

»Und macht seine Weisheit Sie glücklich?«

»Ich habe das Glück nie gesucht. Wer braucht Glück? Ich habe den Genuß gesucht.«

»Und gefunden, Mr. Gray?«

»Oft, zu oft.«

Die Herzogin seufzte. »Ich suche Frieden«, sagte sie. »Und wenn ich jetzt nicht gehe und mich anziehe, bekomme ich ihn heute abend nicht.«

»Lassen Sie mich Ihnen einige Orchideen bringen, Herzogin!« rief Dorian, sprang auf und ging den Wintergarten hinab.

»Sie flirten ganz schändlich mit ihm«, sagte Lord Henry zu seiner Cousine. »Sie sollten sich lieber in acht nehmen. Er kann sehr faszinieren.«

»Wenn er es nicht könnte, gäbe es keinen Kampf.«

»Sind sich also zwei Griechen begegnet?«

»Ich bin auf der Seite der Trojaner. Sie fochten für ein Weib.«

»Sie wurden besiegt.«

»Es gibt ärgere Dinge als gefangen genommen werden«, erwiderte sie.

»Sie lassen dem Pferd die Zügel schießen.«

»Das Tempo gibt Leben«, war die Antwort.

»Ich werde das heute abend in mein Tagebuch schreiben.«

»Was?«

»Daß ein gebranntes Kind das Feuer liebt.«

»Ich bin noch nicht einmal versengt. Meine Flügel sind unberührt.«

»Sie benützen sie zu allem, nur nicht zum Fliegen.«

»Der Mut ist von den Männern zu den Frauen gewandert. Es ist ein neues Erlebnis für uns.«

»Sie haben eine Rivalin.«

»Wen?«

Er lachte. »Lady Narborough«, flüsterte er. »Sie betet ihn an.«

»Sie erfüllen mich mit Furcht. Der Appell ans Altertum ist für uns Romantiker stets gefährlich.«

»Romantiker? Sie haben alle Methoden der Wissenschaft.«

»Die Männer haben uns erzogen.«

»Aber nicht erklärt.«

»Geben Sie eine Erklärung unseres Geschlechtes«, forderte sie heraus.

»Sphinxe ohne Geheimnisse.«

Sie sah ihn lächelnd an. »Wie lange Mr. Gray wegbleibt«, sagte sie. »Wir wollen gehen und ihm helfen. Ich habe ihm nicht einmal die Farbe meines Kleides angegeben.«

»Sie müssen Ihr Kleid seinen Blumen anpassen, Gladys.«

»Das wäre eine vorzeitige Übergabe.«

»Die romantische Kunst beginnt mit der höchsten Steigerung.«

»Ich muß mir eine Möglichkeit zum Rückzug offen halten.«

»Wie die Parther?«

»Sie fanden Schutz in der Wüste. Ich könnte das nicht.«

»Frauen haben nicht immer die Wahl«, antwortete er. Aber er hatte den Satz noch kaum zu Ende gesprochen, als von dem äußersten Winkel des Wintergartens ein unterdrücktes Stöhnen kam, dem das dumpfe Geräusch eines schweren Falles folgte. Alle schraken auf. Die Herzogin stand reglos vor Schrecken da. Mit ängstlichen Augen stürzte Lord Henry durch die wehenden Palmen und fand Dorian Gray, das Gesicht zur Erde auf den Ziegeln des Bodens, in einer todesähnlichen Ohnmacht.

Er wurde sofort in den blauen Salon gebracht und auf eines der Sofa gelegt. Nach einer kurzen Weile kam er zu sich und sah sich mit einem erstaunten Blick um.

»Was ist geschehen?« fragte er. »Ach ja – jetzt fällt mir's ein. Bin ich hier sicher, Henry?« Er begann zu zittern.

»Mein lieber Dorian,« antwortete Lord Henry, »Sie haben nur eine Ohnmacht gehabt. Sie müssen sich übermüdet haben. Sie sollten nicht zum Diner kommen. Ich will Ihre Stelle versehen.«

»Nein, ich will selbst kommen«, sagte er, während er sich mühte, auf den Füßen zu stehen. »Ich komme lieber herunter. Ich darf nicht allein sein.«

Er ging in sein Zimmer und zog sich an. Als er bei Tisch saß, war in seinem Gehaben eine wilde, unruhige Lustigkeit; aber dann und wann lief ein Angstschauer über ihn hin, wenn er sich erinnerte, daß er, gegen das Fenster des Wintergartens gepreßt wie ein weißes Tuch das Gesicht James Vanes, der ihm auflauerte, erblickt hatte.

Achtzehntes Kapitel

Am nächsten Tage verließ er das Haus nicht; er verbrachte den größten Teil der Zeit in seinem Zimmer, erschüttert von einer wilden Todesfurcht und doch dem Leben selbst gegenüber gleichgültig. Das Bewußtsein, verfolgt, gejagt, aufgespürt zu werden, begann ihn zu beherrschen. Wenn die Vorhänge nur im Wind erzitterten, schrak er zusammen. Die toten Blätter, die gegen die Butzenscheiben geweht wurden, schienen ihm seine eigenen vergeudeten Entschlüsse und ungestümen Gewissensbisse zu sein. Wenn er die Augen schloß, sah er wieder das Gesicht des Matrosen, wie es durch das nebelbeschlagene Glas blickte, und das Entsetzen schien ihm noch einmal die Hand aufs Herz zu legen.

Aber vielleicht war es nur seine Phantasie gewesen, die die Rache aus der Nacht heraufbeschworen und die gräßlichen Gestalten der Strafe vor ihn gestellt hatte. Das wirkliche Leben war ein Chaos, aber in der Kraft der Einbildung war eine furchtbare Logik. Die Einbildungskraft hetzte die Gewissensbisse auf die Sünde. Die Einbildungskraft zeugte aus jedem Verbrechen neue scheußliche Ungeheuer. In der gewöhnlichen Welt der Tatsachen werden die Schlechten so wenig bestraft wie die Guten belohnt. Der Erfolg gehört den Starken. Unglück trifft die Schwachen. Das ist alles. Übrigens, wäre ein Fremder um das Haus herumgestrolcht, so hätte ihn einer der Diener oder Wächter entdeckt. Wären irgendwelche Fußtapfen auf den Beeten gefunden worden, so hätten es die Gärtner gemeldet. Ja, es war nur Einbildung gewesen. Sibyl Vanes Bruder war nicht zurückgekommen, um ihn zu töten. Er war auf seinem Schiff fortgesegelt, um in irgendeiner winterlichen See zu ertrinken. Vor ihm war er sicher. Der wußte nicht, wer er war, konnte es nicht wissen. Die Maske der Jugend hatte ihn gerettet.

Und doch, wenn es auch bloß Einbildung gewesen war, wie schrecklich, daß das Gewissen so fürchterliche Phantome erstehen lassen, ihnen sichtbare Form geben und sie vor unseren Augen bewegen konnte! Was für ein Leben würde er führen, wenn Tag und Nacht die Schatten seiner Verbrechen aus stillen Winkeln nach ihm spähen, ihn von geheimen Stellen aus höhnen, ihm in die Ohren flüstern würden, wenn er beim Mahle saß, ihn mit eisigen Fingern weckten, wenn er schlief! Als dieser Gedanke durch sein Hirn schlich, wurde er blaß vor Schrecken, und die Luft schien ihm plötzlich kälter zu sein. In welcher wild-wahnsinnigen Stunde hatte er den Freund umgebracht! Wie gespenstisch war nur die Erinnerung an diese Szene! Er sah nun alles wieder. Jede gräßliche Einzelheit kam mit erhöhtem Schrecken in sein Gehirn zurück. Aus den schwarzen Höhlen der Zeit, schrecklich und in Scharlachrot gehüllt, erstand das Bild seiner Sünde. Als Lord Henry um sechs Uhr eintrat, fand er den Freund schluchzend, wie wenn ihm das Herz brechen wollte.

Erst am dritten Tage wagte er auszugehen. In der klaren, nadelduftenden Luft dieses Wintermorgens schien etwas zu liegen, das ihm seine Fröhlichkeit und seine Lebenslust wiedergab. Aber nicht nur die physischen Bedingungen seiner Umgebung hatten diesen Wechsel veranlaßt. Seine eigene Natur hatte sich gegen das Übermaß der Angst empört, die seine sonst vollendete Ruhe zu zermalmen und zu zerstören versucht hatte. Bei feinen, subtil organisierten Naturen ist es immer so. Bei ihren heftigen Leidenschaften gibt es nur ein Biegen oder Brechen. Entweder sie erschlagen den Menschen oder sie sterben selbst. Oberflächliche Leiden, oberflächliche Liebe können weiter leben. Große Liebe und große Leiden werden durch ihre eigene Fülle vernichtet. Dann hatte er sich auch überzeugt, daß er das Opfer einer durch Schrecken verwirrten Einbildungskraft gewesen war, und sah jetzt auf seine Angst mit einer Art Mitleid und nicht geringer Verachtung zurück.

Nach dem Frühstück ging er eine Stunde mit der Herzogin im Garten spazieren und fuhr dann durch den Park, um die Jagdgesellschaft zu treffen. Der zart gekräuselte Reif lag wie Salz auf dem Rasen. Der Himmel sah aus wie eine umgestülpte blaue Metallschale. Eine dünne Eisschicht säumte den seichten, schilfbewachsenen Teich.

Am Eingang des Tannenwaldes erblickte er Sir Geoffrey Clouston, den Bruder der Herzogin, der eben zwei verschossene Patronen aus seiner Flinte stieß. Er sprang aus dem Wagen, sagte dem Groom, er solle das Pferd nach Hause fahren, und ging dann durch das welke Farnkraut und das rauhe Gestrüpp auf seinen Gast zu.

»Gute Jagd gehabt, Geoffrey?« sagte er.

»Nicht besonders, Dorian. Die meisten Vögel sind wohl auf die Felder gegangen. Vielleicht wird es am Nachmittag besser, wenn wir auf frischen Grund kommen.«

Dorian schlenderte neben ihm her. Die starke, aromatische Luft, die braunen und roten Lichter, die im Wald flimmerten, die heiseren Schreie der Treiber, die von Zeit zu Zeit laut wurden, und der scharfe Knall der Flinten, der folgte, das alles fesselte ihn und erfüllte ihn mit einem Gefühl wunderbarer Freiheit. Er war beherrscht von sorglosem Glück, von der hohen Gleichgültigkeit der Lust.

Plötzlich fuhr aus einem Büschel alten Grases, vielleicht zwanzig Meter von ihnen weg, ein Hase auf, die schwarzgesprenkelten Löffel hoch erhoben und die langen hinteren Läufe nach vorn werfend. Er lief nach einem Erlendickicht. Sir Geoffrey legte das Gewehr an die Schulter. Aber in der beweglichen Anmut des Tieres lag etwas, das Dorian auf eine seltsame Weise entzückte, und er rief zugleich aus:

»Schießen Sie ihn nicht, Geoffrey. Lassen Sie ihn laufen!«

»Was für ein Unsinn, Dorian«, sagte sein Begleiter lachend; und als der Hase in das Dickicht setzte, schoß er. Man hörte zwei Schreie: den Schrei eines verwundeten Hasen, der schrecklich ist, und den Schrei eines sterbenden Mannes, der weit ärger ist.

»Herr Gott, ich habe einen Treiber getroffen!« schrie Sir Geoffrey. »Was für ein Esel der Mann war, vor die Büchsen zu laufen! Hört auf zu schießen!« rief er, so laut er konnte. »Ein Mann ist verwundet.«

Der Wildhüter kam mit einem Stock in der Hand herbeigelaufen.

»Wo, Herr? Wo ist er?« schrie er. Im selben Augenblick hörte das Schießen auf der ganzen Linie auf.

»Hier!« antwortete Sir Geoffrey ärgerlich und rannte auf das Dickicht zu. »Warum, um Himmels willen, halten Sie Ihre Leute nicht zurück? Jetzt ist meine ganze Jagd für heute zum Teufel.«

Dorian beobachtete sie, wie sie in die Erlenpflanzung eindrangen und die biegsamen, schwankenden Zweige zur Seite stießen. Nach ein paar Minuten kamen sie wieder heraus und zogen einen Körper ins Sonnenlicht. Er wandte sich entsetzt ab. Es schien ihm, als folge ihm das Unglück überallhin. Er hörte, wie Sir Geoffrey fragte, ob der Mann wirklich tot sei, und die bejahende Antwort des Hüters. Der Wald schien sich jäh mit Gesichtern zu beleben. Man hörte das Getrampel von unzähligen Füßen und das leise Summen von Stimmen. Ein großer Fasan mit kupferfarbiger Brust flog flatternd durch die Äste über ihren Köpfen.

Nach einigen Augenblicken, die ihm, verstört wie er war, endlose schmerzliche Stunden schienen, fühlte er eine Hand auf seiner Schulter. Er schrak zusammen und wandte sich um.

»Dorian,« sagte Lord Henry, »ich will den Leuten lieber sagen, daß die Jagd für heute zu Ende ist. Es würde nicht gut aussehen, weiter zu jagen.«

»Ich wollte, sie wäre für immer zu Ende«, antwortete er bitter. »Die ganze Sache ist gräßlich und grausam. Ist der Mann ...?« Er konnte den Satz nicht vollenden.

»Ich fürchte«, antwortete Lord Henry. »Er hat die ganze Ladung in die Brust bekommen. Er muß gleich gestorben sein. Kommen Sie, wir wollen nach Hause gehen.«

Sie schritten nebeneinander auf die Allee zu, vielleicht fünfzig Meter, ohne zu sprechen. Dann sah Dorian Lord Henry an und sagte mit einem tiefen Seufzer: »Henry, das ist ein böses Vorzeichen, ein sehr böses Vorzeichen.«

»Was?« fragte Lord Henry. »Oh – der Unglücksfall! Mein lieber Freund, da kann man nichts machen. Der Mann trägt ja selbst die Schuld. Warum ging er vor die Flinten? Übrigens ist es nicht unsere Sache. Natürlich, für Geoffrey ist es ziemlich unangenehm. Es geht nicht an, Treiber niederzupfeffern. Die Leute denken dann, daß man ein Sonntagsjäger ist; und Geoffrey ist es nicht. Er schießt ganz ordentlich. Aber es hat keinen Sinn, über die Sache weiter zu reden.«

Dorian schüttelte den Kopf. »Es ist ein böses Vorzeichen, Henry. Ich habe das Gefühl, daß einem von uns etwas Schreckliches zustoßen wird. Mir selbst vielleicht«, fügte er hinzu und fuhr sich mit der Hand über die Augen, wie einer, der Schmerzen hat.

Der Ältere lachte. »Die einzige schreckliche Sache in der Welt ist Langeweile, Dorian. Das ist die einzige Sünde, für die es keine Vergebung gibt. Aber wir werden darunter schwerlich zu leiden haben, außer wenn die Leute noch beim Diner über die Sache reden. Ich muß Ihnen sagen, daß das Thema Tabu ist. Und Vorzeichen – so etwas gibt es nicht. Das Schicksal schickt uns keine Herolde. Es ist zu weise oder zu grausam dazu. Übrigens, was auf der weiten Welt sollte Ihnen geschehen, Dorian? Sie haben alles, was ein Mann wünschen kann. Es gibt niemand, der nicht gern mit Ihnen tauschen würde.«

»Es gibt niemand, mit dem ich nicht tauschen würde, Henry. Lachen Sie nicht so! Ich spreche die Wahrheit. Der elende Bauer, der gerade gestorben ist, war besser daran als ich. Ich habe keine Angst vor dem Tod. Vor dem Sterben ängstige ich mich. Die ungeheuerlichen Flügel des Todes scheinen rings um mich herum in der bleiernen Luft zu schweben. Herr im Himmel, sehen Sie denn nicht, daß dort hinter dem Baum ein Mann auf mich wartet, mich beobachtet?«

Lord Henry sah in die Richtung, in die die zitternde Hand wies. »Ja,« sagte er lächelnd, »ich sehe, daß der Gärtner auf Sie wartet. Er will Sie wohl fragen, welche Blumen heute auf den Tisch kommen sollen. Wie lächerlich nervös Sie sind, mein Lieber! Sie müssen zu meinem Doktor gehen, wenn wir wieder in London sind.«

Dorian seufzte erleichtert auf, als er den Gärtner näherkommen sah. Der Mann legte die Hand an den Hut, blickte zuerst zögernd auf Lord Henry und nahm dann einen Brief heraus, den er seinem Herrn gab. »Ihre Gnaden hat mir aufgetragen, auf eine Antwort zu warten«, flüsterte er.

Dorian steckte den Brief in die Tasche. »Sagen Sie Ihrer Gnaden, daß ich komme«, sagte er kühl. Der Mann drehte sich um und ging rasch dem Hause zu.

»Wie gerne die Frauen gefährliche Dinge tun!« sagte Lord Henry lachend. »Es ist eine ihrer Eigenschaften, die ich am meisten bewundere. Jede Frau ist bereit, mit jedem Menschen auf der Welt zu flirten, solang andere Leute zuschauen.«

»Wie gerne Sie gefährliche Dinge sagen, Henry! In diesem Falle aber sind Sie auf dem Holzwege. Ich habe die Herzogin sehr gern, aber ich liebe sie nicht.«

»Und die Herzogin liebt Sie sehr, aber Sie hat sie weniger gern. Sie beide passen also ausgezeichnet zusammen.«

»Was Sie da sagen, ist Klatsch, Henry, und man hat eigentlich nie eine Grundlage für Klatsch.«

»Die Grundlage für jeden Klatsch ist die Verläßlichkeit der Unmoral«, sagte Lord Henry und zündete sich eine Zigarette an.

»Sie würden jeden von uns opfern, Henry, um einen Witz zu machen.«

»Die Welt legt sich freiwillig auf den Opferaltar«, war die Antwort.

»Ich wollte, ich könnte lieben!« rief Dorian, einen tiefen, pathetischen Ton in der Stimme. »Aber es scheint, ich habe die Kraft zur Leidenschaft verloren, und vergessen, wie man begehrt. Ich bin zu sehr von mir selber eingenommen. Meine eigene Persönlichkeit ist eine Last für mich geworden. Ich möchte fliehen, weggehen, vergessen. Es war albern, daß ich überhaupt hergekommen bin. Ich glaube, ich werde nach Harvey telegraphieren, man soll die Jacht instand setzen. Auf einer Jacht ist man sicher.«

»Vor was sicher, Dorian? Sie haben Sorgen. Warum sagen Sie mir nicht, was es ist? Sie wissen, daß ich Ihnen helfen möchte.«

»Ich kann es nicht sagen«, antwortete er traurig. »Ich vermute, es ist alles nur Einbildung. Der Unglücksfall hat mich aus dem Gleichgewicht gebracht. Ich habe eine schreckliche Ahnung, daß mir etwas Ähnliches zustößt.«

»Unsinn!«

»Ich hoffe, es ist Unsinn, aber ich habe einmal das Gefühl. Ach, da kommt die Herzogin und sieht aus wie Artemis in einem Tailor-made-Kostüm. Sie sehen, wir sind zurück, Herzogin.«

»Ich habe schon alles gehört, Mr. Gray«, antwortete sie. »Der arme Geoffrey ist fürchterlich aufgeregt. Ich höre, Sie hatten ihn gebeten, den Hasen nicht zu schießen. Wie seltsam!«

»Ja, es war sehr merkwürdig. Ich kann nicht einmal sagen, warum ich es getan habe. Irgendeine Laune, vermute ich. Er sah aus wie das entzückendste kleine Wesen. Aber es tut mir leid, daß man Ihnen von dem Manne erzählt hat. Es ist ein peinliches Thema.«

»Es ist ein langweiliges Thema«, unterbrach Lord Henry. »Es hat keinerlei psychologischen Wert. Wenn noch Geoffrey die Sache absichtlich getan hätte, dann wäre er interessant. Ich würde gern jemand kennen, der einen wirklichen Mord begangen hat.«

»Wie schrecklich von Ihnen«, antwortete die Herzogin. »Nicht wahr, Mr. Gray? Henry, Mr. Gray ist krank. Er wird ohnmächtig.«

Dorian hielt sich gewaltsam aufrecht und lächelte. »Es ist nichts,« antwortete er, »meine Nerven sind sehr in Unordnung. Das ist alles. Ich fürchte, ich bin heute morgen zu viel gegangen. Ich habe nicht gehört, was Henry gesagt hat. War es sehr arg? Sie müssen es mir ein anderes Mal erzählen. Ich muß Sie jetzt verlassen und mich hinlegen. Sie entschuldigen mich, nicht wahr?«

Sie waren an die große Treppe gekommen, deren Stufen aus dem Wintergarten auf die Terrasse führten. Als die Türe hinter Dorian geschlossen war, drehte sich Lord Henry um und sah die Herzogin mit seinen verschlafenen Augen an. »Lieben Sie ihn sehr?« fragte er.

Sie gab eine Weile keine Antwort und stand, auf die Landschaft blickend, da. »Ich möchte es selber wissen«, sagte sie schließlich.

Er schüttelte den Kopf. »Wissen, wäre ein Unglück. Nur die Ungewißheit hat Reiz. Der Nebel macht die Dinge wunderbar.«

»Man kann aber in ihm den Weg verlieren.«

»Alle Wege enden am selben Fleck, meine liebe Gladys.«

»Wie heißt der?«

»Enttäuschung.«

»Sie war mein Debüt im Leben«, seufzte sie.

»Sie kam mit einer Krone zu Ihnen.«

»Ich bin der Herzogskrone überdrüssig.«

»Sie steht Ihnen gut.«

»Nur in der Öffentlichkeit.«

»Sie würde Ihnen fehlen«, sagte Lord Henry.

»Ich werde mich von keiner Zinke trennen.«

»Monmouth hat Ohren.«

»Alter ist schwerhörig.«

»War er nie eifersüchtig?«

»Ich wollte, er wäre es gewesen.«

Er blickte sich um, als suche er etwas.

»Was suchen Sie?« fragte sie.

»Den Knopf Ihres Floretts«, antwortete er. haben ihn fallen lassen.«

»Ich habe noch die Maske.«

»Sie macht Ihre Augen noch hübscher«, war die Antwort.

Sie lachte wieder. Ihre Zähne sahen aus wie weiße Kerne in einer scharlachroten Frucht.

Oben in seinem Zimmer lag Dorian Gray auf einem Sofa, Schrecken in jeder Fieber seines zuckenden Körpers. Das Leben war plötzlich für ihn eine so schwere Last geworden, daß er es nicht mehr tragen konnte. Der gräßliche Tod des unglücklichen Treibers, der in dem Dickicht wie ein wildes Tier erschossen war, schien ihm selbst den Tod vorauszusagen. Er war fast ohnmächtig geworden bei dem zynischen Scherz, den Lord Henry in einer zufälligen Laune gemacht hatte.

Um fünf Uhr klingelte er seinem Diener und gab ihm den Auftrag, den Koffer für den Nachtschnellzug nach London zu packen und den Wagen für halb neun vors Tor zu bestellen. Er war entschlossen, nicht noch eine Nacht in Selby Royal zu schlafen. Es war ein Ort der bösen Vorzeichen. Der Tod ging dort am hellen Tage umher. Das Gras des Waldes war mit Blut befleckt.

Dann schrieb er ein paar Zeilen an Lord Henry, teilte ihm mit, daß er in die Stadt fahre, um den Doktor zu konsultieren, und bat ihn, seine Gäste inzwischen zu unterhalten. Als er die Zeilen in ein Kuvert legte, klopfte es an die Tür, und der Diener teilte ihm mit, daß der Wildhüter ihn sprechen wolle. Er runzelte die Stirn und biß sich auf die Lippen. »Schicken Sie ihn herein«, murmelte er nach einigem Zögern.

Als der Mann eingetreten war, nahm Dorian sein Scheckbuch aus einer Lade und legte es vor sich hin.

»Ich vermute, Sie kommen wegen des Unglücksfalles von heute morgen, Thornton«, sagte er und nahm eine Feder.

»Ja, Herr«, antwortete der Wildhüter.

»War der arme Kerl verheiratet? Hatte er für Angehörige zu sorgen?« fragte Dorian mit einem gelangweilten Gesicht. »Wenn so, dann möchte ich nicht, daß sie in Not geraten, und will ihnen jede Summe geben, die Sie für notwendig halten.«

»Wir wissen nicht, wer er ist, gnädiger Herr. Deshalb habe ich mir die Freiheit genommen, herzukommen.«

»Sie wissen nicht, wer er ist?« sagte Dorian gleichgültig. »Wie meinen Sie das? War es nicht einer Ihrer Leute?«

»Nein, Herr, ich habe ihn nie früher gesehen. Er steht aus wie ein Matrose.«

Die Feder fiel aus Dorian Grays Hand, und er hatte das Gefühl, als höre sein Herz plötzlich zu schlagen auf. »Ein Matrose!« schrie er auf. »Sagten Sie, ein Matrose?«

»Ja, gnädiger Herr. Er sieht aus wie ein Matrose, die beiden Arme tätowiert und überhaupt die ganze Art ...«

»Hat man irgend etwas bei ihm gefunden?« fragte Dorian, beugte sich vor und sah den Mann mit erstaunten Augen an. »Irgend etwas, das seinen Namen sagt?«

»Nur Geld, gnädiger Herr. Nicht viel, und einen sechsläufigen Revolver. Keinerlei Namen. Der Mann sieht sonst anständig aus, aber etwas roh. Wir halten ihn für einen Matrosen.«

Dorian sprang auf die Füße. Eine furchtbare Hoffnung durchzuckte ihn. Er klammerte sich wahnsinnig an sie. »Wo ist der Leichnam? Rasch, ich muß ihn sofort sehen.«

»Er liegt in einem leeren Stall bei den Hauptgebäuden, gnädiger Herr. Die Leute wollen so etwas nicht in ihren Häusern haben. Sie sagen, ein Leichnam bringt Unglück.«

»Bei den Hauptgebäuden! Gehen Sie sofort hin und warten Sie dort auf mich. Sagen Sie einem der Stallknechte, er solle mein Pferd herbringen. Nein, lassen Sie es, ich werde selbst in den Stall gehen. Das wird rascher gehen.«

Kaum eine Viertelstunde später galoppierte Dorian die lange Allee, so rasch er konnte, entlang. Die Bäume schienen an ihm in gespenstischem Zuge vorbeizufliegen und wilde Schatten auf den Weg zu schleudern. Einmal scheute die Stute an einem weißen Pflock und warf ihn fast ab. Er peitschte sie mit der Gerte auf den Hals. Sie durchschnitt die dunkle Luft wie ein Pfeil. Die Steine sprangen unter ihren Hufen.

Schließlich erreichte er die Stelle. Zwei Männer gingen im Hof herum. Er sprang aus dem Sattel und warf einen von ihnen die Zügel zu. In dem fernsten Stall schimmerte ein Licht. Irgend etwas schien ihm zu sagen, daß der Leichnam dort liege, und er ging rasch auf die Tür zu und legte die Hand aufs Schloß.

Er zögerte einen Augenblick und spürte, er sei an der Schwelle einer Entdeckung, die ihm entweder das Leben neu geben oder es zerstören würde. Dann stieß er die Tür auf und trat ein.

Auf einem Bündel Säcke in dem entferntesten Winkel lag der tote Körper eines Mannes, bekleidet mit einem rauhen Hemd und blauen Hosen. Ein getupftes Taschentuch war über sein Gesicht gebreitet. Eine elende Kerze, in eine Flasche gesteckt, flackerte daneben.

Dorian Gray schauerte. Er fühlte, daß er mit seiner Hand nicht dieses Taschentuch wegziehen könne, und rief nach einem der Leute.

»Nehmen Sie das Ding vom Gesicht weg. Ich will es sehen«, sagte er und mußte sich an den Türpfosten anklammern.

Als es der Knecht getan hatte, machte er einen Schritt nach vorne. Ein Freudenschrei brach von seinen Lippen. Der Mann, der im Dickicht erschossen worden war, war James Vane.

Er stand einige Minuten da und sah auf den toten Körper. Als er nach Hause ritt, waren seine Augen voll Tränen, denn er wußte jetzt, daß er sicher war.

Neunzehntes Kapitel

»Es hat gar keinen Sinn, mir zu sagen, daß Sie jetzt gut werden wollen!« rief Lord Henry und tauchte seine weißen Finger in eine rote, mit Rosenwasser gefüllte Kupferschale. »Sie sind vollkommen, wie Sie sind. Bitte, ändern Sie sich nicht.«

Dorian Gray schüttelte den Kopf. »Nein, Henry, ich habe zu viele gräßliche Dinge in meinem Leben getan. Ich will keine mehr tun. Ich habe gestern mit den guten Taten begonnen.«

»Wo waren Sie gestern?«

»Auf dem Lande, Henry. Ich wohne ganz allein in einem kleinen Gasthof.«

»Mein lieber Freund,« sagte Lord Henry lächelnd, »jeder Mensch kann auf dem Lande gut sein. Es gibt dort keine Versuchungen. Das ist der Grund, warum Leute, die nicht in der Stadt wohnen, so vollständig unzivilisiert sind. Zivilisation ist wahrhaftig nicht leicht zu erreichen. Es gibt nur zwei Wege zu ihr. Der eine ist Bildung – der andere Verderbnis. Die Leute auf dem Lande haben zu beiden keine Gelegenheit, deshalb kommen sie nicht vorwärts.«

»Bildung und Verderbnis«, wiederholte Dorian. »Ich habe von beiden etwas kennen gelernt. Es scheint mir jetzt schrecklich, daß sie je zusammen gefunden werden. Denn ich habe ein neues Ideal, Henry. Ich will mich ändern. Ich glaube, ich habe mich schon geändert.«

»Sie haben mir noch nicht gesagt, was Ihre gute Handlung war. Oder sagten Sie, daß Sie mehr als eine getan haben?« fragte der Freund, während er eine kleine rote Pyramide Erdbeeren mit großen Samenkörnern auf seinen Teller schüttete und durch einen muschelförmigen Sieblöffel weißen Zucker darauf streute.

»Ich kann es Ihnen sagen, Henry. Es ist keine Geschichte, die ich einem anderen erzählen könnte. Ich habe jemand verschont. Es klingt sehr eitel, aber Sie verstehen, was ich meine. Sie war sehr schön und auf eine wunderbare Art Sibyl Vane ähnlich. Ich glaube, das war der erste Reiz, den sie auf mich ausübte. Sie erinnern sich doch noch an Sibyl? Wie lang das her ist! Also Hetty gehörte natürlich nicht unserem Stand an. Sie war nur eine Dorfschöne. Aber ich habe sie wirklich geliebt. Ich weiß es bestimmt, daß ich sie geliebt habe. Diesen ganzen wunderbaren Monat Mai, den wir jetzt gehabt haben, habe ich sie zwei- oder dreimal in der Woche besucht. Gestern erwartete sie mich in einem kleinen Obstgarten. Die Apfelblüten fielen immer wieder auf ihr Haar herab, und sie lachte. Wir sollten heute früh in der Dämmerung zusammen weggehen. Plötzlich entschloß ich mich, sie so blumengleich unberührt zu verlassen, wie ich sie gefunden hatte.«

»Ich vermute, die Neuheit der Empfindung muß Ihnen ein ganz außerordentliches Lustgefühl verschafft haben, Dorian«, unterbrach Lord Henry. »Aber ich kann Ihre Idylle für Sie zu Ende erzählen. Sie gaben ihr gute Lehren und brachen ihr Herz. Das ist der Anfang Ihrer Besserung.«

»Henry, Sie sind schrecklich. Sie dürfen so furchtbare Dinge nicht sagen. Hettys Herz ist nicht gebrochen. Natürlich weinte sie und dergleichen. Aber keine Schande liegt auf ihr. Sie kann weiter leben wie Perdita in ihrem Garten, wo Pfefferminzkraut und Ringelblumen blühen.«

»Und einem treulosen Florizel nachweinen«, rief Lord Henry lachend und lehnte sich in seinem Stuhl zurück. »Mein lieber Dorian, Sie haben die sonderbarsten Knabenlaunen. Glauben Sie, dieses Mädchen wird jemals mit einem Manne seines eigenen Standes zufrieden sein? Ich vermute, sie wird sich eines schönen Tages mit einem rohen Fuhrmann oder einem grinsenden Bauernlümmel verheiraten. Aber die Tatsache, daß Sie sie kennengelernt und geliebt hat, wird sie lehren, ihren Gatten zu verachten, und sie wird unglücklich sein. Wenn ich die Sache moralisch betrachte, kann ich also nicht finden, daß Ihre Entsagung sehr wertvoll war. Selbst als Anfang steckt nichts dahinter. Außerdem, woher wissen Sie, daß Hetty nicht in diesem Augenblick auf einem sternbeglänzten Mühlteich treibt, von lieblichen Wasserlilien umschlungen wie Ophelia?«

»Ich kann das nicht aushalten, Henry. Sie spotten über alles, und dann deuten Sie auf die ernsthaftesten Tragödien hin. Es tut mir jetzt leid, daß ich es Ihnen erzählt habe. Es ist auch gleich, was Sie mir sagen. Ich weiß, ich habe recht gehandelt. Die arme Hetty! Als ich heute früh an dem Gut vorbeiritt, sah ich ihr weißes Gesicht am Fenster wie einen Jasminzweig. Wir wollen nicht weiter darüber reden, und Sie sollen nicht versuchen, mir klar zu machen, daß die erste gute Handlung, die ich seit Jahren getan habe, das erste kleine Opfer, das ich gebracht habe, in Wirklichkeit eine Art Sünde ist. Ich will mich jetzt bessern. Und ich werde mich bessern. Erzählen Sie mir etwas von sich. Was geht in der Stadt vor? Ich war seit Tagen nicht im Klub.«

»Die Leute sprechen noch über das Verschwinden des armen Basil.«

»Ich sollte denken, sie wären dessen allmählich müde geworden«, sagte Dorian, während er sich etwas Wein einschenkte, mit leichtem Stirnrunzeln.

»Mein lieber Freund, sie reden erst seit sechs Wochen davon. Das englische Publikum ist wirklich der geistigen Anstrengung, mehr als ein Gesprächsthema alle drei Monate zu haben, nicht gewachsen. Immerhin, es hat in der letzten Zeit Glück gehabt. Es hat meine eigene Scheidung und Alan Campbells Selbstmord. Jetzt hat es ›das geheimnisvolle Verschwinden eines Künstlers‹. In Scotland Yard besteht man darauf, daß der Mann mit dem grauen Ulster, der mit dem Mitternachtszug am neunten November nach Paris fuhr, der arme Basil war, und die französische Polizei erklärt, daß Basil nie in Paris angekommen sei. Ich vermute, man wird uns etwa in vierzehn Tagen erzählen, daß er in San Franzisko gesehen worden ist. Es ist sonderbar, aber von jedem Menschen, der verschwindet, sagt man uns, daß er in San Franzisko gesehen worden ist. Das muß eine entzückende Stadt sein, die alle Reize des Jenseits besitzt.«

»Was glauben Sie, ist Basil geschehen?« fragte Dorian, hielt seinen Burgunder gegen das Licht und wunderte sich, daß er diese Sache so ruhig besprechen konnte.

»Ich habe nicht die leiseste Ahnung. Wenn Basil es für gut hält, sich zu verbergen, so ist das nicht meine Sache. Wenn er tot ist, so will ich nicht mehr an ihn denken. Der Tod ist das einzige, was mich in Schrecken versetzt. Ich hasse ihn.«

»Warum?« fragte der Jüngere müde.

Lord Henry führte die vergoldete, gitterförmige Öffnung eines Riechbüchschens an seine Nase und sagte dann: »Ja, weil man heutzutage alles überleben kann, nur nicht den Tod. Der Tod und die Gewöhnlichkeit sind die zwei Tatsachen des neunzehnten Jahrhunderts, die man nicht wegerklären kann. Wir wollen den Kaffee im Musikzimmer trinken. Dorian, Sie müssen mir Chopin vorspielen. Der Mann, mit dem meine Frau davongerannt ist, spielte wunderbar Chopin. Die arme Viktoria! Ich habe sie sehr gern gehabt. Das Haus ohne sie ist recht einsam. Natürlich, das Eheleben ist nur eine Gewohnheit, eine schlechte Gewohnheit. Aber man bedauert den Verlust selbst der schlechtesten Gewohnheiten. Vielleicht bedauert man die am meisten. Sie sind ein so wesentlicher Teil unserer Persönlichkeit.«

Dorian sagte nichts, sondern stand vom Tisch auf, ging in das Nebenzimmer, setzte sich zum Klavier und ließ seine Finger über das weiße und schwarze Elfenbein der Tasten streichen. Als der Kaffee hereingebracht worden war, hörte er auf, sah zu Lord Henry hinüber und sagte:

»Henry, ist es Ihnen je eingefallen, daß Basil ermordet worden ist?«

Lord Henry gähnte. »Basil war sehr beliebt und trug immer eine billige amerikanische Uhr. Warum hätte man ihn ermorden sollen? Er war nicht klug genug, um Feinde zu haben. Gewiß, er hatte ein wunderbares Genie als Maler. Aber ein Mann kann malen wie Velasquez und doch unerhört langweilig sein. In Wirklichkeit war Basil ziemlich langweilig. Er hatte es nur ein einziges Mal zustande gebracht, mich zu interessieren, und das war, als er mir vor vielen Jahren einmal erzählte, daß er eine so ungestüme Leidenschaft für Sie habe und daß Sie das Leitmotiv seiner Kunst seien.«

»Ich habe Basil sehr gern gehabt«, sagte Dorian mit traurigem Klang in der Stimme. »Aber sagen denn die Leute nicht, daß er ermordet worden ist?«

»Ja, in einigen Zeitungen steht es. Es scheint mir aber durchaus nicht wahrscheinlich. Ich weiß, daß es fürchterliche Orte in Paris gibt, aber Basil war nicht der Mensch, der dahin ging. Er war nicht neugierig. Das war der Hauptfehler.«

»Was würden Sie sagen, Henry, wenn ich Ihnen sagte, daß ich Basil ermordet habe?« fragte der Jüngere. Nachdem er das ausgesprochen hatte, beobachtete er ihn scharf.

»Mein lieber Freund, ich würde sagen, Sie nehmen eine Pose an, die nicht zu Ihnen paßt. Jedes Verbrechen ist ordinär, so wie alles Ordinäre ein Verbrechen ist. Die Fähigkeit, einen Mord zu begehen, liegt nicht in Ihnen, Dorian. Es sollte mir leid tun, wenn ich Ihre Eitelkeit durch dieses Urteil verletze, aber ich versichere Ihnen, es ist wahr. Verbrechen ist ein ausschließliches Vorrecht der niederen Stände. Ich will damit durchaus keinen Tadel aussprechen. Ich vermute einfach, daß das Verbrechen für sie ist, was die Kunst für uns, einfach eine Methode, sich außergewöhnliche Empfindungen zu verschaffen.«

»Eine Methode, sich Empfindungen zu verschaffen? Glauben Sie also, daß ein Mann, der einmal einen Mord begangen hat, imstande wäre, dasselbe Verbrechen zu wiederholen? Das wollen Sie mir doch nicht einreden?«

»Oh, alles wird zu einem Vergnügen, wenn man es zu oft tut!« rief Lord Henry lachend. »Das ist auch eines der wichtigsten Geheimnisse des Lebens. Dennoch bin ich der Meinung, daß der Mord immer ein Fehler ist. Man sollte nie etwas tun, worüber man nicht nach dem Essen reden kann. Aber wir wollen jetzt den armen Basil verlassen. Es wäre mir angenehm, wenn ich glauben könnte, daß er ein so romantisches Ende genommen hat, wie Sie durchblicken lassen; aber ich kann es nicht. Ich vermute, er ist auf einer Seinebrücke vom Omnibus gefallen und der Kondukteur hat den ganzen Skandal vertuscht. Ja, ich glaube wirklich, daß das sein Ende war. Ich sehe ihn jetzt auf dem Rücken liegen unter diesem trüben grünen Wasser, und die schweren Barken fahren über ihn hin, und lange Gräser verwickeln sich in sein Haar. Übrigens glaube ich nicht, daß er noch viel Gutes hervorgebracht hätte. In den letzten zehn Jahren ist seine Malerei recht mäßig geworden.«

Dorian seufzte, und Lord Henry ging durch das Zimmer und begann einem merkwürdigen Papageien aus Java, einem großen, graugefiederten Vogel mit rotem Kamm und Schwanz, der sich auf einem Bambusstab schaukelte, den Kopf zu streicheln. Als seine spitzen Finger ihn berührten, ließ er die weiße Haut seiner runzligen Lider über die schwarzen, verglasten Augen fallen und begann hin- und herzuschwingen.

»Ja,« fuhr er fort, während er sich umdrehte und sein Taschentuch aus der Tasche nahm, »seine Malerei war ganz heruntergekommen. Ich hatte den Eindruck, als ob sie etwas eingebüßt hätte. Sie hat ihr Ideal verloren. Als ihr beide aufhörtet, intime Freunde zu sein, hörte er auf, ein großer Künstler zu sein. Was hat Sie auseinandergebracht? Ich vermute, er langweilte Sie. Wenn das der Fall war, dann hat er es Ihnen nie verziehen. Das ist eine Gewohnheit langweiliger Menschen. Was ist übrigens aus dem wunderbaren Porträt geworden, das er von Ihnen gemalt hat? Ich kann mich nicht erinnern, es je wiedergesehen zu haben, seit es fertig wurde. Ja, ich erinnere mich jetzt. Sie haben mir vor Jahren erzählt, Sie hätten es nach Selby geschickt und es sei auf dem Weg gestohlen oder verloren worden. Haben Sie es nie wieder bekommen? Wie schade! Es war ein Meisterwerk. Ich erinnere mich, daß ich es kaufen wollte. Ich wünschte, ich hätte es getan. Es gehörte in Basils beste Zeit. Seitdem waren alle seine Arbeiten jene merkwürdige Mischung von schlechter Malerei und guten Absichten, die einen Mann berechtigt, ein repräsentativer britischer Künstler genannt zu werden. Haben Sie eigentlich deswegen annonciert? Sie hätten das tun sollen.«

»Ich kann mich nicht mehr erinnern«, antwortete Dorian. »Ich glaube, ich habe es getan. Aber, um die Wahrheit zu sagen, ich habe das Bild nie gemocht. Es tut mir leid, daß ich ihm gesessen habe. Schon die bloße Erinnerung daran ist mir verhaßt. Warum sprechen Sie davon? Es hat mich immer an ein paar merkwürdige Zeilen aus einem Theaterstück erinnert – aus Hamlet, glaube ich. Wie heißen sie?

›Gleich dem Bilde eines Leides,
 ein Antlitz ohne Herz.‹ –
Ja, so war es.«

Lord Henry lachte. »Wenn ein Mann das Leben künstlerisch behandelt, dann ist sein Hirn das Herz«, antwortete er und sank in seinen Sessel zurück.

Dorian Gray schüttelte den Kopf und schlug ein paar sanfte Akkorde auf dem Klavier an. »Gleich dem Bilde eines Leids, ein Antlitz ohne Herz«, wiederholte er.

Der ältere Freund saß zurückgelehnt und sah ihn mit halbgeschlossenen Augen an. »Übrigens, Dorian,« sagte er nach einer Weile, »was nützte es einem Menschen, wenn er die ganze Welt gewönne und – wie heißt die Stelle doch? – verliere seine eigene Seele?«

Die Musik brach jäh ab. Dorian fuhr auf und starrte seinen Freund an. »Warum fragen Sie mich das, Henry?«

»Mein lieber Freund«, sagte Lord Henry und zog verwundert die Augenbrauen in die Höhe, »ich habe Sie gefragt, weil ich vermutete, Sie könnten mir eine Antwort geben. Das ist alles. Ich ging letzten Sonntag durch den Park, und nahe bei dem Marble Arch stand eine kleine Gruppe schäbig aussehender Menschen, die irgendeinem ordinären Straßenprediger lauschten. Als ich vorbeiging, hörte ich, wie der Mann seinen Zuhörern diese Frage entgegenschrie. Die Sache berührte mich geradezu dramatisch. London ist sehr reich an sonderbaren Wirkungen dieser Art. Ein nasser Sonntag, ein ungeschlachter Christ in einem Regenmantel, ein Kreis von kränklich blassen Gesichtern unter dem lückenhaften Dach tropfender Regenschirme und ein wunderbarer Satz, von schrillen, hysterischen Lippen in die Luft geschleudert – das war auf seine Art wirklich sehr gut. Gerade eine Offenbarung. Ich dachte einen Augenblick daran, dem Propheten zu sagen, daß die Kunst eine Seele habe, aber nicht der Mensch; doch er hätte mich wohl nicht verstanden.«

»Nein, Henry. Die Seele ist eine furchtbare Gewißheit. Sie kann gekauft und verkauft und umgetauscht werden. Sie kann vergiftet werden oder vervollkommnet. In jedem von uns lebt eine Seele. Ich weiß es.«

»Sind Sie ganz sicher, Dorian?«

»Ganz sicher.«

»Dann muß es eine Einbildung sein. Die Dinge, von deren Wahrheit man ganz fest überzeugt ist, sind nie wahr. Das ist das Schicksal des Glaubens und die Weisheit der Romantik. Wie ernst Sie sind! Seien Sie nicht so ernsthaft! Was haben Sie oder ich mit dem Aberglauben unserer Zeit zu tun? Nein, wir haben den Glauben an die Seele aufgegeben ... Spielen Sie mir etwas vor. Spielen Sie eine Nokturne, Dorian, und während Sie spielen, sagen Sie mir mit ganz leiser Stimme, wie Sie es zustande gebracht haben, Ihre Jugend zu erhalten. Sie müssen irgendein Geheimnis haben. Ich bin nur zehn Jahre älter als Sie und ich bin runzlig, welk und gelb. Sie sind wirklich ein Wunder, Dorian. Sie haben nie entzückender ausgesehen als heute abend. Sie erinnern mich an den Tag, an dem ich Sie kennen gelernt habe. Sie waren damals etwas frech, sehr scheu und ganz außergewöhnlich. Seitdem haben Sie sich natürlich verändert, aber nicht im Aussehen. Ich wünschte, Sie sagten mir Ihr Geheimnis. Um meine Jugend zurückzubekommen, würde ich alles auf der Welt tun, außer mir Bewegung machen, früh aufstehen oder ein ehrsames Leben führen. Jugend, nichts kommt ihr gleich! Es ist absurd, von der Unwissenheit der Jugend zu reden. Die einzigen Leute, deren Meinung ich jetzt mit einigem Respekt anhöre, sind die, die viel jünger sind als ich selbst. Sie scheinen weit von mir zu sein. Das Leben hat ihnen seine letzten Wunder enthüllt. Den Alten widerspreche ich immer. Ich tue es aus Prinzip. Wenn Sie einen von ihnen um seine Meinung über etwas, das gestern geschehen ist, fragen, dann gibt er Ihnen feierlich Aufschluß über die Meinungen, die im Jahre 1820 umliefen, als die Leute hohe Halsbinden trugen, an alles glaubten und absolut nichts wußten. Wie hübsch das ist, was Sie spielen! Ich möchte wissen, ob es Chopin in Majorka geschrieben hat, während das Meer um die Villa herumklagte und das Salz gegen die Fensterscheiben klatschend sprühte. Es ist prachtvoll romantisch. Was es für ein Segen ist, daß es eine einzige Kunst gibt, die nicht Nachahmung ist! Hören Sie nicht auf. Ich brauche heute abend Musik. Ich bilde mir ein, daß Sie der junge Apollo sind und ich Marsyas, der Ihnen zuhört. Dorian, ich habe meine eigenen Sorgen, von denen nicht einmal Sie etwas wissen. Die Tragödie des Alters ist nicht, daß wir alt sind, sondern daß wir jung sind. Ich bin jetzt manchmal ganz erschrocken, wie aufrichtig ich sein kann. Ach, Dorian, wie glücklich Sie sind! Was für ein erlesenes Leben haben Sie gehabt! Sie haben tief aus allen Quellen getrunken! Sie haben die Trauben an Ihrem Gaumen zerdrückt. Nichts ist Ihnen verschlossen geblieben. Und all das ist Ihnen auch nicht mehr gewesen als der Klang der Musik. Es hat Sie nicht zerstört. Sie sind heute noch derselbe.«

»Ich bin nicht derselbe, Henry.«

»Ja, Sie sind derselbe. Ich frage mich, wie Ihr Leben weiter gehen wird. Verderben Sie es nicht, indem Sie entsagen. Jetzt sind Sie ein vollkommener Typus. Machen Sie sich nicht unvollkommen. Sie sind jetzt ganz fehlerlos. Sie brauchen den Kopf nicht zu schütteln. Sie wissen es selbst. Und dann, Dorian, betrügen Sie sich nicht selbst. Das Leben wird nicht vom Willen oder von Absichten beherrscht. Das Leben ist eine Angelegenheit der Nerven und Muskeln und der langsam herangebildeten Zellen, in denen sich die Gedanken verbergen und die Leidenschaft ihre Triebe träumt. Sie mögen sich noch so sehr einbilden, sicher zu sein, und sich für stark halten. Ein zufälliger Farbenton in einem Zimmer oder am Morgenhimmel, ein sonderbarer Geruch, den Sie einmal geliebt haben und der versteckte Erinnerungen aufweckt, eine Zeile aus einem vergessenen Gedicht, auf die Sie plötzlich stoßen, ein paar Töne aus einem Musikstück, das Sie längst nicht mehr spielen – glauben Sie mir, Dorian, von solchen Dingen hängt unser Leben ab. Browning hat einmal darüber geschrieben, aber unsere eigenen Empfindungen lehren es uns sehen. Es gibt Augenblicke, da durchzuckt mich der Geruch von weißem Flieder, und ich muß den sonderbarsten Monat meines Lebens wieder durchwandern. Ich wollte, ich könnte mit Ihnen tauschen, Dorian. Die Welt hat gegen uns beide gewettert, aber sie hat Sie immer geliebt. Sie wird Sie immer lieben. Sie sind der Typus dessen, was unsere Zeit sucht und was sie fürchtet, gefunden zu haben. Ich freue mich sehr, daß Sie nie irgend etwas getan haben, nie eine Statue gemeißelt oder ein Bild gemalt oder irgend etwas aus sich heraus produziert. Das Leben war Ihre Kunst. Sie haben sich selbst in Musik gesetzt. Ihre Tage sind Ihre Sonette.«

Dorian stand vom Klavier auf und fuhr sich mit der Hand durchs Haar. »Ja, das Leben ist köstlich gewesen,« flüsterte er, »aber dasselbe Leben werde ich nicht mehr haben. Und Sie sollen nicht mehr diese überspannten Dinge zu mir sagen. Sie wissen nicht alles von mir. Ich glaube, wenn Sie alles wüßten, würden selbst Sie von mir weggehen. Sie lachen ... Lachen Sie nicht!«

»Warum haben Sie aufgehört zu spielen, Dorian? Gehen Sie wieder ans Klavier und spielen Sie mir noch mal die Nokturne. Betrachten Sie den großen honigfarbenen Mond, der jetzt in der dunklen Luft hängt. Er wartet, daß Sie ihn bezaubern, und wenn Sie spielen, wird er sich der Erde nähern. Sie wollen nicht? Dann wollen wir in den Klub gehen. Es war ein reizender Abend, und wir müssen ihn schön beenden. Bei White wartet jemand, der heftig wünscht, Sie kennenzulernen. Der junge Lord Pool, der älteste Sohn von Bournemouth. Er kopiert schon Ihre Krawatten und hat mich angefleht, ihn Ihnen vorzustellen. Er ist ganz entzückend und erinnert mich ein wenig an Sie.«

»Ich hoffe nicht«, sagte Dorian mit einem traurigen Blick in den Augen. »Aber ich bin müde heute abend, Henry. Ich gehe nicht mehr in den Klub. Es ist fast elf, und ich will früh zu Bett.«

»Bleiben Sie. Sie haben nie so schön gespielt wie heute abend. In Ihrem Anschlag lag etwas Wunderbares. Mehr Ausdruck, als ich je von Ihnen gehört habe.«

»Das ist, weil ich gut werden will«, antwortete er lächelnd. »Ich bin schon etwas verändert.«

»Für mich können Sie nie anders werden, Dorian«, sagte Lord Henry. »Wir beide werden immer Freunde sein.«

»Und doch haben Sie mich einmal mit einem Buch vergiftet. Ich sollte Ihnen das nicht vergeben. Henry, versprechen Sie mir, daß Sie nie mehr dieses Buch jemand leihen werden. Es stiftet Unheil.«

»Mein lieber Junge, Sie fangen wirklich an, Moralpredigten zu halten. Bald werden Sie herumgehen wie der Bekehrte, der Wanderprediger, und die Menschen vor all den Sünden warnen, deren Sie müde geworden sind. Aber dazu sind Sie viel zu entzückend. Und außerdem hat es keinen Zweck. Sie und ich, wir sind, was wir sind, und werden immer sein, was wir sein werden. Und vergiftet werden durch ein Buch – das gibt es gar nicht. Die Kunst hat keinen Einfluß auf das Handeln. Sie vernichtet das Bedürfnis zu handeln. Sie ist auf eine herrliche Art steril. Die Bücher, die die Leute unmoralisch nennen, sind die Bücher, die der Welt ihre eigene Schande vorhalten. Das ist alles. Aber wir wollen nicht über Literatur reden. Kommen Sie morgen zu mir! Ich will um elf ausreiten. Wir könnten zusammen reiten, und ich nehme Sie dann zum Lunch zu Lady Branksome mit. Sie ist eine entzückende Frau und will Ihren Rat über ein paar Gobelins, die sie kaufen möchte. Vergessen Sie nicht zu kommen. Oder wollen wir mit unserer kleinen Herzogin zusammen frühstücken? Sie sagt, sie sieht Sie jetzt nie. Sind Sie Gladys müde geworden? Ich dachte es mir. Ihre kluge Zunge geht einem auf die Nerven. Aber jedenfalls kommen Sie um elf.«

»Soll ich wirklich kommen, Henry?«

»Auf jeden Fall. Der Park ist jetzt reizend. Ich glaube nicht, daß es solchen Flieder gegeben hat seit dem Jahr, als ich Sie kennenlernte.«

»Gut. Ich werde also um elf hier sein«, sagte Dorian. »Gute Nacht, Henry!«

Als er auf der Türschwelle war, zögerte er einen Augenblick, als hätte er noch etwas zu sagen. Dann seufzte er und ging fort.

Zwanzigstes Kapitel

Es war eine wunderschöne Nacht, so warm, daß er den Überrock über den Arm nahm und nicht einmal das Seidentuch um den Hals legte. Als er nach Hause schlenderte, eine Zigarette rauchend, gingen zwei Herren im Frack an ihm vorbei. Er hörte, wie der eine dem anderen zuflüsterte: »Das ist Dorian Gray.« Er erinnerte sich, wie er sich früher gefreut hatte, wenn man ihn zeigte, anstarrte oder über ihn sprach. Jetzt war er es müde, seinen eigenen Namen zu hören. Der halbe Reiz des Dorfes, in dem er kürzlich so oft gewesen war, lag darin, daß niemand dort wußte, wer er war. Er hatte dem Mädchen, das er zur Liebe verlockt hatte, oft gesagt, daß er arm sei, und sie hatte es ihm geglaubt. Er hatte ihr einmal gesagt, daß er schlecht sei, und sie hatte ihn ausgelacht und geantwortet, schlechte Menschen seien immer alt und häßlich. Was für ein Lachen sie hatte! Gerade wie eine singende Drossel. Und wie hübsch war sie in ihren Kattunkleidern und großen Hüten gewesen! Sie wußte nichts, aber sie besaß alles, was er verloren hatte.

Als er nach Hause kam, wartete der Diener auf ihn. Er schickte ihn zu Bett und warf sich auf das Sofa in dem Bibliothekszimmer und begann über einiges von dem, was ihm Lord Henry gesagt hatte, nachzudenken.

War es wirklich wahr, daß man nie anders werden konnte? Er fühlte eine heftige Sehnsucht nach der makellosen Reinheit seiner Jugend – seiner rosenweißen Jugend, wie Lord Henry einmal gesagt hatte. Er wußte, daß er sich befleckt hatte, seinen Geist mit Verderbnis gefüllt und sein Gewissen mit Schrecken; daß er ein böser Einfluß für andere gewesen war und eine schreckliche Lust bei solchem Tun gespürt hatte; daß von allen Leben, die das seine gekreuzt hatten, es die schönsten und vielversprechendsten gewesen waren, die er in Schande gebracht hatte. Aber war das alles unabänderlich? War keine Hoffnung mehr für ihn?

Ah, in was für einem ungeheuerlichen Augenblick von Stolz und Leidenschaft hatte er gebetet, daß das Bildnis die Last seiner Tage tragen und er den ungetrübten Glanz ewiger Jugend bewahren möge. Das war an all seinem Unglück schuld. Es wäre besser für ihn gewesen, wenn jede Sünde seines Lebens ihre gewisse und schnelle Strafe mit sich gebracht hätte. In der Strafe lag Reinigung. Nicht »Vergib uns unsere Sünden«, sondern »Züchtige uns für unsere Missetaten« sollte das Gebet des Menschen zu einem allgerechten Gotte sein.

Der merkwürdig geschnitzte Spiegel, den ihm Lord Henry vor so vielen Jahren geschenkt hatte, stand auf dem Tisch, und die weißgliedrigen Liebesgötter lachten ringsherum wie ehedem. Er nahm ihn, so wie er es in jener schrecklichen Nacht getan hatte, als er zum ersten Male die Wandlung in dem Bildnis bemerkt hatte, und mit unruhigen, tränenfeuchten Augen betrachtete er die glatte Fläche. Einmal hatte ihm jemand, der ihn wahnsinnig geliebt hatte, in einem tollen Brief zum Schluß geschrieben: »Die Welt ist anders, weil Sie aus Elfenbein und Gold sind. Die Linien Ihrer Lippen schreiben die Weltgeschichte aufs neue.« Diese Sätze kamen ihm ins Gedächtnis zurück, und er wiederholte sie immer und immer wieder. Er haßte jetzt seine eigene Schönheit und warf den Spiegel auf den Boden und zerschmetterte ihn unter seiner Sohle in silberne Splitter. Seine Schönheit war es, die ihn zugrunde gerichtet hatte, und die Jugend, um die er gefleht hatte. Wären diese beiden Dinge nicht gewesen, so hätte sein Leben fleckenlos sein können. Die Schönheit war für ihn nur eine Maske gewesen, die Jugend nur ein Hohn. Was war denn die Jugend im besten Falle? Eine grüne, unreife Zeit, eine Zeit fader Launen und kranker Einfälle. Warum hatte er ihre Tracht angelegt? Die Jugend hatte ihn zugrunde gerichtet.

Es war besser, nicht an die Vergangenheit zu denken. Er mußte an sich selbst und seine Zukunft denken. James Vane war in einem namenlosen Grabe auf dem Kirchhof in Selby eingescharrt. Alan Campbell hatte sich eines Nachts in seinem Laboratorium erschossen, aber das Geheimnis, das ihm aufgezwungen worden war, hatte er nicht verraten. Die Erregung über Basil Hallwards Verschwinden würde bald vorbeigehen, ja sie ging schon vorbei. Er war vollständig sicher. Es war auch nicht der Tod Basil Hallwards, der am schwersten auf seinem Gemüt lastete. Es war der lebendige Tod seiner eigenen Seele, der ihn bedrückte. Basil hatte das Bildnis gemalt, das sein Leben verdorben hatte. Er konnte ihm das nicht vergeben. Basil hatte unerträgliche Dinge zu ihm gesprochen, und doch hatte er es geduldig ertragen. Der Mord war nur der Wahnsinn eines Augenblicks gewesen. Was aber Alan Campbell anlangte, der Selbstmord war sein eigener Entschluß gewesen. Er hatte ihn gewählt. Das ging ihn nichts an.

Ein neues Leben! Das war es, was er brauchte. Das war es, worauf er wartete. Ja, er hatte es schon begonnen. Ein unschuldiges Wesen hatte er jedenfalls geschont. Nun wollte er nie wieder die Unschuld in Versuchung bringen. Er wollte gut sein.

Als er an Hetty Merton dachte, fing er an, sich zu fragen, ob sich das Bild in dem verschlossenen Raum oben geändert habe. Es konnte nicht mehr so schrecklich sein, wie es gewesen war. Vielleicht, wenn jetzt sein Leben rein würde, könnte es möglich sein, daß er jedes Zeichen böser Leidenschaften aus dem Antlitz tilge. Vielleicht waren die Zeichen des Bösen schon verschwunden. Er wollte hinauf und nachsehen.

Er nahm die Lampe vom Tisch und schlich hinauf. Als er die Tür aufriegelte, huschte ein frohes Lächeln über sein seltsam junges Gesicht und verweilte einen Augenblick auf seinen Lippen. Ja, er wollte gut sein, und das gräßliche Ding, das er hatte verbergen müssen, würde dann kein Schrecken mehr für ihn sein. Ihm war, als wäre diese Last schon von ihm genommen.

Er ging ruhig hinein, schloß die Tür hinter sich, wie das seine Gewohnheit war, und zog den Purpurvorhang von dem Bildnis. Ein Schrei voll Schmerz und Entrüstung kam von seinen Lippen. Er konnte keine Änderung sehen, außer daß in den Augen ein schlauer Ausdruck war und um den Mund die gebogene Runzel des Heuchlers. Das Ding war ekelhaft, vielleicht noch mehr als vordem, und der scharlachrote Tau, der die Hand befleckte, schien heller, mehr wie frisch vergossenes Blut. Er zitterte. War es also nur Eitelkeit gewesen, die ihn veranlaßt hatte, seine einzige gute Tat zu begehen? Oder die Begierde nach einer neuen Empfindung, wie Lord Henry mit seinem spöttischen Lachen angedeutet hatte? Oder der leidenschaftliche Hang, eine Rolle zu spielen, aus dem wir manchmal Dinge tun, die edler sind als wir selbst? Vielleicht all das zusammen? Warum war der rote Fleck jetzt größer, als er gewesen war? Er schien wie eine fürchterliche Krankheit sich über die runzligen Finger verbreitet zu haben. Es war Blut auf den Füßen, als wäre es herabgetropft – Blut selbst auf der Hand, die das Messer nicht gehalten hatte. Sollte er bekennen? Sollte das heißen, daß er bekennen sollte? Sich selbst aufgeben und zum Tode geführt werden? Er lachte. Er fühlte, daß der Einfall ungeheuerlich sei. Und dann, selbst wenn er bekannte, wer würde ihm glauben? Nirgends war eine Spur des Ermordeten. Alles, was ihm gehörte, war zerstört. Er selbst hatte, was unten war, verbrannt. Die Leute würden einfach sagen, daß er wahnsinnig sei. Sie würden ihn irgendwo einsperren, wenn er bei seiner Erzählung blieb ... Und doch, es war seine Pflicht, zu bekennen, öffentlich Buße zu tun, das Urteil der Welt zu erleiden. Es gab einen Gott, der die Menschen zwang, auf Erden so gut wie im Himmel ihre Sünden zu bekennen. Nichts, was er sonst tun konnte, würde ihn reinigen, bis er seine Sünde bekannt hätte. Seine Sünde? Er zuckte die Achseln. Der Tod Basil Hallwards lastete nur wenig auf ihm. Er dachte an Hetty Merton. Dieser Spiegel seiner Seele, auf den er blickte, war ein ungerechter Spiegel. Eitelkeit? Neugier? Heuchelei? War sonst nichts an seiner Entsagung gewesen? Es war sonst noch etwas daran gewesen. Er glaubte es wenigstens. Aber wer konnte das sagen? ... Nein, es war sonst nichts gewesen. Aus Eitelkeit hatte er sie geschont. Aus Heuchelei hatte er die Maske der Güte getragen, aus Neugier hatte er Entsagung versucht. Er erkannte das jetzt.

Aber dieser Mord – sollte er ihn sein ganzes Leben verfolgen? Sollte er immer die Last seiner Vergangenheit tragen müssen? Sollte er wirklich bekennen? Niemals. Es gab nur einen Beweis gegen ihn. Das Bildnis selbst, das war ein Beweis. Er wollte es zerstören. Warum hatte er es so lange aufbewahrt? Früher einmal hatte es ihm ein Vergnügen bereitet, zu beobachten, wie es sich änderte, wie es alterte. In der letzten

Zeit hatte er diese Lust nicht mehr gespürt. Es hatte ihn in der Nacht wach erhalten. Wenn er fort gewesen war, erfüllte ihn Schrecken, daß ein anderes Auge es erblicken würde. Es hatte Melancholie in seine Leidenschaften gegossen. Die bloße Erinnerung daran hatte ihm manchen frohen Augenblick vergällt. Es hatte die Rolle des Gewissens für ihn gespielt. Ja, es war sein Gewissen gewesen. Er wollte es zerstören.

Er sah sich um und erblickte das Messer, das Basil Hallward erstochen hatte. Er hatte es oft gereinigt, so daß kein Fleck mehr darauf war. Es war blank und glitzerte. So wie es den Maler getötet hatte, sollte es des Malers Werk töten und alles, was es bedeutete. Es sollte die Vergangenheit töten. Wenn die erst tot war, würde er frei sein. Es sollte dieses ungeheuerliche Seelenleben töten, und ohne seine gräßlichen Warnungen würde er Frieden haben. Er ergriff es und stach damit das Bildnis durch.

Man hörte einen Schrei und einen Fall. Der Schrei war mit seinem Todesröcheln so schrecklich, daß die erschreckten Diener aufwachten und aus ihren Zimmern schlichen. Zwei Herren, die auf dem Platze unten vorbeigingen, blieben stehen und sahen an dem großen Hause empor. Sie gingen weiter, bis sie einen Schutzmann trafen, und kamen mit ihm zurück. Der Mann zog mehrmals die Klingel, aber es erfolgte keine Antwort. Bis auf ein Licht in einem der Giebelfenster war das Haus ganz dunkel. Nach einiger Zeit ging er weg, stellte sich unter ein Tor in der Nähe und wartete.

»Wem gehört das Haus, Schutzmann?« fragte der ältere der beiden Herren.

»Mr. Dorian Gray«, antwortete der Schutzmann.

Sie sahen einander an, gingen weiter und lachten. Einer von ihnen war Sir Henry Ashtons Onkel.

Drinnen in den Dienerräumen sprachen die halbangezogenen Leute in leisem Geflüster miteinander. Die alte Mrs. Leaf weinte und rang die Hände. Francis war bleich wie der Tod.

Nach einer Viertelstunde holte er den Kutscher und einen der Lakaien und schlich hinauf. Sie klopften, aber es kam keine Antwort. Sie riefen. Alles war still. Nachdem sie schließlich vergeblich versucht hatten, die Tür zu sprengen, kletterten sie auf das Dach und ließen sich auf den Balkon herab. Die Fenster gaben leicht nach. Ihre Riegel waren alt.

Als sie eintraten, sahen sie an der Wand ein wunderbares Bildnis ihres Herrn hängen, so wie sie ihn zuletzt gesehen hatten, in all der Pracht seiner köstlichen Jugend und Schönheit. Auf dem Boden lag ein toter Mann im Frack mit einem Messer im Herzen. Er war welk, runzlig und abscheuerregend von Angesicht. Erst als sie die Ringe sahen, erkannten sie, wer es war.

Inhalt

Vorrede 3

Erstes Kapitel 5

Zweites Kapitel 16

Drittes Kapitel 30

Viertes Kapitel 41

Fünftes Kapitel 54

Sechstes Kapitel 65

Siebentes Kapitel 72

Achtes Kapitel 82

Neuntes Kapitel 94

Zehntes Kapitel 103

Elftes Kapitel 110

Zwölftes Kapitel 127

Dreizehntes Kapitel 133

Vierzehntes Kapitel 138

Fünfzehntes Kapitel 149

Sechzehntes Kapitel 157

Siebzehntes Kapitel 165

Achtzehntes Kapitel 170

Neunzehntes Kapitel 178

Zwanzigstes Kapitel 187